长篇小说卷

兄弟啊兄弟

李佩甫文集

SELECTED WORKS OF LI PEIFU

河南文艺出版社
郑州

图书在版编目(CIP)数据

兄弟啊兄弟/李佩甫著. —郑州:河南文艺出版社,
2020.8

(李佩甫文集.长篇小说卷)

ISBN 978-7-5559-0906-4

Ⅰ.①兄…　Ⅱ.①李…　Ⅲ.①长篇小说-中国-当代
Ⅳ.①I247.5

中国版本图书馆 CIP 数据核字(2020)第 100424 号

总 策 划　陈 杰　李 勇
选题策划　陈 静
责任编辑　张 娟
责任校对　丁淑芳
装帧设计　Ｍ 书籍/设计/工坊
　　　　　　刘运来工作室
内文设计　吴 月
责任印制　陈少强

出版发行　河南文艺出版社
本社地址　郑州市郑东新区祥盛街 27 号 C 座 5 楼
邮政编码　450018
承印单位　河南瑞之光印刷股份有限公司
经销单位　新华书店
纸张规格　700 毫米×1000 毫米　1/16
本册字数　381 000
总 字 数　4914 000
总 印 张　369.5
版　　次　2020 年 8 月第 1 版
印　　次　2020 年 8 月第 1 次印刷
定　　价　1580.00 元(全 15 册)

李佩甫,生于 1953 年 10 月,河南许昌人。现为中国作家协会全委会委员,河南省作家协会名誉主席。

主要作品有长篇小说《河洛图》《平原客》《生命册》《等等灵魂》《羊的门》《城的灯》《李氏家族》等,中短篇小说《学习微笑》《无边无际的早晨》等,散文集《写给北中原的情书》,电视剧《颍河故事》等,以及《李佩甫文集》15 卷。

作品曾获茅盾文学奖、庄重文文学奖、人民文学优秀长篇小说奖、全国"五个一工程"奖、"中国好书"等多种文学奖项。部分作品被翻译到美国、英国、法国、俄罗斯、日本、韩国等国家。

目　录

○　　●

○　●

第一集　·································

太行山。

晨光中，太行山壁立千仞；红旗渠在巍巍太行中像丝带一样蜿蜒——那是人类的奇迹。

在起伏的山峦中，有人在喊山：赶生活啰！进城赶生活啰！太原要泥工三十人、木工十人，有愿的，沟上集合！——有拖拉机候着呢！

太行山一脉一脉地回应着：

——赶生活啰！赶生活啰！

——候着呢！候着呢！

山峦中，有人背着被褥在奔跑中呼喊：等等，算一份！我算一份！

在一个隐蔽的山道拐弯处。

一男一女两个青年人气喘吁吁地从远处跑来，而后，他们躲在山道的拐弯处，焦急地张望着。

这男青年叫金桂生，脸上还未褪去"学生气"。他等得有些急了，似乎也有些害怕的样子，不断地催促说：要不，别等了吧？

这女青年叫于小莲，她虽然年轻，脸上倒显得很决绝。她说：已经这样了，还怕个啥？

金桂生嗫嚅地说：我不是怕。

于小莲说：再等等。宝祥说了，他一准送来。

金桂生说：其实……

于小莲说：我总得带件换洗衣服吧？

这时候，远处传来了"咚咚咚"奔跑的脚步声。金桂生脸上一紧，身子靠在山坡上听了听，说：听，你听！是不是，他？！

于小莲也有些紧张，说：是吧？——像是。

金桂生说：万一……

于小莲很干脆地说：要是……你先走。

金桂生不好意思地说：我，不是这意思。

于小莲说：我知道。只要铁了心，咱总会见面的。

片刻，一个年龄略小些的小伙儿，背着一个包袱，满头大汗地从山道上跑过来。他叫于宝祥，是于小莲的表弟。于小莲喊道：宝祥！这儿，这儿呢。

于宝祥跑上前来，气喘吁吁地说：姐，没耽误事吧？我是从你家后窗跳进去的，还得瞒着我姨。说着，他把那个装有衣服的包袱递给了于小莲。

于小莲说：小弟，难为你了。看你这一头汗。

于宝祥大咧咧地说：没事。

于小莲说：我娘她……

于宝祥说：只管走你的，家里事就别管了。

这时，金桂生说：那，咱走吧？

于宝祥说：走吧，赶紧走。

于小莲说：那好，你回吧。

金桂生和于小莲往前走了几步，只听于宝祥说：等等——等二人转过身来，他对金桂生说：姓金的，对我姐好一点。我姐要是有个三长两短，我饶不了你！

金桂生点点头，说：放心吧。

于宝祥又大声说：等你们在外头站住步，就言一声，我也去。

林县县城。

汽车站广场上，十几辆长途公共汽车一字排开。一群一群的民工背着被褥、手里提着行囊，相互呼喊着名字，正慌慌乱乱地四下奔跑着，一时向东，一时又向西。

一字排开的公共汽车前，女售票员站在车前不停地叫喊着：

"太原，太原！发车了，发车了啊。"

"西安，西安！"

"郑州，郑州！走了，走了。"

"安阳，安阳！最后一班啊。"

"北京，有去北京的没有？北京长途。"

民工们一队一队、一拨一拨地往车上挤，他们看上去有一个明显的标志，每人身上都带着一把瓦刀。在一辆车前，有个民工说：我差五毛钱，就五毛。能上吗？售票员说：去去，买红薯呢？民工说：我站着，站着还不行吗？

就在这时，有三个年轻人急匆匆地在通往车站的大街上奔跑。三人中跑在最前面的年岁稍稍大些，是个矮个子，他上下一身新衣，胸前的红绢花还没摘去呢，一看就像是个新郎官。这弟兄三人火急火燎地向排成一行的公共汽车奔去！

他们是三兄弟，年龄最大的叫大群，二的叫二群，老三叫三群。三兄弟先是分头围着车一辆一辆地查看；而后又冲上车去查找，在查找的过程中，他们连座位下边都要看一看；还不时地与车上的女乘务员发生争执。

女乘务员拦住问：干啥？干啥？买票了吗？买票！

三兄弟气冲冲地说：找人！

女乘务员问：找谁？

老二咬牙切齿地说：姓金的王八蛋！

女乘务员说：王，哪有王八蛋？谁是王八蛋——胡闹！

车一辆辆都看过了——没有"王八蛋"！

而后，车一辆辆发出去了。到了最后，停车场上就剩下他们兄弟三人了。老三问：哥，咋办？

老二说：他能钻老鼠洞里？追！

可老大却默默地蹲下了。

城市，像万花筒一样充满着诱惑的城市。

下午，安阳火车站，人群中，有两双移动着的年轻的、慌乱的脚，那脚步声怯怯的，仿佛是一声声的探问——这是一男一女。两人勾着头，半掩着脸，像是生怕被人认出来似的。那移动跟城里人是很不一样的，有些迟疑，有些拖沓，很盲目的样子。男的是金桂生，女的是于小莲，他们是从家里私奔出来的。

而后，两人找到一个不为人注意的角落，头对着头蹲下来，把兜里的钱掏出来，嘴里嘟嘟哝哝地数着。金桂生小声说：莲。

她说：嗯。

他说：你怕吗？

她小声说：不怕。

他说：真不怕？

她说：心里，有点闷。

他说：别怕，有我呢。

她看了他一眼，什么也没说。

他说：坐上火车，"日"一声，狗日的，想追也追不上了。

安阳火车站。

傍晚，天已经黑下来了，车站广场上一片灯火。

在售票大厅门外，王大群低下头去，猛然看见了上衣兜上别着的那朵红绢花，他用力地把那朵绢花拽下来，恨恨地用脚踩了一下！

这时，三群说：哥，回去吧，回去再想办法。跑不了她！

二群说：听说金瓦刀在郑州，他是不是跑郑州去了？找他狗日的爹算账去！

王大群闷了一会儿，说：老二老三，你们俩回去吧。

老三问：哥，你呢？

王大群说：我一个人去。

老二说：操，要去一块儿去。

老三说：要是，找不着呢？

王大群脸苦得像茄子一样，他喃喃地闷闷地说：要是找不着，我就不回去了，我也没脸回去了。老三，回去给娘说，欠下的账，我还。

老三说：哥。

王大群说：老三，你要好好上学，争取考出去。

站台上。

深夜，一盏一盏白炽灯闪烁着，就像是夜的眼；不远处，铁轨一道一道地伸向远方，看上去悠远而迷茫。

人们熙熙攘攘地通过检票口向一列停在站台上的火车奔去。他们二人在人群中涌动着，有一刻被挤开了，就相互招呼着。她喊：桂生！他喊：莲，这儿，这儿呢！

金桂生边跑边喊：跑，快跑！

于小莲也就跟着跑起来了。慌乱中，包袱掉在了地上，又慌忙回头拾起来，而后再跑，跑着跑着，"咣"的一声，又有东西掉在了地上，那是一把瓦刀。他说，拾，快拾呀！她把瓦刀捡起来，也来不及再装，他伸手抢过来，顺手塞进了腰里；两人都跑得气喘吁吁的。

上了天桥，她说：桂生，我脚崴了，跑不动了。

这时候，火车鸣了一声。金桂生架着于小莲，火急火燎地说：快快，火车快开了。

于是，他拽着她一瘸一拐地往前跑；跑了一段，见她走得太慢，他又蹲下身子，背上她跑。

京广线上。

车开了，城市和树木、灯光向后退去。

在车厢角里的一个座位上，金桂生和小莲像走失的麻雀一样挤靠在一块儿，不时地抬头四下里看。待稍稍安定后，他安慰说：别愁。我爹说，事大事小，一跑就了。她说：我不愁。他说：花了他家，多少钱？她低下头，轻声说：八千。他说：那钱……她说：给我弟弟盖房用了。他沉默了一会儿，抬起头，故作轻松地说：等咱挣了钱，还他就是了。她点点头，很信任地看着他：嗯。突然，灯光下，他的脸有些紧，忙勾下头去。有列车员走过来了。他抬起头，又低下头，又抬起头，再一次低下头，用手摸摸身前的小桌儿，似有意无意地小声问：票，票呢？

她伸出手，票在她手心里攥着：这儿呢。

他的手哆嗦了一下，说：总算上车了。

她小声说：你坐过火车吗？

他说：听人说过。

她小声说：你从窗口爬的时候，我吓坏了。

他说：我爹年年回，人挤，老爬窗户。他说没事，只要上了车，就没事了。

听他这么一说，她倒有些紧张了。于是，她抬头慌慌地看了看前边，又勾头看了看他，没有吭声。

他的手有些抖，嘴里嘟哝着说：听人说，夜里不查。

这时候，她伸出手来，慢慢地抓住了他的手；金桂生看了她一眼，说：我不怕，我不是怕。我是觉着委屈你了。

可他头上有汗了，一颗一颗的汗珠从脑门上冒出来。

她紧紧地抓着他的手。

过了一会儿，他突然说：莲，票你拿好。要是真有查票的来了，你就在这儿坐着。你坐着别动，我到后边去，等查完了，我再回来。

她小声说：要是查住呢？

他说：不会。

她说：人家要是一节一节查，你咋办？

他侧身往后看了一眼，小声说：厕所，我上厕所。听人说，只要往厕所里一猫，就躲过去了。

待又有人从他们身边走过时，他故作镇静地抬起头来，说：我爹说，人就是个胆。

她说：嗯。我不怕，跟着你，我什么都不怕。

就在这时，车厢的另一头出现了列车长和乘警，他们开始查票了。

金桂生头上的汗越聚越多，那汗珠密密麻麻地从脑门上冒出来；屁股上也像是长了刺一样，来回不安地扭动着，他的手又开始抖了；倏尔，他身子猛地往上一探，慌慌张张地、有些突兀地想站起来。可是，一只手紧紧地拽住了他，那是莲。莲硬硬地望着他，莲把票放在了他面前的小桌上，而后，自己站起身来，慢慢地、一步一步地迎着列车长走了过去。

于小莲在过道里直直地朝前走。她虽表面从容，内心却极度紧张。她很怕有人问她，只要一张嘴，她就露馅了。还好，列车长只是看了她一眼，就让她过去了。当她来到厕所门前，把门一推，而后迅速把门关上，在这一刻，她满眼都是泪！

那张票就在他眼前的小桌上放着，金桂生的头勾下去了，久久都没有起来。

查票的在他的座位前停了一下，大约是看到了桌上的票，走过去了。

夏天，晨曦中的郑州，黎明时分，街头上静静的。

一辆公共汽车驶过来了，桂生和小莲跟着人们跑上车去。可是，售票员轻蔑地看了他们一眼，说：票？——说你呢。

金桂生有些紧张，于小莲举着手里的票，有些诧异地说：不是买过了吗？售票员说：行李。于小莲说：行李还要票？售票员说：当然要票。

金桂生和于小莲互相看了一眼，于小莲说：那，不坐了。

于是，公共汽车的门"咣当"一声开了，两人很狼狈地从车上挤下来。

于小莲和金桂生很尴尬地在马路边上站着，两人先是互相看着，而后竟然笑了。于小莲说：咱走？

金桂生说：走。

马路上。

金桂生边走边说：莲，你还真行呢。

于小莲说：还说呢，头回出远门，我都快吓死了。

走着，桂生扛了她一下；她也回扛了他一下，脸一红说：大街上，别让人看见了。

他说：没事。头前，我见城里人还抱着亲呢。说着，他又去抓她的手，她红着脸闪了一下，躲开了。

看看路上没多少行人，桂生说：莲，你要这样走，把头抬起来，城里人都是这样走的。说着，他就模仿着城里女人走路的样子"学"起来了。

于小莲有点不好意思，可还是把头抬起来了。问：就这样啊？

金桂生说：这样——就这样。

就这么学着走了几步，两人都笑了。拐过街角，他们看到了一个个卖早点的铺子，他们的目光馋馋地从一个个小店前走过，看到了卖麻花的，香香的大麻花，于小莲把脸扭过去了。桂生说：我欠你一个麻花。你记着，我欠你一个麻花。

莲说：你嘴真甜。

走着走着，于小莲突然说：要是找不着你爹咋办？

桂生说：不会。我爹名头响着呢。在建筑行里，你知道我爹叫什么？

于小莲问：叫啥？

桂生说：金瓦刀！

一处主体框架已矗立起来的施工工地上。

晨光里，工棚前，一片盛满小米粥的大碗。几十个民工正蹲在地上吃早饭。

一个四十多岁、绰号叫"老麻雀"的匠人一边喝着粥，一边兴致勃勃地给众人说：城里人真享福啊！昨晚上，我在广场边上看人跳舞。有个戴眼镜的家伙，一头老白毛！咋看也没啥出彩的，就是个制服架子。我瞅着呢，就这主儿，一共搂过十七个女人！他一伸手，人家就跟他舞，真邪了门了！

有人笑着说：老麻雀，你没搂一个？

老麻雀说：咋没搂——眼搂！

众人都笑了。

只有蹲在他旁边的一个小伙子没笑。这小伙子名叫吴保成，绰号叫"兔子"，他说话结巴，一有机会就偷偷地练习说普通话。兔子呆呆地嘴里默念着什么，一不留神念出声来了：中中中央人民广播电台，中中中、中央电视台，男男男男同志女同志男女同志……

众人又是大笑！

这时候，有人喊：金头儿，金头儿！

于是，众民工都抬头往上看。

建筑工地的七层主体楼上，已四十多岁的"金瓦刀"在楼顶上站着，他向前望去。在他的身后，立着一个高高瘦瘦、年约四十岁的汉子，这人叫万水法，是另一个建筑施工队的队长。

主楼框架顶上。

水泥制的楼板已铺了一半，万水法和金瓦刀相隔几步远，默默地站着。

万水法说：老金，这事本不该我管，可我外甥找到门上来了。我外甥大群在家里说了一房媳妇。前前后后扯了三年，她家里花了人家八千块钱。头前，好儿定了，肉割了，就要娶亲的时候，才发现，你娃子把人家的媳妇拐跑了。

金瓦刀惊道：有这事？不会吧。

万水法说：确有其事。在车站上，有人撞见了。

金瓦刀"啪"地朝自己脸上扇了一巴掌，咬着牙说：这狗日的，作死！

万水法说：老金，都是在外边混的。你也知道，咱山里，娶房媳妇不容易。

金瓦刀沉默了片刻，问：那女的叫个啥？

万水法说：北遥的，叫莲。

金瓦刀说：莲？

万水法说：我也闹不清，就叫个莲。听说，跟你娃子同过学。人家说了，知道你的名头。要是把人劝回去，也就不说啥了。

金瓦刀咬着牙，沉默了片刻，说：老万，我会给你个交代。

上午。工地上，民工们正在各处紧张地施工，有掭灰的、砌墙的、扎钢筋的、运预制板的；电焊声、升降机声、搅拌机声响成一片。

二楼的一角，小工兔子趁老麻雀撒尿的工夫，正在偷偷地学砌墙。他一边学砌墙一边嘴里练习说普通话：中、中中、中央人民广播电台，中、中央电视台，男男同志女女同志男女同志……

可是，突然之间，这堵已垒了一半的砖墙轰隆一声，一下子被人推倒了！紧接着是暴跳如雷的骂声：这是林县人干的活儿吗？狗日的！老麻雀呢，老麻雀日白（河南方言，乱跑的意思）哪儿去了？！

学砌墙的兔子扭头一看是金瓦刀，忙扔了手里的瓦刀，吓得哆哆嗦嗦地说：他他他、他、尿尿尿尿、尿去了。

金瓦刀破口大骂：尿？狗日的，掉尿池里了？！这是人做的活儿吗？林县人就干这活儿？！狗屎！回去吧，回去抱孩子吧！

正骂着，老麻雀提着裤子跑上来了，忙不迭地解释说：老金，金头儿，怨我了，怨我。我去撒了泡尿，也就一泡尿的工夫，兔子，兔子他想学。

金瓦刀骂道：学？这是工程！能是随便学的？出了质量问题谁负责？！老麻雀，你也算是在渠上待过的人，咋干这事？！

老麻雀说：老金，你这话说重了。我返工，返工还不行吗？

这时候，楼外有人喊：老金，金头儿，有人找！

金瓦刀拍了拍手上的沙灰，气呼呼地扭身走出去了。

兔子愣愣地站在一旁，结巴着问：老、老叔，你你你跟、跟金头儿不、不是亲戚吗？

老麻雀苦笑了一下，摇摇头说：亲戚？不是亲戚他还不骂呢。你不知道，在工地上，越是亲戚越受气，活儿做坏了，他别人不好骂，就骂亲戚！

兔子又问：那、那，那我，到底哪儿、哪儿错了？

老麻雀一边扯线一边说：哪儿错了？你看你干那活儿，灰缝一指宽，灰缝大了！操，撒泡尿，撒出事来了。兔子，你这不是成心坏我名誉吗？

兔子说：老老老、老叔，我是想见、见见见缝插、插针……

老麻雀说：算，算了，掂你的灰去吧。

兔子哀求说：老叔，教教我、我吧。我也不能当、当、当一辈子小工啊！

老麻雀说：想学？

兔子说：想、想学。

老麻雀说：你要学就当我面学，别偷着学，出了质量问题，叫你娃子吃不了兜着走。在城里盖楼，这灰缝是有规定的。

工棚前，阳光很好。

金瓦刀细眯着眼，打量着站在面前的儿子和他身后的姑娘，姑娘长得很漂亮。

金桂生叫了一声：爹。

金瓦刀轻轻地说：行，娃大了，长本事了。

桂生说：爹，她叫……

金瓦刀咳了一声：先别说，啥也别说了。我问你，吃饭了吗？

桂生心里怯怯的，说：没呢。

金瓦刀摆了摆手说：先吃饭。

说完扭身就走。

街头上的一家小饭店里。

金瓦刀要了两碗面，说：吃吧。

金桂生看了看父亲，说：爹，我想要个大麻花。

金瓦刀一句话也没说，就去要了两个麻花，放在了饭桌上，而后说：你知道一个麻花多少钱吗？

金桂生看了爹一眼，说：多少？

金瓦刀说：垒一面墙。接着又说：吃吧。

然而，桂生却把麻花推到了莲的跟前，说：吃吧。

金瓦刀坐在一旁，一句话也不说。

于小莲说：叔，你也吃。

金瓦刀看都不看她，闷闷地说：吃，你吃。

正在施工中的主楼上。

金瓦刀带着儿子一层一层地往上走。

金桂生边走边问：爹，这是……

金瓦刀厉声说：跟着走。

等上到楼顶，金瓦刀扭过身来，两眼逼视着儿子说：往前看。都看见啥了？

桂生说：楼。一栋一栋——楼。

金瓦刀说：路是人走的，楼是人盖的。娃子，出了门你就知道了，世界很大呀！说着，他扭过头来，看了儿子一眼：唉，我看来看去，不像啊，你，不像是我的儿子。咋看你身上，少点啥呢？

桂生也跟着往自己身上看了看，说：少、少啥了？

金瓦刀说：——骨头。你身上的骨头哪儿去了？！说说吧，上了十年学，你都学了些啥？！

桂生预感不妙，怯生生地望着父亲。

金瓦刀气冲冲地说：你说，你都学了些啥？狗日的，你娘咋教你的？你居然学会了偷！王八羔子，你、你、你居然去偷人家的女人！你居然干些猪狗不如的事情！你让你爹的脸往哪儿搁？！说着，"啪"一声，一耳光扇到了桂生的脸上。

金桂生两手捂着脸，身子往后趔趄了两步。

金瓦刀吼道：咱林县有个规矩你懂吗？一把瓦刀走天下，饿死不要饭，冻死不做贼！你你你，居然去偷？！

金桂生用手捂着脸，往后一步步退着，边退边解释说：我没偷，我不是偷！

金瓦刀说：狗日的，人家都追到这里来了，你还敢说你没偷？！你怎么这么没出息，竟敢去偷人家的女人？我打死你这个没出息的！

金桂生一边往后退着一边喃喃地辩解说：爹，我真不是偷。我俩是同学，我俩好、好了几年了，我俩是真感情，她，不愿跟那男的。不信你问她。

金瓦刀往下瞥了一眼，更是气不打一处来，喝道：感情？啥球感情？！——你看看你，看看你那裤子！

桂生低头看了看腿上穿的裤子，裤子是新的，却是偏开口的女式裤子，他低声说：裤子，裤子是我姐让我穿的。

金瓦刀骂道：你的裤子呢？王八羔子，你连裤子都穿不好，还敢日白感情?!

金瓦刀咬着牙说：娃子呀，人得有志气，人得长脸啊。有多少女人不能找，嗯？你偏偏去偷人家一个?！我告诉你，媳妇可以挣，不能偷。一个男人，有本事你就去挣，给我挣一个回来！偷鸡摸狗的，这算什么？堂堂七尺汉子，去偷人？让人笑话呀！

金桂生辩解说：我没偷，我这不是偷。都啥年代了，你还，这么封建？其实，那主儿也、也是花钱买的。他家花了八千块钱，她不愿，就就……

金瓦刀说：你还敢嘴硬？八千块呀，那是容易的吗？那是人家的血汗钱！咱山里人，要活个骨气，活个地道！有本事你自己挣一个，就是不能偷！

桂生仍说：我没偷。我不是偷！

金瓦刀火了：你还敢犟嘴?！说着，他突然上前一把拎着儿子的衣领把他提到了楼口上，咬着牙说：娃子呀娃子，你要是真有种，你就从这楼上跳下去！你要是敢往下跳，我就舍下这脸——依你！

桂生往楼下看了一眼，老天，七层楼啊！看着让人眼晕，他不由自主地往后退了一步，惊叫道：爹——

金瓦刀咬着牙说：你跳啊！

一间工棚前。

金瓦刀"啪"地把门锁上了。

金桂生在屋里哭着叫着：爹，开开门，你开开门！是我把人家带出来的，我不能把人家撂下不管啊！

工地办公室。

金瓦刀说：姑娘，委屈你了。有句话，我不知当说不当说。

这时，于小莲似乎明白了什么，默默地站起身来：你说吧。

金瓦刀说：我知道，这事不怪你，是我那娃子不争气。咱是本分人，再怎么着，也不能干、这个这个，不明不白的事。如今，人家追到工地上来了。

于小莲低下头，又抬起头，说：这是我的主意，不怨桂生。

金瓦刀说：这事呢，唉，啥也别说了，金家，没这个福分啊。

莲说：我明白了。

金瓦刀说：既然姑娘是明白人，那我就不多说什么了。这么说着，金瓦刀从兜里掏出了三百块钱，放在了莲的面前：对不住了，多多少少，是个意思，收下吧。

于小莲看了一眼，她的脸有些白，就说：桂生呢？我想见见他。

金瓦刀说：那娃没脸见你了。

于小莲沉默了一会儿，突然说：叔，你看不上我？

金瓦刀怔了一下，背过身去，什么也没说。

于小莲眼里流着泪说：叔，帮帮我们吧。我跟桂生同学三年，是真心相爱。

金瓦刀闷闷地说：姑娘，人是活脸的。

于小莲再不说什么了，就默默地往外走，那钱，她看都没看。

工地上。

正在施工的民工们全都默默地注视着这么一个姑娘：她拎着小包袱来了，又拎着小包袱走了。

没有人说话，谁也不说一句话。

站在一旁的金瓦刀给老麻雀和兔子招了招手，两人跑过来了。

金瓦刀小声对两人吩咐说：姑娘家，没出过门，去送送她，把她送到老万的工地上。记住，见了老万，你们俩就回来，再有什么事，就与咱无关了。

老麻雀说：我看这妞长得不错，留下算了。

金瓦刀狠狠地瞪了他一眼：人，要讲信用。

另一处工地上。

一群民工乱嚷嚷地说：来了。来了。

高楼下，在一所很简易的工棚前，老麻雀对包工头万水法说：老万，芝麻秋秋你点点，这人可是给你送来了。说着，就往外走。

于小莲看了一眼站在一旁的王大群，突然说：这位大叔，你等等。

而后，于小莲说：姓王的，实话告诉你，我不会再回去了，就是死，我也不会再跟你回去了。要杀要剐随你的便！不过，我是欠你的。我爹用了你八千块钱。这钱，我会还的，我一定还。

王大群瞪着血红的眼睛，直直地、恨恨地望着站在眼前的女人，突然说：好，说得好。还！你现在就还！宝贵，你是他哥，你说句话！

于小莲哑了。

这时，突然有一个三十多岁的男人从后边挤过来，抢在前边，跳出人群，二话不说，当着众人，上去就扇于小莲的脸，他左右开弓，"啪啪啪啪"一连扇了于小莲十几个耳光！一边打着，一边还骂：我叫你不要脸！我叫你不要脸！我叫你不要脸！为你，你娘都快气死了！一家人跟着你遭罪。

顿时，于小莲一脸都是血！人群哑了。

万水法说：算了，别打。别打。

人群里，有人小声问：这是谁呀？

有人小声说：她一个叔伯哥。

接着，宝贵又说：你不要脸，家里人还要脸呢！花了人家的钱，就得跟人家走！你就是死，也得埋到人家地里！

这会儿，站在一旁的民工乱嚷嚷地跟着起哄说：就是。花了人家的钱，不跟人家，还算人吗?!

二群说：操，钱是白花的？捆她。捆也把她捆回去！

有的民工说：对！八千块钱，不是个小数，让她还钱，现在就还！

王大群咬着牙说，两条路，随你选：要么你跟我走，要么还钱。

于小莲先是一声不吭，那血顺着脸流下来。片刻，她眼里的泪下来了，她定定地说：钱是欠下了。我说过，我会还的。可我眼下没钱。我可以给你们打个欠条。两年之后，我连本带利，一准还清！要是你们还不信，那，我死给你们看！——就这么说着，她突然从包袱里掏出了一把剪子，对准了自己的脖子！

人们慌了，宝贵也慌了，忙说：莲，你干啥？你想干啥?!

这时，有人小声对万水法说：老万，这可是城里，别出什么事吧？

此刻，万水法咳嗽了一声，说：慢，慢。莲，你是叫莲吧？我这外甥也没有逼你嘛，可你翻过来想想，八千块钱，对山里人来说，不是个小数目。你说你还，你拿什么还？你说你写个欠条，就二指宽的一张纸，到时候上哪儿找你去呢?!

民工们乱纷纷地说：对呀，谁信啊！

这时候，于小莲朝众人看了看，求救般地说：大叔大哥，我是咱林县北遥人，我叫于小莲。我欠这姓王的八千块钱，这钱我说还就一定还。你们谁要是能给我做个"保"，那今生今世他就是我的恩人！

一时，人们面面相觑，谁也不说话了。

在围观的人群中，有同情的人小声说：这种事谁"保"？没人敢"保"。

有人说：可不，八千块呢，不是个小数。

在人群中，老麻雀脖子一伸，身子却不由得往后退了一步；可是，他身后的兔子却用手暗暗地扯了他一下，他又往后挪了挪，兔子又用手扯了他两下。老麻雀用脚暗暗踢了兔子一下，兔子又用脚踢了踢他，两人的脚在下边碰来碰去的，一直用脚在暗地里"说话"。

终于，老麻雀看了看众人，又一次伸了伸脖子，小声地、仿佛有些不好意思地说：老万，那、那，这，这吧——我保。写吧，我保了。

万水法惊讶地望着他：老麻雀？！

老麻雀搓着手，有点羞涩地说：一个闺女家，我看她、她，本来嘛，要说，不过，我也不会，老少爷儿们，在咱这一行里，凡是掂瓦刀的，没有人不认识我的，我总跑不了吧？写吧，我保。到时候，要是她真还不上钱，你们就来找我，我还。

有人说：老麻雀，你疯了？称称你的骨头？！——八千块呀！

老麻雀四下看看，咽了口唾沫，干干地说：我，我，我只当认了个闺女。

这时，于小莲满眼含泪，身子一转，扑通一声，给老麻雀跪下了。

上着门锁的工棚里。

金桂生两手捧着头，十分沮丧地在床边上坐着。片刻，他像狼一样在屋子里走来走去，嘴里喃喃着，而后声音越来越大：咋办？咋办呢？你就这么撂下人家不管了吗？你，你是人吗？你把人家领出来，红口白牙许下千秋大愿，你说你要给人家幸福，你说你要让人家过上城里人的好日子。你还说你爱人家，可你，你就这样丢下人家不管了？！王八蛋啊，你是个王八蛋！你是个窝囊废！接着，他"啪啪啪啪"连着扇了自己几耳光，嘴里咬牙切齿地吼道：钱！我得挣钱！我一定要挣钱。说着，他一头撞在墙上呜呜地哭起来了。

这时候，金瓦刀把工棚的门一开，伸手一指，说：狗日的，背，你给我背砖去！

金桂生在父亲的逼视下，垂头丧气地到砖车前卸砖去了。

街口上。

于小莲和老麻雀、兔子三人在熙熙攘攘的街角上站着。

临分手时，于小莲说：麻叔，你信我吗？

老麻雀心里虽然有些后悔，脸上的笑也很干，嘴上却说：信，我信。

于小莲说：您别怕。您老帮了我，我不会让你受牵连的。你放心，不管千难万难，那钱我一定还！你记住我的话，我是北遥的，我叫于小莲。钱，我会还的。到时候，我一定还。叔啊，你的大恩，我记下了。说着，她勾下头去，又深深地鞠了一躬。

听于小莲这么一说，老麻雀搓着两只手，一时竟不知说什么好了。他慌慌地把手伸进内衣兜里，摸索了一会儿，从兜里摸出了五十块钱，说：都是出门在外，不容易呀！这五十块钱，你拿着吧。

于小莲说：不，不。已经让你受了这么大累了……

老麻雀硬把钱塞到了她的手里，有点不好意思地说：别嫌少。这半年，工资还没开呢，要不……嗨，收下吧，多少是个意思。

工地上。

框架结构的二层，一个民工往下指着说：看，你看，老金家娃子，拐人家的媳妇，挨熊了。

另一个民工说：是吗？在哪儿？

那民工说：你瞅下头，正背砖呢。

另一民工往下看了看说：老金这娃，兜里还插根笔，不像干活的样儿。

工地前边，金桂生仍在一趟一趟背砖。背着，背着，他突然把砖一扔，悄悄地溜出去了。出门后，他一路狂奔。

大街上。

人海茫茫，于小莲一步步走进了人群，她的身影由大变小。从远处看，她像是一片树叶似的，很孤单地淹没在了熙熙攘攘的人海中。在嘈杂的人声里，她的身影由大变小，越来越小，越来越小，终于沉没在城市的旋涡里，消失得无影无踪！

等看不见于小莲的时候，老麻雀和兔子两人还怔怔地站在路口，很有些不是滋味。而后，两人一边走，一边相互埋怨。兔子说：师、师傅，八、八、八千啊，这、这账你、你也敢、敢顶？！

老麻雀叹一声，说：不是你，我也不会出这个头。

兔子说：我、我可可、没、没没让让你……

老麻雀瞪着眼说：哎，那你踢我干啥？一会儿一踢，一会儿一踢，你干啥呢？！

兔子说：那、那那那我是让、让你走。赶赶赶紧、走走。

老麻雀一跺脚说：嗨，你呀。算了算了。我这一辈子就担这一回缸！兔子，你说，她不会坑我吧？她会坑我吗？

兔子说：难难难、难说。

就在这时，金桂生从远处跑来，一把抓住老麻雀问：叔，莲呢？

老麻雀伸手一指，说：刚走。

金桂生气喘吁吁地问：上哪儿去了？

兔子说：东、东东，朝东去了。

工地上。

万水法对垂头丧气的王大群说：群，算了。我看，那鸟不是你的，就是勉强跟了你，你也养不住，早早晚晚的，还会飞。叫我说，算了。

王大群原本在地上蹲着，慢慢地，他站起来了，脸上是满腔悲愤：舅，我不回去了。我也没脸回去了。就在你这儿干吧。

二群说：我也不回去了！

万水法看了他们一眼，说：行啊，只要不怕吃苦，少不了你俩的媳妇。

王大群的目光一下子硬了，恨恨地说：王八蛋，我得去会会那小子！

万水法说：这是城里，可别给我惹事。

大街上。

金桂生飞奔而去，一边追一边高喊：莲！莲！当他追到十字街口时，在人群中突然看见一个姑娘的背影，他追上前去，一把抓住人家的肩膀，叫了声：莲！

可是，等那人转过脸来一看，却不是莲！那女子愤愤地说：你有病啊?!

金桂生傻傻地站在十字路口，只见大街上车来车往人流如潮，哪里还有莲的影子?

○ ●

第二集 ·······································

深夜，工地旁的一片空地上。

王大群和金桂生面对面地站着，眼里都有怒火，恨恨的。旁边还站着大群的弟弟二群。

王大群说：姓金的，你运气不错呀！

金桂生站在那儿，心里有些打鼓，不知该说什么。

王大群说：实话告诉你，要是早一天让我碰上你，你猜怎么着？

金桂生说：你，怎么着？

王大群恶狠狠地说：我会杀了你！——不过，现在我不这么想了。

金桂生有些害怕，他往后退了一步，说：你，还想，咋样？

王大群咬着牙说：咋样？王八蛋，我想跟你斗一斗，就在这城里斗。

金桂生摇摇头，说：我不和你斗。

王大群乜斜着眼，说：只怕不由你。

金桂生强撑着问：那，咋个斗法？

王大群说：你说呢？划个道吧？

金桂生嗫嚅地说：我，我不跟你一般见识。

这时，王大群突然笑了，恶狠狠地笑了。过了一会儿，他说：说得挺体面。不过，你别怕，我要斗的头一个目标不是你。金桂生说：我爹？王大群哼了一声，摇了摇头。金桂生说：莲?！王大群咬着牙说：——穷！我要斗一斗这个"穷"字。看谁先把这个"穷"字抠了！正在施工的楼顶上，金瓦刀站在楼顶上悄悄地望着这一幕，望着望着，他下意识地、有些失望地摇摇头，叹了口气。

劳务市场。

一群一群的进城打工的乡下姑娘在路边上站着，前来招人的城里人来来往往，看着、问着，大多是摇摇头，又去了。

于小莲挎着一个小包袱也在路边上站着，这时，有个衣着鲜亮的城市少妇走过来，用审视的目光看了她一眼，停下来问：你哪儿的？

于小莲说：林县的。

这少妇问：当过保姆吗？

于小莲迟疑了一下，老老实实地说：没有。

少妇又上上下下打量了她一番，说：在家带过孩子吗？

于小莲脸一红，说：也，没有。

这时，旁边有几个姑娘凑过来，争先恐后地说：我带过，我带过。

那少妇摇了摇头。

工地上。

金瓦刀在大声喝斥金桂生：过来！

金桂生垂头丧气地、慢腾腾地挪过去，说：干啥？

金瓦刀随手从地上拿起一块砖，用手里的瓦刀"叭"地一砍，齐齐地砍去一半，接着用一根很细的线绳拴上，做成一个"吊坠"。而后，他把那"吊坠"提起来，对着楼角在眼上瞄了一下，递到儿子手里，说：拿着。举到跟眉眼相齐，三点成一线，给我吊吊这面墙！听着，一直吊到你能看懂这面墙的曲度为止！

金桂生很勉强地接过来，还没"吊"一分钟呢，他的手脖就酸了，那"吊坠"一下子掉在了地上。

这时，金瓦刀上去就是一耳光！喝道：捡起来！狗日的，你心跑哪儿去了？你连个墙都不会"吊"，你还能干啥?!

金桂生黑着脸，把"吊坠"捡起来，再"吊"，可他的心根本就不在这上边。

大街上。

于小莲挎着小包袱走进了一家饭馆。

在饭馆里，于小莲对一位女老板说：大姐，你们这儿要人吗？

女老板看了看她，一边按着计算器，漫不经心地说：会炒菜吗？

于小莲迟疑了一下，说：不会。我可以洗碗，打杂。

女老板头也不抬，说：不要，不要，我这儿人手够了。

于小莲走得有些累了，想坐下歇歇脚，可她眼盯着椅子看了一会儿，还是没好意思坐，只好又走出去了。

工地上。

工地上一片忙碌，金桂生却无精打采地在地上蹲着。这时，金瓦刀从他身后走过来，照他屁股上踢了一脚！骂道：狗日的，我看见就想揍你。你咋这么懒？我让你干啥呢?!

金桂生嘴里嘟哝说：我、我手脖都肿了。你看看，指头都磨出血了。

金瓦刀叹一声，恨铁不成钢地骂道：你咋一点也不像我呢？嗯？我算白生你了。真是个窝囊废！你爹我八岁学艺，流了多少血？你才流了几滴血？王八羔子，那技术就是用血磨出来的！你要是连这点苦都吃不了，趁早滚回去，别在这儿丢我的人！

金桂生辩道：这都啥年代了？现在谁还用这玩意儿？

金瓦刀说：你狗日的还犟？不管啥年代，出来做事，就要先学会吃苦！

突然，金瓦刀高声喊道：停一下。都过来！顶上的，下来，都给我下来，咱临时开个小会！

于是，民工们全都放下手中的活计，拥过来了。

金瓦刀指着金桂生说：大伙儿听着，他叫桂生。从现在起，他是你们所有人的徒弟！是咱工地上最小的小工！你们所有的人，都可以指使他，叫他提水，他就得提水，叫他扫地，他就得扫地！叫他干啥他就得干啥。无论脏活、累活，他都得干，不能有一丝一毫的特殊。他要是敢不听，你就给我熊他，再不听，大耳光子扇他！听见了吗？

众人都笑着说：听见了！

接下去，金瓦刀对金桂生说：你听见了吗？

金桂生小声嘟囔说：我不成奴隶了。

金瓦刀厉声说：你说啥？

金桂生小声说：听见了。

工地上。

另一工地的工头贺老八骑着一辆自行车急火火地跑来了，他把车子往门口一扎，喊道：老金！老金！

金瓦刀从工棚里迎出来，说：老八，啥事，急火火的？

老八说：我都快愁死了！

金瓦刀说：啥事，你说。

老八说：这回丢大人了！

金瓦刀说：啥事你说呀！

老八说：我不在大学里揽了个工程嘛，还捎带着盖个锅炉房。结果锅炉房盖好了，运锅炉的时候出事了。

金瓦刀说：到底出啥事了？

老八说：后勤的宁处长想省钱，问我能迁不能，我也没在意，就大包大揽地说没问题。可，等我带人装好之后，才发现，那是个烧油的锅炉……就是点不着火！宁处长把我好说一顿，你说丢人不丢人?！

金瓦刀听了，二话不说，回身进屋去了。他从屋里拿出一个巨大的帆布工具包，里边装着管钳、大扳手等满满的维修工具，大声叫道：桂生，过来。

金桂生从远处跑过来，说：啥事？

金瓦刀说：背上。

金桂生伸手一接，暗暗吸了口气，说：乖乖，这么沉！

金瓦刀说：跟我走。

大学新建的锅炉房里。

已是傍晚了。灯光下，金瓦刀一人在锅炉旁忙活着，他的身边放着钳子、扳手、螺丝刀等一些工具，老八和一些民工在一旁看着，大气也不敢出。金桂生蹲在父亲身后，让他递钳子，他就递把钳子，让他递扳手，他就递把扳手。最后，金瓦刀拧开了一个油嘴，小心翼翼地从里边扯出了一小团棉纱。老金说：就是它。

这时，老八凑上来，说：老天，就这点事？

金瓦刀已蹲了很久了，他慢慢地站起身来，捶着发酸的腰说：推闸吧，试试。

这时，后勤处的宁处长走进来，制止说：慢，慢。你是谁呀？你会吗？你懂吗?！这可是油炉！

老八赶忙介绍说：宁处长，他是咱林县最有名的大工匠，一小就出来闯，没有他没干过的。当年修红旗渠的时候，他可是赫赫有名，人称"金瓦刀"！

宁处长似信非信地望着他，说：噢，听说过。

老八又给金瓦刀介绍说：老金，宁处长是咱老乡，帮过咱不少忙。

宁处长说：查出来了吗，到底啥毛病？

金瓦刀说：棉纱把油嘴堵了。

宁处长说：那，你敢打保票？

金瓦刀只说：试试吧——推闸。

有人把闸刀推上了，众人都看着，脸上带着几分紧张。片刻，只见锅炉开始正常运转了。

众人都松了一口气。宁处长激动地说：神了！老金，多少人都看不出来的毛病，你一来就治了，真是大工匠！好，好啊！老乡见老乡，请客，今天我请客！

大街上。

金瓦刀在前边走，金桂生背着工具包在后边跟着。金瓦刀边走边对儿子说：你知道一个匠人出门在外，凭的是什么？

金桂生不吭。

金瓦刀说：凭的是一双手。

这时，金桂生突然说：爹，我……我想上学。

金瓦刀伸出巴掌来又想打他，叹一声，又缩回去了，说：你这个不成器的，早干啥去了？在家你就不好好上学，这会儿你又想上学了？上啥学？

金桂生偷偷地看了父亲一眼，说：我，我想上个夜校，学建筑的。

金瓦刀默默地望着他，而后，说：多少钱？

金桂生吞吞吐吐地小声说：三、四、五、五……

金瓦刀问：多少？

金桂生说：五百。

金瓦刀想了想，从包里掏出五百块钱，数了一遍，又数一遍，而后才递给儿子：拿去吧。白天好好干活，夜里好好学。

金桂生接过钱，扭头就走。

金瓦刀说：干啥去？

金桂生说：交学费。

大街上。

第二天，金桂生急匆匆地走着，他仍在四下里寻找于小莲。到处都是人，却没有一个熟人，满眼都是陌生。他走得实在是有些累了。这时，刚好有一辆公共汽车开过来，他灵机一动，快步跑过去，上了那辆公共汽车。

另一处工地上。

王大群正在一摞一摞地背砖，他脚上穿的是一双旧解放鞋。正走着，只听"噗"一声，他的脚踏在了一个木条上，木条上正好有一颗钉子，那钉一下子扎在了他的脚上，他腿一软，"呀"的一声跪下了。

旁边有一个和灰的，那人叫老本，老本问：咋的了？

王大群蹲在地上，翻过鞋子，把扎在鞋底上的钉子拔了下来，说：没事。

老本低头看着他的脚印，突然说：群，流血了。你脚上有血！

王大群边走边说：那不是血。

老本一怔：不是血？明明是血嘛。

王大群恶狠狠地说：那是"穷"！

劳务市场上。

已是下午了，四处碰壁的于小莲又转回到了市场上，她十分疲惫地在路边上站着。这时，站在她身旁的一个名叫苏小娜的四川姑娘教她说：你傻哟？谁再来问你，不管问啥子，你都说干过。先去了再说嘛！

于小莲无奈地说：我不会说瞎话。

那姑娘说：你得学哟。你得学会说瞎话。要不，你根本找不来活儿。城里人可刁了！

这时候，一个胖胖的穿西装的男人摇摇地走过来，他似乎是一眼就看上了于小莲，径直走过来问：当过保姆吗？

于小莲看了看旁边那个姑娘，脸一红，吞吞吐吐地说：当过。

那胖子说：跟我走吧。

于小莲慌了，问：上哪儿？

那胖子说：去我家呀。

于小莲迟疑了一下，说：那，工钱咋算？

那胖子说：管吃管住，一月一百。我知道，都这个价。

于小莲在心里默算了一下，吞吞吐吐地说：能不能……多给点？我欠人家债。

那胖子乜斜着眼打量她了一阵，说：就一百，你干不干吧？他看于小莲有些迟疑，就说：再加一百，跟我走吧。

这时候，于小莲突然有了些不祥的预感，说：等等。你家孩子多大了？

那胖子一怔，说：孩子？

于小莲说：你不是给孩子找保姆吗？

那胖子邪邪地笑着说：我是给自己找保姆呢！你看我这个人，好带吧？

站在旁边的那四川姑娘暗暗地扯了于小莲一下，于小莲马上领悟了她的意思，摇摇头说：我不去。

那胖子哼了一声：不去？不去算了，三条腿的蛤蟆不好找，两条腿的人有的是！

公共汽车上。

金桂生站在拥挤的公共汽车上，他一手扶着栏杆，身子往车窗前倾着，全神贯注地往大街上看，他仍在寻找于小莲。在车上，一晃，他觉得他看到了于小莲的身影，忙喊：停车！快停车！——可司机根本不听他的。

这时候，金桂生突然觉得有人碰了他一下，赶忙去摸裤兜，发现裤兜已被人割破了！慌忙中，他抓住站在身边的一个青年，惊慌地说：钱！钱！我的钱！

立时，有三个青年围住他，气势汹汹地说：妈的，谁拿你的钱了？谁拿你钱了？！

金桂生想喊，可他刚喊了半句：抓小……

那三个青年人围着他，劈头盖脸就是一顿乱打，一下子把他打翻在地上。而后，趁着混乱之际，几个人下车扬长而去。

很久之后，金桂生才慢慢地从地上爬起来，脸上淌着血。

劳务市场上。

金桂生失魂落魄地蹲在一个站牌下，他嘴角上仍流着血。

这时候，一个小手绢递到了他的面前，他抬头一看，面前站着的竟是莲！他揉揉眼，是莲，真是莲！一时两人百感交集，都哭了。

金桂生说：莲……

于小莲流着泪哽咽着说：要早知这样，还不如……

金桂生说：怨我，都怨我。

于小莲说：事到如今，还说这话干啥？

金桂生拽上于小莲：莲，跟我回去吧。咱回去，再求求我爹。

于小莲摇摇头说：已经闹成这样了，你爹会答应吗？

金桂生说：咱跪他。跪下求他，说不定，他会答应。

于小莲叹一声，失望地说：你——没有骨头吗？

金桂生说：那，你说咋办？

河堤公园的长椅上。

金桂生和于小莲无望地坐着。

金桂生突然说：莲，咱跑吧？

于小莲有些茫然地说：还跑？往哪儿跑？

金桂生说：要不咱去新疆？豁出去，再跑个没人知道的地儿。

于小莲说：既然跟你出来了，我也不怕。跑就跑。可咱连个路费都没有，咋跑？再说了，人家麻雀叔给我担着保呢，我一跑，不把人家坑了吗？要不，咱先打工，等挣够了钱，还了债，再……

金桂生有些烦躁地说：这也不行，那也不行，你说咋办？

两人沉默了一会儿，金桂生有些为难地说：本来，想着，找着我爹，就有办法了。可谁知道，我爹这人，太认死理。要是我爹答应的话，钱，应该不成问题，可我爹这人太古板了。没办法，我编了个瞎话，说要上补习班，好说歹说，才找他要了五百块钱。本想给你的，可，在车上又让小偷给偷了。往下，他又说，不过，我还有钱呢，我留了个心眼。我真有钱——就这么说着，他蹲下身子，脱了一只鞋，从鞋垫底下，掏出了一百块钱。

于小莲说：你也不嫌臭？

金桂生说：再臭也是钱呢。

于小莲说：一百块钱能干啥？

金桂生说：走，先吃饭。

公园里。

夜半时分，下雨了。

金桂生和于小莲像两只冷雀似的，在一片树林里互相依偎着。

于小莲叹道：天下这么大，咋就没有咱的路呢？

金桂生说：一个伟人说……

于小莲说：说伟人干啥？还是想想自己吧。

金桂生又改口说：莲，你冷吗？

于小莲抖了一下身子，说：不，不冷。你呢？

金桂生说：有点。还是，跟我回去吧？

于小莲恨铁不成钢地说：你，咋就没一点志气呢！

金桂生叹着气说：没有钱寸步难行啊！

就在这时，远处亮起了一束束很强的手电筒的亮光！那是巡逻的几个保安往这边走来。此时此刻，金桂生又一下子慌了，他低声说：警察！警察！不会抓咱吧？

于小莲也有些慌了，她把金桂生稍稍推开一些，说：咱又没干啥坏事。

可金桂生还是有些慌，说：可咱没证没啥的，万一……

这时，于小莲看了金桂生一眼，很失望地说：那，你跑吧。

金桂生迟疑了一下，说：你呢？

于小莲说：别管我。你跑。

那亮光越来越近了，金桂生一边往后退着，一边惊慌地说：那咱……

啥时见面？

于小莲失望至极，可她终于说：明儿在劳务市场，不见不散。

金桂生心虚，扭头就跑。他这么一跑，反倒引起了巡逻保安的注意，手电筒一下子全照过来了，有人高喊：站住！

在追喊声中，金桂生却越跑越快。一群保安追了上去，到底把金桂生抓住了。

工地上。

夜，于小莲气喘吁吁地来到了工棚前。

金瓦刀开门一看，说：你，咋又来了？

于小莲急切地说：金叔，桂生被派出所的人抓走了。

金瓦刀一惊：为啥？

于小莲说：也，不为啥。

金瓦刀说：我不信。不为啥？你俩，干啥坏事了？

于小莲低声说：也就，见了个面。

金瓦刀看了她一眼，沉默片刻，说：我知道了。你走吧。

于小莲说：叔，我在你这儿打工，行吗？

金瓦刀看了看她，说：这是工地，干的都是粗活。

于小莲赶忙说：我啥活儿都能干。我、我不要钱。

金瓦刀背过身去，沉默了片刻，终于说：姑娘，不是我……做人，不能不讲信义。你还是，走吧。

于小莲默默地站了一会儿，终于扭过头去，眼里含着泪，一步一步往外走。

这时，金瓦刀说：闺女，那娃子不成器，从今往后，你别再找他了。

派出所。

金瓦刀黑着脸把金桂生领了出来，临走时，派出所所长说：要是正正当当地谈恋爱，你跑什么？心里有鬼吗？走吧，回去好好教育。

路上，金瓦刀一句话也不说，像押犯人似的，把儿子押了回去。

劳务市场上。

上午，于小莲很疲惫地在路边上站着，她在等金桂生。

工地办公室里。

金瓦刀怒不可遏地望着金桂生说：你看看你，屁大一点事，你扭头就跑。你咋叫人家不怀疑你?! 你的胆呢？你没长胆？王八蛋，要是没这个胆，就不要做！既做了，就敢作敢为！你看看你，浑身上下针扎一点的长处都没有！给你个钱，你会让人偷了？

金桂生勾着头，一声不吭。

金瓦刀训道：我问你，你知道什么叫男人吗？男人，吐口唾沫就是钉子！男人，尿出去一条线，哭出来两眼血！男人，小处说，会挣一份家业；大处讲，打一统江山！你说说，你能干啥？你会干啥?! 要技术你没技术，要胆量你没胆量，就你这一堆泥的屄包样儿，我真担你的心啊！

金桂生先是低着头一声不吭，过了一会儿，他嚅嗫着求告道：爹，我跟莲，是真心相好，求求你，就成全我们吧。

金瓦刀拍着桌子说：儿啊，是男人，就要拿得起，放得下。你，你咋就这么没出息哪?! 我还是那句话，有本事你去挣，人家的，千好万好，不能偷！

接着，金瓦刀摇摇头，又摇摇头，想了想，无奈地说：你别跟着我了，你跟着我，我一天打你三顿！去，把被褥捆捆，跟我走！

金桂生说：上哪儿？

金瓦刀重重地"哼"了一声。

另一处工地上。

在二楼的一个楼梯拐角处，一位请来的电焊工把手里的"焊把"往地上一撂，取下防护罩，说：老万，这个地方没法焊。

万水法走上前说：咋，刘师傅，焊不成？

电焊工说：焊不成。你看吧，这是个拐角，胳膊伸不进去，没法焊。

万水法忙给他递了支烟，说：那你看咋办？

电焊工说：真焊不成。你看，管子在墙里边，这又是个拐角，胳膊根本伸不进去，没法焊。

万水法又问了一句：真焊不成？

电焊工端着架子说：真焊不成。

万水法恼了，说：老本，去，请老金！

这时，王大群凑了上来，往电焊工跟前一蹲，小声说：师傅，我能跟你学学吗？

电焊工白了他一眼，说：你是干啥的？

王大群说：我砌墙的，瓦工。

电焊工白了他一眼，横横地说：我还不知道你是砌墙的？你啥意思？你能焊？！

王大群说：没别的，就是想跟你学学。

电焊工说：你学？就你偷看那几眼？兄弟，明告诉你，得两年啊，一边去吧。这玩意儿，不是谁都能干的，闹不好一手血泡！

王大群说：咱就是下力的，还怕疼？我试试。

万水法看了王大群一眼，担心地说：群，这可是技术活儿。你……行吗？

王大群说：我都跟着看了这么多天了，让我试试吧。

电焊工说：看看？你就看了看，就敢出来逞能？明给你说，老子学了十年！

王大群也不吭声，蹲下身来，戴上防护面罩，而后，他拿起一把钳子，把焊条弯了一个九十度的弯，夹在焊把上，伸进墙去，紧接着电火花四溅，噼噼啪啪地焊起来。

四周围看的民工全都紧张地、默默地注视着。一直等到王大群焊完，取下头上戴的防护罩，他才回过身来，对电焊工说：刘师傅，你看行不行？

到了这时候，电焊工刘师傅竟一声不吭地收拾好自己的工具，站起身来，说：我就这一个绝招，都让你"偷"去了，你还让我说啥？兄弟，你可真够狠的！

王大群有些歉意地说：刘师傅，你看……

刘师傅说：啥也别说了。老万，实话说，我没别的，就是想加点工钱。没想，这点巧儿让他看去了。好了，我走。说着，就那么夹着包，很无趣地走了。

万水法上前拍了拍大群，说：行啊！群。

王大群恶狠狠地说：我天天跟三孙子似的，给他递烟、端茶、侍候他，他以为我傻子呀？！

劳务市场上。

大街上，攒动的人头。

已过午了，于小莲仍在路边上站着，她还在等金桂生。空中仿佛有人在说：那个男人，那个你舍命要跟的男人，不会来了。突然，她只觉得天旋地转，一头栽倒在地上！

在她旁边站着的四川女子苏小娜，急忙去扶她：哎哎，这是咋的了？！

紧接着，她摸摸她的头，说：发烧了！烫死人了！

于是，一群找活儿的姑娘把她围上了。

郑州某大学。

金瓦刀推着一辆自行车，车上放着捆好的被褥，"押"着儿子金桂生在校园里走。望着那些来来往往的大学生，金桂生眼里满是好奇、羡慕，甚至还有些自卑。

校园里的工地上。

金瓦刀把捆好的被褥往地上一丢，对包工头贺老八说：老八，这娃子就交给你了。

贺老八爽快地说：你老哥吩咐了，行啊。

金瓦刀说：让他先从小工干起。干不好，踢他！

贺老八说：听见了吧？小子。好好干，我这里可不养懒人。再说了，这里可是大学！刮阵风都是学问。夜里上个补习班，多好的机会。

而后，金瓦刀把贺老八叫到一旁，递上一支烟，说：老八，这娃子不成器，没见过啥世面，还胆小，你好好磨磨他。

贺老八说：你放心吧，老哥。按说，在匠人这一行里，你可是一把"金瓦刀"，不知多少人想跟你呢，你咋把娃送到我这里来了？

金瓦刀说：我想让他自己闯闯。跟着我，他总觉得有靠头。

老八点点头说：也好。

劳务市场上。

黄昏时分，金桂生上气不接下气地跑来，可是，他从东到西，又从西到东，连个人影儿都没见到；尽目望去，市场上的人已经走光了。

他拖着疲惫的身体走在路上，心里说：莲，你在哪儿呢？

租住房里。

于小莲已在床上病了一天一夜了。这时，她终于醒过来了，她的眼皮动了一下，有泪花落下来。

坐在一旁的四川女子苏小娜说：你醒了？

于小莲说：大姐，我这是在哪儿？

苏小娜说：这是我跟人合租的房子。你晕在大街上了，我也没法子嘛，总不能看着不管吧？只好把你背回来了。

于小莲眼一热，流着泪说：谢谢你了，大姐。

苏小娜说：都是出来打工的，谢个啥子。你是一个人出来的？

于小莲迟疑了一下，含着泪摇了摇头。

苏小娜说：那人呢？咋不管你？

于小莲低声地、伤心地说：大姐，你别问了。

苏小娜伸手摸了摸她的头，说：还烧着呢，走，上医院嘛。

于小莲有气无力地说：没事。我躺躺就好了。

苏小娜说：啥子话嘛，你住在我这儿，万一有个好歹我哪个担得起嘛。

大学里的一处工地上。

贺老八正在训斥金桂生：下来，下来！歪了，眼长哪儿去了？歪了！王八羔子，你知道你爹为啥把你送到我这里吗？那是叫你长本事的！你看看你，无精打采的，你看看你干那活儿，驴拉屎一样！学学你爹，干活清清爽爽的。在活儿上，我就服一个人，那就是你爹——金瓦刀！

金桂生勾着头，一声不吭。

贺老八说：你看看你，为个女人，跟失了魂儿样！别说你爹揍你，我都想揍你。——扒了,重垒!

一间教室里。

晚上,一些上夜大的学生正在听建筑基础课。

一位老师在课堂上侃侃而谈:在某种意义上说,建筑就是哲学,是艺术,它一旦矗立在大地之上,就有了生命,或者说成了一种象征。上建筑制图课,出现在你们眼前的一个个线条,你们可不要把它看成线条,那不是单纯的线条,那是建筑,是有生命的东西。

失魂落魄、百无聊赖的金桂生正坐在教室里听老师讲课,突然,他脸上出现了很吃惊的表情,他看见在教室窗户的另一边,也趴着一个人,那人竟是王大群!

两人的目光交织在一起,而后又分开了。

校园里。

一处处灯火通明。

下课后,在一条甬道上,金桂生先是犹豫着在甬道上徘徊,终于,他硬着头皮拦住了匆匆走来的王大群,吞吞吐吐地问:我想问问,有,莲的消息吗?

王大群瞥了他一眼,点着他的鼻子说:孙子,你吃错药了?

金桂生愣愣地望着他,一时不知说什么才好,好半天才说:你说谁,谁孙……

王大群重重地朝地上吐了一口,“呸!”又说,就说你呢,孙子!你狗日的是男人吗?就你,也配当男人?!

这时,二群不知从什么地方窜出来,一过来就说:哥,扁他!——说着,冲上去挥手给了他一拳。这一拳正打在他的鼻子上,他跟跟跄跄地倒在地上，鼻子一下子出血了！

此刻，大群拨开二群，一脚踩在他的肚子上，点着他的鼻子说：王八蛋，你他妈小心点，别让我再看见你！说完，两人扬长而去。

等两人走后，金桂生很狼狈地从地上爬起来，擦了一把脸上的血，有几分尴尬地靠墙站了一会儿，自言自语地说：我怕你？谁怕谁呀，打就打！就这么嘴里嘟囔着，刚转身要走，却又一下子撞在了一个怀里抱着书的女大学生（这女大学生名叫宁小雅）身上，把人家怀里抱的书撞了一地！

那女大学生看都不看他，就横横地说：捡起来。

金桂生愣了。

只听那女大学生又说：听见了吗？我让你捡起来！

一脸沮丧的金桂生，很无奈地蹲下身去，一本一本去捡。可他捡着捡着，不知怎么，心里越来越委屈，禁不住两眼含泪。

这时候，那女大学生看了他一眼，很吃惊地说：你哭什么？

金桂生抬起头，强忍住泪，把捡起来的书递了过去。不料，这女大学生看了看他的脸，突然笑了。

金桂生惊讶地望着她，不由自主地摸了一下脸，闹不明白她笑什么。

工地上。

夜，兔子站在工地上的一个简易厕所里，一边撒尿，一边一遍一遍地、极认真地在练习说普通话：中、中中央人人民广广、广播电电台，中中中央电电视台台，男男同同志，女女女同同志，男男女女女同同同志……他一遍一遍地练习着，有时候越想说好，就越说不好。

待他束好裤子，走出厕所时，嘴里仍念念有词：中中中央央人……

突然，兔子听到了哭声！他好奇地寻着哭声找过去，发现金桂生正躲在一个没人看见的地方哭呢。金桂生一边哭着，一边用头一下一下地撞墙，一边撞一边还哭着说：你真窝囊啊！女人丢了，还让这个欺负了那个欺负。你说，你是个人吗？你活着还有啥意思?!

兔子站着看了一会儿，走上前去，拍拍他说：兄兄弟，咋、咋了?

金桂生不吭了，就勾着头在黑影里站着。

兔子说：心、心里不不好受、受？你要要是憋、憋憋得慌，就就就背背、背点啥，可、可灵、灵。

金桂生仍是一声不吭。

兔子又说：这这人、人跟人人，不不能比。那女女女……走走走、走就走了。咋说、说，你、你还有有、有个靠头。你你你爹是、谁? 金金金瓦瓦、瓦刀!

不料，金桂生竟不愿理他，扭头走了。

工棚里。

金桂生硬着头皮进了父亲住的工棚。进门后，他扑通往地上一跪，说：爹，我求你一件事。

金瓦刀正趴在桌前算账呢。他抬头看了他一眼，手里正按着的一个小计算器停了一下，而后，又算起来，也不理他。片刻，金瓦刀抬起头来，说：桂生，你要是还这么没出息，看见了吗，这桌上有只木碗，拿上它，要饭去吧!

金桂生抬起头来，看了看放在桌上的那只木碗，那是父亲亲手做的。金桂生低下头去，片刻，他又抬起头，说：爹，我只求你这一次，最后一次。

金瓦刀坐在那里，两眼闭了一会儿，又睁开眼，望着跪在眼前的儿子，长叹一声，说：你说。

金桂生说：你打我，打我的脸。

金瓦刀怔了一下，而后，他站起身来，提着一把椅子，来到儿子的面前。他重重地放下了那把椅子，往儿子面前一坐，什么也不说。

金桂生两眼一闭，说：你打吧。

可是，这一次，巴掌却没有落下来，只见金瓦刀突然俯下身去，用手摸了一下儿子的头发，轻声说：挨打了？

金桂生眼里含着泪，一声不吭。

金瓦刀说：孩呀，这世上，有好人，也有坏人，好人还是多数。可有些人，要是你手艺不精，他就硬欺负你！早年，我学着烧锅炉的时候，就遇上这么一个人，他回回刁难我，每次我接班，锅炉一准儿坏，是他故意使坏，是想我把挤走。你猜我怎么着？我只有忍，谁叫咱技术不如人家呢。那时候，我几乎没有睡过觉，夜夜听那机器声，从声音上揣摸啥叫正常，啥叫不正常，是哪儿不正常，为啥不正常，结果，到最后，是他走了。

金桂生听着，眼里的泪，一滴滴落在地上。

金瓦刀说：孩儿，咱身在异乡，人生地不熟，啥是立身之本？品性，手艺，是立身之本！你说，这百十号人，凭啥听我的？我手艺比他们强，见的世面比他们大，凭的就是这些。你要是自己站不住，没有人救你。

金桂生突然问：爹，你说，做人是不是要讲信义？

金瓦刀说：那是自然。出门在外，讲的就是一个"信"字。

金桂生抓住父亲的手说：爹，莲是我带出来的，现在她，下落不明，也不知道人在哪里，是死是活。爹，帮帮我，帮我把莲找回来！

金瓦刀沉思良久，终于说：孩儿，去挣一个吧。你要是有种，你要是有志气，堂堂正正的，挣一个回来！

金桂生求道：爹，你就不能，帮帮我？

金瓦刀说：孩儿，我啥事都会帮你，唯独这事，我帮不了你。

金桂生慢慢站起身来，再也不说什么了，他扭身走了出去。

第三集 ·····························

　　劳务市场上。

　　早晨，金桂生胳肢窝里夹着一小卷裁好的纸，手里拿一小瓶糨糊，见人不注意，就往电线杆上贴一张。那是"寻人启事"（他自己手写的）。上写着：于小莲，女，现年二十一岁，林县人氏，身高一米六七，有知其下落者，请与开明路一六五号金桂生联系。定重谢。

　　金桂生一边贴"寻人启事"，一边在劳务市场上转来转去，逢人就问：大哥，你见过一个女的吗？林县人，出来打工的。有这么高（说着他用手比画着），穿一……

　　人们都漠然地摇摇头。

　　金桂生又问：大姐，你见一女的吗？林县人，细高挑儿，也是出来打工的，比你猛点……

　　人们还是摇摇头。

　　在一电线杆下，金桂生问一修鞋的老人：大爷，见一女的没有？林县口音，挎一包袱，俩眼大大的，还……

老人头也不抬，说：河里没鱼市上看。成天一群一群的，都是出来找活路的，谁知道哪个是哪个？咋，走散了？头前，还有贩卖人口的呢，上派出所问吧。

金桂生怯怯地朝远处看了看，说：派出所？

浴池里。

金瓦刀和万水法两人面对面在浴床上坐着，各自腰里围着一个白浴巾，在默默地抽烟。

万水法说：老哥，你猜，有一电焊工，给我吊猴，当时我就说，去，请老金！

金瓦刀说：他啥意思？

万水法说：想多弄俩钱儿。你明说呀，他又不说，装赖，说干不成。

金瓦刀说：多大的弯度？

万水法说：一个拐角，管子在墙里头。

金瓦刀笑笑，用手在地上画了画，说：焊条弯个九十度弯儿，不就伸进去了。

万水法说：可不，他就靠这一手拿人呢。老哥，心里有事？

金瓦刀说：没事。没啥事。

万水法说：老金，咱这一班弟兄，都是你带出来的。你仗义了一辈子，从来没张过嘴，要是有事，你说。

金瓦刀说：没啥。现今这社会，变化快，这脑筋，怕是有点跟不上趟了。

万水法说：老金，我知道你从不求人。

金瓦刀说：真没事。现在这人，不比从前了。

万水法说：是啊，可咱是从渠上下来的，还是老哥儿们。

金瓦刀迟疑了片刻，说：真没啥事。只是，看着这城里花花绿绿的，我眼晕。

万水法说：咱是盖楼的。

金瓦刀说：是啊，这楼……

万水法说：老哥呀，让你张回嘴，就这么难？

金瓦刀喃喃地说：兴许，老了？

在一个巷子里。

金瓦刀独自一人背手在路上走着，看周围没什么人，忽地朝自己脸上扇了一巴掌，自言自语地说：孩儿呀，不是我不帮你，谁让你这么不争气呢。求人的事，我实在是张不开口啊！

另一条巷子里。

金桂生正在贴一张"寻人启事"。

二群领着几个民工凑了过来。他们几个人走到跟前，看了两眼。金桂生扭身一看，警觉地说：你们，想干啥？

二群上前，先是"呸"地朝上吐了一口，而后，"嚓"地一下，把那"寻人启事"从墙上撕下来了！说：你个流氓！咋，还想打俺嫂的主意？你就省了这份心吧！再敢这样，我见你一回，打一回！

这时，金桂生忽地转过身来，一下子撕开前胸，吼道：打吧！打！你打！

他这一吼，反倒把众人镇住了。

这时，刚好有一群人从巷子的那边走过来，一个民工忙拉着二群说：来人了，走，快走。

二群边走边说：孙子，你等着，有你好看！

一家街头小诊所里。

这是一个有里外间的房子，外间是门诊，里间摆着几张可以输液的临时病床。于小莲正躺在一张病床上输液，忽听见外间有人在说话。

外间，四川姑娘苏小娜说：大夫，多少钱？

大夫说：我算一下，一共，八十六块四。

苏小娜惊道：这么贵？不就输瓶水嘛。

大夫说：这还多？一天两瓶，输三天呢。

苏小娜小声说：大夫，忒贵了吧？不是说，不要那贵的。要，便宜些的？

大夫说：这是最便宜的。你上大医院试试，看个感冒，闹不好就上千！

苏小娜更小声了，说：她没钱。这钱，还是我替她垫的。

正当两人讨价还价时，只见于小莲一手举着吊瓶，已站到了通往里间的门口。两人一愣，谁也不说话了。

片刻，苏小娜赶忙说：哎，你，咋出来了？

于小莲对大夫说：大夫，我就输这一瓶，一瓶就行了。

大夫怔怔地望着她，说：这，这不好吧？你这病不轻啊！

于小莲很坚决地说：没事，我就输这一瓶。

苏小娜说：你看你，不好好躺着，出来干什么？

于小莲说：小娜姐，钱……

苏小娜说：钱，我先替你垫上，你别管了。

于小莲说：小娜姐，真是拖累你了。我没事，真没事。输一瓶就行。钱，我，会还你的。

苏小娜说：莲，我不是怕花钱，是……

一家饭店里，于小莲正在洗碗，苏小娜来拉上她就走。

老板说：出了这个门，你就别回来了。苏小娜替她说不回来了，有挣大钱的地方。

大街上。

兔子背着一大卷塑料管在街上走，一边走，一边还在小声念：中央人民广、广播电台，中中央电视视台，男男同志女同同志，男女同志，顺、顺了、这回顺了。可突然之间，他看见于小莲和一个姑娘一起在前边的街口走。兔子一愣，也不念了，赶忙追了上去。

可是，等他赶上去的时候，于小莲已转过街口，不见了。

学校工地上。

傍晚，兔子站在工地上喊道：桂、桂桂桂生，下、下来！

金桂生从一根杆子上滑下来，说：兔子，啥事？

兔子说：我见见见、那谁谁了。

金桂生说：谁呀？

兔子说：那那那、跟你……

金桂生说：莲?!

兔子说：对。就就就是她。

金桂生一把抓住他，急切地问：在哪儿？

兔子说：街、街上。

金桂生说：哪条街？

兔子挠挠头：街，街？就在那、那啥十字口……

金桂生说：走走，你领我去。

工地上。

一个看上去有点落魄的姓秦的商人来到了金瓦刀的工地上，他夹着一个小包，对正在工地上干活的老麻雀说：哎，老金，金头儿在吗？

老麻雀伸手往上一指，说：上头。

老秦往上看了看，喊道：金头儿，金头儿！

金瓦刀头戴安全帽，站在正施工的楼架上，往下看了看，而后说：这不是秦经理吗，等着，我马上下去。

工地办公室里。

秦经理对金瓦刀说：金头儿，从一开始，老哥就帮我不少忙。

金瓦刀说：有事你就说事，我还忙着呢。

秦经理说：我跑下来一栋楼的水暖，就是、就是那管事的，太黑！要百分之二十的回扣。你要是愿做，咱一块儿。

金瓦刀说：回扣这么大，这活儿还咋做？

老秦挤了挤眼，说：金头儿，回扣是大，可料上差价也大呀。到时候，不就……

金瓦刀看了看他，说：老秦，你知道我从哪儿来的吗？

老秦张口结舌，说：你看你看……

金瓦刀说：我是林县人，从红旗渠上下来的。坏名誉的事，砸牌子的事，叫人在背后捣脊梁骨的事，从来不干！

老秦忙改口说：我知道，这我知道，我服。老哥真不愿就算了。还有个事，我请老哥一定帮我个忙。

金瓦刀说：你说吧。

老秦说：我有个装修的活儿，急活儿，那主儿特讲究，你帮我一把，给接了吧。

金瓦刀不语。

老秦说：金头儿，你是这一行的老大。我真是遇上难处了，你再帮我这一回，拉兄弟一把吧。这回，你放心，钱，我一分不少。

金瓦刀说：老秦，不是我说你，你这人，做事太马虎。

老秦说：我知道，我知道。老金，上有天，下有地，我姓秦的要是有翻过来的那一天，你老哥就是我的救命恩人！从今往后，只要有人给我提"金瓦刀"三个字，要啥我给啥，绝无二话！我要说半个不字，你吐我一脸！

金瓦刀说：算了，秦经理，别说那些没用的了。我答应你就是了。出门在外，都不容易。

秦经理万分感激地作了一个揖，说：老金，好哥哥，青山不老，记下了，我记下了！

大街上。

兔子指着一个路口说：这儿，就、就、就这儿！一拐拐弯儿。我骗你是孙、孙子。

金桂生跟着他顺路走去，只见人来人往，就是不见于小莲。

租住房里。

苏小娜对于小莲说：莲，咱打工的，出门在外，难啊。动不动都是钱，上回厕所，他都问你要钱。就这破房子，一月一百五！

于小莲说：小娜姐，你放心，只要找到活儿，我会还你钱的。

苏小娜说：你明白就好。我也就是说说。

于小莲说：小娜姐，你也帮我打听打听，我想赶快找个事干。

苏小娜说：等你好了再说。今早上，我见有个地方，贴了个招工启事。

于小莲猛地坐起来，说：啥地方？

苏小娜说：一个歌厅。

于小莲问：歌厅。歌厅是干啥的？

苏小娜说：那个是……哎，明说吧，就是陪人跳跳舞啊，唱唱歌，说说话呀。听说，钱是不少挣，就是怕碰上坏男人。

于小莲迟疑了一下，摇摇头说：那种地方，不能去。

苏小娜说：人，总得吃饭啊。要不，你再去找找那男人？

于小莲决绝地说：我就是拉棍要饭，也不找他。

大学校园里。

金瓦刀给老八递上一支烟，问：那孩儿，这一段咋样？

老八随口说：还行吧。

金瓦刀说：心收回来了？

老八摇摇头说：唉，都有个三昏三迷。

金瓦刀说：你得对他严一点，该熊就熊！

老八说：年轻人，说重了我怕他受不了。

金瓦刀说：这不行。孩儿我可是交给你了！

老八说：老哥呀，这孩儿人也算聪明，可就是一心迷到茄子地了。

金瓦刀把烟一掐，说：你让他来一趟！

框架结构的楼顶上。

夜，眼前是万家灯火。

金瓦刀父子面对面站着。金瓦刀说：桂生，你还舍不下那女人？

金桂生一声不吭。

金瓦刀说：人是活胆的，胆是撑大的。你说一句。

金桂生抬起头，"嗯"了一声。

金瓦刀说：那好，我就依你。

金桂生有些疑惑地望着父亲。

金瓦刀说：现如今，她还欠着人家王家的钱，王家要是不依，你咋办？

金桂生沉默了一会儿，终于说：那钱，我，我还他。

金瓦刀说：好，有志气！而后又说：说说，你打算咋还？

金桂生不吭了。

金瓦刀说：你硬要自己做主。行，我依你。男子汉大丈夫，一言既出，我不拦你。人家花了八千不是吗？你要是有能耐，你要是汉子，就该把一万六摔在他的面前，告诉他：连本带利，两清了！这才是我的儿子！

金桂生不吭。

金瓦刀说：孩儿，话，我都给你挑明了。本事，我可以教你。钱，要你自己去挣。既然有胆量跟人家争女人，就得自己去挣一份天下。我给你一年的时间，挣去吧！说完，他撇下儿子，扭身走了。

金桂生站在楼顶上，望着眼前的万家灯火，他的牙关，慢慢地咬紧了。

学校工地上。

天蒙蒙亮，金桂生拿着一个大扫帚在工地上扫地。他扫了院子扫楼道，把工具归置得整整齐齐，一个工地上上下下收拾得干干净净的。

过了一会儿，工头老八来到了工地上，他站在那里，有点惊讶地看着金桂生。

金桂生看见他，跑过来说：八叔，从今往后，你叫我干啥我干啥。我要是有不对的地方，你该骂就骂，该打就打，只要让我学技术，我绝无怨言！

老八说：行。只要醒过劲，就是块好材料！

工地上。

金桂生在学着砌墙。

金桂生在学着布管线。

金桂生在学电焊，在飞溅的焊花中，他的眼前总是出现一个女人的笑脸。

一面墙，金桂生在抹灰，他把泥抹挂满白灰，"唰"一下抹在墙上！一边抹一边对着墙说：莲，我要干出个样来，那八千块钱，我一定替你还上！到时候，我会把钱摔在那狗日的脸上，我会说：点点，这是一万六！这是本，这是利！——有一抹没甩好，那白灰一下子溅了他一脸！

大街上。

于小莲手里拿着几张"招工启事"一路走着在找，在一个公司门前，她站住了。

二楼的一个房间里，一个人坐在办公桌后边，看了于小莲一眼，说：交五百块押金。

于小莲说：押金？

那人的眉头皱了一下，说：五百。交吧。

于小莲说：同志，能不能，缓缓？

那人说：那不行，必须交押金。下一个。

于小莲很无奈地退出去了。

另一工地上。

王大群正领着民工们在三楼砌墙，他的目光仍是恨恨的。

项目经理万水法在二楼检查施工情况，他指着一面新垒的墙，问：这墙谁垒的？

老本说：群，群垒的。咋了，老万？

万水法说：大群、二群？

老本说：大群。

万水法说：你看这缝儿。

老本看了一会儿，有点疑惑地说：缝儿？直溜溜的，没啥毛病啊。

万水法说：你再看看。

老本说：再看也没毛病。我看不出啥毛病。

万水法说：我不是说有毛病。说着，他朝楼上喊道：群，你下来。

大群手里提着一把瓦刀从楼上跑下来，说：舅，啥事？

万水法用赞赏的目光看了他一眼，说：这墙垒得不错。我问你，这砖不是用瓦刀砍的吧？你砍不了这么齐。这缝儿，只有老金有这本事。说说，你咋弄的？

王大群说：说实话，我不是用瓦刀砍的。

万水法说：我就是问你，咋垒的？

王大群说：我是用锯，事先一块块割好的。

万水法笑着点了点头：噢，我说呢。还是年轻人灵啊！好，群，你越师了！这样，从今往后，这个工地，就归你管了。

王大群很自信地说：舅，你放心吧。

万水法开玩笑地说：群，只要好好干，还愁找不来女人？

可是，听了这话，王大群的脸反倒黑下来了。他咬了咬牙，什么也没有说。

大街上。

中午了，于小莲仍在大街上走着。

当她又转回劳务市场，又累又乏地靠在一根电线杆上，这时，苏小娜从身后递过一个盒饭，于小莲看了看，说：小娜姐，我，不饿。

苏小娜说：吃吧。不吃饭哪行。你那男人，真不是东西！

大街上。

两辆自行车相遇了。

老八停住车，对迎面而来的金瓦刀说：老金，你用的啥法？你那娃醒过劲来了！

金瓦刀说：我给他一年时间。有这一年，磨一磨性子，他心就收回来了。

老八说：不错不错。你这是……

金瓦刀说：合同到期了，要账去。

老八说：那你去吧。

大学校园里。

夜，金桂生背着挎包去夜校上课，突然，在一条甬道上，王大群挡住了他的去路。

两人在甬道上默默地站着，王大群盯着他看了一会儿，说：听说，你偷的东西，丢了？

金桂生一声不吭。

王大群说：丢了也是我的女人！

金桂生说：不就是八千块钱吗？

王大群说：是，是八千块钱。

金桂生说：那你等着，会还你的。

王大群说：好。说得好。我等着。说着，他走上前去，拍了拍金桂生，贴在他耳朵边说：有句话，你听说过吗？

金桂生说：啥话？

王大群恶狠狠地说：孙子，等你攒够了钱，我再告诉你！

金桂生咬紧牙关，没有说话。

"红灯笼"歌舞厅。

豪华的大厅里，一个西装革履、操南方口音的老板说：你再想想，我这里可是月薪六百！管吃管住，还有小费。干好了，一月一千、两千，是小意思。

于小莲迟迟疑疑地说：我……

站在她身旁的四川女子苏小娜劝道：哎哟，妹子，先干着嘛。你还想啥子哟？我看你可怜，才带你来的。你出来不就是为了多挣钱吗？你还傻个啥子？这又不是干啥丢人事，不就是陪人喝喝茶、跳跳舞吗？别傻了，干吧。

于小莲为难地说：我，不会跳舞。

老板看了她一眼，说：不会可以学嘛。就是放松了走。走你会不会？很好学。

于小莲说：我怕……

苏小娜说：妹子，你不是欠了债，急着还账吗？干吧干吧。

老板说：好了，好了，走几步，走几步我看看。

这时，站在一旁的苏小娜捅了她一下，使劲地给她使眼色，于小莲才很勉强地在大厅里走起来。她走的是苏小娜刚教她的"猫步"，走得略显生硬。

老板看了一会儿，摆摆手说：好了，好了，去签合同吧。

于小莲突然说：经理，我，还有个要求。

老板不耐烦地说：什么？你还有要求？开玩笑！我告诉你，想来我这里的人多了去了。要不是看你……好，说吧。

于小莲说：老板，我欠了人家的债，能不能先借我八千块钱？

老板摇摇头：借钱？不行。你还借钱？实话告诉你，一般人来我这儿，是要收保证金的！

于小莲说：那，我只签一年合同，只干一年。

老板说：你不是想挣钱吗？我告诉你，这是最干净、最快捷的挣钱方法。出了我这个门，你到哪儿也挣不了这么多钱！

一家饭馆里。

傍晚，包间里，万水法和王大群一起在陪两个城建局的科长吃饭。

一位姓马的科长说：老万啊，要不是你，啊，罚的就不是五百了，起码八千！

万水法说：那是，那是。喝酒，喝酒。

坐在一旁的徐科长说：老万，有些事，查了就查了，不查啊，也就睁只眼闭只眼了，你明白吧？

万水法说：明白，您严格要求是对的。

大街上。

晚上，万水法和王大群陪着两位科长从西边走过来，两人酒足饭饱，都有些醉意。当他们走到"红灯笼"歌舞厅门前时，那闪烁的霓虹灯一下子就把两位科长吸引住了。马科长乜斜着眼，伸手往上一指：上去坐坐？

徐科长也跟着说：坐坐就坐坐。

万水法一听，有些为难地皱了一下眉头，却说：上吧，上。

待两位科长往前走了几步，万水法赶忙拉住王大群，低声说：群，这俩神神，咱得罪不起，也不能得罪。这样，你陪他们上去，该花多少花多少，开个票。

王大群说：舅，饭也吃了，这冤枉钱，咱不花！

万水法很无奈地说：你不知道，弄不好，三天两头来查你，叫你干不成活儿。算了，让他们造吧。

王大群说：那你……

万水法说：那玩意儿，嘣嘣嚓嚓的，我头晕，我就不上去了。这时，正往里走的马科长勾回头，有些不满地说：老万，走啊。咋？

万水法招招手说：你们玩，让大群陪你们，玩好。我还有点事，就不上去了。

歌舞厅二楼的一个包间里。

马、徐二科长熟门熟路地进了门，大咧咧地往沙发上一坐，马科长高声说：上茶，上水果！小姐呢，叫几位小姐！

王大群一看这架势，说：你们玩吧，我，在外边等着。说完，他退出去了。

二楼过道里。

王大群在红地毯上一软一软地走着，他来到一个拐弯处，看四下无人，就站住了。而后他东看看，西看看，从兜里掏出一支烟，点上，吸了两口，就势蹲下了。

包间里。马、徐二科长在沙发上坐着，徐科长说：老万这人不错。

马科长故作矜持地说：行，还行。咱没少替他办事。

就在这时，有两位小姐推门进来了。两人一个是苏小娜，另一个就是于小莲。两人都化了妆，款款地走进来，先施一礼。而后，苏小娜说：先生，要跳舞吗？

马科长拍拍他身边的沙发，说：坐，坐，先坐。

过道拐角里。

有一位手里捧着水果托盘的侍应生从楼道那边走过来，他看了看蹲着的王大群，停下来问：先生，您这是……

王大群看了他一眼，横横地说：咋？

侍应生说：先生您，找人？

王大群气呼呼地说：我等人！

侍应生沉下脸，说：我们这里闲人是不让进的，先生，请问你找谁？

王大群火了：我在这儿等着给龟孙们结账呢，咋？！

侍应生一听，忙说：对不起，对不起先生。请你坐那边好吗？那边有沙发。

王大群眼一瞪，说：我就在这儿，咋？！

侍应生不解地看了他一眼，哭笑不得地说：好，那好。您蹲着，您蹲着吧。

包间里。

在音乐声中，马、徐二科长带着几分醉意正搂抱着两个小姐跳舞。

马科长一边跳一边对于小莲说：小姐叫什么名字啊？

于小莲脸一红，小声说：七、七月。

马科长"噢"了一声，说：好，这名字好，火辣辣的。小姐是哪里人呢？

于小莲含含糊糊地说：北，北边。

马科长说：噢。北边？东北的，不会吧？

马科长满嘴的酒气，于小莲扭过头，不吭了。

马科长把于小莲的脸扳过来，说：小姐人很腼腆啊。皮肤也好，多白！说着，搂得更紧了一些。

过道里。

王大群独自一人，在红地毯上百无聊赖地走来走去，一会儿看看表。

墙上的挂钟响了，已经是晚上十一点了！

突然间，只听"啪"的一声，包间里传来了摔茶杯的声音。紧接着，只听里边有人大声喝道：叫你们经理来！不玩了，结账！——什么呀？不就亲个嘴吗?!

听见声音，王大群跑过来了。这时，包间的门开了，王大群刚一探头，不料，竟与从包间里跑出来的于小莲撞了个满怀！

一时，两人都怔住了，于小莲呆了片刻，满脸挂泪，头一勾，捂着脸哭着跑了。

工地后边的河堤上。

深夜，一群民工坐在河堤上看风景。

一个说：看看，一对！又是一对！

另一个说：看，这边，一老一少，一老一少！

一个说：不是两口子，绝对不是！

又一个说：你看，你看，啃呢，啃呢。

远处，只见墨色的人影一对一对地从河堤上的垂柳下走过。

高楼平台上。

王大群独自一人在吹口琴，那琴声有些许忧伤。

这时，项目经理万水法走上来，问：神神们，走了？

王大群不吹了，说：走了。

老万说：这一段，城建的，卫生的，工商的，税务的……一趟一趟来，今天这个罚，明天那个罚，吐口唾沫也罚，没头没尾的！头前，日他的，一上午接了四张罚款条子！

王大群恨恨地说：就不交，看他咋办！

老万说：不交，他立马停你的工。

王大群说：这些货，太不是东西了！

老万说：造了多少？

王大群恨恨地说：小一千！

老万说：唉，没办法，咱得罪不起呀。造就造吧。群，慢慢你就知道了，要想在城里站住脚，不容易呀！

王大群说：总有一天，老子也要当当城里人！

老万看了看他，说：行啊，好好干吧。

王大群突然十分感叹地说：这女人啊！

老万说：咋？

王大群说：没啥——说着，又捧起了口琴，吹起来了。

建设中的一座座高楼，民工们忙碌的身影。

"红灯笼"歌舞厅门前。

第二天晚上，王大群在门口来来回回地走，眼前的霓虹灯很诱人！

片刻，他一咬牙，一步一步地走上楼去。在二楼上，一个侍应生迎上前说：您好。先生，几位？

在这一刹那间，王大群脸上有一丝怯意，他不由得往后退了一步，转身想走。可是，一瞟之下，他看见侍应生眼里竟含着蔑视！顿时，他鼓足勇气，说：一位！

侍应生又问：先生要陪舞吗？

王大群粗声大气地说：要！

侍应声问：几号？

王大群又咬咬牙，恶狠狠地说：七号！

包间里。

王大群略有些不安地在沙发上坐着。

这时，门开了，身穿晚礼服的于小莲走了进来。她刚进门，突然一下子怔住了，愣了好一会儿，说：你?!

王大群说：不错，是我。不认识了？

于小莲看着他，过了好一会儿，轻声说：要账来了？我说过，我会还你的。

王大群点上一支烟，也不吸，就那么看着它燃。过了一会儿，他说：不，我今个儿不要。欠着吧，我让你欠着。

于小莲怔怔地、有些不解地望着他：那你，到底想干啥？你来，就是为了羞辱我？

王大群说：来看看你。没别的，就想看看你，看看你有多金贵！

于小莲说：我……有啥话，你就说吧。

王大群把烟往桌上一按，突然恶狠狠地说：你不是卖笑的吗？笑一个。

于小莲站在那里，身子哆嗦了一下，说：你！说着，扭头想走。

王大群说：走？往哪儿走？你不就是干这个的吗？

于小莲慢慢地转过身子，眼里有了泪，那泪花在眼里转着。片刻，她擦了擦眼里的泪，目光硬了一些，而后，她吃力地、坚忍地在脸上挤出了一丝笑意，轻轻地说：先生，你喝点什么？可乐还是橘汁？

王大群瞪着两眼，怔了好一会儿，他才说：那——茶！

于小莲说：花茶还是绿茶？

王大群一拍茶几，吼道：你没长耳朵？茶！那茶就是那啥——水！这么说着，王大群两腿一抬，"咚"一声，很放肆地把脚跟磕在了茶几上！

于小莲淡淡地说：稍等。说着，她退出去了。

待于小莲走后，王大群的脚又放下来了。而后，他像给自己壮胆似的，试着大声咳嗽了一下，又咳了两下，这才坐得直了些。

过道里。

在一个电热水器前，于小莲一边接水一边哭。

这时，一个侍应生走过来，问：怎么了，谁欺负你了？

于小莲勾着头说：没事，我没事。你忙去吧。

包间里。

于小莲端着一杯水走进来，默默地放在了王大群面前的茶几上。而后，她转过身去，站在了一旁。

王大群端起那杯水，尝了一口，马上叫道：妈的，太热了！我要凉的。

于小莲仍是一声不吭，默默地走上前去，端起那杯水走出去了。片刻后，她端着一杯水重新走进来，再一次放在了王大群的面前，而后不卑不亢地说：先生，您还有什么吩咐？

王大群什么也不说，就那么死死地盯着她，过了一会儿，他突然说：我实在不明白，你告诉我，那姓金的小子，有什么好的？！

于小莲一声不吭。

王大群说：他不就比我多上两年学吗？

于小莲仍然不吭。

王大群又逼上一句：他不就多认两个字吗？

于小莲还是不吭。

王大群说：我问你，你到底相中他啥了?!

可于小莲一直沉默着。

王大群突然跳起来，逼上前去，气呼呼地说：我实话告诉你，那小子，他根本就不是我的对手！不信，咱走着瞧！

到了这时，于小莲才抬起头，苦涩地说：先生，这里是按钟点收费的。

王大群喘了口气，重新在沙发上坐下来，点上一支烟，慢慢悠悠地吸着，片刻，他猛地朝地上吐了一口唾沫，"呸!"而后，从兜里掏出一百块钱，"啪!"一下拍在了茶几上，几步走到于小莲跟前，压低声音，恶狠狠地说：你真贱啊！说完，一摔门，扬长而去。

于小莲低声站在那里，满脸都是泪水！

一个小酒馆里。

王大群喝醉了酒，趴在桌子上。他一只手抓着酒瓶，一只手拍着胸脯，高声叫道：看啥看？城里人有啥了不起?!农民，看不起农民？查查，查三代，你他妈也是个农民！咋，老子就是个农民！老子进城要饭来了，怎么着吧?!

二群看看周围，抓住酒瓶说：哥，别喝了，你喝多了。

大群一把夺过酒瓶，说：你别管。操，不就是个女人吗?!就你？呸!

大街上。

下雨了。雨中，飘动着一片花花绿绿的雨伞。

于小莲独自一人在熙熙攘攘的大街上茫然地走着，在她身后不远处，有一个人在悄悄地跟着她。

第四集 ·····································

路上。

在临近河堤的一个上坡处，突然"砰"的一声，一个蹬三轮车的小伙子的车胎爆了！车上装了满满一车菜。正在半坡上，那小伙子急了一头汗，奋力往上推，却怎么也推不上去，可是，雨中，人们都匆匆赶路，没有一个人帮他。

就在这时，于小莲走了过来，看那小伙子束手无策的样子，她二话不说，走上前去，在后边帮他推车。等把车推到坡上的一个修车处，那小伙子感动地说：大姐，谢谢你。多亏你了。

于小莲说：不用谢。你也是出来打工的吧？

小伙子说：是呀。我是给人家卖盒饭的。

于小莲说：盒饭好卖吗？

小伙子说：还行吧，好卖。

河堤上。

雨越下越大了。

于小莲仍然在河堤上站着，这时，有一把雨伞悄没声地举在了她的头顶上。于小莲回头一看，竟是兔子！

兔子说：莲、莲姐，我可可找找、着你你了。

于小莲苦笑了一下，说：你怎么知道……麻叔，他好吗？

兔子说：我我我，一直跟跟跟着你、你哩。麻麻麻叔，没事、事。那那那谁，找找找，一直直找找找……

于小莲说：谁找我？

兔子说：桂桂桂、桂生、生。

于小莲不吭了。

兔子说：真真真、真的。他他他都都贴贴贴寻寻人启启事了。

于小莲突然转了话题，关切地说：兔子，你这结巴，怎么比以前厉害了？

兔子脸一红说：我我我有有、有点紧紧、紧张。

于小莲说：以后，你说得慢一点，别急。

兔子挠挠头，说：我我我，一、一直练着呢。

这时，于小莲像是下了决心似的，说：兔子，你给他捎个话，就说我说了，后天，老地方，我再见他最后一面。

工棚里。

夜里，兔子突然从床上坐起来，又躺下去。片刻，他又坐起来，捅了捅睡在他旁边的老麻雀，悄声说：师师师、师傅。

老麻雀睁开眼，看了看他，说：还不睡呢，啥事？

兔子说：你说我我口口吃这毛、毛病是不不是好、好点了？

老麻雀说：你不是练着呢。

兔子说：练着呢。好、好点不？

老麻雀说：好点。

兔子说：真的假的？

老麻雀说：真的。睡吧。

黎明时分，兔子一骨碌从床上爬起来，对老麻雀说：师傅，你你陪我去去、去一趟。我请你吃吃早、早点。

老麻雀看看他，说：这不早着呢，上哪儿？

兔子说：有、有本杂志上说，治治口吃有、有个法儿，得去去人多、多、多、热热闹、闹的地地地、方方练……

老麻雀怔怔地望着他，"吞儿"，忍不住笑了。

十字路口。

黎明时分，大街上，行人还不是太多，兔子和老麻雀在十字路口的正中间站着。

兔子说：师傅，就这儿吧？

老麻雀说：就这儿，就这儿。

兔子说：我、我可喊了？

老麻雀说：喊。你治病呢，怕啥。

这时，有人好奇地走过来，望着他们二人。

兔子两眼一闭，高声喊道：中央人民广播电台，中央电视台，男同志女同志男女同志！中央人民广播电台中央电视台男同志女同志男女同志……

老麻雀站在一旁高兴地说：好！好！看，看，顺了，多顺！

兔子一激动，头摇着，吼声更大了：中央人民广播电台中央电视台男同志女同志男女同志中央人民广播电台中央电视台男同志女同志男女同志中央人民广播电台中央电视台男同志女同志男女同志……兔子念着念着，突然觉得自己眼前鲜花似锦，像是在主席台上做报告一样！

这时候，突然有人拍了拍他，喝道：干啥呢？你疯了？！

兔子睁眼一看，路口上已经挤满了人，路已被堵死了，人们一个个张着嘴，全是看他的！更要紧的是，他面前站着的，是一个警察！

兔子一下子又紧张了，说：我我我……

警察说：你我啥我？！

老麻雀赶忙挤过来说：同志，他是治病呢。他口吃……

"哄！"围观的人全都笑了。警察也忍不住笑了，摆摆手说：走，赶紧走，滚一边去！

兔子和老麻雀在人们的笑声中很狼狈地溜走了。

邮局。

手，一双双粗糙的大手；脚，一双双穿着布鞋或解放鞋的大脚。这些包着的、缠着的、长满老茧的手里举着一张张汇款单，这是民工们排队往家寄钱。

也有的三五一群，正在填写汇款单。一个矮个儿民工探头看了一眼，说：本，老本，那啥，东姚的姚字咋写？

老本说：你这个货，家都忘了？

矮个儿民工挠挠头说：嘴边上，想不起来了。

老本说：女，桃边。

矮个儿民工说：噢噢，想起来了。你寄多少？

老本说：快该收麦了，得添些家什，五百。你呢？

矮个儿民工说：我寄八百。

老本说：都让你媳妇存着？

矮个儿民工说：寄多少也不够花。家里老老小小的，还有个药罐子，存啥？

一张张汇款单上，写的全是林县。

邮局门口，老麻雀和兔子刚好路过，看见熟人，就打招呼说：本，老本，开钱了？

老本说：开了。老麻雀，你呢？

老麻雀说：都快半年了，没见算盘珠子响过。

老本说：可别黄了？

兔子说：就就就是，得、得问、问问。

老麻雀说：老金不是那人。

租住房里。

苏小娜有点吃惊地问：你真的不干了？

于小莲说：不干了。

苏小娜说：一样是挣钱，你怕个啥子？

于小莲说：我不是怕，太屈辱了。

苏小娜说：在这儿，谁也不认识谁，有啥屈辱的？

于小莲眼一红，不吭了。

苏小娜突然说：我想起来了，有个男的，看上去凶巴巴的，老在歌厅门前转，他认识你？

于小莲说：哪个男的？

苏小娜说：就那天来过的那个，他是你男人？

于小莲说：不是。

苏小娜说：真不是？

于小莲说：真不是。

苏小娜说：那他……

于小莲只好说：我欠他钱。

苏小娜说：欠他钱。多少？

于小莲说：八千。

苏小娜"呀"了一声：欠这么多？那你还不干？你傻个啥子哟，先把钱还了再说嘛。

于小莲低声说：我知道。可我，不想干了。

工地上。

金瓦刀推着一辆破自行车往外走，工地门口，几个民工围着他，想要工钱。

一个民工说：金头儿，几个月了，咋就不见"响儿"呢？

另一个民工说：老金，二期工程都快干完了，工钱呢？

又一个民工说：金头儿，我娘病了，家里急着用钱呢！你哪怕先借一点呢！

金瓦刀指指自己的嘴，说：我跑了几趟了，我不急吗？我都急得上火了。放心吧，楚经理说了，这个月底一准儿给钱。我这就找他去，说得好好的，会给。

金瓦刀骑车慌慌地走了。几个民工议论起来，一个说：看老金慌的！

另一个说：可不，他比咱还急呢。

还有一个说：他让等，咱就再等等，老金不会坑咱。他说话一向算数！

天天房地产公司。

三楼上，一群要账的人在办公室里吵吵嚷嚷地围着一个女秘书……

一个说：你给我说清楚，姓楚的到底上哪儿去了？为啥一直不照面?!不像话，骗子！

一个说：姓楚的呢？叫姓楚的滚出来！

一个人"啪啪"地拍着拿在手里的单据说：这叫什么？这叫什么？这叫欺诈？你懂吗？我马上就起诉你们！你们一个也跑不了！

就这么乱哄哄地吵着、嚷着，突然间，只见那女秘书一下子泪流满面，"呜"的一声，趴桌上哭起来了！

众人一下子静了。这时候，只见有人匆匆走上楼来，小声说：唉，我刚刚得到消息，那姓楚的已经跑了。检察院正在查他——是携款潜逃！

"哄"地一下，众人大骂！楼上更乱了。

天天房地产公司门口。

金瓦刀骑着一辆破自行车刚刚赶到。他扎下车子，刚要进去，就见一群人骂骂咧咧地从楼里拥出来。他心里一惊，疾步朝楼上走去。

三楼上，金瓦刀一踏进楼口，就见地上扔了一地文件，他一下子就傻了，嘴里喃喃地说：哎，头天还好好的，人呢？这人呢?!

金瓦刀顺着楼道疾步往挂着"总经理室"牌子的办公室走，一边走一边往一个个办公室看去，只见人去楼空，所有的办公室都空空荡荡的，一个人也没有！

金瓦刀腿一软，一屁股坐下了。

过了很久很久之后，一个老头提着一串钥匙慢吞吞地走上来。他走到金瓦刀跟前，说：你走不走？我锁门了。

金瓦刀站了两次，没有站起来，焦急地问：老先生，这楚经理呢？楼上办公的人呢？都哪儿去了？

老头看了他一眼，慢吞吞地说：跑了。散了。破产了。

金瓦刀手扶着墙，忽地站起身来，说：工程，这半拉子工程，咋办?!

老头说：啥工程? 人都没影了，还工程?!

金瓦刀说：老天爷，我这一百多号人呢?!

天黑了，大街上灯火一片。

金瓦刀骑着那辆破自行车一路急蹬。

金瓦刀两腿紧蹬，转过一个弯又一个弯，在一条小巷里，他一下子给人撞上了! 待他昏头昏脑地从地上爬起来，忙说：对不起，对不起。

这是个城市女人。这女人说：你急什么? 你家死人了?!

金瓦刀连连点头说：是，是，比死人还急。

那女人白了他一眼，心一软，说：算了，算我倒霉。

古楼街一条小巷里。

深夜，金瓦刀在楚家门口蹲着，他脚下已扔了一片烟头。

万家灯火。邻近的歌舞厅里传出悠扬的乐声。

黎明时分，"吱"一声，一个女人开了门，挎着菜篮子走出来。突然，她愣住了，她发现，几乎是一夜之间，蹲在门口的金瓦刀，头发全愁白了!

这女人有些可怜他，就说：我给你说多少遍了，你别在这儿死等了。你等也没用。他不会回来了。

金瓦刀说：大妹子，我有合同，我这一百多号人呢! 求求你，你给我说他在哪儿，我去找他。

女人叹了口气，说：我实话给你说，他一年多都没回来了! 这个挨千刀的，他带着那个小妖精跑了! 出国了!

金瓦刀张口结舌说：那，那工程……如今我是上天无路，入地无门，你说我咋办?

那女人恨恨地说:他是个骗子!

工地上。

金瓦刀扛着那辆破自行车一瘸一拐地回到了工地上。有人叫了一声:金头儿回来了!

刹那间,工地上一片静寂;民工们慢慢地朝他围过来。

金瓦刀一头白发,百感交集地站在那里,张张嘴,又张张嘴,好半天才说出话来:老少爷儿们,对不起了,我对不起大家。

民工们都怔怔的。有人忍不住了,问:老金,你别说这话。今天等,明天等,都等了半个多月了!钱呢?工钱呢?!

金瓦刀两眼一闭,说:那楚经理,姓楚的王八蛋——跑了。

"哄"一下,民工们全都炸了。有的说:跑了?说得轻巧。操!这、这大半年算白干了?!有人竟"哇"一声,哭起来了。

这时候,人群中,孙氏两兄弟冲上前来,老大孙家昌说:老金,你说得轻巧,那人家工地上咋就发钱了?!

老二孙家旺说:老金,不是我说你,你这人就是不会跟人家拉关系。人家的工钱都要回来了,你咋要不回来?别是你贪了吧!

金瓦刀一时脸色煞白,说:天地良心,我是那种人吗?!老少爷儿们,听我说,工钱少不了,我给。我说话算话,一定给!

孙家昌说:你咋个给法,你说!

孙家旺说:这人心隔肚皮,我看你是想赖账吧!

金瓦刀气得几乎说不出话:你,说啥?!

孙家旺说:我说,我说你是想赖账!

众人说:老金,你让等,我们没二话,就等。我们都信你,可你也得讲信义呀！这，这大半年死干活干的！

金瓦刀无话可说，转身想走。突然有人高声说：不能走！别让他走！不能让他走！今天必须得有个说法！

立时，民工们齐刷刷地挡在了他的面前！

金瓦刀木呆呆地望着众人，他张了张嘴，刚想说些什么，突然一口热血喷了出来，紧接着，他的头一歪，一头栽倒在地上！

人群一下子乱了！老麻雀等人赶快扑上去，叫道：老金，老金！

大学的一处工地上。

兔子站在楼下，气喘吁吁地大喊：桂桂桂、桂……生！

金桂生高高地站在一根木杆上，往下望着，问：兔子，有事吗？啥事你快说。

兔子越急越说不出话来：快，快快快，下下下下，来，出出出出，事、事了！

金桂生问：啥事？

兔子说：你你你，你，爹爹爹出事了！

这时，金桂生才哧溜一下，从杆子上滑下来了，说：我爹他出啥事了？

兔子也来不及说什么，拽着他：快快快、快走！

大街上。

众人抬着金瓦刀在街口上拦车。

老麻雀高声喊：停车！停车！可是，没有一辆车停下来。

老麻雀趴在金瓦刀耳朵上哭着说：老金，你睁睁眼，你可千万不能死啊！你还欠着大伙儿的工钱呢！

这时候，金瓦刀的眼慢慢睁开了。他强撑着说：麻雀……

老麻雀说：在，我在呢。你说……

可是，金瓦刀却吐出了一嘴血沫子，嘴里呜啦着，说不清楚了。

路上。

金桂生和兔子骑着一辆自行车在飞奔，突然，兔子说：停停、有有个事，我忘、忘了……

金桂生刹住车，问：啥事？

兔子说：莲莲姐要我捎、捎个信儿，她她她……

金桂生说：她在哪儿？

兔子说：河河堤堤堤上，等、等着呢。

金桂生想了想，说：算了，还是先去医院吧。

医院里。

等金桂生赶到医院时，金瓦刀刚好被人从抢救室里推出来了。

金桂生扑上去连声叫道：爹，爹！

老麻雀赶忙把他拽到一旁，桂生忙问：麻叔，我爹他，咋不会说话了？

老麻雀说：桂生呀，你爹他遭了大难了！甲方那姓楚的王八羔子卷款跑了，一百多号人的工钱没有着落！你爹他一时急火攻心，一头栽倒了。人家医生说是、脑溢血。只怕、只怕是……

金桂生一下子蒙了，他像木头一样地呆住了。

老麻雀说：不赖，老万这人不赖。我跑到老万那里，人家借给五千块钱。要不，这院都住不上。

金桂生好一会儿才愣过神来，他来回转着身子，像没头苍蝇似的，说：麻叔，这这这，咋办呢？这咋办呢？

老麻雀急了，上前给了他一耳光，说：你这娃，转啥转？！你咋一点主意都没呢?!

　　这一巴掌像是把金桂生打醒了。他这才停住身子不再转圈了,就那么直直地看着老麻雀,哭着说:叔,天塌了呀!我可咋办呢?!

　　老麻雀说:你先别慌。临上手术台前,你爹还会说话呢。他说⋯⋯

　　金桂生一把抓住他说:我爹说啥?

　　老麻雀说:你爹就说了一个字。

　　金桂生问:说啥?

　　老麻雀说:账,他说的是"账"。

　　金桂生问:往下呢?

　　老麻雀说:好像是叫你的名字,听不清了。

　　大街上,人来车往,熙熙攘攘,一切都像往常一样,可是,有些人的命运改变了。

　　病房里。

　　金桂生在病床前傻呆呆地坐着。

　　这时,贺老八提着礼物走了进来,叫了两声,看老金仍然昏迷着,在屋里站了一会儿,拍了拍浑然不觉的金桂生,扭头走出去了。

　　医院过道里。

　　贺老八从兜里掏出一沓钱,交给老麻雀,叹口气:老金,好人啊!这三千块钱,交给老金。有啥难处,你让桂生找我。

　　老麻雀说:老八,我代老金谢了。

　　贺老八说:都是林县人,乡里乡亲的,这话不用说。

病房里。

吊瓶里的药水一滴一滴地落下来。躺在病床上的金瓦刀从被角里慢慢地、一点一点地伸出了一只老手，那手摸索着，碰了碰儿子金桂生的手。

金桂生猛地一动，惊喜地说：爹，你醒了？

金瓦刀望着儿子，嘴唇扯动了一下，脸上竟露出了很怪异的笑意。

金桂生说：爹，有啥话，你说吧。

金瓦刀脸上仍是那种怪异的、苍凉的笑。

金桂生哭着说：爹，你咋不会说话了呢？

工地办公室里。

万水法走进来，很痛惜地说：群，你听说了吧？老金那边，遭了大难了！唉，他那娃子，这回可惨了！

王大群说：谁？你说谁？

万水法说：老金。老金这人，那可是赫赫有名的大工匠——你想想，人称金瓦刀！老金他让人坑了。工钱要不回来，他一时急火攻心，得了脑溢血。唉，这下子，他那娃子可就作大难了！

王大群一听说的是金桂生，脱口说：报应！——活该！

万水法脸一沉，批评道：胡日白！群，这话可不该说。出门在外，谁没个落难的时候？我已经去医院看过了，等会儿，再让人送去五千块钱。

王大群不满地说：舅，那可是个无底洞啊！

万水法说：别说了。做人要仗义，人家老金当年帮过咱！

病房里。

一个护士走进来，给病人换上吊瓶，又查看了一下，而后说：十二床，赶紧想办法，你那钱可快用完了。

金桂生愣了一下。

护士说：你是十二床的陪护吧？说你呢。

金桂生忙说：噢噢，知道了。

护士临走时，又嘱咐说：再不交钱，可停药了。

待护士走后，躺在病床上的金瓦刀伸出那只会动的手，很用力地抓了抓儿子的手。而后，他的手松开了，拍了一下床，手在床边上来来回回地划拉着。

金桂生不解地问：爹，你是饿了？

金瓦刀的手在床边上很焦躁地摆了摆，又划。

金桂生想了想说：你是，想解手？

金瓦刀的手又摆了摆，再划。

金桂生急得直想哭，说：爹呀，爹，你到底是想干啥呀？

金瓦刀显得很狂躁。他那只能动的手在床上用力地拍了几下，摆动的幅度越来越大；而后又划，不停地划呀划。

金桂生万般无奈，就扑下身子，趴在床边上，反反复复地看爹的手在床边上一横一竖地划着；看了很久之后，他自己再划一遍，说：你写的是"土"？

金瓦刀再次很狂躁地拍床！拍了再写。

金桂生又猜：你写的是"走"？

终于，这一次，金瓦刀默默地点了一下头。

金桂生说：爹，你的病还没好呢。

金瓦刀那只能动的手，重重地拍着床！

医院门口。

金桂生背着父亲，一步一步往外走。

老麻雀跟在一旁，问：桂生，娃子，你背得动吗？

金桂生咬着牙说：我，背得动。

老麻雀说：慢着点。背不动就歇歇。你爹也是为了你娃子呀，他怕花钱太多，你承受不了。桂生啊，这事，你还得去找找人啊。那挨千刀的，拍拍屁股跑了，坑死人啊！老天爷，欠这么多钱，咋办呢？

工棚里。

金瓦刀在床上躺着，金桂生蹲在一旁，抱头痛哭！

这时，金桂生又听到了父亲拍床的声音。他扭过头，看见父亲的手抬起来，往桌子上指着。金桂生擦了一把泪，说：爹，你让我看账？

金瓦刀默默地点了点头。而后，他用那只能动的手，慢慢地摸出了一串钥匙……

大街上。

金桂生背着父亲在走。

法院门口。

金桂生背着父亲一步一步地登上了台阶。

经济审判庭。

金桂生扶着父亲在审判员面前站着。

审判员说：这事不好办呢！这是经济纠纷，不属于我们管。

金桂生说：同志，你看我爹都这样了，帮帮忙吧，求你了。

审判员说：这不是求不求的事。法律上的事，你不懂，我跟你也说不清楚，你还是去找律师事务所吧。

律师事务所门口。

金桂生扶着父亲，默默地、坚忍地站着。

一位律师从门里走出来，看了看他们，说：怎么还在这儿站呢？我不是跟你们说了吗？你付不出代理费，让我怎么接？再说，对方当事人已经跑了，我就是接了，你让我找谁去？

金桂生流着泪说：邹律师，帮帮我们吧。我们也是走投无路才来找你的。你看我爹都这样了，无论如何，你帮帮忙。代理费的事……

邹律师打断他的话：你不要说了。你那合同我看了，漏洞太多。你想告另外两家投资方，那是根本不可能的。走吧，走吧，你还是找法院吧。我太忙，也管不了。说罢，扬长而去。

江河装饰公司。

金桂生背着父亲走进了会客室。一个年轻的女士问：找谁？

金桂生说：找秦经理。

那女士说：你等一下。说着，她走进去了。

片刻，那女士从里边走出来，说：请问贵姓？

金桂生说：林县的，姓金。

那女士点点头，说：稍等。

过了一会儿，秦经理从里边走出来，还没进门，就喊道：是老金啊，呀呀，你看，怎么不早说？快，倒水倒水……可是，当他走进来之后，眼珠子转了几下，脸上的神色在急剧地变化着，而后，他说：老金，你、你这是……

金桂生站起来说：秦经理，我爹病了。我看了账，有个装饰工程，尾款还欠……

秦经理挠了挠头，说：有这事？不是付过了吗？我记得付了吧？

金桂生说：我爹账上记得清清楚楚，那一笔装饰工程款是六万七，你付了三万七，还差三万没付呢。

秦经理顿时翻了脸，说：小子，你别来这一套。你是想讹我吧？

金桂生说：秦经理，你咋说这话？我爹账上记得清清楚楚的。

秦经理说：谁知道你是谁？金瓦刀，响当当的名头！我只认他一个人！你让老金说，他只要吐一个字，要多少，我给多少！

金桂生气愤地说：你明知道我爹不能说话，你……

秦经理说：那就对不起了。

万般无奈，金桂生扑通往地上一跪，哭着说：秦经理，我爹遭了难了，还欠着百十号工人的工钱，求求你了！

秦经理冷冷一笑，说：小子，事，我可是经得多了，你别给我来这一套。你要想磕，你就磕吧。磕一个头我给你一毛钱，小尚，给他记着。说罢，他扭头走了。

这时，金桂生扭头看了一眼父亲，父亲的目光硬硬地告诉他：走！

半拉子工程。

夜，金桂生一步一步上了那才干了一半的水泥结构的楼顶。

他站在楼顶上，风吹着他。往下看黑乎乎的；往前看，一片灯火。他自言自语地说：人活着，怎么这么难啊。跳下去？跳下去吧。

可是，他却颓然地坐在水泥地上，一声声地叹气。

这时，老麻雀悄没声地站在他的身后，把一碗饭放到他的身边，说：娃，你千万可不要想不开呀！吃点东西吧。

金桂生一声不吭，眼里的泪无声地流了下来。片刻，他说：老天，我该咋办呢？

工地上。

上午，几个要材料费的人把金桂生围在了中间，一个个手里举着发票，嚷嚷着：老金！姓金的！站出来!! 你躲？往哪儿躲?! 在人们的嚷嚷声里，金桂生蹲在地上，两手抱着头，不管人们是吵是骂还是朝他吐唾沫，他都一声不吭。

民工们站在四周，没有人说话。

终于，人们吵嚷了半天，见实在是要不来钱，最后还是骂骂咧咧地走了。

工棚里。

当金桂生拖着僵硬的身体走回工棚时，却发现父亲斜侧着身子，在床边处硬硬地站着，嘴角上扯着有些怪异的笑意！那床单竟有一半拖在了地上，床单上歪歪斜斜地写着几个血红大字：父债子还！

金桂生刚一碰父亲，父亲就倒在了他的身上。

工地上。

夜，金桂生一步一步走进了主楼。

民工们都在工地上站着，人们望着这张还没有经过多少事的年轻的脸，此时此刻，也许是金瓦刀已倒下的缘故，没有人说话。人们就这么默默地望着他。

半空中有一个巨大的声音：父债子还！父债子还！父债子还！在声音里，金桂生一步一步走进了主楼的框架。他一步一步走上楼去，站在了楼的最高处——眼前是一片绚丽的灯火。

"父债子还!" 可一百多号民工半年的工钱，几十万，怎么还呢?! 金桂生站在楼口上，心里说："跳下去？跳下去吧。就这么闭上眼跳下去，你就彻底解脱了。"金桂生就这么想着，一步步往楼边边上走去，一直走到最边处，他才站住了。

老麻雀一直在暗中跟着他。

楼下的空地上，只听"哗"的一声，兔子把半桶冷水从头上浇下来！而后，他开始大声地练习说普通话：中、中央人民广播电台，中中中央电视台，男男同志女同志男女同志，紧接着，他越说越快：中中中央人民广播电台中央电视台，男男男同志女同志男女同志……

远处的探照灯射在了金桂生的脸上，他满脸都是泪水，就那么一直在楼顶边缘处站着，他在心里再一次对自己说：你怕，我知道你怕。你要是怕，就跳下去，跳下去吧。

说着，他又往前跨了一步。这时候，他听见身后叫了一声：桂生！

金桂生恍恍惚惚地转过脸来，看见老麻雀在离他不远的地方蹲着。老麻雀大声说：娃子，回头吧。那些债要不还，你爹他，怎么活得下去啊！

金桂生回过头来，看了看老麻雀，而后，又扭过头去。他脑海里又跳出了那个念头：跳下去！

可突然之间，就像是天际出现了一道灵光！这时候，他突然看见了父亲！他的父亲，直直地在楼下的空地上站着！他望着父亲，父亲也望着他，嘴角上仍带着怪异的笑！在相望中，那笑，像是给了他什么启示！有那么一刻，他觉得就像是在梦中！不然，那瘫了的父亲，怎么就站住了？他是怎样从床上走下来的？难道说出现了什么奇迹？！

空中，父亲仿佛在说：你是男人吗？男人——尿出去一条线，哭出来两眼血，吐口唾沫就是钉子！

金桂生脑海里"訇"地一下，片刻，他转过身来，快速地跑下楼去。

主楼框架前。

天大亮了，民工们突然发现，金桂生满脸憔悴，一只手上还缠着白纱布。他在主体楼前的空地上跪着，头上顶着一个大牌子，牌子上写着四个血红大字：父债子还！

前边是一张桌子，桌子上放着一摞子白纸，每张纸上都写有字，最上面的纸上写着：

今欠张书有五个半月工钱共计壹仟陆佰伍拾元整，来日归还！空口无凭，立字为证！

欠债人：金桂生

…………

每张纸上，都按着一个血红的手印！

民工们越聚越多，人们黑压压地站着，谁也不说话，仿佛也无话可说了！

金桂生就那么跪着，两眼紧闭，一声声喊：父债子还！父债子还！父债子还！

终于，民工们一个个走上前去，默默地、默默地，各自从那摞纸里挑出写有自己名字的纸，拿在手里，再也不好说什么了。

这时候，兔子走上前来，严正地说：兄、兄弟，够、够意思，是是、是个爷儿们。等等、等你转过运来，招、招呼一声，我还过来！

就在这时，有一个穿裙子的女大学生（宁小雅）走进了这个停工的工地，她看见主楼框架前站了那么多的民工，就悄声问：这是干啥呢？

有个民工说：干啥？要账呢。

宁小雅问：问谁要账？

民工说：头儿，金瓦刀。

宁小雅说：金瓦刀？我爸让我找他呢。

民工说：找他干啥？他也欠你钱？

宁小雅说：不是。我爸让我来找他，做毕业实习。

民工看了看她，说：那你来晚了。

宁小雅好奇地往前看去，小声问：晚了？这人就是金瓦刀？

民工说：不，那是他儿子。

工棚前。

金桂生把父亲捆在自己的背上，背着奄奄一息的父亲一步一步往外走。他一边走一边流着泪说：爹，回家吧。咱回家。

老麻雀跟在后边，说：桂生，你背得动吗？

金桂生咬着牙说：背不动也得背。

老麻雀又问：娃子，你，还回来吗？

金桂生回过头来，望着老麻雀，轻声地说：叔，咱还是亲戚吗？

老麻雀说：是。

金桂生说：你还认我这个穷亲戚？

老麻雀说：咱可是近门，没出五服呢。

金桂生说：那好，叔，工地，就交给你了。我会回来的。安顿好爹，我一定回来。父债子还，我说话算数！

老麻雀说：要是他们来抢东西，咋办？

金桂生说：如果有人再来要工钱，他们想拿什么，折算一下，就让他们拿吧。

老麻雀点点头，说：桂生，你长大了。一夜之间，你娃子长大了。工地上的事，你就放心吧。那些工具，置得不容易，我会好好看管。

金桂生迟疑了一下，说：叔，暂时、我没工钱给你。

老麻雀说：欠着吧。先欠着。

车站上。

金桂生嘴里噙着两张车票，背着父亲一步一步走进了火车站，走过了检票口。

站台上。

金桂生背着父亲一步一步往火车上走，上台阶的时候，他突然摔了一跤，就那么背着父亲趴在火车的台阶上，他慢慢地、一点一点地挣扎着，从台阶上重新爬起来，走上了火车车厢。

在火车上，金桂生含着泪对父亲说：爹，咱上车了，就快到家了。

○ ●

第五集 ···

金家岙。

暮色中，金桂生背着父亲一步步摇摇地走回村庄。

在一棵大树下，乡亲们慢慢围上来。背着父亲的金桂生说：到家了，爹。说完，他慢慢倒下了。

金桂生家。

第二天，金桂生在父亲的病床前跪下来，连着磕了三个头，而后，他慢慢地站起身来——从此，一个男人站起来了。

金桂生站在父亲的病床前，一字一顿地说：爹，你放心吧。儿子在你面前起誓，欠下的账，我会还的！我绝不让你落骂名！

太行山。

在连绵起伏的大山里，走着一条汉子。

这是一个新的金桂生，剃了光头的金桂生，他的脸显得很青很硬。肩上挎着一个帆布包，包里装着父亲在童年里给他做的木碗。风吹着他的脸，脸上已有了沧桑和变故烙下的些许纹路。

　　城市，商场里。

　　刚刚领了工钱的大群、二群两兄弟在熙熙攘攘的商场里转着、看着。东西真多啊，他们的眼像是不够使了似的。

　　上了二楼，二群小声说：哥，咱也买套西装吧？城里人都穿西装。

　　大群说：买就买。问问多少钱一件。

　　二群说：你问你问。

　　大群白了他一眼：看你那没出息样儿。咋，问都不敢问？

　　二群不好意思地说：不是，城里女人那眼……

　　大群说：眼咋了？

　　二群说：斜，带钩儿，嘴一撇一撇的，看不起人。

　　大群说：操，有啥了不起，我问！说着，他走上前去，鼓起勇气，大声说：哎，哎，这西装多少钱一件？

　　女售货员看了他一眼，果然有点瞧不起的意思，说：这西装是成套卖的。

　　大群说：那，一套多少钱？

　　售货员又问：你要哪一种？

　　大群伸手一指：这种，枣儿、枣儿红的。

　　女售货员下意识地撇了撇嘴，说：咖啡色的？

　　大群有一点狼狈，仍硬硬地说：对。就咖、咖啡色。

　　女售货员说：六十元一套。

　　这时，二群扯扯他，小声说：走吧，算了。

　　大群说：五十，行不？

售货员看了他一眼，说：不要算了。

大群一咬牙，说：五十，我要两套！

女售货员又看了看他，沉吟片刻，说：好，给你了。

二群小声说：哥，你还敢跟人家还价？

大群则很气势地说：老二，穿上试试。

于是，二群在售货员的帮助下挑了一套，穿在了身上。售货员说：那边有穿衣镜，你自己看看合不合身？

二群穿着新买的西装站在了镜子前，前后左右看了一遍，问：哥，你看咋样？

大群走过去看了看，说：不错。这新衣裳穿上就是不一样。买了！

等两人都试过了，交了钱，二群刚要脱，大群却气昂昂地说：脱啥脱，穿着吧。走！

两人穿着新买的西装，在商场里走着，二群每走一处，都要照一照镜子，那样子看上去很不自在。就这么走着，他凑到大群跟前，小声说：哥，我都看了几遍了。你说，咱西装也穿了，咋就不像城里人呢？

大群说：不像吗？

二群看了看自己身上，很沮丧地说：不像。

大群四下里看了看，说：你知道为啥不像？

二群说：为啥？

这时候，他们刚好走到一条供客人休息的长椅旁，大群说：来，坐下歇会儿。

待两人坐下后，大群说：兄弟呀，我告诉你，在城里混，你首先要学会走路。

二群说：走路？谁不会走路？

大群说：实话给你说，你不要小看走路。你瞅瞅这商场里买东西的人，你就知道了，这走路，还正经是门学问哩！

二群笑了。

大群斥道：笑啥？你笑个球啊！

工地上。

在二层一处空空荡荡的水泥框架里，大群对二群（两人都戴着安全帽，穿着施工时的工装）说：兄弟，趁这会儿没外人，我给你说说。就这个走路，你要像城里人那样，走得坦坦然然，大大咧咧，不是件容易事。

二群说：哥，你说你说。

大群说：兄弟，这城里人走路，我还真琢磨过，这里边有道道儿。

二群问：啥道道儿？

大群说：依我看，这走路，是有讲究的。在大街上，你要是走着东看西看的，掂住眼珠子四下抡，那就跟小偷差不多了。这说明啥，你知道吧？这说明你是外乡人，你怕人家，你是心里怕。这走路啊，既不能太快，也不能太慢。走得快了，说明你急，你慌，你不从容，一看就知道你是个下死力的！走得太慢呢，也不行。走得太慢了显得你迟疑，你怯，没见过世面，人家一看就知道你是个没出过门的，人家就专欺负你这种人！这走路啊，你得不紧不慢、不急不躁。走的时候，头要抬起来，不能哈腰，腰要直，眼要硬，看见什么就像没看见一样。这（他拍了拍胯）胯呢，也不能左右摆，胯一摆，妥，人家一看就知道你是个拉架子车的。所以啊，这走路，不管眼前有多少人，你只当全是蚂蚁！

二群说：蚂蚁？

大群说：操，你怕蚂蚁吗？

二群：蚂蚁，不怕。小时候成天玩。

大群说：这就对了。人就是蚂蚁。

二群怔怔地望着大群，突然说：哥，我服了。

大群说：服？你小子，服的还在后头呢。你走走，走几步我看看。

二群说：就在这儿走？

大群说：你只当这是条大街，人来人往的，你走——往前走。

二群往前走了几步，大群说：抬头，我不说了嘛，直起腰，抬头！

二群试着又走了几步，一下子就泄了气，说：哥，我咋就、不会走了呢？你一说是大街，人来人往，我这心里就发慌。

大群说：你看你那熊样！慌个啥，你又没偷人家！

二群说：就是呀。这是咋回事呢？你不说吧，我还不觉得有啥，你这一说，咋就真跟偷人家了样！

大群说：我走给你看看！就这样，头昂得高高的。说着，就大步走起来。

一边走着，大群问：咋样？

二群说：反正吧，比我强。

大群站住了，说：咋还不像城里人？

二群说：差点，差点火候。

大群火了，说：咋差，你看出啥了，你就说差?!

二群说：你不说走路要不快不慢嘛，可你走着走着就快了，也不知为啥，反正吧，就觉得跟城里人不一个味儿。

大群回过身来，想了想，说：我知道为啥了。

二群说：为啥？

大群往地上一蹲，恶狠狠地说：我心上有把刀！

二群说：刀？啥、啥意思？

大群说：你自己琢磨吧。

大街上。

黎明，剃了光头的金桂生，掂着两只大脚，肩上挎着一个帆布包在路上走，他脸上多了些男人的棱角，嘴里嚼着一根茅草。一辆辆公共汽车从他身边开过去了。他看了看，舍不得坐车，就靠两条腿走！

上班前，金桂生站在城建局大门口等着。他一边等，一边自言自语地练习"自我介绍"：马科长，噢，还有一个姓徐的，对，徐科长。要是马科长不在，就找徐科长。马科长，我是林县的，我姓金——不，不要"我"。我是林县的，姓金，叫金桂生，我爹，不对，我爸，那啥，不对，应该说是我父亲，我父亲你可能认识他——要恭敬一点，这是求人家呢，对人家要恭敬一点——马科长，我是林县的，姓金，叫金桂生。我爹，不，是我父亲，我父亲你可能认识，他叫……

办公室里。

马科长在办公桌后边坐着，一直在看一张报纸。金桂生站在那里，自我介绍说：马科长，我是林县的。姓金，叫金桂生，是万叔，万水法让我来找你的。

马科长漫不经心地"嗯"了一声，头也不抬，一直在看报，看一会儿，拿起茶杯喝口茶，接着再看。

金桂生站在那里，进退都不是，片刻，他从挎包里拿出了两包烟（那是很平常的中档烟），放在了马科长面前的办公桌上，说：马科长，你抽。

然而，马科长立时火了，把报纸"啪"地往桌上一拍，说：干啥？你这是干啥呢？拿走！打发要饭的呢?!

金桂生说：马科长……

马科长厉声说：笑话！说着，竟抓起那两包烟，从窗户扔了出去！

大街上。

中午，金桂生在大街上茫然地走着。他饿了，来到一个卖烧饼的小摊前，问：大爷，烧饼多少钱一个？

卖烧饼的老头说：一毛钱一个。

金桂生迟疑了一下，咽了口唾沫，扭头就走。不料，那老头却说：哎，别走，你是不是饿了？看你怪可怜。给、给你一个，不要钱。

金桂生低声说：不，我不是要饭的。

在一个水管前。

金桂生从挎包里拿出一只木碗，用碗接了一碗水，喝了几口，又用水洗了洗脸。他抬头望了望蓝天，不由得把牙咬了起来。这时，他自言自语地说：从今天起，你得挺住。无论再苦再难，不管碰多少钉子，你都得咬紧牙关，挺住！

工地上。

民工老本朝着正在施工的大楼上喊道：头儿，头儿——有人找！

片刻，头戴安全帽的王大群从楼上走下来，他一看竟然是金桂生，就乜斜着眼说：看来是冤家路窄呀！啥事？说吧。

金桂生一看是王大群，扭头想走，可他还是站住了，说：我找万叔。

王大群冷冷地说：我舅不在。这块儿我负责。有啥事，说！

金桂生听他这么说，迟疑了一下，说：那，算了。

王大群哼了一声，说：是想找活儿吧？

金桂生扭头就走。

王大群说：等等。

金桂生站住了，他回过身来，默默地望着王大群。

王大群说：我看你，脊梁弯了吧，像是背了点啥？

金桂生说：我知道——债。

王大群说：不老少吧？听说二十多万呢。我看了账，你爹生病时，好像，有一万五是从这里借的吧？

金桂生说：是。

王大群说：那你啥时候还呢？

金桂生说：人死债不烂。我会还的。

王大群说：说得好。念你是林县人，你要实在是走投无路，我给你安排个活儿，背砖去吧。把那堆砖给我背到三层，我给你五十块钱。

金桂生站在那里，久久不说话。

王大群说：咋，不干？

然而，让王大群想不到的是，金桂生却说：不，我干。

正午，金桂生在一趟一趟地往楼层上背砖。

金桂生背着砖一个台阶一个台阶地走着，一边走一边自言自语地、一遍遍地重复地说：人，一个人，手，两只手，站起来；人，一个人，手，两只手，站起来；人，一个人，手，两只手，站起来……

工地办公室里，王大群望着远处背砖的金桂生，咬着牙说：王八蛋，你也有今天啊！

工地办公室门前。

已是下午了，金桂生一身大汗站在门前。

王大群西装革履地从屋子里走出来，看了看他，说：搬完了？

金桂生说：搬完了。

王大群说：再从楼上搬下来，给你加五十。搬去吧。

金桂生站在那里。

王大群说：咋，不搬？

金桂生抬起头，面色平静地望着他，说：搬。搬哪儿？

王大群说：老地方。

金桂生扭头走了，砖，他又一趟一趟地重新从楼上往下背。

这时，老本走过来，劝道：头儿，算了吧？

王大群说：算啥？你说了算还是我说了算？

老本不吭了。

王大群说：干你的活儿去。

工地大门口。

傍晚，王大群正要出门，金桂生满身大汗地从院里追出来，说：哎哎，活儿干了，钱呢？

王大群回过身来，说：钱，啥钱？

金桂生说：工钱。

王大群说：工钱？我会少你工钱吗？——扣了。

金桂生默默地望着他。

王大群说：你爹欠一万五，对吧？扣一百，你还欠一万四千九。我都记着呢。

金桂生突然握紧了拳头，可是，片刻，他的拳头又慢慢松开了。他再也不说什么，扭头就走。

王大群说：慢。我突然想起来了，这账是你老子欠的，你要是不愿还，说句话，也行。这一百块钱，我给。

金桂生停了片刻，说：扣吧。我爹欠的，我还。

街口上。

老本喊住了要走的金桂生，说：兄弟，等等。

金桂生站住了。

老本说：累了一天了，这五块钱，你拿去，吃碗面吧。

金桂生看了他一眼，说：大哥，我会还你的。

老本说：都出门在外，不说了。

"红灯笼"歌舞厅。

夜，歌舞厅门前霓虹灯闪烁。

这时，有一双脚跟踉跄跄地停在了歌舞厅门前，这人是王大群。他穿着那身新买的西装，因为喝了些酒，带七分的醉意。他望着那闪闪烁烁的霓虹灯，身子转了一圈，而后一步一步摇摇晃晃地朝楼上走去。

上了二楼，有侍应生迎上来，说：先生，要包间吗？

王大群一摆手说：要。

侍应生又问：要陪舞吗？

王大群狠巴巴地说：老子——要。

于是，侍应生躬身说：先生，这边请。

在过道里，王大群摇摇晃晃地走着。侍应生忙说：哎，慢点，你慢点先生。

等侍应生把他引领到了一个包间后，又问：先生，你点几号？

王大群说：七号。

侍应生说：好哩，你稍等。说完，就退出去了。

大学里。

夜，一间教室里，上夜大的学生们正在听（为考级办的）建筑制图课。

窗外，金桂生正趴在窗台上听，这时，一个老师走过来，拍拍他问：你，哪系的？

金桂生一怔，回过头来，有些慌，说：我，我不是——说着，赶忙收拾挎包，想走。

老师问：别慌，你是干啥的？

金桂生说：我，打工的。

老师盯着他看了一会儿，突然说：去吧，去教室听吧。教室里还有位置。

金桂生嗫嚅地说：这一期，我，没有交费。

老师说：我知道，去吧。走时候，你把卫生打扫一下。

金桂生忙给他鞠了一躬，说：谢谢，谢谢老师。

包间里。

侍应生领着一个花枝招展的女子走了进来，王大群一看不是于小莲，就说：不，不要这个，你给我换一个。

侍应生说：先生，你不是点七号吗？

王大群说：我……记错了，八号，可能是八号吧。

侍应生看了他一眼，迟疑了一下，说：那好……那刚进门的女子很不屑地"哼"了一声，跟着那侍应生走出去了。

片刻，四川女子苏小娜走了进来，她一看是王大群，立时就说：又是你？你想干啥子嘛！你要是再来胡闹，我可报警了！

王大群瞥了她一眼，说：我找于小莲。小莲呢？

苏小娜说：走了。她不在这儿干了。

王大群一怔，说：走了？上哪儿去了？

苏小娜说：她欠你钱，是吧？你放心吧，她说了，她会还你的！

王大群说：我问你，她上哪儿去了？

苏小娜说：怎么，你想把她逼死啊？！

王大群有些心虚，说：我，我咋逼她了？

苏小娜说：你还算是个男人吗？你上次跑来羞辱她，她回去整整哭了一夜！不就是欠你八千块钱吗？你一个大老爷儿们，还一次次跑来羞辱她，你们男人真无耻！

王大群仍然追问说：她，到底上哪儿去了？

苏小娜说：不知道。反正不在这儿干了！

王大群说：我不信！

苏小娜气呼呼地说：那你找去呀！

教室里。

夜里十点，同学们都下课了。教室里只剩下金桂生一个人在打扫卫生。

这时，女大学生宁小雅匆匆走了进来，金桂生一抬头，看见她，马上说：有支笔，是不是你的？

宁小雅说：是。我忘了。

金桂生把那支带有盒子的"英雄"金笔递过去，放在一张课桌上。宁小雅从桌上拿起来，看都没看他一眼，扭头就走。走到门口时，她突然回过头来，说：你知道这支笔值多少钱？

金桂生抬起头，看了她一眼，又埋下头去，只顾"哗啦哗啦"扫地。

宁小雅愣愣地站在门口，怔了好一会儿，才撂下一句：谢了！

半拉子工程工地。

工地上，杂草丛生。

夜半时分，奔波了一天的金桂生很疲惫地走回来。老麻雀迎上来问：找着老万了吗？老万咋说？

金桂生摇摇头说：万叔去西安了。

老麻雀又问：那，老八呢？见老八了吗？

金桂生说：见了。

老麻雀说：那，老八咋说？

金桂生说：八叔要去北京，他在北京接了个工程。他挺帮忙的，临走给写了个条，让找宁处长。

老麻雀说：娃子，你爹这么一走，塌下这么大的窟窿！唉，也真难为你了呀！桂生啊，这样下去可不行啊，你得接工程啊！不接工程，那债……

金桂生说：叔，你说这些，我都知道。

老麻雀说：那啥，礼情事儿，该走也得走，该送也得送啊！

金桂生说：叔，送礼这事，送得少了，人家看不上；礼重了，咱又送不起。我去找找宁处长再说。

街口。

中午，于小莲推着一个卖盒饭的食品车出现在街口上。

这时，一双红拖鞋趿趿拉拉地来到卖盒饭的推车前，这是四川女子苏小娜。小娜学着城里人的样子，用食指和中指夹着五块钱递上去，说：一份盒饭。

于小莲抬起头，高兴地说：是你呀，小娜。你把钱拿回去。

苏小娜说：你啊，非要出来卖盒饭，这能挣多少钱？

于小莲说：我是不想再见那人。

苏小娜一边接盒饭，一边说：哎，我告诉你，那男人又去了，还直接点名找你呢。

于小莲说：他又去了？

苏小娜说：可不。你猜怎么着，我把龟儿子骂走了。他还非要问你去哪儿了，我就是不告诉他。他说，他还会来。

于小莲突然火了：杀人偿命，欠债还钱。这是干什么？这也太欺负人了?! 我明天推到他工地上去卖，我看他能怎么着?!

这川女是个急性子，就说：就是嚛，还是老乡呢。走，现在就去，我跟到你一起去，骂他！你不敢骂我骂，骂他个龟儿子！看他还敢来欺负你不敢了！

两人一时冲动，就推着食品车往前走。小娜一边走一边说：就到他工地门口去骂个瓜娃子，他要是敢打人，我就报警！

可是，两人推车走着走着，于小莲却慢慢停下了。

小娜问：干啥子？走啊！

于小莲说：算了。

苏小娜说：噫噫，为啷个呀？

于小莲说：出门在外，都不容易。再说，我也确实欠人家钱。

大街上。

金桂生和老麻雀在一条马路边上的一个窨井处，正在给人疏通下水道。

金桂生已下到窨井里去了，老麻雀在上边蹲着，手里提着一根安全绳，对下边说：桂生，你小心，小心些，叫我说，这活儿都不该接。

井下，金桂生说：大活儿一时接不来。

老麻雀说：要说也是，总得顾住嘴呀。

片刻，金桂生一脸污泥，从下边探出头来，说：麻叔，桶。

老麻雀把一只塑料桶递给他，说：桂生。

金桂生"嗯"了一声。

老麻雀说：人到难处了，只能走一步说一步。你想，咱本是盖楼的，来给人家通下水道。

金桂生说：我知道。说完，头一缩，又下去了。

街口上。

中午，卖盒饭的小推车前，老麻雀走过来，问：盒饭多少钱一份？

于小莲正背着身子在收拾东西，随口说：三块。

老麻雀说：忒贵了。五块钱两盒行不？

这时，于小莲回过身来，惊喜地叫道：麻叔，是你?!

老麻雀也一怔，说：莲？是莲啊！你咋……

于小莲也顾不上多说，就赶忙给他盛饭，两盒饭盛得满满的，一边盛一边说：麻叔，你还没吃饭呢？先吃饭。

老麻雀高兴地说：莲，真是你！你怎么卖起盒饭了？

于小莲忙把两盒饭和筷子递给他，说：麻叔，吃饭，先吃饭。

老麻雀却说：还有桂生啊，桂生他也在。他就在那边，我去叫他。

于小莲脸一沉，说：麻叔，你别叫他，我不认识他！

老麻雀说：莲，你听我说……

于小莲把两盒饭塞到老麻雀手里，说：麻叔，啥也别说了，你要是叫他，我现在就走！

老麻雀说：莲，你这是……

于小莲说：你端走吧。我不见他。说完，推上食品车就走！

路边的窨井旁。

一身污泥的金桂生正蹲在一个塑料桶前洗手。

这时，老麻雀手里端着两盒饭匆匆走来，他大声说：桂生，快快！

金桂生说：啥事，麻叔？

老麻雀说：莲，我看见莲了！

金桂生忽地站起来，说：在哪儿？

老麻雀说：那边，就那儿，拐过一个口，快去快去！

然而，金桂生却又慢慢蹲下了。

老麻雀说：快去呀！她就在那儿卖盒饭呢！

金桂生说：麻叔，我这个样儿，还有脸见她吗？算了，等我干出个名堂，再说吧。

老麻雀着急地说：你看你看！去，快去。就是有啥，也要给人家说清楚。

金桂生迟疑了一下，刚要走。老麻雀又说：等等，我去打盆水，你洗洗再去。

大街拐口上。

等金桂生赶到时，于小莲已经推着食品车走了。

"红灯笼"歌舞厅。

二楼一个包间里，苏小娜推门走进来。进门之后，一看又是王大群，她怔了一下，立时大声喊道：又是你！跟你说过了，她不在！你又来做啥子嘛！——出去！你现在就给我出去！你不出去，我叫保安了！

王大群在沙发上坐着，可突然之间，他满面是泪！

这么一来，苏小娜倒慌了，她瞪着两眼，吃惊地望着他：噫？你，你一个大男人，哭个啥子嘛！

可王大群用双手捂着脸，竟呜呜地哭出声来了。

这时，苏小娜心软了，说：我，我说你啥子了？我也没说啥子嘛！

正在这时，只听楼道里传来一阵杂乱的脚步声，紧接着，"啪"的一声，门被推开了，一下子冲进来四五个保安。保安一个个手里提着警棍，气横横地说：谁，谁在这儿闹事？！

坐在沙发上的王大群也有些慌了，他猛地一下站起身来，说：我，我没闹事。

此刻，众保安都望着苏小娜，手一指：是不是他闹事？！

苏小娜望望保安，又看看王大群，一时间，心里竟生出了怜悯之意，她说：他，他，没得，没得闹事。

保安们迟迟疑疑地，还是有些不放心，又看看苏小娜。

苏小娜说：他是找我的，你们去吧。

保安们开始往外走，一边走着，一边回头看。苏小娜用嗔怪的语气说：走走，你们出去呀。

待保安走后，苏小娜说：你这个人啊，真该让他们揍你一顿！

王大群一声不吭，慢慢在沙发上坐下了。

苏小娜看他满脸是泪，就从兜里掏出一块手绢，递了过去，说：一个大男人，为哪个恁个小气？不就欠你八千块钱嘛！

王大群闷闷地坐在那儿，默默地抽了一支烟后，他说：妹子，你不知道，我们山里穷啊！说句不中听的话，那八千块钱，是一家老小从牙缝里省出来的。我家弟兄三个，我是老大，就说了这一房媳妇。她家要是早不愿，也就罢了。人心都是肉长的，咱也不是非要逼人家，可是，冤枉钱花了，该置办的也都置办了，一村人帮着张罗，火都盘下了，礼钱也收了，到了，人跑了！你不知道，这有多丢人！我爹听说信儿，当场就气昏过去了！那会儿，我上吊的心都有！恨不得有个地缝钻进去！妹子呀，我实在是咽不下这口气啊！

苏小娜听了，一时也没什么话说了，就说：那，那，你，这也不是办法呀！

王大群喃喃地说：我也不全是为钱。说起来，我也是上过学的人，我也要脸面啊！你说，我至于这样吗？可我，就是咽不下这口气！凭啥呢？你要不愿，早点说话呀！这算啥呢？这不是坑人吗?！妹子，我太屈辱了，我心里苦啊！我是没脸再回去了。嗨，不说了，不说了。

苏小娜听着，听着，眼有些湿了，说：说起来，咱两个都一样。我也是因为家里穷，没得办法，为了弟弟妹妹能有钱上学，才出来的。我家八口人，就那几亩山地。

王大群擦了一把眼里的泪，咬着牙说：妹子，说一千道一万，都是因为咱穷啊！我一定要在这城里站住脚，你信不信?！

苏小娜仿佛是被他的话打动了，说：信，我信。

王大群说：妹子，你是个好人。我给你吐吐苦水，这心里好受些了。你放心吧，从今以后，我再也不来搅扰你了。说着，他从兜里掏出一百块钱，默默地放在了茶几上。

可出人意外地，苏小娜拿起茶几上的钱，又递到了他的手上，说：你一天才挣几个钱？把钱收起来吧。以后，心里烦的时候，就去我那儿坐哈。

王大群咬着牙说：我会有钱的！

大街上。

金桂生挎着一个帆布包大步走着。

金桂生从一个单位出来。

金桂生又走进了一个单位。

走着，走着，下雨了。他干脆脱了鞋，光脚走。

江河装饰公司门前。

金桂生站在门口，犹豫了片刻，一咬牙，还是走进去了。

办公室里，秦经理不耐烦地说：你怎么又来了？

金桂生说：秦经理，有句话我想问问你。

秦经理说：我没工夫给你磨牙，有本事你告我去。

金桂生说：就一句。

秦经理说：好好，你说。你就说出个大天来，也没用。

金桂生说：人，还讲不讲良心？我爹……

秦经理看着他，说：年轻人，我倒要问问你，这良心，是论斤称啊，还是论两卖呀？

金桂生说：你要这样说……

秦经理说：我还没见过像你这样要账的。现如今，良心能换钱吗？

金桂生实在是走得太累了，他刚要往沙发上坐。

秦经理叫道：干啥干啥？你别脏了我的沙发！我这沙发真皮的，值一万六！

金桂生看着他，扭身要走。

这时，秦经理说：等等，你还有东西忘在这儿了。

金桂生停住了。

秦经理高声说：尚，把他上次磕头的钱付给他。磕了几个呀？三个吧？还有，把他的脚印扫出去！别脏了咱的地儿！

废弃的工地上。

草丛中，金桂生孤零零地站在那里。

老麻雀走过来，说：还没找到活儿？

金桂生摇摇头。

老麻雀说：老八不是给你写了条吗？

金桂生说：跑了好几次，都没找到人。

老麻雀说：那……

金桂生说：麻叔，要不，咱把这些设备，卖了？

老麻雀说：要是一卖，这债可就永远还不上了。你再好好想想？

金桂生转过脸来，只见他满脸都是泪水！他摇了摇头说：麻叔，该想的办法，我都想尽了，能找的，我也找了——唉！

老麻雀叹一声，说：桂生，既然走到这一步了，你得撑住，说啥也得撑住。兴许，天无绝人之路？

这时，只听身后突然有人说：说对了，天无绝人之路。

两人转身一看，来人竟是那个秦经理！秦经理夹着一个皮包，满脸堆笑，西装革履地站在那里。

看见是他，金桂生冷冷地哼了一声。

不料，只听秦经理说：老弟呀，今天你去我那儿，说到了良心。你走后，我想了想，惭愧呀，惭愧！不管怎么说，当年，老金的的确确是帮过我。至于你说那钱，咋说呢，这么说吧，咱俩不存在任何债务关系。可你是老金的儿子，你遇到难处了，我呢，不能见死不救。说着，他拍了拍手里的皮包：钱，三万，我带来了。

金桂生怔了一下，以为他是良心发现，就说：秦经理，我确实遇到难处了，不管怎么说，我还是要，谢谢你。

秦经理说：这样，二位还没吃饭吧？走走，今儿我请客！

一家饭馆里。

三人坐在一张桌前，桌上摆着几个菜，秦经理把皮包打开，从里边拿出一厚沓钱来，说：你看，这不，整整三万！

金桂生看着那钱，眼里燃起了一丝希望。

老麻雀叹一声，说：秦经理，咋说呢，这世上，有好人啊！

秦经理说：当着二位，我把话说明了，这钱，我可以给，也不用你们打条，但我有个条件。

金桂生看了看老麻雀，又看了看秦经理，说：你说。

秦经理说：老金他……唉，吃菜，吃菜！

金桂生看他有些不自然，心里陡然有了些警觉，拿起的筷子又放下了，直直望着他：啥条件，你说。

秦经理说：是这，老金他，已经这样了，是吧？以后呢，怕是难以……他施工的那套手续，也没啥用了，是不是？干脆，给我算了。

金桂生和老麻雀怔怔地望着他。

秦经理把酒杯一顿，说：说白了吧，这钱你拿去，我啥都不要，就要他那套手续。

老麻雀看看他，说：你别的不要？

秦经理说：不要，放心吧，设备啦、东西啥啦，我统统不要，一样也不要，就要那套手续。这些东西，也没啥用，是不是？

这时，老麻雀站起身来，声音不高，却显得极为气愤：姓秦的，老金他，当年真是瞎眼了，喂了你这条白眼狼！

秦经理一怔，说：这，这叫啥话？

老麻雀说：你，你真欺负人啊！你这不是落井下石，端人饭碗嘛！说着，他一把拉住金桂生，走，咱走。桂生，他这不是饭，是毒药！

秦经理忙拦住说：你看你看，话不能这么说……咋，嫌少？三万还少？要是嫌少，恁说个数，咱再商量嘛。

金桂生说：手续？你说清楚，到底要啥手续？

老麻雀说：桂生啊，你可不敢听他的。这一套手续，是咱施工的执照，比啥都要紧！头前，我曾听你爹说过，就这套手续，当年有人出五十万，他都不卖！

金桂生明白了。他慢慢地站起身来，直直地望着秦经理，而后，他突然弯下腰来，给他鞠了一躬，咬着牙说：秦经理，谢谢你，谢谢你给我上了一课！我会一辈子记住你，记住这个教训！

而后，金桂生说：叔，咱走！

○ ●

第六集 ·····························

郑州某大学后勤处楼门口。

金桂生挎着一个帆布包，一直在门外站着。

快到中午了，有一位戴眼镜的女同志从楼里走出来，问：小伙子，你天天在这儿等，找谁呢？

金桂生说：我找宁处长。

戴眼镜的女同志说：宁处长不在，他出去了。

金桂生说：我等他。

戴眼镜的女人看了他一眼说：你跟宁处是啥关系？

金桂生说：老乡。

戴眼镜的女人说：老乡？你认识他吗？

金桂生就老老实实地说：不认识。经人介绍的。

戴眼镜的女人笑了，说：噢，我说呢，他刚出去。这样，你去他家找他吧，他家住在丁区……

住宅小区，宁处长家。

这是一个很简约、工薪阶层的家。宁处长听到敲门声，刚要起身开门，只见女儿宁小雅从里屋跑出来，在嘴边上做了一个噤声的小动作，悄声说：掂绿豆的来了。我猜，又是掂绿豆的来了。别开门。

宁处长不解，说：绿豆？啥意思？

宁小雅不满地说：还不是你的那些老乡，一来就是一群，掂二斤绿豆，来了又这又那的……闹得一家人都不安生！

宁处长批评说：小雅，你这想法可不对。怎么能看不起农民呢！你爸就是农民出身。

宁小雅说：哼，我还不知道你农民出身？一说就是困难时期怎么着。别说了，我不听！

宁处长说：啥态度嘛，你听听你那口气，掂绿豆的来了。这叫啥话？

宁小雅说：就这话！爸，有事到单位去说。我正准备考试呢！

一听女儿说要考试，宁处长不吭声了。

楼道里。

金桂生扛着一箱苹果在门口站了一会儿，见没人开门，就扛着那箱苹果很失望地、一步一步下楼去了。下了一层之后，他想了想，又把那箱苹果扛了回来，放在门口，而后下楼去了。

宁处长家。

突然之间，宁小雅带着一身水湿漉漉地从厨房里跑出来，说：爸，水管坏了！

宁处长赶忙跑过去，只见水管里的水蹿出几尺高的水柱！一时也慌了，说：打电话，我打电话叫人来修。

　　说着，他急火火地跑回厅里，拿起电话拨了一串号码，然而，却没有人接。宁处长说：奇怪，怎么没人呢？真不像话！

　　宁小雅急了，说：算了。你看着，我下去叫人！说着，她开门跑下去了。

　　楼道里。

　　宁小雅刚下了两层，刚好碰上金桂生正探头往上看，宁小雅见他挎一帆布挎包，以为他是搞维修的，就说：你是维修站的吧？我家水管坏了。快，快，上来给修修。

　　金桂生迟疑了一下，说：水管？

　　宁小雅慌慌地说：你会修吗？

　　金桂生问：几楼？贵姓？

　　宁小雅说：三楼。姓宁。啰唆什么？你会不会吧？

　　金桂生说：会，会。

　　宁小雅说：快，上来，你快上来！

　　宁处长家。

　　厨房里，宁处长一身都是水，正用一条毛巾捂着水管。这时，宁小雅领着金桂生进来了。

　　进了屋后，金桂生眼一亮，几步跨进厨房，说：宁处长，你别管了，我来我来。

　　而后，他对宁小雅说：有钳子吗？

　　宁小雅说：有，有。

　　金桂生冲上来，替下了宁处长；宁处长甩着两手水，连连摇头说：哎呀，现在这东西，质量太差！这么说着，宁处长走回卫生间，拿起一条毛巾擦脸去了。等他擦完脸，回房间换了衣服，厨房里已经听不到水声了。

这时候，他再次拐进厨房，水管里的水已经不流了，人也不见了。宁处长问：小雅，人呢？修理工呢？

宁小雅说：下去了。说一会儿就上来。

宁处长说：小伙子挺麻利。

大街上。

金桂生疾步走着。他来到街头一个五金商店里，问：同志，水龙头多少钱一个？售货员说：好几种呢，你要哪一种？金桂生说：要最好的。

宁处长家。

厨房里，宁处长端着一杯水走进来，说：小伙子，来来，喝口水。

金桂生正在安装新买的水龙头。他应了一声：谢谢，不渴。

这时候，宁小雅朝厨房里探了一下头，用命令的口气吩咐说：那啥，卫生间下水道也堵了，你也给修修。

金桂生说：成。回头我再来，带上工具。

大街上。

金桂生和老麻雀带着一些工具在大街上走着。正走着，金桂生突然停下来了，说：麻叔，这样吧，咱先买俩烧饼垫垫。

老麻雀说：垫垫？不是说请人吃饭吗？

金桂生说：钱不多，到时候，咱尽人家吃。

于是，两人就在街口的小店里买了四个烧饼，一人两个，蹲在街头路边上吃起来。吃着，金桂生说：真香啊！叔，说实话，我两天都没吃饭了。

老麻雀吃惊地望着他，说：娃子，你……

金桂生说：没事，我年轻，扛得住。

老麻雀说：桂生，不是我夸你，这么大的事，你能扛住，是块料！

金桂生咽了一口烧饼，说：话是这么说，可这债背着，压人啊！

老麻雀说：路是人走的。没有过不去的火焰山。

金桂生说：麻叔，给你来杯水吧？

老麻雀用手擦了一下嘴，说：不要，不花那冤枉钱。

宁处长家。

宁处长从卫生间里走出来，一边说：不错，不错，这回算是通了。我这个下水道啊，经常堵。——噢，你们不是维修站的？他的话里有些诧异。

金桂生和老麻雀二人穿着水靴，手里提着工具，也跟着从卫生间里走出来。金桂生说：不是。

宁处长说：那你们是……

金桂生忙说：是八叔让我们来的，他给你写了个条。说着，他赶忙把那张写有字的烟盒纸递了过去。

宁处长接过来看了，说：噢，林县的，老乡啊！哎呀，你看看，真对不起，让你们忙活这么半天。坐坐，快坐。

老麻雀说：这点小活儿算啥？以后你有啥事尽管说，我们捎带着就干了。

等两人坐下，宁处长一边嘴里说着"哎呀，老乡啊，老乡！"，一边给他们倒上水，又看了看那张烟盒纸，而后说：噢，你是老金的儿子？

金桂生点了点头。

宁处长说：老金，好人啊！

工地上。

万水法怒气冲冲地朝主体楼上喊道：群，你下来！

王大群从楼上跑下来，说：舅，啥事？

万水法黑着脸说：那钢筋是咋回事？

王大群说：啥钢筋？

万水法说：你装啥糊涂？那两根二三五的，咋回事？！

王大群看了一下四周，说：你说那两根粗的？

万水法说：咋回事？混凝土都打了，咋还能往上抽？

王大群拽着万水法，把他往一旁拉了拉，小声说：舅，马科长说，那两根可以省下来，那就是做做样子。

万水法骂道：放屁！质量出了问题咋办？

王大群小声说：舅，你别急，质量没有问题。这都是马科长跟设计部门说好的，安全系数做得大，你明白了吧？少这两根钢筋一点问题也没有。

万水法厉声说：群，这种事咱可不能干！

王大群说：舅，这钢筋也不是咱要的，是马科长……咱能得罪他吗？！

万水法说：宁肯得罪他，咱也不能干！这是信誉。

王大群心里不服气，可嘴上却说：好，好，听你的。

接下来，万水法口气缓下来，又说：群，有些事，咱是不能做的。

王大群说：我知道。

万水法看了看他，仍很不满意地说：群，我听人说，你又难为老金那娃子了？

王大群说：舅，他可是……

万水法说：做人要厚道。不管他娃子跟你有啥，人家金瓦刀当年帮过咱。那医疗费的事，你不要再提了。

宁处长家。

客厅里，宁处长叹一声说：没想到，真想不到，老金他，遭了这么大的难，可惜了！这样吧，你们的难处，我知道了。家乡人，也都是实在人。啥也别说了，这个忙，我帮。你们也知道，大工程呢，是要招标的。这个泵房工程小，我说了算，给你们了，先干着，以后再说。林县的施工队，我还是信得过的。

老麻雀忙说：宁处长，谢谢你了，老金他也会感你的恩！

宁处长说：都是老乡，谢啥？

这时，金桂生试探说：宁处长，想，请你出去吃顿饭。你看？

宁处长一摆手说：饭就别吃了。你们正是困难时期。要请也是我请。这样吧，你们忙活一天了，我弄几个菜，就在我这里吃！

老麻雀和金桂生一听，忙站起来说：不，不！说着，站起就走。

可是，宁处长说：等等。你们要是实在不愿在我这儿吃，就算了。但有一条，水龙头和弯管的钱，我必须给你们！

两人赶忙往外走，一边走一边不好意思地说：你看，这才花了几个钱。

宁处长脸一沉说：那不行。我这个人是有原则的。你们如果不收钱，工程也别做了！我说话算数。

两人很尴尬地站在那里。

宁处长说：既然是老乡，工钱就不说了。噢，还有这箱苹果，也是你们拿的吧？下次不能这样了。这五十块钱，你们一定得拿着！

待两人走后，宁小雅从里屋出来，说：爸，你真虚伪！

宁处长说：这孩子，这怎么是虚伪呢？

宁小雅说：送一箱烂苹果，你也给钱，就是虚伪。

宁处长说：我这人，一辈子了，就是不收礼。

宁小雅说：你好，你清廉，行了吧。

楼道里。

老麻雀感叹说：宁处长，好人啊！一箱苹果，他还给钱。

金桂生说：这钱，咱不能要。

老麻雀说：要不，从门缝里给他塞进去？

金桂生说：行，给他塞进去。

于是，两人蹲下身来，又把那五十块钱，从门缝里塞进去了。

路上。

金桂生对老麻雀说：叔，我上课去了。

老麻雀说：该……你不饿？

金桂生说：晚上也没事，饿一顿吧。

老麻雀叹了一声，说：桂生啊，你爹一倒，苦了你了。

金桂生没等他再说什么，一摆手：我走了。

一处工地上。

夜，王大群领着弟弟二群悄悄地来到江苏人承包装饰工程的内装修工地上。

二群说：哥，这是干啥呢，偷偷摸摸的？

大群说：干啥？学本事！装修这活儿，咱以前没干过，得跟人家学学。

二群说：人家，让吗？

大群说：不让，也得学。

二群说：进去咋说？人家要赶咱走呢？

大群说：啥也别说，进去就干活。

二群说：白干？

大群说：白干。

在一栋楼里，大群、二群为了学装饰技术，抢着给江苏的匠人干活，不时还给人家师傅递支烟说：师傅，江苏的吧？

那人接过烟，"嗯"了一声。

王大群说：俺俩没事，闲着也是闲着，给你打个下手。

大学校园里。

下课了，上夜校的学生从教室里走出来，纷纷向停车棚走去。宁小雅走到车棚前，突然，她又折身走了回来。

教室里，金桂生正拿着一把扫帚在扫地。宁小雅走进来，站在教室里，默默地看着扫地的金桂生。

片刻，等金桂生扫到她跟前时，她伸出手来，说：认识一下，宁小雅。

金桂生抬起头来，有些惊讶，还有些害羞地望着她：噢，是你。

宁小雅说：怎么，不认识了？你捡过我一支笔。还有，你去过我家，给我家修过水管，对吧。

金桂生一惊，赶忙说：你是宁处长的女儿?!

宁小雅说：是啊。

金桂生站在那里，一时不知说什么才好。怔了一会儿，他说：家里下水道不堵了吧？要是有啥活儿，你说。

宁小雅说：没活儿，我们就不能认识一下吗？

金桂生不好意思地笑了。

宁小雅突然一拍脑袋，说：我想起来了，其实，咱们还见过一次。"父债子还"。

金桂生有点诧异地望着她：你怎么知道？

大街上。

夜半时分，大群二群两兄弟从江苏人承包的工地上走出来，大群说：二群，你记着，装修，采通，电气，咱样样都得把技术学到手！

大群说：兄弟，虎走天下吃肉，狗走天下吃屎。咱得挣钱呢！得想法挣大钱！等有了钱，咱才能在城里站住脚，才能像个人！

二群说：那是。

大群说：你看那灯。

二群说：咋？

大群恶狠狠地说：没一盏是咱的。你想想，在这城里，咱连撒泡尿的地方都没有。

二群说：可不。有时候，跑一条街，愣是找不着尿尿的地方，能叫人憋死！

大群说：操，对着这电线杆子，尿！

二群说：哥！

大群说：你以为我不敢？

二群拽住他：算了，哥，别让人抓住了，又得罚咱钱。

大群看四下里无人，突然说：会走路了吧？

二群说：走路？

大群说：像城里人那样？这回，你看我像不像。说着，挺着身子往前走。

二群笑了，说：有点意思。有点意思了。

大群边走边说：随意了吧？自然了吧？

二群说：还……有点硬。

大群不服气地说：你懂个屁！

泵房工地上。

工棚外，兔子在一水盆前，一边擦身子一边仍在练习说普通话：中中中、中央人民广播电台，中中中央电、电视视台，男男男同、同志，女女同同志，男女同志……

工棚内，老麻雀笑着说：你听，这兔子，做梦都想当城里人，又练上了。

金桂生默然地笑了一下，说：不管咋说，这工程是接下了。可工期这么紧，我算了算，这人手……

老麻雀说：桂生，头三脚难踢呀，咱可不能把工期给误了。

金桂生说：要不，再找些人手？

老麻雀说：你看呢？

金桂生说：你领人先干着。赶明儿，我回去一趟。

大街上。

于小莲推着一辆食品车出来卖盒饭。

她刚推到一个路口，却被一个戴袖章的人截住了，这人说：站住。

于小莲站住了。这人问：营业执照呢？

于小莲说：有，在铺里呢。

这人说：下次带着。卫生防疫证呢？

于小莲说：有。说着，她从食品车里拿了出来。

这人接过来看了看，说：健康证？

于小莲说：检查过了，也照了相，正办呢。

这人说：按说，这就可以罚你。算了，你把占道费交了吧。

于小莲说：啥、啥费？

这人不耐烦地说：占道费。

于小莲怔了一下，说：这、这还收费？

这人说：你连这都不知道，还做什么生意？交吧，五块。

于小莲说：这……我还没推到地方呢。

这人说：你先交了。

于小莲说：你看，我刚推出来，还没卖呢。要不，你拿俩盒饭吧？

这人说：算了算了。你打发要饭的呢。

街口上。

于小莲穿着一身新制的白工作服，头上戴一顶白色的工作帽，收拾得干干净净地站在食品车后卖盒饭。食品车前，先后有些人走上来问价。一个女人问：几块？

于小莲说：四块。

女人问：几样菜？

于小莲说：五样。红烧肉，麻辣鸡块，素三样，烧茄子，还有土豆丝。

女人说：还挺便宜。来两盒吧。

于小莲拿起勺子，说：你尝尝。好吃了再来。菜呢？

女人说：各样都来一点。

就在这时，站在不远处的王大群，抖了抖身上穿的西装，大咧咧地来到了食品车前，也斜着眼看着她，说：我说呢，原来是改行了。

于小莲一看是他，眼圈红了一下，可她一句话也不说。见有人来买饭时，她就默默地给人盛饭。人家说：三盒。她就给人盛三盒，包好，递上。人走了，她突然抬起头，说：你要是来要账的，盒里那些钱，有多少算多少，你先拿去。

王大群站在那里，两手一抱，就那么歪着头看着她。

于小莲见他不说话，就说：你要盒饭？

王大群仍是一声不吭。

于小莲说：我正忙着呢。你要是买饭，我就给你盛。你要是不吃，也别耽误我的事。

王大群说：那好，来一盒。

于小莲默默地给他盛了一盒饭，放在了车顶上；王大群端起那盒饭，一句话也不说，就势往地上一蹲，大口吃起来。他吃得很快，吃完后，把饭盒往地上一丢，站起身来，仍是一声不吭地望着她。

于小莲说：吃完了？

王大群说：吃完了。——却仍望着她。

于小莲说：杀人不过头点地，你还想怎样？

王大群咧开嘴冷笑了一声，说：我是来给你报信儿的。

于小莲一边忙活着，一边随口说：说吧。

王大群说：告诉你，那姓金的小子，知道吧，完蛋了。他爹，那啥，金瓦刀，得了脑溢血，完了，那小子背了一屁股的债，好几十万！我看，他这辈子，怕是爬不起来了。

于小莲听了，脑海里一片空白！

王大群说：你知道这叫啥吗？这叫善有善报，恶有恶报！

大街上。

傍晚，于小莲推着食品车茫然地在街上走着。

画外音：我得见见他。不管咋说，不管他对我咋样，他如今遭了难了。我一定要见见他。

拐过一个街口，恍惚之间，街口处斜插着冒出两辆自行车，骑在自行车上的两个城市小伙耳朵上都戴着耳机，边骑边听音乐呢，只听"咚"的一声，三辆车撞在了一起！两辆自行车摔倒了；那个装有残羹剩饭的食品车也翻倒在地上，到处都是白色的饭盒，那装着泔水的桶也被撞翻了，油乎乎的泔水溅得四下都是，于小莲也摔倒在地上。

那两个城市青年从地上爬起来，见自己身上全是黏糊糊的残羹剩饭，顿时大怒！他们几步冲到刚刚站起的于小莲跟前，喝道：你眼瞎了？往哪儿推的？你有病吧?!

于小莲慌了，忙道歉说：对不起，对不起，我……

高个儿的城市小伙说：我靠！什么对不起？光对不起就行了?!

那胖子说：你会走路不会?!不会走学学！

于小莲说：你看，我不是故意的。恁、恁是往这边走的，我是往那边。

小胖子说：啥他妈这这那那，你说咋办吧?!

于小莲看这两人不善，就说：你看，我真不是故意的。车坏了，我给你修修，这身上，我给你擦……说着，她赶忙从食品车上拿了一条毛巾，弯下身子就去给人擦。

不料，那高个儿猛地推了她一把：去去，谁让你擦了！

于小莲说：那、那你说咋办？要不，我赔……

小胖子一脸无赖相，看了她一眼，竟说：赔？我不是笑话你，你赔得起吗?!光我这耳机就八百多——舔，你趴下来舔！你要是舔干净了，我就饶了你！

一时，于小莲四下望去，只见大街上人来车往，人们照常走路，照常说笑，却没有一个人停下来帮她。于小莲眼里含着泪说：你们，你们也太欺负人了！

小胖子说：欺负？谁欺负你了？你值得欺负吗？你以为你是谁呀？怎么着？你舔不舔？不舔？不舔赔钱也行，拿三千块钱！

邻近商场门口。

大群二群两兄弟背着刚买的胶皮管从商场里走出来，两人刚走了几步，二群手一指：哥，你看！

大群扭过头：咋？

二群说：你看，那边路上，那不是谁吗？

大群说：谁呀？说着，他不经意地往远处看了一眼，随口说：管她呢，咱不管。可是，他走了几步，脸上阴阴晴晴的，突然回过头来，迟疑了一下，说：走，去试试胆量，敢不敢？

二群说：哥，你敢我就敢。

街口上。

大群二群两兄弟来到那两个城市青年身后，见两人仍不依不饶地，大群拍了拍那个小胖子的肩膀，说：爷儿们，这是干啥呢？！

那小胖子回头斜了他一眼，说：嗨，还真有管闲事的！怎么着？想试试？！说着，还装模作样地捋了捋袖子。

那高个子青年也横横地说：去去，别找不自在，滚一边去！

这时，王大群给二群使了个眼色，二群扭身快步走了。大群把身上背的皮管往地上一撂，说：行啊，今儿个，我这一罐血就摔这儿了！来吧，你们谁先上？！

听他这么一说，小胖子有些心虚了，他看了那高个儿一眼，仍然嘴硬地说：嗨，碰上碴子了？还真有不怕死的。这可是找打——啊？！

那高个儿说：操，碍你什么鸟事？！我说了，走你的，别找不自在！

王大群说：我这人专找不自在。说吧，一个一个来，还是两个一块儿上？！

两个城市小伙一看这阵势，那气焰顿时落下来了。那小胖子一边往后退着一边指着王大群：好，小子，算你狠！等着，你等着啊！就这么说着，两人各自扶起车子，就想溜走。

就在这时，二群带着十几个民工跑过来，一下子把两个城市青年围住了。二群冲上前说：别走！狗日的，不能走！

众人也说：捡起来！让他捡起来！

那胖子一看被人围住了，一下子就软了，转过脸来对于小莲求情说：大姐，对不起，对不起了。你看，都不是故意的，我们的车子也撞坏了。哎，哥儿们，哥儿们，错了，是我们错了。

终于，于小莲低声说：算了。走吧，你们走吧。

听了这话，两人赶忙推着各自的车子，灰溜溜地走了。

王大群看了于小莲一眼，拍拍二群：走！一时，民工们也都走了。

等人们走后，于小莲眼里含着泪，独自一人弯下腰来，去捡散落在地上的饭盒。

电线杆下。

二群在路边的电线杆下截住了于小莲。

二群说：莲姐，我哥，让我给你捎句话。

于小莲说：说吧。

二群说：那啥，我哥说，你也不容易。你要是，那啥，回心转意的话，欠那钱，就不说了。说着，他从兜里掏出了那张欠条。

于小莲看了看那张欠条，沉默了片刻，说：你给你哥说，那钱，我会还的。

二群说：我哥还说，你要是，那啥，就说个数。

于小莲说：别说了。我要是为钱，也到不了今天。说着，推着食品车继续走。

二群追着说：我哥那人，其实，挺仗义。你还不知道吧？我哥，当头儿了。包工头，管好几个工地。一月不少挣。

于小莲仍是不吭。

二群说：我哥还说，要是，那啥，保证不让你受一点罪。啥活儿也不让你干，就让你在这城里住着，想吃啥吃啥，想穿啥买啥。

于小莲还是不吭。

二群只好说：那，你再想想吧，想好了，给我个信儿。

小饭馆里。

一个木桌上放着几个凉菜，大群二群两兄弟在喝酒。

二群安慰大群说：哥，她不愿算了。只要有钱……

大群红着眼，端起茶缸说：喝，兄弟！你说这女人，日怪！

二群说：是日怪。

大群说：他都穷成这样了，你说，她到底是图他啥呢?!

二群说：猜不透。人都有三昏三迷，兴许过一段……

大群咬牙切齿地说：喝！总有一天，我要干个样儿让她看看！

待两人喝了一阵后，大群咬着牙说：兄弟，你记住哥哥的话，咱得想法——自己干！

二群有些吃惊地说：你是说，跟咱舅，掰了？

大群很含糊地说：咱舅这人，太死劲。跟着他，净下死力，到了也挣不了几个钱。我想了，要想那啥，早早晚晚，咱得单出来，自己干。

泵房工地上。

老麻雀正在工棚里修一把用坏了的笤帚。这时，于小莲进来了。

于小莲倚在门旁叫道：麻叔。

老麻雀抬起头，惊喜地说：是莲？真是莲！你可来了，坐，快坐。

于小莲说：叔，看我给你带什么来了？说着，从身后拿出一个鼓鼓囊襄的手绢兜着的东西。

老麻雀接过来一看，高兴地说：烤红薯？这可是好东西呀！多少天没吃过烤红薯了！莲，你不知道，这股烤红薯的味儿，就是家呀！

于小莲说：叔，快趁热吃吧。

老麻雀一边吃着烤红薯，一边说：莲，桂生他，唉，他一直在找你呢。

于小莲不接话，却说：麻叔，我想给你织件毛衣，你穿多大尺寸？

老麻雀说：莲，我知道你生他的气。可你不知道，他是遭了大难了。

于小莲低沉地说：我听说了。

学校小树林里。

兔子躲在没有人的地方，仍在高声朗诵：中中中、中央人民广播电电台，中中央电视台，男、男、男同志女、女同志男女同志……念着念着，突然，他一猫腰，伸头往前探去。

学校的小花园里。

老麻雀和于小莲在一个长椅上坐着。

老麻雀说：莲，该说的，我都给你说了。这都是实情。桂生，他难啊！

于小莲望着远处的灯光，轻轻地说：他爹这么一病，也真难为他了。

老麻雀说：是啊。叫我说，桂生人不赖。

于小莲说：那他？

老麻雀说：上夜校去了。兴许一会儿就回来。叫我说，你们见个面，有啥，说开就是了。

于小莲说：其实，我也没别的，就是想来看看他。

老麻雀说：你等等他，就快回来了。这么说着，老麻雀突然扭了一下头，说：兔子，出来吧。看你鬼鬼祟祟的，干啥呢？

兔子从小树林里钻了出来，说：我我我，方方便。

老麻雀说：去，去叫叫桂生，就说莲来了。

小花园里。

深夜，金桂生挎着一个布挎包从远处走来。

于小莲迎上去，在花园的边上截住了他。两人相互看着，好久都没有说话。

终于，于小莲说话了。她说：你瘦了。

金桂生说：你，好吗？

于小莲望着他，说：还行吧。你，头怎么剃光了？

金桂生摸了摸剃光的脑袋，什么也没有说。

于小莲：听说，你爹他……

金桂生叹了一声，什么也没有说。

于小莲说：我都听麻叔说了。那天，我一直等你。

金桂生说：我原来以为，我是独立的。我有爱的权利，也有这个能力。我爹一倒，我才发现，我其实啥也不是。说完，他摇了摇头。

于小莲说：我知道，这一次，你受的打击太大了。你还记得你说过的话吗？对着山，对着月亮，你说过的话，你还记得吗？

金桂生苦苦一笑，说：那时候，太幼稚了。

于小莲说：不，我一点也不后悔。

这时，金桂生沉默了片刻，突然说：莲，是我对不起你。是我把你带出来的，可现如今，我，我实在是养不起一个女人了。莲，你，恨我吧。

于小莲吃惊地望着他，说：你，咋说这话？

金桂生说：我说的都是实话。我不能再害你了。

于小莲默默地望着他。

可金桂生看了她一眼，扭过身去，走了。

工棚里。

桌上放着那只小时候父亲给他做的小木碗，一只很精致的木碗。

金桂生坐在一把椅子上，呆呆地望着那只小木碗，久久。他低声、郑重地说：爹，你放心吧，债还不完，我绝不考虑个人问题。

工地上。

苏小娜走进工地，叫道：谁是姓金的？

兔子迎上去，说：你、你你找找谁、谁？

苏小娜说：我找姓金的！你，你姓金？看你那样！什么东西！

兔子赶忙说：我我我，不不不，不姓姓金。——说着，他回身喊道：金金、金头儿，有人人找。

这时，金桂生从刚刚开挖的地沟里走上来，说：谁找我？

苏小娜上下打量了他一番，说：你姓金？

金桂生说：是，我姓金。你有啥事？

立时，苏小娜骂道：你个龟儿子，太不是东西了！你是个大骗子！无耻！流氓！

金桂生一怔，说：大姐，你看，我又不认识你，你，你这是？

苏小娜说：我再问一遍，你是不是姓金，从林县来的？

金桂生说：不错。

苏小娜说：是你把于小莲带出来的吧？

金桂生沉默片刻，说：是。

苏小娜说：呸！我骂的就是你！你把别个骗出来，就这么撒手不管啰？你啥子人嘛！你还是个男人吗?! 她在这儿人生地不熟，你把别个往这儿一撂，坑死个人嘛！你，你这是人干的事吗?！

金桂生无语。

苏小娜越说越气，说：你把别个拐骗出来，一哈哈就没影儿啰。你知道她吃了多少苦受了多少罪吗？你知道别个哭过多少回吗？你知道她过的是啥子日子吗？

金桂生望着她，说：你骂得对。是，是我对不起她。

苏小娜看他什么都承认，一时竟有些语塞了：你……你们，哼，都是些啥子东西嘛！

○　●

第七集　·······································

火车站。

炎炎夏日，金桂生领着一群民工从车站走出来。

青年民工于宝祥边走边问：桂生哥，这就是郑州？

金桂生说：是，这就是郑州。

于宝祥说：离工地远吗？

金桂生说：远。郑州地界大了。

于宝祥问：我表姐呢？

金桂生说：你是说，莲……

于宝祥说：哎，我表姐不是跟你一块儿出来的吗？

金桂生很含糊地说：是，她在这儿呢。

于宝祥问：她干啥呢？

金桂生说：卖盒饭。

于宝祥说：挣钱多吗？

金桂生说：还行，还行吧。说着，他勾回头，对民工们说：一个跟一个，都注意点，可别走丢了。

大街上。

于小莲在街头卖盒饭。

这时，苏小娜脚上穿着一双红拖鞋，趿趿拉拉地、懒洋洋地走过来。她往车前一站，说：莲，昨个儿，我替你出了口恶气。

于小莲吃惊地望着她：小娜姐，你干啥了？

苏小娜说：我见你夜里一直哭，就跑去把那男人骂了一顿！我把他骂得狗血淋头！

于小莲说：小娜姐，你看你！

苏小娜说：这事你别管。这姓金的，别看他模样周正，啥子人嘛！下回见了他，我还骂！他——该骂！

公共汽车站牌下。

金桂生对新来的民工说：我给你们说，城市里规矩大，要求严。可不敢往地上乱吐唾沫，吐一口罚五十！都跟着我走，路上小心些。

片刻，公共汽车来了，金桂生领着他们依次上了汽车。

大街上。

在于小莲的食品车前，苏小娜说：莲，要叫我说，这姓金的，还不如那姓王的呢。人家姓王的，野是野，可人家……

于小莲说：小娜姐，你别说了。他们是他们，我是我。

苏小娜说：莲，不是我说你，你可得看准人啊！那姓王的……

于小莲说：他找你了？

苏小娜脸微微红了，说：没有。没有。要说也是，这男人，一个个都靠不住。

公共汽车上。

民工们都在好奇地往车外张望。

于宝祥问站在他跟前的金桂生说：头儿，听说咱林县出来的，有不少人都发了？

金桂生嘴角上噙着根草，淡淡地说：那得看人了。有发的。

于宝祥口气很大地说：要是出来几年，还发不了，那不是笨蛋一个嘛。你说，咋有脸回去呢？

金桂生苦苦一笑：其实，出门在外也不容易。

于宝祥很自信地说：既然出来闯，咋也弄他个十万八万吧？

金桂生拍拍他：有志气。

这时，于宝祥突然问：哎，哎，你看，这城里人咋都往那边挤呢？

金桂生看了看，没有吭声。站在于宝祥旁边的民工小罗低声说：我看出来了，是嫌有味。

于宝祥不解地问：味？啥味？

小罗再次附在他耳边低声说：人家是嫌咱身上有汗味。

于宝祥年轻气盛，立时就恼了，一把拽上小罗，气嘟嘟地说：走，咱不坐了。

此刻，车刚到了一站，车门一开，于宝祥不由分说，拉着小罗就下了车。金桂生在车上喊道：等等，小于，小于子！可是，车已经开了。

大街上。

在熙熙攘攘的马路上，于宝祥和小罗两人扛着捆好的被褥，兴致勃勃地走着。

于宝祥边走边说：小罗，咱哥儿俩得咬着牙，苦他几年！

小罗说：那是。出来就是吃苦的。

于宝祥很豪气地说：操，闹好了，咱就拉起一支队伍，自己干！

小罗说：谁不想自己干？听说，凡是当包工头的，都发了。

于宝祥说：那啥，兄弟，咱闯他几年，到时候，我经理，你副经理，咱哥儿俩同打虎共吃肉！

小罗说：于子，你义气，我就跟你干！

于宝祥越说口气越大：你也别说这话，咱哥儿俩，谁跟谁呀？哥儿们，到时候，不说多，挣他一百万吧。一百万够吗？一人闹一车，就那卧车，一人一辆！日他姐，兴着呢！混好了，再闹一户口，咱就是城里人了。

小罗说：那户口好闹吗？

于宝祥说：好闹。只要有钱，还怕闹不来户口？俺村有一主儿，在太原就落下户口了。一家老小都去了，不回来了。有了户口，说不定，咱也闹一城里媳妇！

小罗说：那城里女人，事多。

于宝祥说：事多？咱不怕她事多。有钱还怕啥？不就是花钱吗？咱又不是没钱——花呗。敞开了让她花。

小罗说：家里，还有老人们啊。

于宝祥说：你看你看，你咋一点气魄也没有呢？接来，一个个地，统统都接来！到时候，咱也雇一保姆，天天看电视！

小罗笑了：哥，看你说的，这不跟做梦一样吗？

于宝祥说：这不是做梦。

小罗说：这就是做梦。

于宝祥说：你别跟我抬杠。

小罗叹一声：说不是梦，还是梦啊。

于宝祥说：又抬杠不是？我说能实现，就一准儿能实现。我给你说，那电视，咱买最大号的！你听说没有，说是新出一种，啥子壁挂式，那个大呀！说是有一面墙那么大。说着，他伸出两手一比。

小罗说：吹。哪儿有啊？没听说过。没有，没有。

于宝祥说：有。我看一外国电影，在县城里看的，真有啊，你不信？真有！

小罗说：哪有那么大的？电影院里才有，那是布！

于宝祥说：你别不信，真有！

小罗说：吹，南山的牛都让你吹死了！

于宝祥恼了，说：操，你懂个球？有！

小罗回口说：你懂个球？就没有！

于宝祥瞪着眼说：犟？我说有就有！！

两人在闹市区走着，说着，争论着，脸都争红了。可是，一晃之间，于宝祥朝马路对面的橱窗里望了一眼，突然就跑起来，一边跑一边指着说：看！你看！啥？那是啥？

公共汽车站。

在下一个站口上，车一停，金桂生匆匆下了车，朝相反的方向追去。他一边追，一边喊：小于，小于！

大街上，人来车往，熙熙攘攘。

马路上。

于宝祥飞快地奔跑着，他横穿马路、跨过隔离栏，向着对面跑去。只听见一片紧急的刹车声，眨眼间，只听一声"轰"的巨响，一辆飞快行驶的轿车把他撞翻了！

蓝天，白云，美好的幻想，一下子全消失了。

当小罗抬起头，寻找他的时候，他已躺在二十米外的马路中央，小罗一下子傻了！

这时，金桂生刚好气喘吁吁地跑过来，他问：小于呢？

小罗伸手一指，张着嘴，木呆呆地说：电视，电视。

——马路对面，有一个巨大的电视广告画！

金桂生大声说：我问你，小于呢？！

金桂生往前边一看，只见不远处，马路中央围着一群人，只听人们嚷嚷说：出事了！出事了！血！血！！

金桂生紧跑了几步，立时，他觉得天旋地转，眼前一黑，差一点栽倒在地上！

大街拐口。

于小莲正在卖盒饭。

兔子骑着一辆自行车飞快地跑来。他在食品车前扎住车子，说：莲、莲姐姐姐……

于小莲看他急，就问：兔子，有事？

兔子说：出出出，出事了。

于小莲说：你慢点说，谁出事了？桂生出事了？

兔子说：你你你表表表表弟，出出事了。

于小莲不解地问：我表弟，我表弟出啥事了？

兔子说：宝宝宝，宝祥，刚刚，叫叫车车撞了！

交警队。

老麻雀和小罗在事故科门外蹲着。

这时，于小莲和兔子一前一后地走来。老麻雀看见莲来了，站起来叹了一声，说：真是祸不单行啊。这上哪儿说理呢？人都那样了，还、百分之百的责任。这娃子，这娃子死得亏呀，老亏呀！

于小莲眼里含着泪说：人呢？！宝祥呢？！

老麻雀没有回答，却回身问小罗：小罗，你们走得好好的，咋就被撞了呢？！

小罗不语。

老麻雀急了，发脾气说：罗儿，你说，你说话呀！

小罗吞吞吐吐地说：电，电视……

老麻雀吃惊地说：啥？说清楚！

小罗低着头，吞吞吐吐说：那啥，马路那厢，有一广告画儿，画一大电视。那啥，他想看看，牌、牌子。

老麻雀说：就为看那——电视？！

于小莲喝道：别说了！别说了！说着，她手捂着脸，呜呜地哭起来。

殡仪馆里。

于小莲朝在地上蹲着的金桂生走去，金桂生看见她，慢慢地站了起来。

于小莲问：宝祥呢？人呢？！

金桂生神思恍惚，嘴唇动了一下，终于说：你，别看了。

于小莲走上前去，伸手给了他一记响亮的耳光！

金桂生身子晃了一下，却一声不吭地站着。

于小莲流着泪说：他才十九岁呀！

这时，兔子和老麻雀从里边走出来。兔子说：人、人家说，天太、太热，不不不能再等了，必、必须火火化。

老麻雀说：这，这家里人都没。咋办呢？！老天，这就化了？咱，敢化，吗？再说了，这，这活蹦乱跳地来了，送回去个骨灰盒。回去，咋交代呢？！

这时，金桂生抬起头，面沉如水地说：既然不能等，既然已经这样了，那就，办吧。

老麻雀看看这个，又看看那个，说：那，那，这，这……莲，你，你们是亲戚，你说句话。

于小莲满脸都是泪水，无语。

金桂生说：我是领工。人是我招来的。出事了，说啥也没用了。到时候，我去送。我回去给他的家人，一一请罪。

老麻雀担心地说：那，要是，万一……莲，你说，你说呢？！

于小莲"哇"一声，哭起来了。

金桂生沉默了片刻，说：事既出来了，总得给人家家人有个交代。我回去，到时候，要杀要剐，让他们看着办吧。

于小莲只是哭，一句话也没有说。

大厅里。

民工们黑压压地站着。

金桂生臂上戴着黑纱，站在最前边。哀乐声响起来。

老麻雀在人群里喃喃地说：唉，钱也没挣着，可成"像"了。

大街上。

在一个窄长的过道里，金桂生手里捧着一个骨灰盒，陪着戴黑纱的于小莲默默地走着，周围是生长着的像丛林一样的高楼！

静，太静了，静得只有孤零零的脚步声。走着，走着，金桂生慢慢站住了。

于小莲仍在走，走了一会儿，她回身一看，金桂生手里捧着骨灰盒，呆呆地靠墙站着。

于小莲回过身来，嘴唇动了一下，说：你，咋了？

金桂生说：眼，我眼前一黑，看不见。没事。待会儿就好了。

于小莲站在他面前，两人就那么站着。片刻，金桂生叹一声，说：走吧。

而后，脚步声又响起了。一声声，闷闷的。

火车站。

在候车室里，就要上车的时候，于小莲默默地从金桂生手里拿过那个装有骨灰盒的提包，突然说：给我。

金桂生叫了一声：莲？

于小莲说：给我吧。你已经够难了。你别回去了。这骨灰，我送。

金桂生望着她，有些呜咽地说：不，不，我惹下的祸……

于小莲重复说：给我。我知道你刚接了工程，离不开。

金桂生迟疑着说：那？

于小莲一把拽过那个装有骨灰盒的提包，说：我是他表姐。万一……兴许好说点。

金桂生沉声说：莲，我欠你的，今生今世，怕是、都难以还上了。

于小莲说：别说了。

工棚里。

金桂生呆呆地坐在一把椅子上，望着桌上放着的那只小木碗。

突然，他从椅子上滑下来，往地上一出溜，躺出一个"大"字，头，一下一下磕在地上，磕得地"咚咚"响！而后，他又侧转了一下身，蜷成一团，抱头痛哭！

这时，门响了一声，金桂生的哭声戛然而止，变成了无声的泪！

老麻雀进来了，望着他，说：桂生，我知道你难。可，民工们都等着呢。

金桂生慢慢坐起身来，说：叔，你看我干的事，不是人干的，太难了！说着，又忍不住哭起来。

老麻雀叹口气说：你心里苦，我知道。唉，咋就出这事呢！

金桂生抱着头，呜咽着说：莲，一个人回去了。也不知道……我闯下的祸，让她担，我这心里……

老麻雀说：莲，她一颗心都……唉，既然摊上了，也没办法。话说回来，她回去，比你强。咋说，也是亲戚。起来吧。外边，人都等着呢。

金桂生慢慢站起来，拍拍身上的土，用毛巾擦了一把脸，说：叔，我眼不红吧？

老麻雀看了他一眼，说：不红。

金桂生说：你先去招呼着，我马上过去。

老麻雀说：行。是这，桂生，人都在外边等着呢。你也学学你爹，该骂，也日骂几句。说完，老麻雀出去了。

金桂生站在那里，深吸了一口气，而后，照自己脸上扇了两耳光，咬着牙说：你给我挺住！而后，他在屋里走了两个来回，突然大声说：我日你——王八——羔子。当他说"羔子"一词时，声音又小了。说完，他摇了摇头。

工棚前。

金桂生黑着脸对民工们说：我再强调一遍，咱出来是挣钱的，不是来送命的！进了城，咱就不再是农民了，咱是工人！工人就得讲规章、讲纪律！大伙儿一定要遵守纪律，注意安全。再有谁不听指挥，我立马叫他——滚蛋！

泵房工地上。

民工们正在挖地基，地基已有五米多深了。挖着挖着，兔子说：咦，土土土、这么虚，怕怕怕、是有金元宝吧？

老麻雀说：想得美。挖你的吧。

民工们都笑了。就在这时，只听"轰"的一声，挖的地沟里有一坯土塌下来了，一下子把兔子埋在了里边。民工们先是一怔，又慌忙去扒……几个人七手八脚地把兔子扒了出来。兔子一头一身的土，他连着"呸"了几口，这才发现，他们挖通了一个早已废弃的防空洞！

兔子说：我、我说土土土这么松、松呢——是、是是个洞儿。

老麻雀说：是防空洞。"文革"那会儿挖的。没事，干活，干活吧。

兔子说：我、我看看，我进、进去看看。说着，就钻进洞里去了。等他钻出来时，手里多了一把生了锈的铁锹。

突然，在另一头挖地基的民工喊道：头儿，这边也有防空洞！

校园里。

夜，夜校的学生已经下课了。金桂生独自一人留在教室里打扫卫生。他一边扫地，一边嘴里念道：人，一个人；手，两只手；站起来！人，一个人；手，两只手；站起来！人，一个人；手，两只手；站起来！

这时，宁小雅急匆匆地从外边走过来，她在教室门口站了一会儿，突然说：你，能帮我一个忙吗？

金桂生一怔，说：我……

宁小雅很武断地说：就你。痛快点，帮不帮吧？

宁小雅说：你挎着我的胳膊，在校园里走一圈。

金桂生怔怔地望着她：走，走一圈？

宁小雅说：走一圈。

金桂生说：你看，我一打工的，你是大学生。这，这不好吧？

宁小雅用嘲讽的口气说：你别想歪了，就让你跟我走一圈。金桂生说：那啥，别，别了。你还是另找人吧。

宁小雅用骄傲的，甚至有点蔑视的眼光看着他，说：你怕了？要不，我给你钱？你说，要多少？

金桂生嘴里嚼着一根草，低沉地说：怕？人到了这一步，还怕个啥？

宁小雅很大方地伸出一只胳膊，说：那就好，走吧。

泵房工地上。

几天后，于小莲臂上戴着黑纱来到了工地上。老麻雀迎上去说：莲，回来了？

于小莲默默地点了点头。

老麻雀小心翼翼地说：那边，安置住了？

于小莲又点了一下头。

老麻雀说：家里，没再，难为你？

于小莲叹口气说：我姑，哭得死去活来的，一家人都哭死了。我也没办法，只有跪，见人就跪，死跪。

老麻雀说：孩子，真难为你了。你这也是为了桂生啊！

于小莲说：桂生呢？

老麻雀说：在那边上夜校呢。怕是快下课了。你去吧，就是前边那院，拐俩弯儿，"由字房"前边——他的手往前指了指。

这时，兔子跑过来说：我我我、我领，领领你、你去。

校园里。

夜，宁小雅和金桂生两人挎着胳膊在校园的甬道上走着。

宁小雅说：你紧张什么？别紧张。

金桂生身子很僵，说：不紧张。

宁小雅说：你直得像根棍，还说不紧张？随和一点。

一时，金桂生不知该如何是好。

宁小雅说：脸，你的脸，往哪儿看呢？靠过来，靠过来一点。

金桂生只好把脸稍稍地扭向宁小雅一方——

宁小雅为了转移他的紧张情绪，就说：再靠过来一点。你一米几？

金桂生还是有些紧张，说：米？啥米？

宁小雅说：我问你个儿多高。

金桂生：傻大个儿，一米七八。

宁小雅说：其实，你，挺酷。

金桂生说：苦？是啊，命苦。

宁小雅笑了，说：我是说，你挺帅的。有点像高仓健。

金桂生摇了摇头，喃喃地说：帅啥？草木一个人，土坷垃一个。

宁小雅说：看你说的。

金桂生说：真是。乡下人，命贱。

宁小雅见他不那么紧张了，就说：对了。就这样，往前走。大大方方的，别回头！你要是紧张，就背点什么。

金桂生说：背啥？

宁小雅说：随便你。

金桂生就背道：人，一个人；手，两只手。

宁小雅笑了，说：这是啥？

金桂生说：这是我小时候，我爹嘴里经常念叨的。

宁小雅说：挺有意思。

可是，金桂生不知道，在他们身后的暗处，有一个长头发的男青年，正悄悄地注视着他们的背影，他叫肖风。

肖风跟在后边，一直恨恨地盯着两人！

甬道上。

兔子领着于小莲正走着，可突然之间，于小莲站住了。

兔子往前一指，说：那，那啥，快快、快到……可是，他话说了半截，突然不说了。他看见，眼前不远处走着的，正是金桂生，他竟然和一个女大学生挎着胳膊！

于小莲什么也不说，扭头就走，越走越快；走着走着，她突然跑起来！

一个花坛边上。

宁小雅和金桂生拉着手走到树林旁的一个花坛处，宁小雅突然把手松开了。她回过身来，往远处看了看，说：好了，到此为止，谢谢你。多少钱，你说？

金桂生虽然紧张了一头的汗，这会儿却怔了：钱？

宁小雅说：你要多少钱？

金桂生生气了，说：这叫啥话？

宁小雅说：给你二十块钱，够吗？

金桂生说：你，啥意思？

宁小雅说：那好。算我欠你一次。

金桂生说：没啥。家里有啥事，你就找我。

宁小雅说：修水管？

大街上。

天下雨了，雷电交加，于小莲冒雨在大街上茫然地走着。

校园里。

兔子指着远处，气呼呼地对金桂生说：你、你、你咋咋搞搞的！

金桂生说：咋了？

兔子说：那那那，女、女的，是、是谁？

金桂生说：那，她，她叫，嗨！算了，一句话也说不清。

兔子说：那那那，莲莲姐、找找找……

金桂生忙问：她回来了？人呢？

兔子说：走走走、走了。

金桂生追出去很远，却已不见人影了。

泵房工地上。

夜，雨仍下着。挖好的地基有一部分已经被水淹了。哗哗的雨水顺着地沟往挖开的防空洞里灌。离地沟五米远的地方，就是一栋五层的学生宿舍楼。

民工们在雨里淋着施工，想把工期尽快抢出来。这时，老麻雀对金桂生说：看这雨下得，这工期只怕……

金桂生说：只要把地基抢出来，就耽误不了工期。麻叔，那防空洞已经进水了，要是雨一直下，前边那栋楼很危险啊。

老麻雀说：不要紧吧？那防空洞又不是咱挖的。

金桂生担忧地说：这雨……要不停，下一夜呢？

老麻雀说：那、那也跟咱无关。

金桂生下到五米深的地沟里看了看，说：老叔，这可不行，地沟是咱挖的，那防空洞进了水，泡一夜，万一出了事怎么办？叔啊，咱可出不起事呀，再也不能出事故了。不行，我得找他们说说去。

老麻雀说：说说也行。只要说了，就不是咱们的责任了。

金桂生从地沟里跳出来，一身泥一身水地往后勤处跑去。

办公楼里。

金桂生在楼里一个办公室一个办公室地挨门敲着问：有人吗？可是，所有的工作人员都已经下班了。

只有保卫科的灯还亮着。金桂生急切地推门进去，说：同志，防空洞，那边楼前的防空洞进水了！

坐在保卫科的一个姓胡的中年人看了他一眼，说：你，你是干什么的？

金桂生喘着粗气说：我是在这儿施工的。就在那边，挖地基的时候，地下有防空洞。雨这么大，要是一直下，万一楼塌了咋办？

老胡怔了一下，说：防空洞？防空洞不归我们管，你找防空指挥部去。

金桂生说：不是，那前边有栋楼，是学生宿舍楼。我是怕……

可老胡根本不听他说，就摆摆手说：去吧去吧，我不跟你说了嘛，找防空指挥部去。

金桂生站在那儿愣了一会儿，说：同志，我能用用电话吗？

老胡看了他一眼，不耐烦地说：用吧。

金桂生拿起电话，迟疑了一下，又忙从兜里掏出一张烟盒纸，从上边查到了宁处长家的电话。拨了号，对着话筒说：是宁处长家吗？宁处长在吗？不在呀？那，他、他到哪儿去了？不知道？

金桂生很无奈地走出保卫科的门，临出门时，他又回过头，说：同志，这……

老胡摆摆手，根本不容他再说：去去，找防空指挥部。

工地上。

雨仍在哗哗地下着。前边的学生宿舍楼里，不时传来大学生们的弹唱声。

雨水顺着已挖好的地沟不停地朝防空洞里灌。

这时候，金桂生从雨里跑过来，老麻雀忙问：咋样？跟他们说了吗？

金桂生着急地说：都下班了，找不着管事的。

老麻雀说：那算了，反正咱也说了，出了事也不怨咱。

金桂生在雨地里蹲了一会儿，又站起身来，摇摇头说：你看，雨这么一直下，地都泡软了，万一……叔啊，这是咱接的头一个工程，不能出一丁点差错。老叔，咱不光拖不起，也赔不起呀！

老麻雀说：那你说咋办？

金桂生说：连夜干，一定得把地基抢出来。

老麻雀说：那防空洞咋办？

金桂生说：用片石砌一道防水墙，把防空洞的口堵上。我再去找找宁处长。

老麻雀说：桂生，片石？下这么大雨，上哪儿找片石？

金桂生说：你领着干吧。片石我去借！

另一处工地上。

金桂生骑着那辆破自行车刚进工地，一下子就栽倒了。他挣扎着从地上爬起来，一身泥一身水地往工棚里走去。

工棚里。

金桂生水淋淋地站着。万水法正坐着默默地吸烟；王大群则恶狠狠地望着金桂生。

王大群望着金桂生：说完了？

金桂生说：说完了。

王大群说：借片石？

金桂生说：借片石。万叔，你无论如何得帮这个忙。

万水法扭头看了王大群一眼，说：群，你看呢？

王大群斜了金桂生一眼，说：球！你觉着我会借给你吗？

金桂生站在那里，似乎想说点什么，可他什么也没有说，慢慢地转过身去，一声不吭地往外走。走了几步，他又回过身来，对万水法说：叔，都是从林县出来的，你不看我的面子，我爹的面子你总要看吧？这工程要是干砸了，你脸上也不好看啊！

万水法沉默了片刻，说：借多少？

金桂生说：五吨。

万水法看了王大群一眼，说：群……

王大群站起身来，说：这片石，谁都可以借，就你，不借！

金桂生站在那儿，看了看王大群，扭头走出去了。

等金桂生走后，万水法闷了片刻，说：人走了？

王大群说：走了。

万水法说：群，真不借？！

王大群说：舅，我就是要难为难为他！

大街上。

金桂生站在暴雨中，仰望苍天，一时竟有上天无路、入地无门之感！此时此刻，找谁去呢？！

于小莲仍独自一人默默地在雨中走着。两人从路的两边走过，谁也没有看见谁。

工棚里。

万水法对王大群说：群，你知道咱林县人，当初是咋走出来的吗？

王大群一愣，说：咋走出来的？

万水法说：一个带一个。你知道当初你舅进城打工有多难吗？兜里连顿饭钱都没有。你知道是谁收留我的？是人家老金啊！老金这人仗义啊！在这儿，林县建筑队的名声，就是人家老金领着打出来的！

王大群说：舅，他可是咱的仇人啊！

万水法说：群，我知道你心里有屈。可你想过没有？咱在这儿打的是林县建筑公司的牌子，只要有一处干砸了，丢的就是林县人的名声，是红旗渠的名声！在这个城市里，人家就再也不信咱林县人了。

王大群说：舅——

万水法突然站起身来，说：你不借，我借！

泵房工地上。

在离工地仅五米的学生宿舍楼后边，有一个长头发、高个子、有点神经质的大学生在雨中站着，他就是跟踪宁小雅的肖风，他是这所大学的学生。他站在地沟边上，对着宿舍楼声嘶力竭地喊道：

宁小雅，我爱你！

宁——小——雅，我爱你！

宁——小——雅，我爱你！

顷刻间，楼上一间间窗户的灯全亮了！女大学生们全都拥到窗口往下看，一个个叽叽喳喳地议论着：

看看，那谁呀?!

肖风！是肖风！

真酷啊！太棒了！

无聊，无聊之极！

雨水泼在那长头发高个子男大学生的脸上，只见肖风脸色苍白，嘴唇在发颤！他勾下头去，在雨中静默，做深沉状。

正在挖地基的民工们全都愣住了，一个个从地沟里爬出来，很稀奇地看着这个在雨中呼喊的男学生。老麻雀说：这娃咋了？怕是疯了吧?!

一个民工说：神神经经的，我看是吃饱撑的了！

兔子说：失恋恋了，八八八成是是失恋恋了。

一个民工说：你看那头，你看穿的啥？妖不妖六不六的。

兔子说：风风风、风衣。可可可可、可贵。我，我我要有钱，也弄件烧、烧烧。哎看，看，那那楼上，净女女女、学生！

突然，只见这肖风头发一甩，扬起头来，高声朗诵道：

　　啊——宁小雅，

　　在我们别前，

　　请把我的心，我的心交还！

　　或者，既然它已经和我脱离，

　　留着它吧，把其余的也拿去！

　　请听我一句别前的誓言，

　　你是我的生命，我爱你！

这时候，肖风突然张开手臂，再次声嘶力竭地高声呼喊：宁小雅——我爱你！

接下去，肖风低下头，沉默了一会儿，继续朗诵：

　　啊——宁小雅！

　　　　我们分手后，

　　　　想着我吧，当你孤独的时候。

　　　　虽然我就要上路，

　　　　你却紧紧地抓住我的心和灵魂：

　　　　宁小雅——我能够不爱你吗？不会的！

　　　　你是我的生命，我爱你！！

　　此时此刻，女学生宿舍楼上一片喧哗！而后又是一片静默！紧接着，在一片嘈杂声里，有一道条幅"哗"地从楼上垂下来，上边写着四个字：拒绝浪漫。

　　宿舍楼上的窗户全都开着，女生们先是在叽叽喳喳地议论着什么，突然又传出一片叫好声！

　　这当儿，金桂生回来了。老麻雀迎上去问：咋样？

　　金桂生默默地摇了摇头。

　　这会儿，老麻雀也慌了，说：不借？老天爷，这是见死不救啊！你看看，这楼上可都是大学生啊，万一出了事，咱可兜不起呀！桂生，咋办？咋办呢？！

　　金桂生抬头看了看天，暴雨仍下个不停！金桂生大喊：老天爷，你睁睁眼，你要是真想毁我，你就下刀子吧！！

○ ●

第八集 ·······································

工地上。

王大群出现了，他身后是一辆一辆的排子车，车上装的是片石。

老麻雀忙迎上去，说：谢谢，谢谢，作揖了，我给各位作揖了！——真是和尚不亲帽儿亲啊！

这边，没等金桂生开口，王大群却抢先说：姓金的，你听好，按我，是不会帮你的。

金桂生说：我知道。

王大群说：知道就好。那么，你知道我为啥还借给你吗？

金桂生问：为啥？

王大群说：我是怕你坏了林县人的名声！

金桂生默默地望着他，久久之后，他说：谢谢你的提醒。我，记下了。

王大群说：小子，咱打过赌，你输定了。

金桂生仍是一声不吭。

王大群望着他，许久才说：打个条吧。

金桂生说：欠条？

王大群说：欠条。小子，我让你欠着！

深夜，雨中的城市，万籁俱寂，只有哗哗的雨声。

女生宿舍楼上渐渐静下来了。

那肖风披散着头发，仍在雨中默立着，不时地还会喊上两声，不过那喊声已是有气无力了。

灯光下，金桂生领着几十个民工在雨中奋战。他们在挖好的地沟里，用一块块片石在挖开的防空洞处砌防水墙。他们有的裹一张塑料布，有的戴着安全帽，一个个看上去像泥猴一样在地沟里滚来滚去地搬石头、砌石头。

一身泥水的老麻雀像是累惨了，探出头问：有烟吗？谁有烟？

有人把烟盒递给了老麻雀，老麻雀一下子从烟盒里抽出了两支。

这时，兔子抬起头，说：我想吃吃吃……

老麻雀说：吃屎吧你！唉，这人要是倒了霉，喝口凉水也塞牙！你看看，好不容易揽个工程，一开工就下雨。这落个雨淋头不说，挖地基吧，还挖出个防空洞！你说说……

金桂生在地沟里砌石头，咬着牙一声也不吭。他眼里有泪！

肖风仍在雨水中站着。他嘴里仍是喃喃地喊：宁小雅，我爱你……

可是，楼上静静的，这会儿连观看的人也没有了。

老麻雀带着一身泥水从地沟里爬出来，走到肖风的跟前，点上一支烟，递到那男学生肖风的嘴上，拍拍他说：孩儿，上个学不容易，别糟践自己了，回去吧。

大学生肖风嘴唇哆嗦着，望了老麻雀一眼，一下子泪流满面。老麻雀又拍拍他说：回吧。天这么凉，淋坏了不是玩的！

肖风木然地望着老麻雀，又望了望在雨中紧张施工的民工们。久久之后，他像是突然之间明白了什么，慢慢地转过身来，对着老麻雀，对着众多的民工，弯下腰去，深深地鞠了三个躬！而后，他扭过身去，一步一步走了。

黎明时分，雨仍在下着。

搭有帆布棚的工地上，地基已基本抢出地面了。

这时候，老校长和宁处长一行打着雨伞、穿着雨衣匆匆赶来。他们望着这些干了整整一夜的民工，一时竟说不出话来了。

地基下边，已用片石砌好的防空洞口还留了一个小口，金桂生正蹲在里边，一桶一桶往外提水。

老校长四处查看了一番，而后蹲下身来，轻轻地拍了拍靠在地基上正顶着一块塑料布打盹的老麻雀，说：哎，醒醒，醒醒，你们谁是负责的？

老麻雀一激灵，忙直起身来，揉了揉眼，看见宁处长等人，竟呜一声，哭起来了。

宁处长问他：你，怎么哭了？金桂生呢？

老麻雀哭着说：宁处长，你看这活儿，老难为人啊！挖地基挖出个防空洞，这雨哗哗下。老天爷，半夜三更的，找人也找不着，万一前边这楼塌了，砸了人，可咋办呢？！

宁处长问：这防水墙是你们自己砌的？

老麻雀说：不砌咋办？桂生都快愁死了！到处求人，嘴都磨破了，求爷爷告奶奶去跟人家借片石。桂生，快过来，学校来人了！

这时，金桂生从地基的另一头走过来了。老校长抢上前去，一把握住他的手，连声说：谢谢，谢谢了！一个施工队，竟然有这种胸怀，有这份责任心，这是我没想到的。我代表全校师生谢谢你！

金桂生说：没啥，我只是怕……

老校长有点诧异地问：你怕什么？

金桂生说：怕出事故。

老校长说：怕？是啊，人应该有所畏惧啊，一份责任，一份畏惧。小老弟，实话告诉你，我也怕。是你帮了我呀！你想，我这个当校长的，这么多学生。我也是天天睡不好觉啊。

金桂生说：我们做工程的，就怕出事故。宁肯不挣钱，也不能出事。那楼上住的都是大学生，万一有个三长两短……

老校长说：是啊，是啊。你能主动砌这道防水墙，真是救了我呀！老弟呀，说实话，一个谢字还不足以表达我此刻的心情——这就是责任感啊！小老弟，告诉我，你是哪里人？

金桂生说：林县。

老校长说：林县？噢，是修建红旗渠那个林县吧？

金桂生说：是。

老校长说：我明白了。太行山人——红旗渠精神！小伙子，我姓宋，有什么事，你可以直接找我。另外，老宁，你记住，今后，咱们学校的所有建筑工程，首选这个施工队！另外，再以学校的名义，给他们送面锦旗！

街口。

中午，街口上摆着一个卖盒饭的食品车，车上醒目地印着一行字：于小莲盒饭。

于小莲站在食品车前，给前来买盒饭的客人们盛饭。

这时候，金桂生出现在食品车前，他站在那里，等人们买完饭之后，才走上前去，低声说：莲，回来了。

于小莲看见他，眼圈突然红了一下。可她什么也没有说，一句话也不说。当有人来买饭时，她就默默地给人盛饭。人走了，她突然抬起头来，很平静地说：你，要盒饭？

金桂生站在那儿怔了一会儿，又说：你骂我吧，我对不起你。

于小莲说：我不认识你，骂你干啥？

金桂生说：莲，对不起。是我伤害了你。你听我说……

于小莲说：我这儿正忙呢。你要是买饭，我就给你盛，你不要就算了。

金桂生默默地站了一会儿，正要转身走，却又转过身来，从兜里掏出五块钱，放在食品车上，而后，他从挎包里掏出一个小木碗，说：来碗饭。

于小莲看了看他手里的那只木碗，那木碗做得十分精致。金桂生低声说：这是我爹给我的。

于小莲接过那只木碗，默默地给他盛了一碗饭，放在了车顶上。金桂生端起那碗饭，就蹲在一旁，默默地吃起来。他吃得很急很快，就这么狼吞虎咽地，很快就扒完了。吃完后，他站起身来，望着她。

她说：吃完了？

金桂生想向于小莲解释，说：莲，你听我说一句……

于小莲说：别说了。什么也别说。拿上你的钱，走人。

金桂生无奈，还是走了。

大街拐角处。

当于小莲卖完盒饭，推着推车走过拐角时，看见金桂生正在拐角处等着她。

于小莲停住车，不理他。金桂生说：莲，你听我解释。

于小莲冷冷地说：我不听。说着推着车自顾走自己的。

金桂生抓着车把，不让她走，说：我就说一句。

于小莲身子一扭，仍不理他。金桂生急切地说：莲，你误会了。那啥，那姓宁的，人家是大学生，人家爸是处长，你没想想，我会跟人家那啥吗？咱是求人家她爸给咱帮忙的那啥，她非让我拎着，那啥，走走。

于小莲突然说：就走走？

金桂生忙说：就，走走。真的，我说一句假话，那啥，天打五雷……

于小莲也不说话，推着车就走！

金桂生追着她说：真的，我不骗你。

于小莲一边快步走着，一边说：你走你的，想咋走咋走！

金桂生追了几步，说：既然你不愿听，我也不解释了。不过，我还是有话要说。

于小莲一边走一边随口应道：你说。

金桂生一字一顿地说：这盒饭，你每天给我工地上送一百二十盒。

说完，金桂生刚要走，却被于小莲叫住了：慢着。麻叔，他，还在吗？

金桂生说：在。

于小莲这才说：那好，我送。

大学校园里。

下课了，上夜校的学生们从教室里走出来，纷纷向停车棚走去。

金桂生拎着一个帆布包正要推车走，不料，被宁小雅叫住了：金桂生，你等等。

金桂生站在那里，一时不知说什么好了，怔了好一会儿，说：家里浴盆不漏水吧？要是有啥活儿，你说。

宁小雅却说：这一考完，你的预算师证就拿到手了吧？

金桂生说：拿到手了。

宁小雅说：你一共拿了几个证了？

金桂生说：才两个，一个建筑工程师证，一个预算师证。还差……

宁小雅说：那该不该庆贺一下？

金桂生迟疑了一下，说：该。你说吧。

宁小雅说：让我想想——去喝咖啡吧。

金桂生说：行。你爸帮过我不少忙，你说去哪儿就去哪儿。

宁小雅说：那好，去咖啡屋。不过，先说好，这跟我爸没关系。

咖啡屋。

咖啡屋里的灯光是橘红色的，里边全是一排一排的车厢座。金桂生和宁小雅在靠里边的一个车厢座里面对面坐着。开初时，金桂生有些不自在，因为到这里来的都是双双对对的大学生。那咖啡，由于是第一次喝，很苦，苦得他咧嘴。可慢慢地，两人就说开了。

宁小雅说：你知道，咱们第一次见面，是在什么地方吗？

金桂生说：不是……在你家吗？

宁小雅摇摇头说：不，不是。

金桂生说：那，在哪儿？学校？

宁小雅说：在一个工地上。那会儿，你在地上跪着，举着四个大字。

金桂生淡淡地说：这又不是啥体面事。是，我跪过。

宁小雅说：在那个工地上，我见你的时候，你就那么跪着喊，"父债子还"。

金桂生说：你，笑话我？

宁小雅用小勺慢慢地搅动着杯里的咖啡，说：不，你挺汉子的。

金桂生不好意思地摇了摇头：我？说不上。

宁小雅说：真的。那次，给我印象特别深，我挺感动的。

金桂生越发不自在了，说：其实，我小时候挺、挺草的。这都是逼出来的。

宁小雅说：我祖籍也是林县的。小时候听我爸说，早些年那地方挺苦的。

金桂生说：是啊，早年，我们那里缺水。

宁小雅说：听说，你们那里修了红旗渠，号称世界第八奇迹？

金桂生说：是啊。我爹就是从渠上下来的。那时候，他是渠上的一个施工队长。他常说的一句话就是，男人，吐口唾沫就是钉子。过去，我不懂。现在，我懂了。

这时候，有一对年轻人亲昵地挎着胳膊从他们两人身边走过，宁小雅不经意地看了一眼，突然说：你知道吗，我跟人谈过恋爱。那人讨厌死了，死缠着我。

金桂生一时不知怎么接话，就说：噢，噢噢。

宁小雅一边说一边斟酌词汇：那天晚上，多亏你替我解了围，谢谢你。

金桂生还是不知道该怎么接话，就说：我能帮你啥？其实，我们干这行的，说来说去，是下苦力的。

宁小雅说：你已经拿到两个证了，还说是下苦力的？

金桂生说：这算啥？干工程，以后是越来越严格了，没有资质不行了。

宁小雅说：是吗？我是学建筑的，我当然知道了。你领多少人？

金桂生说：也没多少。这个工地，一百多号人吧。哎，对了，你是学建筑的，如果你有时间的话，我想请你去给我们的工地讲讲安全课。

宁小雅调皮地说：行啊。那我可是要按钟点收费的。

金桂生说：那当然。你说吧，一个钟头多少钱？

宁小雅歪着头想了想说：一个钟头？这样吧，每讲一次，我要你出来陪我一次，行吗？

金桂生说：那不行，不行。

宁小雅说：你不愿陪我？

金桂生说：不，不是。我是说，该多少是多少。

工地上。

夜已深了，老麻雀和于小莲仍在高楼上站着。

于小莲说：麻叔，你说实话，桂生他，没有别的啥？

老麻雀说：别的？别的啥？噢，噢，没有，没有。我敢保证，他没有。工地上忙，他又天天上夜校。

于小莲说：真没有？

老麻雀说：你别听那些闲言。那宁处长，是咱求人家的。他那姑娘，认识是认识，一会儿指派干这，一会儿指派干那，你没想想，人家是谁？真没有。

于小莲沉默片刻，说：麻叔，我还是走吧，一早还要买菜呢。

老麻雀无奈地说：真要走？

于小莲说：太晚了。

就这么说着，两人一前一后地往楼下走去。当两人下了楼，来到工地门口的时候，只见兔子正在门旁灯下蹲着，哗啦哗啦转着自行车的链子，给那辆破自行车膏油呢。

老麻雀说：兔子，咋还不睡呢？

兔子说：车坏坏了，修，修车。

老麻雀边走边说：半夜里，你修啥车呢？毛病。

兔子也不理他，就对于小莲招呼说：走，走呢？

于小莲"嗯"了一声，说：走了。

兔子站起身来，有点突兀地说：我我送、送、送送你。

于小莲说：不用了，没多远。

老麻雀往外看看，见金桂生仍然没有回来，就说：天太晚了，就让兔子送你吧。

于小莲迟疑了一下，不好拒绝，说：算了，你会带人？别让警察碰上了。

兔子一边推车往外走，一边说：会，我会。没、没事，警察夜里不查。

租住屋里。

于小莲推门进来，却见王大群在屋里坐着。他穿着一身新买的西装，看上去比以前精神多了。她先是一怔，而后冷冷地说：你，怎么找到这里来了？

王大群站起身来，说：我今天不是来要债的。

四川女子小娜的脸微微红了一下，忙证明说：别个，真不是来要债的。是我，在路口撞见他了，就……顺便来坐一哈（下）。

于小莲朝地上看了一眼，见他身边的地上，扔了五六只烟头。

王大群抖了一下身上穿的西装，故作镇静地说：那好，我走了。

小娜也慌慌地站起身来，略带几分尴尬地说：那……我替你送送他。说着，也匆匆地跟出去了。

于小莲怔怔地默默地望着窗外。

路灯下。

王大群对小娜说：老妹子，你能帮我一个忙吗？

小娜说：我能帮你啥子忙？

王大群说：我要请一个客人吃饭，你帮我陪陪他，让他喝好。行吗？

小娜说：请哪个？

王大群说：马科长。

小娜说：就上次来的那个姓马的，大肚皮？

王大群说：对。就那姓马的。

小娜说：为啥子请他？

王大群说：他帮我揽一工程。你帮帮忙吧？

小娜说：先说好，只陪别个（别人）吃饭。

王大群说：只陪吃饭。钱的事，我不会亏你的。

小娜说：不存在。啥子钱不钱的，不就吃顿饭嘛。

王大群说：老妹子，我谢了。

一家酒店的门外。

夜，酒店门前霓虹灯闪闪烁烁。透过酒店的大玻璃，只见酒店里一个台子上，有一群女演员正在进行表演，一桌桌的客人在边吃边看。

酒店门外的铁栅栏处，一群民工站在铁栅栏的外边，呆呆地望着酒店里边的歌舞；他们脸上的表情极为复杂，有羡慕，也有嫉妒，甚至还有仇恨。

兔子说：那那那、那啥……

老麻雀说：那啥？

小罗说：啥？

兔子说：值、值、值了。

老麻雀叹一声，说：也算活一回。

小罗说：别看了，眼疼！

突然，兔子哭了。老麻雀说：你哭啥？

兔子流着泪说：有、有、有时候，就、就想抱、抱着个人、打打、打一架！

老麻雀说：是不是觉着亏？

兔子说：亏亏亏、大、大了。看、看、看、看看人家，也、也是一辈子。

　　工棚里。

　　王大群在捆一个包。这时，二群进来了，说：哥，干啥呢？

　　大群随口说：给人送点东西。

　　二群说：送啥东西？

　　大群说：还有啥？"研究研究"。

　　二群一怔，说：啥？

　　大群恼了，"嚓"一下把提包的拉链拉开，说：你看你笨的。

　　二群过来一看，全是好烟、好酒，说：这就是"研究"？

　　大群说：人家马科长说，这事得研究研究，明白了吧？

　　二群说：这只怕得好几千吧？

　　大群说：城里人，别看表面上这这那那，其实，黑着呢！送得少了，根本不济事。

　　二群说：这，大天白日的，咋送呢？

　　大群说：咋送？我正要给你派活儿呢。

　　二群说：派啥活儿？

　　大群说：去马科长单位门口，就在那门外等着，一直等到他下班。等他下班后，你跟着他，看他家住哪儿。

　　二群说：我不去。这，偷偷摸摸的，跟贼一样。

　　大群说：敢！你不去谁去？你以为工程是好接的?!

　　二群为难地说：哥，这，也太孙子了。

　　大群说：兄弟，我知道你爱面子。可咱有脸吗？在这城里，如果没有钱，咱这脸还不如人家那屁股！人家那屁股还用那软纸一遍一遍擦呢！咱呢？我告诉你，我早就不要脸了！我这脸早就抹下来，装口袋里了。脸这东西，也就是个面子，暂且不要也罢。你想想，在商场里，当初那女营业员是咋看咱的?! 为啥? 不就因为咱穷吗? 不就因为咱兜里没钱吗? 那会儿，你那脸还是脸吗? ——下水道! 那会儿，你兜里要是有个十万八万的，你往那柜台上一摔，那才叫脸呢。我告诉你，在城市里混，钱就是脸!

新工地。

在一栋新建大楼的基坑里，金桂生拿着一张图纸在反反复复地对比着看。很快，他站起身来，说：先停止施工，有几个桩孔打偏了。

打桩队的队长说：你也太认真了吧? 干吧，没有问题。

金桂生说：刘队长，万一出了事，我负不起责任，也耽误不起工夫。还是让质检站来测一测吧。

刘队长说：你是施工单位，甲方又没有说什么嘛，你只管干就是了。

金桂生说：这可是盖大楼，要是出了问题，施工单位能好受吗?

刘队长说：操，你说偏了就偏了?!

金桂生说：我说了也不算，质检站说了算。

刘队长说：好，你行。让甲方找我吧!

金桂生马上拉住他说：刘队长，我们是林县的施工队，正是打声誉的时候。不怕一万，就怕万一，那几个偏孔，还是让质检站的测一下吧。

刘队长气嘟嘟地说：要找你去找，我不找!

金桂生说：好，我找。

正在这时，一辆桑塔纳轿车开到了离工地不远的地方，只见江河装饰公司的秦经理西装革履地从车上走下来。他走进工地，站在基坑边上，盯着金桂生看了很久。

片刻，有人从上边喊：金头儿，有人找。

工地办公室。

秦经理打量金桂生了很久，说：你是老金的儿子吧？

金桂生说：是。你是……

秦经理说：我瘦了吧？我整整瘦了二十斤！不认识了吧？我姓秦。

突然，金桂生眼里有了仇恨，他沉下脸来望着他，说：秦经理。

秦经理说：是我。我都找了你几天了。

金桂生冷冷地说：你找我有事？

秦经理叹一声，说：唉，最近几个月，我一直睡不着觉。

金桂生默默地看着他，突然笑了。

秦经理说：你别笑。老弟，今天我求到了你的门上，就知道没好果子吃，可我还得来呀！

金桂生说：老秦，秦经理，你真找错门了！你看看我的头。

秦经理望着他：头？

金桂生说：我头都剃了。我爹上过你的当，我也曾跪在你的面前！可今天，我不会上你的当了。你还是识相点，走吧。

秦经理说：老弟，你听我把话说完，然后再骂，行不行？

金桂生说：说吧。

秦经理又叹了一声，说：这些年，我是挣了些钱。可以说，是到了高枕无忧的时候了。可这几个月来，我就是睡不着觉。我跑了不少的医院，该找的名医，我都找了，咋也治不好。实话告诉你，我只要一闭上眼，你猜怎么着？——老金就站在我眼前。

金桂生默默地望着他，眼前又一次出现了父亲病危，求告无门，他在这姓秦的面前当众下跪的情景，牙，咬起来了！

秦经理说：老弟，坦白地说，我是一个很自私的人。有时候，也坑过人，也贪。可现今的社会，不贪的有几个？这会儿，我钱是挣够了，出有车，食有鱼，可就是、就是睡不着觉。这时候，我才发现，我亏心了。你爸，老金他，有恩于我。在我最困难的时候，他帮衬过我。可我，黑了他三万块钱。我这个人，本来是不在乎什么良心不良心的。可我一闭眼就看见他，一闭眼就看见他，他就在我眼前，直搠搠地站着，还笑。老弟呀，不瞒你说，我都快熬死了！

金桂生冷冷地说：这么说，你是找药来了？

秦经理说：老弟，你听我说，好歹你听我说完。过去，穷的时候，人家不把咱当人，咱也就不是个人了。穷得裤子都穿不上，还讲什么人格？现在，有钱了，我发现，这"格儿"还得要，不能不要。今天，我拿来了三万块钱，就是要给自己买个"格儿"。

金桂生很警惕地望着他：秦经理，又想换啥，你明说吧！

秦经理苦着脸说：我知道，没人信我了。我名声臭了，没有谁再相信我了。老弟呀，这回，我啥都不换，我是还账呢，这钱你一定得收下。你救救我吧，我实在是太困了，你不知道，我多想睡个安稳觉啊！

这时候，金桂生突然冷冷地说：秦经理，你不要说了，要说，我还得谢你呢。

秦经理说：谢我？

金桂生说：我真应该好好谢谢你。真的，你是我的老师！

秦经理说：你这是骂我呢。

金桂生郑重地说：不。我是真心实意的。我有三条谢你的理由。第一，你知道，我上过十二年学，可我学了什么？都是些没用的字儿。就在我背着爹上门求你的那一天，就在我下跪的那一刻，脑海里"訇"一下，这些字儿才变了。到了这时候，那字儿，就不单单是字儿了。字儿，是坠着时间的。字儿，是有历史背景的。那字儿，活生生、血淋淋的，都是用时间、用血肉熬磨出来的人生体验啊！你让我一下子悟到了许多东西。

秦经理说：你骂我，骂吧。

金桂生说：你听我说。第二，我是一个胆小的人。我所说的胆小，是骨子里的。打小，家里有父亲撑着，没担过什么事。到父亲倒下，我才发现，头上没有伞了。我这一个小小的脑袋，是支不起一个天的！说老实话，我从来没有这样害怕过。可以说，是你，是生活，教育了我：怕是没有用的！你要是自己不从地上爬起来，谁也救不了你！

秦经理说：骂得好。老弟，你骂吧。睡不着觉的时候，我也想，我这是没有坏透。要是心黑透了，我就能睡着觉了。这人，要想坏到一定份儿上，也不容易呀。

金桂生说：还有第三——秦经理，你看到那只碗了吗？（金桂生指着放在办公桌上的那只木碗）这是我父亲给我的。小时候，父亲总说，要有自己的碗。那时候，我不懂。现在，我懂了。你说，这一句很简单的话，盛了多少人生的酸甜苦辣？秦经理，你今天来，又让我明白了一个道理。

秦经理有些发怔。

金桂生说：你告诉我，做人，是有底线的。一个人，不管他穷还是富，越过了这条线，他就不是人了。其实，人还是想做人的，是不是？

秦经理站在那里，久久地看着金桂生，最后说：当然，那当然。说得好。老金他有句词儿，叫三日不见，当刮目相看。是这个理啊！老弟，今天，我还了这三万块钱，可以说，咱两不相欠了。可是，冲着你这番话，我还想给你留下一张名片。你要是看不起，我走后，你撕巴撕巴，朝上吐口唾沫，我也认了。

金桂生拿起名片，看了一眼，说：你放心，这名片，我会留着，当镜子使。

秦经理说：老弟，我还想多问一句，你爹他……

金桂生看了他一眼，说：我爹正治病呢。

秦经理说：那好，那就好。得空我去看他。说着，在转身之际，他又说：噢对了，还有利息。这样吧，利息我不给了，能不能赏个脸，给我个机会，让我表示表示？

宿舍区。

宁处长家门口，二群提着一个大提包在敲门。

屋内，宁小雅蹑手蹑脚地走到屋门口，透过猫眼往外看了一眼，她看见了一张有点变形的脸。

这时，宁处长在里边问：谁呀？

宁小雅摆摆手，小声说：掂绿豆的。又来了，掂绿豆的。一天到晚不让人安生！爸，你可别吭声！

紧接着，"砰、砰、砰！"敲门声又响了。宁小雅突然拉开门，不客气地说：敲什么敲？你谁呀？

二群吓了一跳，忙说：这，这是宁处长家吧？

宁小雅挡着门说：你谁呀？！

二群慌了，忙把手里的提包往上提了提，前言不搭后语地说：我是，那啥，老乡。我哥是王大群，快过节了，他让我来给宁处长送点礼物，一点意思。

宁小雅轻蔑地看了看那个不起眼的破提包，说：走走，他不在！说着，"啪"一声，把门关上了。关上门后，嘴里说：啥破玩意儿，也来送？

二群傻傻地站在门外，嘴里小声骂了一句，扭头就走。一边下楼，一边气呼呼地说：我都送了几家了，还没碰上过这样的！操，有猪头还进不了庙门了？这酒啦烟啦，值一千多块呢！

这时候，门突然又开了，宁处长站在楼梯口上，喊道：哎，小伙儿，你别走。

宁小雅在屋里不满地喊了声：爸！

宁处长回身说：我的事，不用你管。

二群"噔噔噔"又提着提包跑上来，说：宁处长，我哥王大群让我……

宁处长说：是绿豆吧？绿豆我收下了。

二群忙说：不，不是绿豆。绿豆才值几个钱。是……

宁处长说：不是绿豆？

二群把提包的拉链"嗞"地一拉，说：你看，两条烟，两瓶酒，两只……

不料，宁处长脸色"腾"地变了，说：搞什么名堂？提走！说着，回过身去，"啪"一下，把门关上了。

这一下，二群傻了。

办公室里。

王大群在训二群：你猪脑子？他说绿豆就绿豆，你放那儿不结了？还看个啥?! 你不知道城里人爱面子，一个个假模假式的?! 你说你笨不笨，连个礼都送不出去?! 滚，滚出去吧！

二群嘴里嘟哝说：你咋不去？城里咋这样？

洗浴中心。

当晚，包房里，秦经理对已洗过澡的金桂生说：兄弟，今天我让你开开洋荤……说着，他拍了几下手，立时，从外边进来了三个打扮得十分艳丽的女子。一进来，就招呼说：秦老板，真想你呀！

只听秦经理说：这是我兄弟，你们给他好好按按，得把他侍候好了，侍候得舒舒服服的，赏钱我给，听见了吗？

那两个女子说：秦老板，你放心吧。

金桂生先是眼前一亮，接着，有些害羞地、手脚失措地说：这这这，这不好吧？

秦经理大咧咧地说：没事，你老弟好好放松放松。我就在隔壁，咱俩互不干扰。丽丽，跟我走。

秦经理一走，剩下的两个女子一下子围了过来，一左一右坐在了金桂生的身边，金桂生赶忙往后退，可两个女子硬是把他挤在了沙发中间。

就在这时，突然，一个女子尖叫了一声：哎哟，啥东西呀，这么硌得慌?! 说着，那女子从屁股后的沙发角上拿出一个帆布挎包！

当她拿出挎包时，金桂生一下子愣了，他猛地夺过挎包，喝道：别动！说着，他一把抓过挎包，伸进手，一下子就摸到了那只硬硬的木碗！当他摸到木碗时，他的手停住了，人变得直绷绷的，忽一下站了起来。

两人女子一下子也都愣住了，莫名其妙地望着他，不知是怎么回事。一个女子上前推着他，讪讪地开玩笑说：哟，你那包里有啥宝贝？

金桂生扑通一下坐下来，说：碗。

一个女子说：金碗还是银碗？这么金贵？让我看看嘛。说着，就去夺那包。

金桂生一把把她推开，猛地站起身来，只见他满头都是汗，重重地喘了口气，说：对不住，请转告秦经理，我有点急事，先走了。说完，他快步走出门去。

大街上。

一个个饭馆、歌厅，灯红酒绿，霓虹灯闪闪烁烁，像是一个个招手的陷阱！

金桂生大步走着。

他来到于小莲的租住房外，在路边上转了一圈又一圈！

租住房里。

于小莲正收拾东西。

苏小娜说：莲，你听，外边好像有个人？

于小莲说：是吗？说着，她来到窗前，看了一眼，说：没人啊。

苏小娜说：不信你出去看看。

于小莲走出门，在街上看了看，一个人也没有。

工地办公室。

灯光下，金桂生黑黑的背影，一个很沉重的背影。

他默默地坐在那里，呆呆地望着放在办公桌上的那只木碗。

片刻，金桂生（背影）说：爹，我差一点就掉进去了！我知道，你老还在病床上躺着呢！我也知道，债还没还完呢。爹，在这个节骨眼上，我是半步也不敢错。你放心吧，我记着你的话呢！

○ ●

第九集 ···

火车站。

金桂生背着已瘫痪了的、不能说话的金瓦刀，从站台上走出来。金桂生一边走，一边说：爹，咱又回来了。无论花多少钱，我一定要把你治好。

金瓦刀眼里含着老泪。

医院过道里。

金瓦刀躺在一张活动床上，由护士推进了 CT 室。

金桂生在门外焦急地等待着。

诊室里。

一个中医大夫正在看金瓦刀拍的片子。

金桂生问：大夫，有希望吗？

大夫说：不好说。时间太长了，只能做保守治疗了。

工地上。

中午，于小莲送盒饭来了，兔子见了，慌慌地跑上去帮忙。他一边帮着推车，一边说：莲姐，你、歇歇会儿，我我我、来。

于小莲问：兔子，活儿紧吗？

兔子说：紧、紧。

于小莲说：麻叔呢？我想给他量量尺寸。

兔子说：我我，叫、叫他。我我我去叫。

这时，民工们一边吃饭，一边笑着说：兔子，看你慌的！你慌个啥？

兔子说：我我我，慌慌慌、了？

众人大笑。

正在这时，蹲在人群里吃饭的小罗眉头一皱，脸色变了，紧接着，他突然抱着肚子连声"哎哟"起来，众人赶忙围过来，问他：咋啦？咋啦?！

小罗脸色蜡黄，满头大汗地滚倒在地上，说：肚子疼。

于小莲跑过来，趴下来看了看，说：你们头儿呢？快，快送医院！

病房里。

金瓦刀坐在一张轮椅上，他头上插满了针。一个中医大夫正在给他做针灸治疗。

金桂生有些紧张地望着他，说：爹，疼吗？疼你就喊，喊出来吧。

金瓦刀一声不吭，用眼示意他，他能忍住。

就在这时，兔子急火火地跑来了，说：头儿，头儿，出、出事了！

金桂生眉头一皱，赶忙把他拉到门外，问：慢点说，又出啥事了？

兔子说：小、小罗罗罗罗快快、快不行了！

金桂生问：小罗怎么了？

兔子说：正、正吃饭、饭呢，肚、肚子疼。

金桂生说：赶紧送医院啊！

兔子说：送送、送了。那那那钱，钱咋说？

金桂生说：先看病吧。

兔子说：人、人家要、要押押、押金。

金桂生说：多少？

兔子说：一、一、一万。

金桂生说：啥病？这么多？

兔子说：说是肠、肠肠肠、梗梗啥子，说要动动、手术。

金桂生皱了一下眉头，说：他……

兔子说：他没没、没钱。

金桂生问：他这儿有亲戚吗？

兔子说：有，有一表哥。

金桂生说：走，去医院。

工地附近的一家医院里。

金桂生、老麻雀和几个民工在抢救室门前的过道里站着，正小声议论着什么。

这时，医院里的护士长走过来，说：谁是罗建成的家属？

几个人你看我，我看你，面面相觑。

护士长不耐烦地说：没听见吗？谁是家属？家属必须在这个单子上签字。

还是没人应声。

护士长大声说：我再说一遍，谁是十二床的家属？家属必须签字。不签字不能上手术台！

这时，一个民工勾回头，小声对金桂生说：头儿，听说得截一节肠子！

这可不是小事，这字咱不能签。他家人又不在跟前，万一有个三长两短，咋办?!

金桂生朝外边望了望，说：他表哥来了吗?

老麻雀往外紧走了几步，又忽地走回来说：来了，来了。

只见兔子领着一个民工匆匆走进来，金桂生等人忙迎上去，说：小罗得了肠梗阻，得动手术。人家让家属签字，你赶紧签个字吧。

小罗的表哥大罗一听，不由得往后退了一步，可怜巴巴地说：我，我没钱。

金桂生急了，说：钱，我先给他垫上了。你签字吧。

大罗看了看递到他手里的单子，迟疑了一下，说：我真没钱。

老麻雀在一旁劝道：就签个字，不是钱，钱以后再说。你是他哥哩，赶紧签字吧。

不料，大罗往地上一蹲，重复说：要不你搜? 我兜里只有十几块钱，我真没钱，骗你是龟孙!

一时，众人都怔住了。

这时，护士长再次走过来，说：你瞧瞧你们这一大帮人，愣个什么劲儿? 到底还治不治了? 不治拉走!

老麻雀忙说：咋不治? 治。

护士长说：治就签字呀!

老麻雀看看金桂生，说：桂生啊，出门在外，人都有遭难的时候。人命关天啊! 万一……你看呢?

终于，万般无奈，金桂生接过那张单子，低声说：我签吧，我签。

工棚里。

夜，民工们一拉溜在铺上躺着，大多人手里拿着一张小报，就着灯光在看报。一个民工忽地坐起来，说：哎，爷儿们，又一个百万富豪！说是拾破烂起家。咋整的呢？

另一个民工说：让我看看，我看看。

邻近的一个民工说：这人呢，运气来了，山都挡不住！连拾破烂的，都能拾个百万富翁！

马上就有一个民工说：你别说，要是倒了霉，喝口凉水也塞牙。你说小罗，好好的，肠子截一节，还花一大堆钱！

这时，又有人说：你听，还有急发财的呢——

工棚外，兔子仍在练习说普通话：中中中央人民广广播电台，中、中央电电视台，男同同志女同同志男男女女同同志……

大街上。

下雨了，暴雨如注！大街上，到处都是花花绿绿的雨伞。

医院走廊上。

金桂生甩了一下手里的雨伞，手里提着一兜水果和老麻雀一起走进了医院大厅。

老麻雀边走边说：这孩儿真是命大，幸亏看得及时，要不，命都没了。

金桂生说：这小罗，年轻轻的，肠子截一节，以后，怕是重活儿不能再干了，重给他找点轻活儿干干。

老麻雀说：那是。动刀的事，得好好养一段。

金桂生说：他那表哥还在吧？

老麻雀说：在。在这儿侍候他呢。

病房里。

金桂生和老麻雀刚一走进病房，却猛地愣住了——只见病床上已经没人了，一个护士正在那儿换床单呢。

金桂生问：请问，这病人呢？

那护士扭头看了他一眼，说：走了，出院了。

金桂生眨了一下眼，不解地说：出院了？啥时走的？

女护士说：上午。

金桂生说：不是，还没拆线吗？

女护士不高兴地说：他非要走，我们有什么办法?!

金桂生气愤地说：这也，太不像话了！

老麻雀把金桂生从病房里拽出来，两人在走廊里站着，老麻雀说：桂生，我猜，八成是他表哥使的坏。

金桂生仍在气愤中，脑子一时没转过来，说：使坏？咋使坏？

老麻雀说：这你还不明白？

金桂生气呼呼地说：连个招呼也不打，忒过分了！我明白啥？

老麻雀说：那住院费，一万多块呢，他怕是，偷偷溜了。

金桂生眉头一皱，说：就为了赖账?!

老麻雀点了点头，说：一万多，不是小数。有人再一撺掇，你想，不就跑了呗！

金桂生木呆呆地站在那里，久久之后，说：我明白了——穷。这是骨头里穷！

老麻雀说：是穷。人再穷，志不能短啊。这算啥呢！

突然，金桂生一把抓住老麻雀，激动地说：叔啊，咱不能再让人看不起咱了！

大街上。

金桂生冲出医院，大步在雨中走着，暴雨浇在他的头上、身上。

老麻雀在后边追着他说：伞，伞！

金桂生在雨中边走边说：不要！我不要！

老麻雀说：别淋坏了！

金桂生回过身来，站在雨中，大声说：叔，我心里难受！

老麻雀说：桂生，你是可惜那钱？是啊，你屁股上还欠着债呢。

金桂生说：叔，不是钱，我就是心里难受！人，怎么就活成这样呢?！不行，我得把他找回来！

老麻雀叫道：桂生，桂生，下这么大雨，你上哪儿找去?！

可金桂生已掉头走了。

中医疗养院。

金瓦刀在院子里的一张轮椅上坐着，来看望他的老友万水法，在他身旁的一个木椅上坐着。老万说：老哥，你真是捡了条命啊！

金瓦刀嘴里呜啦着，点了点头。

老万又说：桂生这孩儿不错，接住你的班了，你就放心养病吧。

金瓦刀摇了摇头，似乎想说什么。

老万拍拍他，说：放心吧。

这时，金桂生来了，他看见老万，说：万叔，你这么忙，还来……

万水法说：啥话，你爹跟我是啥交情?

金桂生看了看父亲，又对万水法说：万叔，你说说，现在这人，真是没法说。我那儿有个人，得了肠梗，我赶紧把他送医院，给他垫了一万块钱，做了手术。你猜，刚才，我去一看，人跑了！连个招呼也不打，你说气人不气人?！

万水法说：现在这年轻人，真是没法说。我那儿，嗨！不说了。

金桂生气呼呼地说：他分明是想赖账！

这时，金瓦刀伸出那只能动的手，指了指前边。金桂生明白了，从前边的地上拾起一个小棍，递给了金瓦刀。

金瓦刀先是在地上划了两道窄线；而后，又重重地、宽宽地划了两道。

金桂生看了，说：爹，我明白你的意思，你是说，路不能走窄了，待人要宽，是吧？

金瓦刀点了点头。

金桂生说：那……

金瓦刀定定地望着儿子。

金桂生说：好，好，我听你的。

城郊，临时租住房里。

小罗病歪歪地躺在一张很简陋的床上，他肚子上的刀口还没拆线，仍缠着一圈脏兮兮的纱布，他正用手一点一点地去够那放在木箱上的盛了水的碗。（木箱上垫了报纸，报纸上放着一些药瓶和两个放干了的馒头。）当他的手指终于抓到那只碗的时候，碗却掉在了地上，"啪"一声碎了。

小罗呆呆地望着房顶，眼里有了泪花。

这时候，门"咚"一声被推开了，金桂生走了进来。他站在狭小的租住房里，默默地望着躺在床上的小罗。小罗微微地往后欠了一下身子，神色有些尴尬，甚至是有些惊慌地望着金桂生。有很长时间，两人都不说话。

终于，金桂生说：跑！跑啊，你怎么不跑了？

小罗自知理亏，把脸扭过去了。

片刻，金桂生四下里看了看，说：你就找了这么一个地方？

小罗紧咬着牙，一言不发。

金桂生说：这巷子挺深，不好找啊。

终于，小罗忽一下扭过脸来，用破罐破摔的口气说：反正，我就这样了，你看着办吧。要钱没有，要命一条！

金桂生说：说得好。人，就这样，要是不要脸了，往下一出溜，谁也没法。

接着，他吸了两下鼻子，四下看了看，说：哎，这屋，怎么这么臭啊？

突然，小罗把被子一撩，坐起身来，恶狠狠地说：看吧，刀口发炎了，生蛆了。你都看见了，蛆在我身上爬，我差不多已经是个废人了。

金桂生沉默了一会儿，说：废了？

小罗说：废了。

金桂生说：人废了，还是心废了？

小罗冷冷地说：你说啥是啥。你说我是一堆粪，我也认！

金桂生说：你不是有个亲戚吗？他人呢，怎么不管你？

小罗满脸是泪，一声不吭。片刻，他说：头儿，我知道我欠你的，我也知道我这样做不地道，你就当我是泡臭狗屎，放我一马吧。

金桂生说：放你一马？

小罗求道：放我一马。

金桂生说：好。我可以放你一马。不过，有句话，我想问问你。

小罗说：你说。

金桂生说：你年轻轻的，咋就活成了个这——

小罗说：啥？

金桂生说：——蛆！

接下去，金桂生又说：你看看你，一身贱气，一副无赖相！

小罗羞愧地望着他，两眼一闭，绝望地说：你骂吧，我就是个蛆。

金桂生说：你不就害了场病吗？怎么就窝囊成这个熊样？！就为了赖账，你宁肯藏在这里——生蛆？如果是这样，你还出来干什么？！我问你，你从家里跑出来，就是为了当蛆？你甘愿就这么一天天烂下去？！

小罗眼里的泪流了下来。

金桂生说：你要真想当蛆，我也没有办法。你想，你自己都看不起自己，谁还看得起你？

接下去，金桂生说：你不就背了万把块钱的债吗？就为这，你就跑？你能逃一辈子？老弟呀，实话说，当年，我爹一倒，我身上背的债比你多得多，那可是二十多万呀！那时候，我也和你一样，想一跑了之，甚至想过死。可最后，我还是咬着牙挺过来了。你知道我是怎么挺过来的吗？我曾经给人下过跪，我是跪过的人啊！可是，当我跪下的时候，我发现，并没有人可怜我，那种眼神，那种鄙视的眼神，我一生都忘不了！那时候，就在我下跪的时候，我裤裆里突然生出了一股热气！我不能就这样认了，我不能让人看不起，我不能一辈子跪着做人，我得自己站起来！是人，得有个人样啊！

小罗含着泪说：头儿，你说，我还能站起来吗？

金桂生说：你要是个人，你要是还想像模像样地、堂堂正正地活个人，就跟我回去。

小罗说：回哪儿？

金桂生说：回医院，把病彻底治好，把线拆了，而后，再回工地。

小罗说：我都这样了，你还要我吗？

金桂生说：要。可我要的不是蛆，是人！

小罗咬着牙说：那我打工还债！

金桂生说：我就要你这句话！这才是堂堂正正的人话！我知道，咱当民工的，最怕人看不起。人家的一个眼神，就能把我们变成蛆！可要让人看得起，咱人穷，心不能穷，咱得把这个"穷"字从骨头缝里抠出来！

中医疗养院。

金瓦刀头上扎着一头针！他站在院子里，一步一步地在练习走路。金桂生站在一旁，担心地望着他。

金瓦刀歪歪斜斜地走了十几步之后，金桂生说：爹，歇会儿吧。

可金瓦刀仍坚持着往前走。

一座已竣工的高层建筑。

在粉刷一新的高楼前，一拉溜整整齐齐停放着十几辆大卡车、工具车、巨型塔吊等大型建筑机械。这些机械上赫然地印着"林县建筑公司"的字样。

王大群陪着城建局的马科长、房地产开发公司的吴经理等人参观……马科长边走边说：吴经理，怎么样？耳听为虚，眼见为实，我给你介绍这个施工队不错吧？你看看这些机械，这队伍，啊，这个这个啊，实力很强嘛！

吴经理一边看一边点头说：噢，不错。你马科长介绍的，蛮好，蛮好。

王大群说：吴经理，你放心，我这儿质量是绝对有保证的。你看我这儿的设备，全着呢！你再看看那砖缝，一毫米都不会错！

马科长说：大群啊，我把吴经理给你请来了，中午安排在哪儿呀？

王大群说：马科长，听你的，你说哪儿就哪儿！

马科长说：这吃饭的地方嘛，还真不好说。就——大富豪吧！

高楼前。

午后，王大群带着几分醉意，正在给那些卡车司机散烟。他一个司机甩一包，说：辛苦了，接着，接着！

这时，万水法走过来，说：群，你过来。

待王大群走到他跟前时，万水法指着那些喷有"林县建筑公司"字样的卡车、工具车等，问：群，你给我说说，这、这是咋回事？

王大群得意地说：舅，实话给你说，这些车都是租的。

万水法说：租的？在哪儿租的？

王大群说：运输公司。这还得感谢人家老马，是马科长给联系的。

万水法不解地问：那上边咋还有咱"林县建筑公司"的字号？几天没见，咋，你学会变戏法了?!

王大群更得意地说：舅，这你就不懂了吧？那是我找人临时喷上去的。到时候，再一喷漆，啥都看不见了。

万水法说：这，租一天多少钱？

王大群说：连租赁费带喷漆、刷漆啥的，总共不到一万块钱。

万水法一听，大怒：胡闹！你狗日的，啥时学这毛病?! 嗯？这不是日哄人吗？开走，赶紧给我开走！

王大群不满地说：舅，这是为了显示咱的实力嘛。

万水法说：啥实力？这是作假！咱林县人凭的是手艺，凭的是信誉，凭的是实打实干，啥时候作过假?!

王大群脸上有点挂不住，也气了，说：舅，话不能这么说，这活儿可是我揽的！

万水法一听，更是气不打一处来，他指着王大群，好一会儿才说出话来：你，你说啥？这活儿是你揽的?! 好，说得好！你干吧！从今往后，我没你这个外甥，你也没我这个舅，分开，咱分开！

王大群闷了一会儿，突然说：分开就分开！

两人就这么面对面站着，一下子僵住了。万水法呆呆地望着自己的外甥，就像不认识似的！过了一会儿，他叹了口气，淡淡地说：看来，你是翅膀硬了。

王大群先是有点不好意思，毕竟是舅舅收留了他，可他也像是下了决心似的，说：舅，你也别生气。我，我说句实话，像你这种干法，根本，根本挣不了多少钱。

万水法愣了一下，说：看来，你早就不想跟我干了，是吧？那好，话既然说到了这一步，我也不拦你。娃子，路都是人走的。从今往后，咱大路朝天，各走半边！你既然翅膀硬了，就自己飞吧。

王大群有些不服气，说：舅，这可是你逼我走的。

万水法想了想，又说：群，你知道咱林县人常年在外，靠的是什么吗？

万水法举起他的双手，那手上布满了老茧，厉声说：靠的是一双手！活的就是俩字，实诚。娃子，今天你要与你老舅分手，也好。可有一条我要告诉你，从今往后，你要是打林县人的旗号，就不能作半点假！

浴池里。

夜，王大群和马科长一人围着一个白浴巾在铺上躺着。

王大群说：马科长，从今往后，兄弟可就指望你了。

马科长说：好说，好说。只要你够意思，我也够意思。

王大群说：出来打天下，靠的就是朋友。凡是你马科长介绍的工程，我至少给你百分之八的回扣！

马科长说：大群啊，叫我说，这人啊，出来做事，得大气点！啊？我给你说，就你那老乡，有一姓金的，上门找过我。你猜怎么着？给我拿两包烟。你知道是啥烟？两块钱一包的烟！你说说，真他妈的小气，我当场就给他撂出去了！什么玩意儿？！

王大群说：马科长，我这人你还不知道？放心吧，咱同打虎共吃肉！这样，凑个整数，百分之十！咋样？

马科长说：这个嘛，啊，我是没说的。至于工程，你也知道，该走的路数还得走。比如招标啊，你这边也得想想办法。

王大群说：不是还有邀标、议标吗？

马科长说：是啊，也不是不可以。这个、这个啊，领导啊，专家啊，评审啊，这些，都得想办法啊。

王大群说：明白了，我知道该怎么做。

另一工地上。

夜，一块大黑板上挂着建筑用的《安全示意图》，被金桂生请来的宁小雅正在给民工们上建筑安全课，金桂生也在后边坐着。

宁小雅指着黑板上挂的图纸说：脚手架的使用是有安全系数要求的。在投入使用前，必须有专人负责，必须经安全人员检查后，方能投入使用。脚手架钢管的使用，是有规定的。她用手在黑板上边写边说：外径不得低于四十八毫米；壁厚不得低于三毫米；木制脚手架小头有效直径不得低于八十毫米；立杆间距不得大于一米半……

大街上。

于小莲推着卖盒饭的食品车在路上走。

这时，兔子骑着一辆自行车来了。看见于小莲，兔子下了车，说：莲、莲姐。

于小莲说：兔子，吃饭了吗？

兔子说：吃、吃了。

于小莲说：你怎么又来了？

兔子说：麻、麻叔，让我、我来帮、帮帮你。

于小莲问：我自己能行。麻叔他没事吧？

兔子说：麻叔他、他病、病了。

于小莲忙说：麻叔咋了？我得去看看他。

兔子说：发、发、发烧。

工地上。

夜校下课了。金桂生陪着宁小雅从工地上走出来。

在街口上，金桂生说：我送送你吧？

宁小雅头一歪，俏皮地说：那当然。

金桂生说：那好。你等着，我骑辆车，送你回家。

宁小雅说：不。别骑车，我不想坐车。

金桂生说：那……

宁小雅说：走走吧。你陪我走走。说着，宁小雅走到金桂生跟前，给他顺了顺衣服领子。

就在这时，兔子骑车带着于小莲刚好从远处过来，正好看到了金桂生、宁小雅两人从工地上走出来，好像还很亲昵的样子，两人一路说着话走去了。

远远地，于小莲忙说：停，停下。

兔子停住车，说：咋、咋了？

于小莲看了他一眼，默默地把一件织好的毛衣和一兜烧红薯从车上拿下来，递给了兔子，说：你带给麻叔吧。

兔子说：你，不去了？

于小莲说：你给麻叔说，我有点急事，改天再去看他。

兔子扶着车，有点诧异地望着于小莲，而后说：那那、我送你。

于小莲说：不用。说着，扭头快步离去。

工棚里。

兔子抱着毛衣和一兜烧红薯走进来。

老麻雀问：拿的啥？

兔子说：给你织的毛衣，还有烤、烤红红红薯。

老麻雀问：谁给的？

兔子说：还有谁谁，莲、莲呗。她她本来，要来看你。

老麻雀忙问：人呢？

兔子说：又又、走了。

老麻雀一听，慌忙说：坏了，坏了。快，快把她追回来！

可是，路上已经看不见人影了。

咖啡馆里。

宁小雅与金桂生面对面坐着，金桂生四下里看着，有点不自在。

宁小雅说：你怎么了？看啥看？觉得不自在？

金桂生说：有点。这不是我来的地方。

宁小雅说：为什么？

金桂生说：也不为啥。一个打工的，来这种地方，有点……

宁小雅说：这有什么？我觉得这地方挺好。

金桂生笑笑，没再说什么。

宁小雅说：你知道吗，我是一个很叛逆的人。

金桂生说：城里人都这样，那是因为吃得太饱。

宁小雅瞪着一双大眼睛，说：你，你怎么这样说？

金桂生说：经历不一样。

宁小雅说：怎么不一样？

金桂生说：小时候，我家里很穷。六岁时，我吃过桐花，吃过槐花，吃过榆钱。

宁小雅有些俏皮地说：多好啊，都是绿色食物。

金桂生说：绿色食物？那是你没有尝过饥饿的滋味。

金桂生怔怔地看了她一会儿，而后继续说：小时候，我最喜欢的玩具是一只小木碗。那木碗是父亲手工做的。那时，父亲说，你要有自己的碗。我记住了他的话——一个人，要有自己的碗。九岁的时候，我的作业本全是烟纸盒做的。那时候，我最大的愿望是能有一张全白的纸。那纸五分钱一张，可那时候，我买不起。

宁小雅说：这么说，你也是个叛逆者。

金桂生说：我？

宁小雅说：是啊。乡村的叛逆者。

金桂生说：不对吧？

宁小雅说：怎么不对？

金桂生说：你是城里人，又是大学生。我算什么？一农民。

宁小雅说：你还挺有自知之明。我给你们上课，喝你一杯咖啡，不过分吧？

金桂生说：说哪儿去了。我不是那意思。

租住房门前。

于小莲刚要推门，却听见屋里有人在说话，那是王大群和小娜……她默默地退了去。

而后，于小莲走上大街，一个人漫无目的地走着，城市里灯光闪烁，却没有一处是属于自己的，很孤啊！

租住房里。

苏小娜在教王大群跳舞，两人一边练习着舞步：一、二、三，转；二、

二、三，转；三、二、三，转……一边还说着话。

苏小娜说：你晓得不，前段时间，我去骂过那个姓金的。

王大群说：骂得好！这个王八蛋，早晚有一天，哼！

小娜说：你那个姓马的朋友，也是个流氓。

王大群说：老马？他，咋？

小娜说：仗着喝了点酒，就动手动脚。瓜娃子。

王大群说：这家伙！摸一下就摸一下吧，你又不是冬瓜。

小娜脸一嗔说：你也是个流氓！

王大群说：好，不说了，不说了。

小娜叹了一声，说：有时候，真不想干了。挣个钱，这么难。

王大群说：你知道钱是什么？

小娜说：钱就是钱呗，还能是啥子？

王大群说：钱是一张门票，进城的门票。

小娜说：门票？

王大群说：你看，坐公共汽车，你得有钱；在饭馆吃饭，你得有钱；租房子，你得有钱；喝水，你得拿钱买；连上个厕所，你也得拿钱。只要你进到城里来，处处都要钱。你说，这钱不成了门票了？

小娜一听，笑了：是呀，哪里不得花钱哟？

小娜又一想，说：不对，就是有了钱，那户口，能买吗？

王大群说：当然能买了。只要你有钱，什么都能买。

小娜说：这样说嘛，你为喃个不买一个？

王大群说：早晚会买。

小娜伸手指着窗外，说：你看，那么多窗户，哪一扇是你的？

王大群学着城里人的口气说：窗户，窗户会有的。接着，他说，我问你个事。

小娜说：你说。

王大群说：那姓金的，最近来过吗？

苏小娜说：没得。

王大群说：真没有？

苏小娜说：我骂都骂了，骗你做啥子？

王大群说：这王八蛋，走着瞧！

工地办公室。

王大群推门走进来。

正在看图纸的金桂生抬起头来，一怔，说：稀客，你怎么来了？

王大群四下看了看，说：老乡嘛。路过，来看看。

金桂生说：有事？坐，坐吧。

王大群说：我这儿有张欠条。

金桂生说：是，五吨片石。我让人马上把钱给你送去。

王大群从兜里掏出那张纸条，放在了桌上，说：这五吨片石，就算了。

金桂生说：这可不能算。该咋是咋。

王大群说：我说算了就算了，你还啰唆个啥，那是你最困难的时候。

金桂生说：是。我知道，我欠你一个人情。

王大群在办公室里转了一圈，说：知道就好。有个标，你给托一下。

金桂生说：托标？

王大群说：这个标，我已经给甲方说好了，就是走个过场。按规定，参标不得少于五家，我已找好了三家，还缺一家。你放心，费用算我的。

金桂生说：这，可是违规的。

王大群望着他，冷冷一笑，说：违规？干这行的，你清楚，我也清楚。

金桂生沉默了片刻，说：不管咋说，你帮过我。预算多少？

王大群说：七层，水泥框架的，你搞个六百万的标书，应一应就是了。

金桂生迟疑了一下，说：我考虑考虑。

王大群说：也好。三天之内，给我个答复。

大街上。

夜校下课了。金桂生在送宁小雅。

宁小雅边走边说：你怎么闷闷的，有啥心事？

金桂生说：有个工程，我想参加投标。

宁小雅说：啥工程，值得你这样？

金桂生说：七层，一栋综合楼。

宁小雅说：说说，我帮你出出主意。

金桂生说：哎，这事挺复杂。

宁小雅说：怎么就复杂了？你说嘛。

金桂生说：有人让我给他托标。我看了图纸，要让我投，很有可能中标。

宁小雅说：那还犹豫什么，投嘛。

金桂生说：人家在困难的时候曾经帮过我，道义上有些说不过去。

宁小雅说：你知道吗？现在是市场经济。你要是给人托标，那是造假，是违反规定的。你参标，是正当的竞争！

金桂生说：道理上是对的。可……

宁小雅说：哎呀，还犹豫什么？走，我帮你策划策划，把标夺过来！

河堤上。

夜，于小莲和金桂生相遇了。

于小莲扭头就走。金桂生喊道：莲。

于小莲站住了。

金桂生说：莲，你，还是来了？

于小莲说：看见那棵树了吗？

金桂生回头看了一眼。

于小莲说：我来看看那棵树。

金桂生猛地一听不太明白，说：树？

于小莲意味深长地说：树。

顿时，金桂生听出她话中有话，就低声说：我知道，那树上有字。可，那是一棵逃跑的树。那时候，他胆小怕事，懦弱。

于小莲"哼"了一声，用嘲讽的语气说：这会儿胆大了？敢挎女学生的胳膊了。

金桂生不吭了。片刻，他说：莲，你，是不是以为我变了？

于小莲沉默了一会儿，说：当经理了嘛。

金桂生说：是，我知道我变了。但，在心里，对你，我并没有变。只是，我身上的压力太大。

于小莲有点气愤地说：哼，变就变呗。成天跟女学生混在一起，还说没变？

金桂生说：你也知道，咱，底子太薄，求的人，太多。我有难处啊。

于小莲突然说：算了，说这些干什么，没意思。

金桂生说：莲，你，咋就不理解我呢?!

于小莲转过脸来，满脸是泪，说：我不理解你？我要不是……我会抱着骨灰盒回去，见人就跪，一家一家给人磕头?!

金桂生说：我知道，你这都是为了我。

于小莲说：你呢？问问你的良心，你都干了些啥？挎女学生的胳膊，和城里女人轧马路，多风光，多时髦呀!

金桂生忙解释说：莲，她是宁处长的女儿，咱用人的地方太多，她又是那个劲。这，让我咋给你解释呢？就是有一百张嘴，我也说不清啊。

于小莲说：你别解释，我不听。

金桂生叹一声，说：我还是那句话。日久见人心。等我把债全都还上，等我干出名堂来。

于小莲说：不听，不听。

金桂生说：莲，最近有个事，我很为难。我爹想见你。

于小莲一怔，说：你爹来了？

金桂生说：我把他接来了。

于小莲说：他好点吗？

金桂生说：还是不会说话。

于小莲说：他不是不让咱见面吗？

金桂生说：谁知道他怎么想的。我明白他的手势。他突然要见你。

于小莲不吭。

○ ●

第十集 ···

中医疗养院。

一间病房的门开了，进来的是于小莲，她手里提着一兜水果。

金瓦刀看见她，很激动，眼里有了泪。

于小莲叫道：叔，你，好些了吧？

金瓦刀抬了抬他那只好手，呜呜啦啦地说着什么，而后，他突然扬了扬他那只好手，在床边上曲起两个指头，居然用指头做出了下跪的表示！

于小莲心里一酸，说：叔，你别这样，这不怪你。

金瓦刀又呜里哇啦说了一阵。

于小莲说：我表弟的事，你知道了？

金瓦刀点点头。

于小莲叹一声，没再说什么。

金瓦刀看着她，很激动地又呜啦了一阵。

于小莲说：你是要我帮桂生，是吗？

金瓦刀又点了点头。

于小莲张了张嘴，想说什么，可她没有说。

平台上。

金桂生和王大群各自手里拿着安全帽，相对着正在一步步地走近。

两人在相距四五米的地方站住了。金桂生说：我想了想，决定参加投标。

王大群说：这还用想？操，不就是让你托一下吗？

金桂生说：不是托。我是说，我要正式参加投标。

王大群说：啥？你说啥?！你再说一遍？

金桂生说：造假的事，我不干。我要投，就真投，正正当当投。

王大群站在那里，先是怔了一下，而后，恶狠狠地望着他。

金桂生说：片石的钱，我带来了。

王大群摇了摇头，突然笑了，他走上前去，拍了拍金桂生的肩膀，说：老弟，你吃了唐僧肉了？

金桂生愣了，一时不知道说什么好。

王大群装模作样地说：你一准儿是吃唐僧肉了。你咋这么傻呀？我没想到你会这么傻。

金桂生一声不吭地站着。

王大群说：姓金的，你要想使坏，就别告诉我，你等到投标的那一天，突然下手，给我来个措手不及，那才叫绝啊！你还嫩啊！

金桂生说：我来，就是要明明白白地告诉你，我明人不做暗事。

王大群说：说得好。而后，他咬着牙，恶狠狠地说：姓金的，你他妈是敬酒不吃吃罚酒。我还是那句话，你好好听着：想跟我斗，门儿都没有！

金桂生说：我不跟任何人斗。我只是想试试我这边的能力，凭实力投标。

王大群说：那好，走着瞧！

一家监理公司的大楼前。

金桂生背一个布挎包、骑着一辆自行车匆匆赶来，当他在门前锁好自行车的时候，扭过身来，却见一辆桑塔纳轿车开到了门口，从车上下来的竟是王大群！

王大群下了车，对司机小声说：在这儿等着我。

司机说：说好的，就一上午，二百块钱！

王大群对司机说：放心，少不了你的。

而后，王大群和金桂生两人互相看了一眼，先后登上了台阶。

三楼会议室里。

在一个椭圆形的会议桌前，分别坐着监理单位的负责人、甲方代表、公证人、六位专家组成的评委和六家参加投标的施工单位代表（金桂生和王大群面对面分别坐在会议桌旁）。监理公司的一位女士站在前面，正在大声宣布参标单位的标底。她拆开密封的投标档案袋，拆一个，念一个：

国建十八局七公司，标底为五百七十三万。

城建二公司，标底为六百五十万。

丰华公司，标底为六百八十九万。

城建四公司，标底为六百九十二万。

万东公司，标底为六百二十四万。

林县金瓦刀公司，标底为五百四十二万。——宣读完毕。

这时，坐在会议桌前的王大群盯着金桂生看了很久，那目光就像一枚钉子！

接着，监理单位的负责人说：标书已经当众宣读了，各位有没有异议？

谁有异议？

此时此刻，众人都不吭声，没有人吭声。于是，监理单位的负责人说：那好，现在进入专家评议阶段，请竞标单位暂时退出。

于是，六家参标方的代表从座位上站了起来，一一从会议室里走了出去。

走廊里。

金桂生嘴里含着一根茅草，在一旁默默地站着。这时，王大群故意走到他跟前，说：金瓦刀公司，名头很响啊。

金桂生抬头看了他一眼，说：都是林县人，别用这种口气。我……

王大群说：还知道你是林县人？不错，不错。接着，他探过身，用调侃的语气问：你姓啥？

金桂生不吭。

王大群恶狠狠地说：姓啥你都忘了吧?!

金桂生说：你呢？

王大群拍拍他，说：你很得意，是吧？

会议室里。

全体人员重新坐在了会议桌前。

监理公司的一位女士手里拿着一张纸，宣布说：现在宣布结果，根据专家评议，海天综合楼的中标单位为——国建十八局七公司。宣读完毕。

听完宣布，金桂生的脸色变了。

这时，监理单位的负责人说：这次中标结果，是经过专家评议、公证人公证过的，各位有没有异议？

此刻，金桂生猛地站起身来，说：我有异议。我们公司定的标底最低，一切都合乎要求，为啥没有中标？这不公平！

那位负责人慢条斯理地说：不要激动嘛。这个啊，投标结果，是以公司的业绩、技术力量、设备条件、管理能力为参数，由专家综合考评后打分，而后投票决定的，不是说谁的标定得低，就绝对可以中标的。啊？这个，国建十八局七公司，经综合考评得分最高，所以中标。啊，我看，就这样吧。

散会了，众人都站了起来，可金桂生仍在那里硬硬地坐着。

大门口。

王大群一直在监理公司的门外站着，看见金桂生从楼里走出来，他把嘴上含的烟蒂一扔，大步走上前去。

王大群拦住金桂生，说：有句话你听说过吗？

金桂生说：啥话？

王大群说：猫咬尿脬——空欢喜！

金桂生说：是，我没有中标。你呢，你不是也没中吗？

王大群笑了，说：我说你是吃了唐僧肉吧，你还不信。你都没想想，你算老几?! 实话告诉你，老子就是国建十八局七公司！我用的就是七公司的手续！

金桂生怔怔地望着他，好大一会儿，才轻声说：我明白了。

王大群说：明白？你明白个气蛋！好好学吧。我实话对你说，在没进这个门之前，你就输定了。

金桂生不吭。

王大群得意地说：小子，你记住，我让你托标，是看得起你，你算个啥？——狗屎一堆！跟我斗，你还嫩点！我告诉你，在城里，是活关系的。我就是一分钱不挣，也不会让你干！说着，他转身要走。

这时，金桂生说：等等。

王大群转过身来，金桂生说：我也告诉你，本来，我是不会找你的。是我听了小莲的话，才决定见你一面。这是我做人的本分！我欠你的，两清了！另外，我告诉你，让我丢了林县人的身份，去借人家的手续，做那些挂羊头卖狗肉的勾当，我绝不干。无论挣多少钱，我都不会干！

王大群说：你说啥？你再说一遍？羊头？你知道啥叫羊头?！操，你以为羊头是好挂的？你挂一个试试！

大街上。

一辆桑塔纳轿车在行驶着，当车拐过弯后，王大群对司机说：师傅，就到这儿吧。说着，他从兜里掏出二百块钱，放在了车上，而后说声：谢了。就要下车，他的脚刚迈了一步，却又把脚收回来，问：师傅，这车多大价钱？

司机说：十二三万吧。

王大群说：操，到时候也弄一辆。

王大群下车后，夹着包穿过熙熙攘攘的大街，来到街边的一个小摊上，往椅子上一坐，说：来碗羊肉面！

大学校园里。

肩上挎着帆布挎包的金桂生正在存放自行车，这时宁小雅骑着一辆自行车过来了。

宁小雅说：祝贺你。

金桂生眉头皱了一下，说：我有啥祝贺的？

宁小雅说：祝贺你中标啊。

金桂生摇摇头，说：可惜，没有中。

宁小雅说：这不可能。那些数据，我都帮你反复算过了，标底是最低的。

金桂生说：没有啥不可能，就是没中。

宁小雅说：怎么回事？应该中的呀！

金桂生说：标底是最低的。可评委们综合评议时，又被刷下来了。我这个低的没有中，高的反而中了。

宁小雅说：啥狗屁评委！这里边一定有问题！

金桂生迟疑了一下，说：我想，不会吧？评委是随机抽调的。

宁小雅说：你应该告他们，他们肯定是受贿了！

金桂生说：人家说得头头是道。再说，证据呢？咱又没有证据。

洗浴中心。

在一个桑拿蒸房里，马科长和王大群腰里束着浴巾在里边坐着，他们各自身边都放着一个托盘，托盘里有凉茶水和湿毛巾。

王大群拿起毛巾擦了一把脸，说：蒸蒸真舒服啊。

马科长说：按按更舒服。

王大群说：那就按按。接着，他突然笑了。

马科长说：你笑啥？

王大群说：闹了半天，评委也是人啊！

马科长说：看你这话说的！你以为呢？我告诉你，谁都是人！是人，都有七情六欲。

王大群说：操！我原以为他们……一个个，事事的，那个严肃啊……他一边说，一边找词儿：看上去，跟神一样！结果呢，两千块钱，一人两千块钱，就打发了！

马科长说：这些人，别看一个个都扛着个教授、专家的牌子，其实，蛋松！出门连个"的"都不舍得打，回到家，说不定还得给老婆洗脚啊！

王大群说：说实话，他要是不接，咱一点门儿都没有。可他接了，你说怪不怪？

马科长说：大街上灯红酒绿，那飘来飘去的，可都是颜色。那哗啦哗啦响的，净是钱的声音。都是人，能不动心吗？

王大群说：老马，你给我说说，那评委，不是说随机抽的吗？不是说抽到谁是谁。你咋打听的，一下子把电话号码都搞到了？

马科长说：这你就外行了。这行里的专家，就那么几组，说随机抽的也不假。可你只要认识一个管这事的，打个电话，不就结了？再往下，你也不用认识那么多，只要认识一个专家，其他人的情况，就都知道了。

王大群说：就这么简单？

马科长说：就这么简单。这种事，都是心照不宣。

王大群问：也有不接的吧？

马科长说：也有。那都是些孔子的裤衩——装圣人蛋！

王大群说：老马，还是你有办法。

马科长说：不过，专家们也是要看材料的，太差的，人家也不会接。这种事，虽说心照不宣，大面上要过得去。

王大群说：长见识了，真长见识了。老马，我咋谢你呢？

马科长说：这还不好说？按规矩来。

王大群说：老马，我不是抱怨。说实话，那狗日的，把标压得太低的，人吃马喂的，算算，也挣不了几个钱。

大门口。

傍晚，宁小雅推着车子，用命令的口气对金桂生说：跟我走。

金桂生背着挎包，说：去哪儿？

宁小雅说：他找人，咱也找人！

金桂生说：算了吧。

宁小雅说：你这人——怎么这样?!

金桂生说：你看，我知道你是好意，我也没怪你。

宁小雅说：那不行。我给你出的主意，你败了，就等于我败了。凭什么?! 走，我给你引荐一个人，以后，保你干不完的工程。

金桂生说：这人，谁呀?

宁小雅说：跟我走就是了。哎，你记着，到时候，你找点技术上的问题问问他，这老头，好让人请教他。

大街上。

于小莲正推着食品车在走。

突然，她发现金桂生和宁小雅两人推着车（金桂生的车把上还挂着一兜子水果），两人有说有笑地朝一个大院走去。于小莲在街边上站住了。

这时，兔子迎上前来，叫道：莲、莲姐。

于小莲好半天才醒过神来，说：噢，是兔子。

兔子说：你看啥、啥呢?

于小莲说：树。

设计院内。

傍晚，在一个丝瓜棚架的下边，有一个圆圆的石桌和两个鼓形石凳。石桌上印有象棋棋盘，石凳上坐着两个戴眼镜的老人，一胖一瘦，他们正在下象棋。

宁小雅和金桂生走过来，当他们快要走到棚架下时，宁小雅小声说：那个就是崔院长。他正下棋呢，咱等一会儿。你记住，这人有点怪。到跟前，看他们下时，千万不要插嘴说话。

金桂生点了点头，跟着，脚步也放轻了。

两个下棋的老人，那胖的显得很坦然，说：走啊，你怎么成了"长考派"了？

那瘦的说：慌什么？我再看看。

那胖的说：算了，算了，你认输算了。太慢了。

那瘦的说：看看，我再看看。

那胖的说：你往哪儿走？你这棋僵了，走哪儿？你动动，你敢动？我就……啊？！

那瘦的仍在沉思。

这时，金桂生看了一会儿，突然说：飞象。

那瘦的看了一会儿，突然扭头看了他一眼，什么也没有说。

那胖的看了看，不耐烦地说：飞象？飞象有啥用？不闲磨嘛！

这时，宁小雅暗暗踢了金桂生一下，可金桂生根本不理睬，小声说：是闲棋。七步之后，就不是闲棋了。

胖子抬头看了看他，说：飞，你飞！我倒要看看！

那瘦子看看棋，看着看着，像是突然明白了什么，就"飞"了一步象。

接着，那胖子看了很长时间，说：飞象有啥用？一点用也没有。这，这不闲走嘛。

结果，走到第七步上，那瘦子走了一步"炮八平五"之后，那胖子愣了好一会儿，突然把棋一推，说：解了，解了。接着，愤愤地说：老孙，这不算，这不能算！这，这一步太妙了！

瘦子说：赢了就是赢了。要不，再来一盘？

胖子气呼呼地说：不下了！而后，他抬起头来，两眼逼视金桂生，大咧咧地说：小伙子，你会下棋？！

金桂生说：不太会。

胖子气呼呼说：说说，这一步你是跟谁学的？

金桂生说：我父亲喜欢下棋。过去他回去，过年的时候，都要跟我下三盘。这一步是历史上有名的残局，叫"飞象局"，胡荣华曾经用过。

胖子说：哦，怪不得啊。我是输给了古人。罢了，这不算丢人！

这时，宁小雅忙说：崔伯伯。

崔院长抬头看了看她，说：小雅，你怎么来了，有事吗？

宁小雅说：崔伯伯，来向你请教呢！

崔院长看了看宁小雅，又看了看金桂生，说：小雅，我有一个原则，要是托关系的事，你别找我。

宁小雅说：不是。就是要向你请教一个问题。

崔院长说：是你，还是他？

宁小雅说：是他。

崔院长说：他是干什么的？

宁小雅：搞建筑的。

崔院长问：他跟你啥关系？

宁小雅迟疑了一下，说：非要说？

崔院长说：你有你的自由，我也有我的自由。你可以不说，我也可以不回答问题。

宁小雅：他是我男朋友。她像下了决心似的说出这句话。

崔院长说：那好，跟我到办公室去。

崔院长办公室。

崔院长领着宁小雅和金桂生走进了他的办公室。他的办公室里全是图纸和书。

这时，崔院长突然说：小雅，你先出去一下。

宁小雅说：崔伯伯。

崔院长说：去吧。去看看你阿姨，我和这小伙子单独聊聊。

宁小雅无奈，给金桂生使了个眼色，走出去了。

崔院长坐在他的办公椅上，椅子转了一下，背过身去，说：我有个绰号，你知道吗？

金桂生站在那里，停了一会儿，说：不知道。

崔院长的椅子转了过来，盯着金桂生说：在设计院，我是个有毛病的人，人送绰号"崔大炮"。我这人，一是脾气不好，说话容易走火。二呢，我喜欢下棋。下棋时，善使当门炮。接着，崔院长又把椅子转过去，背对着他，高声说：炮二平五！

金桂生先是一怔，接着说：马八进七。

崔院长进逼一句：马二进三！

金桂生说：车九平八。

崔院长说：车一平二。

金桂生说：卒七进一。

崔院长说：车二进六。

金桂生说：马二进三。

这时候，崔院长的皮转椅很缓慢地转了回来，说：你会下盲棋？

金桂生仍站在那里，说：会一点。

崔院长点了点头，说：你叫什么名字？

金桂生说：我姓金，叫金桂生。

崔院长这才说：好。小伙子，坐吧。你可以提问题了。

大街上。

宁小雅推着车子，对金桂生说：不错，老头喜欢上你了。没想到，你还会下棋。

金桂生说：我爹喜欢下。每次他从外地回来，都要跟我下三盘棋。

宁小雅推着车走了几步，说：哎，有句话，我得告诉你，我对崔伯伯说的那些话，你不要理解错了。我那是，为了帮你。

金桂生说：啥、啥话？

宁小雅说：就是，说你是我"男朋友"那些话，你别想歪了。

金桂生马上说：噢，这我知道。

宁小雅反倒愣了，说：你知道什么？

金桂生说：你看，我也不是不知轻重的人。放心吧。不会。

宁小雅突然脸色一变：你，啥意思?! 啥叫不会？——我就这么差?!

金桂生说：我是说，我知道——咱们不是一路人。

宁小雅不知怎么就恼了，说：我是这意思吗？我这样说了吗?! 真是的。你以为你是谁?! 告诉你吧，我之所以领你来，也不纯是为你，我是不想输！我也从没有输过！说完，骑上车，头也不回地走了。

一时，金桂生目瞪口呆！

租住房里。

兔子又来了。他磨磨叽叽地说：莲姐，你咋、咋……不、不舒服？

于小莲闷闷地说：没事，我没事。

兔子说：你哪、哪，是是头头头？我去、去给你买点小、小药？

于小莲说：我没事。有点累。天不早了，你回吧。

兔子说：我，我我再再再坐坐会儿，陪、陪你。那，那啥，出出门在外，谁没个头疼疼脑热的？

于小莲说：兔子，你也累一天了，回吧。

兔子说：没、没事。那、那啥，你你渴、渴不渴？我我我……

于小莲说：不渴，我不渴。

兔子说：那那啥，我我我有有、点渴。

于小莲起身给他倒了一杯水，说：喝吧。

兔子端起水杯，却又放下了。

于小莲说：你不是渴吗？喝吧。

兔子手捧着水杯，说：那啥……

于小莲说：看你，有话说嘛！

兔子说：那啥，家家里，给我说说了一门亲。

于小莲说：是吗？

兔子说：我我我，不不、不想见。

于小莲看了兔子一眼，只见兔子正目不转睛地看着她。

一时，两人都显得有些尴尬。于小莲往一旁移了一下身子，就那么默默地坐着。

工地上。

一座施工中的高层建筑，五楼上，正在领着民工搞粉刷的二群探头朝外，对老本说：哎，你看，你看，又来了，那妞又来了！

老本朝楼下看了一眼，说：哪妞？

二群说：你往下看，看那广告牌。

老本说：广告牌？

二群说：广告牌后边，看见了吧？

老本身子往外探了探，说：噢，噢，是有一妞。咋？

大街上。

在一巨大广告牌的后边，站着一个姑娘，她叫草心，是一个出来打工的小保姆。她手里提着一篮子菜，在广告牌下边已站着很久了，还不时地踮起脚跟朝远处望，好像在等什么人似的。

工地五楼上。

二群对老本说：我忖好长时间了。就这妞，穿一红拖鞋，每隔两天来一次，你看，还写字！老往那广告牌后边写字。

老本说：她写的啥？

二群说：我哪知道。

老本说：不说实话？狗日的，哈哈，你肯定看了。

二群说：说就说，我是看过几回。先前写的是"想你"，还有啥子"病好了吗"，"我划了十四道了"，"很想你"。再往后，就是"？"。有半个月了，老是画"？"，也不知是啥意思。

老本说：兴许，是跟，啥人联系吧？

二群说：猜不透。她老来，在那儿等啊等，看了，挺让人不落忍的。

老本一边往墙上抹灰，一边回头看看二群，说：小子，你有想法了吧？

二群不好意思地说：我有啥想法？

老本说：我看你夜里老是翻煎饼，狗日的，八成是有想法了！

二群说：看你说的，我又不认识人家。

老本说：想试巴试巴？

二群说：咋试？

老本说：看看，有想法了。

二群说：净瞎说。

广告牌下。

　　草心站在广告牌的后边，把旧的"？"擦去，又写上了一个新的"？"。而后，她朝远处望了望，提着菜篮子走了。

　　大街上。

　　夕阳西下，二群走到广告牌后边，聚精会神地在看那个用粉笔写上去的"？"。他趴在那里看了一会儿，慢慢地从兜里掏出了一个粉笔头，迟迟疑疑地想写上一点什么，想了好一会儿，也不知写什么好。片刻，他先是写了一句"我回来了"。可刚写上，他四下看了看，又慌慌地擦去了。最后，他终于在"？"下边，很大胆地写上了一个"！"；而后，背上手，一步一回头地走了。

　　广告牌下。

　　小保姆草心提着菜篮子又来了，她站在广告牌的后边，看见了那个"！"，先是喜悦，而后又有些惊讶的样子。她扭过头，朝四处看了看，又歪着头看了看那个"！"，接着，她擦去了那个"？"，在上边歪歪斜斜地写到：你上哪儿去了？

　　广告牌下。

　　在"你上哪儿去了？"下边，写着两个字：广东。

　　接着，"广东"的上边，写着一行字：号码不是告诉你了吗？

　　后来，那行字的下边写着两个字：忘了。

　　再后来，上边没有字了，下边是新写的两个字：别愁。

　　工地上。

　　二群又趴在五楼的窗口往外看。

老本说：看见那妞了？

二群有些失落地说：最近，没再来。

老本说：我说呢，你咋丢魂了。

大街上。

小保姆草心挎着一个菜篮子在街上走着，当她走到那个广告牌前的时候，不由得停下来，而后，她迟疑着，又来到了广告牌的后边。

这时候，有一辆面包车开了过来，面包车上印有"城市纠察"的字样。那车开到了离广告牌不远的地方停下来，从车上走下了两个身穿制服的人。这两人疾步走到广告牌下，草心刚一转身，就被这两个人拦住了：站住！

草心有些惊慌地说：我，咋了？

一个穿制服的说：咋了？又贴膏药了吧?！你们这些人啊！满街贴膏药，一点公共道德也不讲！

草心有些惊慌地说：膏药？我不是卖膏药的。真不是。

那人笑了，说：我知道你不是卖假药的。这些"狗爬叉"是谁写的？是你写的吧？乱写乱画，这叫破坏市容市貌，这就是"膏药"，知道吧?！罚款五十！

草心忙说：字？那字，不是我写的。

那人说：你还抵赖？不是你写的是谁写的？罚款一百！

草心说：真不是我写的。

那人说：狡辩？还敢狡辩？抓住你了你还不承认？你哪儿的，暂住证呢？拿出来我看看！

这时，二群从工地上跑出来，他跑上去说：那字不是她写的，真不是她写的！

那人看了他一眼，很威严地说：你是干啥的？

二群说：我我？我在这工地上干活。

那人说：不是她写的，你写的？

二群说：是，是我写的。我给你擦了，我现在就擦。说着，就上前去擦。

那人说：擦？擦了就行了？罚款一百，拿钱！

二群嘴里嘟哝说：就写个字，罚得也忒多了。

那人说：你知道今天是什么日子？全市卫生大检查！对你这一号，屡教不改的，就得重罚！

二群随口说：球！净欺负人！

那人说：啥？你说啥？你再说一遍！我不信治不了你——二百！

站在一旁的草心一听说要罚二百，忙求告说：同志，你看，也不是故意的。

那人说：不行，就他这态度，一分都不能少！

这时，王大群骑着一辆自行车从远处过来了，他看见二群被两个穿制服的围着，赶忙把自行车一扎，赶了过来，说：啥事？出啥事了？我是这工地负责的，有啥事给我说。

那人指着二群说：就他，乱写乱画，态度恶劣！罚款二百！

大群走上前去，扬手就给了弟弟一巴掌！说：滚，净给我惹事！这时，他又回过身来，掏出烟来，一人敬了一支，说：对不起，吸着，吸着。

那人说：他是你工地上的？

大群说：是，是。

那人说：你这工地，环卫上可是有要求的。花摆了吗？

大群一怔，忙说：摆了摆了，都是按上边的要求搞的。

那人说：走，进去看看！

工地办公室。

王大群拍着桌子在训二群：你手痒了？你是不是手痒了？你要是手痒了，去，放那磨石上给我蹭蹭！你说说，你不好好在工地上干活，出去招惹他们干啥?！这些人是好惹的？没事他还找你事呢，你还往枪口上撞?！

二群低着头，一声不吭。

王大群说：这下你安生了？一家伙讹走两条"阿诗玛"，三百多块！操，还跟三孙子样，跟人说不完的好话。我看你是成事不足、败事有余！

二群小声说：你不是认识马科长吗？他一句话……

王大群说：你是猪脑子？屁大一点事让我找马科长?！马科长是好用的？他一来，三千都打不住！去去，滚蛋，滚蛋吧。

另一工地上。

金桂生陪着崔院长在工地二楼查看混凝土的浇注情况。

崔院长边看边说：小金，你这个问题提得很好。水泥在浇铸过程中，就是个内应力的问题。这跟气候有很大关系。按图纸要求，这些地方，要特别注意。

金桂生说：崔院长，我有个想法，一时张不开口。

崔院长大声说：说！

金桂生说：您老是权威，我们想，聘你当顾问。不知……

崔院长看了看他，说：我这个顾问，不是一般人能聘得起的，价码大呀！

金桂生说：那是。您老这么大的权威，我们小公司，您，您说个数？

崔院长脸一沉，伸出了三个指头——

金桂生试探着说：三千？

崔院长摇了摇头，沉着脸说：什么话？我一个堂堂的国家级专家，就值区区三千块钱吗？这是对我的污辱！

金桂生心里一惊，又说：那……三万？

崔院长说：每个礼拜，陪我下三盘象棋！

金桂生说：这、这……

崔院长说：这什么？告诉你，我这人，从不出卖自己！

大街上。

傍晚，小保姆草心在广告牌旁边站着，这时，二群来了。

草心看见二群，说：大哥，你看，要不是你……

二群手一背，说：没事。这些城里人，欺生。

草心说：罚了多少？

二群说：没，没。我哥跟他们头儿熟，没事。

草心说：那，谢谢你了。

二群说：你是哪里人？

草心说：安徽的。

二群说：安徽？离这儿可不近。你一个人出来的？

草心说：俺一个村出来好几个呢。有的走了，有的干着干着换地方了。这条街，当保姆的，就剩我一个了。你呢，你是哪儿的？

二群说：河南，林县的。

草心说：你也不近。不管咋说，你干的是技术活儿。

二群说：都是下力的。主家待你咋样？

草心说：还行吧。这家就两个老人。老头可有学问了，还是院长呢。那老太太瘫了，我就是给他们做做饭，给老太太喂喂饭，打扫打扫卫生啥的。

二群说：这家没孩子？

草心说：有。两儿一女，都是有学问人，忙，一月也不来一次。白天老头上班了，就剩下个老太太，挺孤的。那老太太，有病，成天连句话也不说，也不让看电视，说烦，就闷着。

二群说：那一月给你多少钱？

草心说：别家都是三百，老太太瘫着呢，这家给了四百。钱倒不少，就是没人说话。

二群说：看来，城里人也没啥好的。

草心说：要说也是，可人家有钱。家里啥都有，就是没话。

终于，二群吭吭哧哧地说：那、那字，你是写给谁的？

草心迟疑了一下，红了红脸，说：一个，表哥。

二群说：联系上了吗？

草心摇摇头，眼圈一红，没再说什么。过了一会儿，她说：我该回去了，还得给老太太换尿布呢。说着，她扭过头去，慢慢往回走。

二群站在那里，看着她一步步走去，突然叫道：哎，你叫个啥？

草心扭过头来，说：草心，我姓闫，叫闫草心。

二群大声说：那啥，我姓王，叫二群！咱俩和起来，就是阎王！

草心忍不住笑了。

城建局。

王大群把两条"中华烟"往办公桌上一扔，对马科长说：老马，听说要评奖了？我干的可都是优质工程，你得给帮帮忙啊！

马科长说："鲁班奖"吧？那可是部里评的。

王大群说：那还不得下头推荐？

马科长说：那倒是，一级一级往上推。不过，这可是专家说了算的。

王大群说：你忘了你说的话了？

马科长说：我说啥了？

王大群说：你说的，专家也是人嘛。

马科长笑了，说：那倒不假。这个奖很值钱啊！

王大群说：我当然知道。老马，你放心，我心里有数。

马科长说：这个事，不好办。不过，我可以给你弄个专家名单，至于行不行，那就靠你自己活动了。

王大群说：行，你给弄个名单。

工地上。

主体工程已经立起来了。民工们正在紧张地施工，哨声、搅拌机和升降机的轰鸣声连绵不绝。

正在施工的大楼上，老麻雀对金桂生说：桂生，听说要评"鲁班奖"，人家都在跑呢。你不跑跑？

金桂生说：我想了。那么多专家，咱想跑也跑不过来。再说，光送礼也不一定能行，咱还是把工程做好。

老麻雀说：听说大群那边花了大价钱，叫我说，该跑也得跑跑。你不是认识那崔院长吗？给他提提呗！

金桂生挠挠头说：叔，说实话，我正犯愁呢。我也想提。可这嘴一张，万一崔院长翻了脸，以后技术上有啥事，再想求人家，可就难了。两人正说着，金桂生探头往下一看，见于小莲送盒饭来了。

金桂生突然驴唇不对马嘴地说：晌午了？

老麻雀不知他啥意思，就随口说：可不，晌午了。

金桂生急匆匆地下楼去了。

楼前空地上。

于小莲站在食品车前，在给民工分发盒饭。

金桂生走过来，往食品车旁一蹲，什么也不说。

于小莲也不理他，只管从容地发盒饭。等民工们都领了盒饭后，她只是不经意地回手递过一盒。

金桂生接过来，低声说：你一来，我这心就静了。

于小莲仍不理他。

第十一集

设计院家属院。

一栋二层家属楼的门前，二群提着一个大提包在敲门。片刻，门开了，小保姆草心出现在门口，她脸上贴了一层黄瓜片。她很惊讶地"噫"了一声：是你？

王二群吓得往后退了一步，说：这，是不是崔院长家？

草心说：是啊。你找他？

二群小声说：你是草心？你怎么把自己弄得跟鬼似的？

草心说：你懂什么？城里女人都这样，这叫美容。

二群"噢"了一声，又有些不相信地（没话找话地）问：这就是崔院长家？

草心说：是啊，你都问了两遍了。

二群说：我哥让我送礼来了。（小声）崔，那啥，在家吗？

草心摆了摆手说：他不在。出去了。

二群说：那他，啥时回来？

草心说：我也说不准。要不，你先进来？

二群探头看看，说：家里，有人吗？

草心说：老太太住院了，家里没人，你进来吧。

二群一听，腰直起来了，他一边往里走，一边说：你就在这家当保姆？

草心说：是，就这家。

二群进屋探身看了看：这家挺跱啊，看这地儿，明镜样。

草心说：可不。老太太爱干净，地一天拖几遍呢。你把鞋换了吧，进门都是要换鞋的。

二群进也不是，退也不是，就站在那儿，说：那啥，算了，我不进了，脚脏。

草心看了看，说：你不想换就算了，待会儿我再拖一遍就是了。

院长办公室。

星期六晚上，办公室的茶几个放着一个木制棋盘，金桂生和崔院长正在聚精会神地下象棋。

墙上的挂钟"嗒、嗒"响着。

突然，崔院长把手里的棋子放下，淡淡地说：不下了，没意思。

金桂生抬起头说：才下两盘。再下一盘吧。

不料，崔院长勃然大怒，喝道：连输两盘，什么意思?! 你什么意思吗?! 你的心根本不在棋上！不下了，不下了。——说着，他呼地一下把棋盘掀了，棋子滚得满地都是！

金桂生赶忙把棋子捡回来，说：崔院长，对不起，我，实在是对不起。

崔院长坐在那里，说：你说实话，你心里是不是有事？

金桂生站在那里，迟疑了一下，说：是，是有点事。

崔院长说：棋局就是人生，是不能马虎的。要不，就不要下。一心没有二用嘛。你这是干什么?!

　　金桂生说：你说得对。再杀一盘，这盘我一准儿赢你!

　　崔院长淡淡地说：有事说事。说吧，你的事，需要我帮忙吗？

　　这时，只见金桂生的脸色变了几变，嘴里的话几乎要"跳"出来，可他紧咬着牙，还是慢慢咽回去了。他说：不用，是工地上有点事。

　　崔院长"哦"了一下，说：真不用？

　　金桂生说：不用。——说着，他把棋子摆好，两人又下了起来。

　　下完第三盘，崔院长抬起头，说：小伙子，你实话告诉我，你有事想求我。是不是？

　　金桂生说：是。

　　崔院长说：那你为什么不说？你如果张了嘴，我会帮忙的。

　　金桂生迟疑了一下，说：我，张不开嘴。我爹说过，棋是棋，事是事。

　　崔院长点了点头，很严肃地说：老弟，你如果张了嘴，咱们的友谊，就到此为止了。我也就不再是你的顾问了。棋友，是不能做交易的。

　　崔院长家。

　　二群说：我都跑了八家了。

　　草心说：送那么多家？

　　二群说：可不。要说，送个礼，在乡下本是光面事。可在这城里，却跟小偷样，人家还带理不理的。有的连门都不让进。

　　草心说：非要送吗？

　　二群说：做个工程不容易，我哥就想获个奖。获个奖，这工程就好接了。

　　草心说：送了礼，管用吗？

　　二群说：我哥说，这姓崔的，是个大专家，说话一言九鼎，可管事了。

到时候，你也帮我说说。

草心说：咱是干啥的，人家会听咱的？

二群说：试试嘛，行就行，不行就算。

院子里。

一个个亮着灯的窗口。

崔院长手里端着茶杯，一步步上了楼梯。

崔院长家。

崔院长换了拖鞋，坐在沙发上，望着那些一拉溜摆在茶几上的"五粮液"和"中华"烟说：小伙子，这些，都是你拿来的？

二群不好意思地笑笑说：是，一点意思。

崔院长说：是你们头儿让送的？

二群说：是，我哥说，你是专家，请你给帮帮忙。

崔院长很随便地说：其他人呢？都送了吧？

二群脱口说：送了，都送了。

崔院长看着他，说：礼很厚嘛。那好，我收下了，要不要给你打个条？

二群赶忙站起身说：不用，不用。

大门口。

二群擦着头上的汗说：老天爷，收了，总算收下了。

跟着出来的草心轻声说：这老头，平时是不收礼的。

二群说：只要收了礼，就好说话了。要不，我哥又要骂我不会办事了。

草心说：你哥很厉害？

二群随口说：他就那样。

草心又说：这老头也不知咋了，过去他不收礼。

二群说：许是看你的面子？

草心说：看你说的，我有啥面子？

二群说：不管咋说，你也是他家的保姆，他总是要看一点面子吧，对不对？

草心说：这老头平时不这样，今儿有点怪怪的。

二群说：城里人就这样，拿腔作势的。礼已收了，总不会再退回来吧？

草心说：你回去吧，我得去陪老太太了。

二群突然说：要是有啥事，你就给我写个字，你能给我写个字吗？

草心望了望他，迟疑了一下，终于点了点头。

二群扭头就跑，一蹿一蹿地跑，一边跑一边还唱着什么。

城建局大门口。

王大群夹着一个包，从一辆出租车上走下来。这时，金桂生刚好也骑着一辆自行车赶到门前。

王大群站在门前，看着金桂生扎好自行车，待他走到跟前时，王大群说：就你，也敢报"鲁班奖"？

金桂生说：报报试试。

王大群眯着眼看了他一会儿，说：我看，你是白搭功夫。

金桂生说：那不一定。最后要看工程质量。

王大群说：白脖了不是？盖那么多楼，你见谁的工程有问题？有问题还敢报吗？我实话告诉你，到最后，是拼关系的！

金桂生不语。

王大群拍拍他，小声说：说实话，跑了几家？

金桂生说：还是比质量吧。

王大群摇摇头，说：走着瞧！

城建局会议室。

第二天，会议桌前，坐着建筑界的专家、教授和一些权威人士。会议桌的正中央，赫然地摆放着王二群送到崔院长家的礼物！

崔院长摇着满头白发，拍着桌子说：想必各位都知道在下的绰号，人称"崔大炮"。那么，今天，在这个会上，我就放上一炮！最近，在我们建筑界，有一种很坏的风气！我以为，此风不可长！大家看看，这些烟酒，是昨天晚上送到我家里去的。据说，在位诸公，也有人收了礼物！我今天来，就是要得罪人的！我不管你是谁，建筑行业，百年大计，事关国计民生，绝不能胡来。尤其是"鲁班奖"的推选，更要慎之又慎！凡是送礼的，要一票否决！

会场上，专家们议论纷纷！

坐在会议桌前的马科长，脸色很不好看。

广告牌下。

二群从工地上溜出来，跑到广告牌的后边去看，后边没有字，什么也没有。他看了，有些失望。

这时，他身后响起了一声断喝：看啥呢？！

二群扭过头来，一看是他哥。他慌忙说：没看啥。

大群气得脸都红了，说：没看啥？你狗日的没看啥？没看啥，你撅着个屁股，头伸个雁样——干啥呢？！

二群说：我啥也没看。

大群说：你还敢犟嘴！最近我看你魂都丢了！——这么说着，他上去就是一耳光！

二群说：你打我干啥？我又没干啥错事。

大群说：你说说，好好的事你都能办砸。送个礼你都不会，你会干啥？！

二群说：咋，咋不会送？我不是都送到了吗？

大群说：你哪儿那么多废话？你脑子让门框挤了？你都给人胡说些啥？！

二群愣愣地说：我，我说啥了？

大群说：你一句话不当紧，事弄砸了。我这钱也白花了！你怎么长这么一张臭嘴？！你那嘴还不如尿罐，不如个屎盆子！你说说，你都胡咧咧些啥？！

二群仍然不明白：我没说啥呀！

大群说：没说啥？人家是咋知道的？说你一家一家都送了礼？！

二群怔了一下，嗫嚅回道：他问我，都送了？我就随口应了一句。

大群说：你这一句不当紧，一万多块钱打水漂了！这可好，割驴球敬神，驴也割死了，神也得罪了！你都没想想，人家是套你呢！

二群很委屈地说：城里人咋这样呢？哥，咱以后别给人送了，净肉包子打狗！

大群说：你以为在城里站住脚容易吗？我告诉你，这城里人，话都是反着说的。他让你往东，你得往西边去想；他让你往西，你得往东边瞅瞅再说，明白了吗？

大街上。

傍晚，二群又走到了那个广告牌下，可广告牌的后边仍然没有字。

二群顺着大街往前走，慢慢地，他不由自主地来到了建筑设计院家属院，他望着第三个窗户里的灯，那灯亮着，窗帘处好像有人影在晃动。后来，那灯灭了。

这时，闫草心手里提着一个饭盒从楼道里走出来，二群一直悄悄地跟着她。

闫草心去了医院。

闫草心从医院里走出来，并没有顺着原路回去，而是朝着另一个方向走去。

闫草心进了一个杂居的小院，推开一个门，走了进去。

终于，好奇心促使二群走了进去，推开了那扇门。结果，他发现，闫草心正在给一孩子喂奶！

大街上。

深夜，闫草心和二群一前一后地走着，两人谁也不说话。

闫草心说：你老跟着我干啥？

二群不吭。

草心说：你再跟着我，我可就喊了。

二群闷闷地说：你喊吧，你喊。

草心走了几步，说：你走吧，你也不是坏人。

这时，二群突然说：你骗我，你有男人。

草心先是不吭，而后说：我啥时骗你了？我骗你干啥？我说啥了？

二群重复说：你骗我，你有男人。

草心突然哭起来了，一边哭一边快步往前走。

二群急了，说：你哭个啥？你还有理了？

草心仍是一边哭一边走。

二群说：到底是咋回事？你说说嘛。

草心站住了，她擦了擦眼里的泪，说：你走吧，我不想说。

二群说：你说，你说嘛。

草心说：你让我说啥，说我一进城就被人骗了？

二群张口结舌地说：那啥，他骗了你，你还给他写字？

草心说：这不用你管。

二群说：其实，我哥也让人骗过。

草心说：是吗？

二群说：可不，我哥花了八千块钱，结果，那媳妇却跟人跑了。

草心说：刚进城时，我啥也不懂，看什么都新鲜。就在那个广告牌下，我碰上了一个人，他说，能给我解决户口，我就……再后，他让我等他。我就等啊等啊等啊。再后来，我才知道，他是个骗子。

二群说：骗子？

草心说：骗子。

二群说：知道是骗子，你还给他写字？

草心说：我也说不清楚。你看，我已经有孩子了，那孩子是他的。

二群说：这城里人，怎么这么坏？你看那姓崔的，也不是好东西！收了礼，却又把我们卖了。

草心说：你别这样说，崔院长是好人，要不是他，我早就死几死了。

二群沉默了一会儿，说：是姓崔的救了你？

草心说：是。是他把我从河上救回来的。

校园里。

夜校下课了，金桂生刚推车要走，这时，一个人突然挡住了他的去路——是宁小雅。她穿了一件新买的连衣裙。

宁小雅背着两只手，说：我这裙子漂亮吗？

金桂生看了一眼，说：不错。——说着，又要走。

宁小雅挡着路，说：生我气了？

金桂生说：哪能呢？你帮我那么大的忙。

宁小雅说：就是嘛。我告诉你一个好消息，你信不信？

金桂生说：啥好消息？

宁小雅说：你公司的工程被列入"鲁班奖"备选名单了。

金桂生说：真的？不会吧？

宁小雅说：千真万确。我是从崔伯伯的办公桌上看到的。马上就往北京报了，他不让我告诉你。这是个好消息吧？

金桂生说：是，是好消息。

宁小雅说：怎么谢我？

金桂生说：你说。

宁小雅说：我有个事，你帮我办一下。

金桂生说：啥事？

宁小雅说：我这里有一包信，你帮我退回去。

金桂生说：谁的信？

宁小雅说：一个叫肖风的。

金桂生说：是那个，长头发？

宁小雅说：是。

金桂生有些为难地说：这，不合适吧？

宁小雅说：又不要你说什么，退给他就行了。

金桂生迟疑了一下，说：他在哪儿？

宁小雅说：我跟他约好了，就在前边那个小树林里。

小树林里。

一个披着长发、看上去有些病态的年轻人在小树林里徘徊，他是肖风。

金桂生和宁小雅推着自行车走来，他们在离那人十步远的地方站住了。

宁小雅低声说：去，给他放那儿吧。

金桂生愣了一下。

宁小雅说：去啊。

于是，金桂生硬着头皮，接过那捆报纸包着的信，一步步地走过去，把信放在了树林中央的一个木椅上。

这时，肖风突然回过头来，大声地、有些疯狂地说：我曾告诉过你们，不要羞辱我！我再次警告你们，不要羞辱我！上帝，你在哪里?！你看见了吗?！雷、电，雨，来啊，击毁我吧！

宁小雅有些害怕了，说：走，走，别理他。这是个疯子。

两人推车默默地走着，当他们走出小树林的时候，宁小雅说：他追来了吗？

金桂生说：没有。

小树林里。

肖风正划着火柴，一封一封地烧那些信。

他一边烧一边喃喃地说：埋葬吧，全都埋葬吧！那昔日的，那被抛弃的，灵魂！还有眼泪，带血的眼泪，一同埋葬吧！你要记住这一天，记住这个耻辱的时刻，记住那个……

工地上。

一挂巨型鞭炮在楼前炸响！两道红底黄字的条幅从楼顶上垂下来：一条是"发扬红旗渠精神抓质量创品牌质量第一"；另一条是"热烈庆祝桂花小区工程荣获鲁班奖"。

金桂生在楼顶处站着，两眼含泪，一言不发。

城建局大门口。

王大群苦着脸从楼里出来，刚好碰上金桂生……

王大群站住了，他等金桂生走上台阶，说：看来，你赢了。

金桂生说：这是咱林县人的光荣。

王大群不以为然地说：林县？操，你能代表林县？

金桂生说：不管咋说，咱那里自古就是出匠人的地方，你忘了？咱林县有"鲁班豁儿"，这奖，就该咱林县人得。

王大群有些不服气，恨恨地说：行，算你小子运气好。我花了钱，让你狗日的钻了空子！说着，就要走。

金桂生说：等等。

王大群站住了。

金桂生说：你以为我是侥幸？

王大群说：操！扯这些没用的干啥？得就得了呗。

金桂生说：我告诉你，我这个奖，得得名正言顺。你可以问问，就这个工程，我先后给甲方解决了三十六个施工中出现的难题，为这些难题，我先后请教过十二个专家。据说，评的时候，我这工程是全票通过！

王大群说：就你？

金桂生说：就我。

王大群拍拍他说：你学精明了。而后，他说：小子，回头看看。

金桂生回过身来，说：看啥？

王大群手一指，说：车。小子，看看吧，那是我新买的工具车！我告诉你，啥都是假的，钱是真的！

中医疗养院。

深秋了，花坛里的菊花开了。

金瓦刀经过很长时间的治疗，人已经可以行走了。他手里拄着一根拐杖，立在花坛边上。

这时，金桂生来了。他把"鲁班奖"的获奖证书拿到了父亲的面前，无比激动地说：爹，咱得奖了！儿子终于给你争了口气，咱得奖了！是"鲁班奖"！

金瓦刀抬起手，重重地拍了儿子一下。

医院过道里。

金桂生刚从父亲那里出来，跟于小莲相遇了。

金桂生说：莲，听说，你常来看老头……多亏你了。

于小莲说：我不是为你。

金桂生说：我知道，你还是不肯原谅我。

于小莲说：你要我原谅什么？

金桂生一时不知说什么好了。片刻后，他说：莲，你……

于小莲说：自己想吧。说完，朝病房走去了。

大楼上。

新建的大楼已经竣工了。在高层的玻璃幕墙后边，正在楼里安窗户的兔子一边向外观望，一边对老麻雀说：我我我真、真想尿、尿他一泡！对对、对着这城、城，痛、痛快快地、浇一、一泡！

老麻雀说：别，你可别。让城里人笑话，说咱不讲卫生。

兔子说：这、这城城里，没没一样，是是咱、咱哩。凡凡、凡是好东西，都都都不是咱哩！

老麻雀说：挣呗。咱下死劲挣。

兔子说：挣？咱、咱能挣过人家？人家生、生来就就是城里人，咱、咱算啥？

老麻雀说：咱也是人。

兔子说：人？那人、人跟人、不一样。

工地办公室。

民工们一个个喜气洋洋，正在排队领工资。

有的民工说：这工钱总算拿到手了。该回家了。

有的说：八个月没见儿子了。

有的说：是想孩他娘了吧？

兔子说：孩孩、孩他、他娘，还、还不知、在在、在……

哄，众人都笑了。

街头邮电所。

兔子正在填一张汇款单，他填好后，连钱一块儿递了进去。

片刻，那张汇款单又被人丢出来，同时也丢出来一句话：填上住址！

兔子说：我填、填填、填了。那不、不、不写着的的吗吗吗？林、林、林县。

里边有人不耐烦地说：不是让你填收款地址，填你这边的地址！

兔子说：寄寄……还、还填？

里边有人说：废什么话？你寄不寄吧?!

兔子说：寄寄寄……没没没法儿、法儿填。

里边有人说：那不行，必须填！

兔子说：我我我一、一打打打、打工的，没没地儿填、填，咋咋办？

里边的人说：你想咋办咋办！你寄不寄？

兔子说：操！就寄寄寄……

还没等他说完，只听"哗"的一声，半缸子热腾腾的茶叶水从窗口里泼了出来，泼了兔子一头一脸！紧接着，只听里边的一个中年女人骂道：你嘴里干净些！骂谁呢？瞎了眼的，你敢骂人?！

兔子傻了，兔子水淋淋的，一脸茶叶末子。他站在那里，迷迷瞪瞪地说：我日——谁谁谁、骂骂骂……

这时候，那女人大叫着窜了出来；紧接着，有两个保安也跑过来了。三个人把兔子围在了中间，那警棍点在了兔子的脸上！女人的唾沫星子也溅到了兔子的脸上。女人骂道：你日日日，日谁呢？你打打打，打啥打？你打工的有理了？你满嘴脏话，打打打，打你娘那头！

一个保安喊道：送派出所！把他扭送派出所！立时，几个人吵吵嚷嚷地把兔子推搡到了邮电所门口。

这时候，卖盒饭的于小莲从街那边跑过来，拦住众人说：对不起，对不起，这是我兄弟。他不会说话，请各位多原谅。他不是骂人，他是口头语，他真是口头语。

兔子看见于小莲，一时间，满脸都是泪水，一句话也说不出来了。

那邮电所的中年女人仍然不依不饶地说：骂人，跑到这里撒野来了？也不看看这是啥地方?！

于小莲对那中年女人说：大姐，对不起了，我这兄弟不懂事，不会说话，你多原谅。我给你赔不是了。

邮电所门前，人来人往，一片沉默。终于，那保安说：滚吧，滚！

大街上。

于小莲推着一辆食品车在街上走着，兔子很沮丧地跟在一旁。兔子喃喃地说：莲、莲姐，真、真丢人，太太太丢人了。

于小莲说：兔子，你别往心里去，这也没啥。

兔子仍喃喃地说：太、太丢人了。莲姐，你千万别、别跟人说。

于小莲说：我不说。你放心吧，我不跟人说。

两人默默地走了一段路，兔子自言自语地说：我没法填，我没、没有地址。

于小莲说：出门人难啊。真是的，往家寄个钱，也这么多事？

兔子仍自言自语地说：她、她她、让、让我填，我没法填，我没有地址。

于小莲安慰说：算了，兔子，算了，咱不跟她计较。

在一个拐角处，兔子悲愤地大声说：在这城里，我没法填，我没有地址。

工棚里。

夜已深了，兔子仍然在床上坐着，默默地坐着。

老麻雀说：兔子，你咋了？

兔子不吭。

老麻雀说：睡吧，天不早了。

兔子仍然不吭。片刻，他咬着牙说：我恨他们！

老麻雀说：恨谁？

兔子一句话也不说，穿上衣服，咚咚地走出去了。

楼顶上。

兔子又开始练习普通话了。他站在楼顶上，嘴里念着：

中、中央人民广播电电台，中中央电视台，男男男同志女女同志，男女同志；中央人人民广播电台，中央电视台……

广告牌下。

当闫草心从广告牌前走过的时候，二群突然从广告牌后边走了出来。

草心说：你怎么……

二群说：我看看有没有字。

草心说：我早就不写了，没啥意思。

这时候，二群把背在后边的两只手伸出来，他手里拿着两袋奶粉，他说：我给孩子买了两袋奶粉。

草心有些忸怩，说：你看，还让你花钱。

二群说：城里的孩子都吃奶粉。

草心说：人家说，还是吃，奶好。

二群说：牛奶好，牛奶养人。

草心说：那，谢谢你了。

二群说：谢啥。那人，有消息吗？

草心说：谁？

二群说：就那人，骗子。

草心默默地摇了摇头。

二群说：要有啥事，你就在老地方，写个字。

草心看了看他，终于说：好。

高层建筑上。

王二群趴在五楼窗口，突然发现闫草心匆匆跑来，只见她跑到广告牌下，先是急切地往上看了看，想喊，张了张嘴却没有喊，而后就跑到广告牌后边去了。

王二群飞快地从楼上跑下来，他气喘吁吁地跑到广告牌的后边，看到了匆匆写上去的一行字：孩子病了，我走不开，你帮帮我！

二群看了字，二话不说，在工地上找了辆自行车，骑上飞快地赶去。

医院里。

二群抱着个孩子楼上楼下地跑，后边跟着一个老太太。

最后，在病房里，当孩子输上水的时候，二群仍在一旁坐着看护。这时，草心匆匆赶来了。

她进了门，先看了看孩子，焦急地问：孩子是咋了？

二群说：发烧，说是肺炎。

草心说：还烧吗？

二群说：护士说，已经不烧了。

草心感激地说：多亏了你！要不……

大街上。

电线杆下，两人默默地站着。二群突然对草心说：我想让你见见我哥。

草心说：你哥？

二群说：就见个面，省得……

草心想了想说：算了吧。你哥要是……

二群说：早晚得见面。我哥不会有啥。

草心说：真的？

二群说：我骗你干啥？

草心终于说：那，见就见吧。

工地办公室。

二群走进来，有些兴奋也有些羞涩地说：哥，我想让你见个人。

大群一怔，说：谁呀？

二群说：你一见就知道了。

大群说：女人吧？狗日的，挺能折腾。

二群朝门外喊了一声，说：进来吧。

这时，闫草心抱着孩子走进来。二群赶忙说：这是我哥。这是……

大群一下子怔住了，好一会儿才说：噢噢，坐，坐吧。

片刻，二群说：哥，她姓闫，叫闫草心。

大群脸上很不好看，他清了清嗓子，问：你，是这城里的？

草心说：不是。

大群说：那你是？

草心说：我家是安徽的。

大群说：这孩子是？

草心抬起头，说：这孩子是我的。

大群望着她，又望望二群。二群说：她，她是……

大群突然打断说：妹子，你先出去一下，我跟我弟说句话。

闫草心站了起来，慢慢走了出去。待草心出去后，大群问：行啊！这孩子是你的？

二群说：不是。

大群说：那你，不知道她有孩子？

二群嗫嗫地说：知道。她，她是，被人骗了。

大群一拍桌子说：你，你让我说你啥？你猪脑子？热巴巴去找个二手货?！你丢人不丢人?！我问你，咱出来是为了啥？你把咱祖宗八辈的人都丢尽了！

二群小声说：我自己的事，我愿意。

大群说：你敢?！看我不打断你的腿！

二群扭头就走，可他出了门，却不见了草心。

大街上。

二群追上了闫草心，二群埋怨说：你看你，抱个孩子干啥？

闫草心说：我不想骗谁，我就是要告诉你哥，我有孩子。我早就知道会是这样，你走你的吧，从今往后，咱别再见面了！——说完，她哭着快步跑去。

二群追了几步，却又站住了。

崔院长家楼前。

傍晚，二群独自一人在楼前转来转去。

片刻，闫草心提着一个兜子出来了。二群赶忙隐到楼后，而后，尾随着跟上去。

路上。

闫草心在前边走，二群在后边跟。走着走着，闫草心突然站住了。她回过身来，看见二群跟在身后，又折回身走得更快了。

二群跟上，边走边说：我哥是我哥，我是我。

闫草心不语，只是越走越快。

二群也不知说什么好，仍是那句话：我哥是我哥，我是我。

闫草心走得快，二群也跟得快，两人就这么默默地走了一段。在一个路灯下，闫草心说：我不是说过了吗？你怎么还这样?!

二群说：我哥是我哥，我是我。

闫草心说：我已经上过当了，我再也不会上你们男人的当了！

二群嗫嚅着说：我就，喜欢你，我真的喜欢你。

闫草心说：我不听你说，你们男人，都这样。

二群说：我给你赌个咒？

闫草心说：你别赌咒，我不听。算了，你也知道，我带着孩子呢，我不连累你。

二群说：孩子，那孩子……

闫草心说：你要是真有心，你要是不怕你哥，你跟我走，咱走，你敢吗?!

这一下，二群怔住了。

草心说：算了，你走吧。

马科长办公室。

王大群大咧咧地往马科长办公桌的角上一坐，说：老马，马科长，这回，你可把我坑苦了。

马科长说：王头儿，看你这话说的！我给你帮了那么多忙，你咋还……

王大群说：你说我冤不冤？花了这么多钱，一家一家送，结果，这"鲁班奖"让别人弄去了！

马科长说：这你怪谁？你把事办砸了，你能怪谁?!

王大群说：不是你给提供的名单吗，让一家一家送?!

马科长说：这个崔大炮，原想着他是个权威，给他弄一份，谁知道，他驴脾气一上来，六亲不认！对这一号，（马科长摇摇头）都没法。再说了，谁让你那送礼的不会说话呢！你送去不得了，多什么嘴呀？他一多嘴，说是家家都送了，那姓崔的，在会议上公开一撂炮，谁还敢替你说话？谁还敢投你的票?!

王大群说：别人没办法，你还能没办法？

马科长说：你不知道，就这个崔大炮，仗着自己是个权威，谁也不放在眼里！实话说，连局长都不惹他！

王大群说：那你说，我这钱不白花了？恼了我，一个个告他个龟孙子！

马科长脸一冷说：王头儿，你，这就不仗义了吧？

王大群一摆手，气呼呼地说：好，好，算我倒霉！——说完，扭头就走。

马科长忙站起来追着他安慰说：你急什么？这次没评上，不还有下次吗？

王大群说：下次？下次我就不找你了。

小酒馆里。

王大群和二群在桌前坐着，一瓶酒已喝干了，王大群说：兄弟，你看那灯。

二群闷闷地，一声不吭。

大群说：你没脑子啊！你一点脑子都没有?！你说说，叫你送回礼，你送了个肉包子打狗！让，让姓金的王八蛋捡了个便宜。再说了，人都是往亮处走的，是不是？你，你去弄个破鞋？你说说！

二群说：哥，我……

大群说：你别哥，先听我说，咱咬住牙，先干他几年，咋也得干过那姓金的！到时候啊，你说你弄啥不成？那妞，你看那妞那样？还是一安徽的，又没户口，都跟人生了孩子了，你咋就迷不过来呢?！

二群说：我就喜欢她。

大群说：你敢?！

大街上。

夜深，王大群喝醉了酒，身子摇摇晃晃地走着，粗着嗓子在高声唱：

妹妹你坐船头噢，哥哥在岸上走，恩恩爱爱，纤绳荡悠悠！

而后，他又唱：妹妹你坐船头噢，哥哥在岸上走，恩恩爱爱，纤绳荡悠悠！

唱着，唱着，他突然栽倒在地上，呜呜地哭了。

二群把他扶起来，背在了背上。

○ ●

第十二集 ·······································

大街上。

瑞雪纷纷，已是岁末了。

租住房里。

金桂生背着那个帆布挎包站在于小莲面前。

金桂生说：莲，我心上一直压着块石头。到今天，我才……说着，他从挎包里拿出一个信封，递给了于小莲。

于小莲问：这是啥？

金桂生说：钱。八千块钱。

于小莲没有接，看了看他，说：你账还完了？

金桂生说：还差一些，问题不大了。

于小莲说：钱你拿回去吧。我不要你的钱。

金桂生一怔，说：为啥？

于小莲说：不为啥。我欠下的债，我自己还。

金桂生说：莲，你能不能让我……

于小莲说：我说过，债，我欠下的，我自己还。我不靠任何人。

金桂生说：莲，我欠你的太多了。你能不能……

于小莲说：你别再说了。你不欠我什么。在这城市里，树都会跑，何况……（窗外，大街上，一辆汽车正拉着一棵移栽的树在跑。）

金桂生说：人不是树。

于小莲说：人还不如树。

这时，苏小娜推门走进来，一看，说：莲？

金桂生赶忙说：我姓金，咱见过面。

苏小娜"哼"了一声，说：我知道你姓金，你就是姓银，咋的？也好不到哪儿去！说着，扭身走出去了。

街口上。

苏小娜对于小莲说：你吃的亏还不够吗？这种人，你为啷个还跟他来往？

于小莲说：也不知道。

苏小娜说：你不恨他？

于小莲说：恨。可是……

苏小娜说：你个哈儿（傻瓜）！还是现实一点吧。

工地办公室。

小罗和老麻雀走进来，小罗对金桂生说：头儿，有件事我得给你说一下。

金桂生问：啥事？

小罗说：来验收的人说，三楼丢了一扇窗户。

金桂生一怔，说：不是一直看着的吗？咋会丢窗户呢？

这时，老麻雀贴近他的耳朵说：这不是要回家过年吗？那窗户的玻璃让人砸了，丢的是那铝合金做的框。我看，八成是……

金桂生的脸沉下来了，他说：走，看看去。

新建楼房的大厅里。

一百多号民工全在大厅里站着，有的已收拾好了带回家的被褥和置办的年货。

金桂生站在前边说：车票都发给大家了吧？

众人齐声说：发了。

金桂生说：快过年了，大家辛辛苦苦干了一年，都急着回家。我呢，本来不想扫大家的兴，可我有几句话还是要说。咱是林县人，是从红旗渠上走下来的施工队！过去，咱老说人家城里人看不起咱，嫌咱穷，咱还不服气。今天看来，咱是真穷啊，都穷到骨头缝里了！就是咱建的这栋楼，今天验收的时候，少了一扇窗户。有人把玻璃砸了，偷了那框！因为，那玻璃框是铝合金做的，难道咱林县人不值这一扇玻璃框钱吗?!

众人一下子傻了，你看我，我看你，先是沉默了一阵，而后有人吼道：这是谁干的？有种站出来！

小罗喊道：哪个王八蛋干的，这不是砸咱林县人的牌子吗?!

接着，众人齐声喊道：搜！都把东西拿出来，一齐搜！

金桂生说：都先别嚷嚷。这里有年长的，也有年少的，都是咱自家兄弟。出来打工，都不容易。大过年的，我也不想让谁在大家面前丢脸。搜？要想搜的话，我早就让派出所来人了。算了，要是谁拿了人家的玻璃框，偷偷放下就行了，这个玻璃框由队里赔！我只是想说，咱太行山人就是再穷，也千万不能穷了志气！

　　这时候，老麻雀站出来了，他当众把他的被褥捆扔在了众人面前，说：那不行，这事关咱山里人的声誉！我这不算是让人搜的，我是自己检查自己。说着，他把自己捆好的被褥一下子解开了，当众撂在了人们眼前。

　　紧接着，众人也都纷纷解开自己捆好的被褥、行囊，嚷嚷说：对，自己检查自己！这是我的，看吧，都看看……

　　于是所有人都把自己捆好的被褥打开了，只有一个人的被褥没有打开。一时间，所有人的目光全都望着那个捆着的行李——那是兔子的！

　　沉默，很长时间的沉默！突然间，兔子从人群里窜了出来，他红着眼说：别别别、别查了，都都都别查了！是、是我，是我干干的！说着，他扛着自己的被褥捆冲到前面，"啪"地把被褥捆往金桂生面前一摔，哭着弯下腰去，解开了自己捆好的被褥，只见被褥里果然包着一个已折弯了的铝合金玻璃框。兔子哭着说：是我，我我我、我丢咱太太太、太行山的人、人了，我赔！

　　一时，大厅里鸦雀无声，众人都怔怔地望着他。

　　金桂生说：你赔？

　　兔子说：我我、我赔！

　　金桂生说：你赔？你也说得太轻巧了！咱好不容易才打下的影响，林县施工队的影响，你赔得起吗？这优质工程的称号，你赔得起吗？咱太行山人的信誉，你赔得起吗？！

　　兔子突然伸出双手，左右开弓，"啪、啪、啪"，连着扇了自己几个耳光！

　　金桂生叹了口气，说：兔子，你咋干这事呢？

　　兔子一边扇自己的脸，一边哭着说：——我我我、恨他们！

　　金桂生说：你恨谁？你就是恨谁，也不能砸玻璃呀！

　　兔子低着头，流着泪说：我、我我想给我娘铸、铸个锅，就就就那那那种、城城里人用的钢、钢精锅。我我我对不起大、大家，我赔。

这时，金桂生看了看众人，说：算了，兔子已经认错了。这事就算了。

然而，兔子却吼道：——不不、不能算！大家看着，我我我赔！

金桂生说：好，你赔吧。

众人默然。有人说：这兔子是咋了？

三楼一个粉刷一新的房间里。

老麻雀和兔子一起在安一扇新的铝合金窗。

老麻雀说：兔子，出来做事，名誉要紧啊！你也知道，咱林县人饿死不要饭，冻死不做贼。你说说，你咋就……

兔子说：叔，掏、掏心窝子说，我原想给我娘铸、铸个锅，就那种不、不粘锅。可其实，也不是为、为了个锅，一个锅锅锅才多少钱？

老麻雀说：那你是图啥呢？

兔子突然说：我，我就是恨。

老麻雀说：恨？你恨个啥？

好一会儿，兔子才说：——玻、玻璃。

老麻雀：咋，你跟那玻璃有仇？

兔子说：叔，本本来，我我也没起这念头。我就是恨、恨城里这些人！这这城里人，也忒、忒享福了。你看这窗户，玻玻璃、是双、双层的。老天，一个窗户，还要双、双层玻璃？妈的，也忒、忒过分了吧?！我那会儿就想、就想把那玻璃砸、砸了，我想，少一层，也、也看不出来。

老麻雀说：兔子，这是咱给人家干的工程啊！还是获奖工程。人家的再好，也是人家的。人穷，骨头不能穷。

兔子说：我知道。就是那一会儿，也不知为啥，我昏了头了，就想砸、砸点啥。想得心焦！那会儿，就那会儿，我要不、不砸点啥，会、会疯！真的，真的会疯。叔，你放心，我以后再也不会做这事了。

就在这时，金桂生提着一套（大、中、小）铝锅走进来，他走到兔子跟前，把那一套新买的铝锅放下，说：兔子，给你娘带回去吧。

兔子愣愣地望着金桂生。

金桂生说：兔子，我给你买锅，不是为你干那丢人事，是为你那一片孝心。兔子，咱再也不能干那"穷事"了，咱得富，靠劳动致富！要体体面面地给娘买个锅！回家的时候，也好气气势势地给娘说，这是咱买的！

兔子眼里含着泪，说：头儿，我记下了。你、你放心，我再不会干这事了。

可是，金桂生却说：兔子，过罢年，你，不要再来了。

兔子望着金桂生，沉默了一会儿，说：金头儿，你说过，你信我。咋又……

金桂生说：我是信你。可咱接的是工程，工程是不能出差错的。再说，当着众人，我也怕伤了你的面子。

兔子慢慢地转过脸来，眨了眨眼，突然大步走了出去。

片刻，兔子重新走回来，把一截剁掉的小指头放在了金桂生面前，说：头儿，从今往、往后，不管走到哪儿，我都会记、记住这个教训！

老麻雀心疼地说：这孩儿，你看这孩儿?!

金桂生默默地看了他一会儿，说：兔子，你这是干啥？

兔子说：你信、信不信我？

金桂生说：我信！

商场里。

发了工钱的民工们一群一群地在置办回家带的礼物。

老本指着柜台上的一双皮鞋，说：这双，女式的，多少钱？

售货员说：八十。

老本说：也忒贵了。那双，那双呢？

售货员说：五十。

老本说：能不能再便宜些？

售货员不屑地看了他一眼。他马上说：要了，有36码的没有，我要了。

而后，老本却小声嘟哝说：看啥看，又不是不给钱。

商场二楼。

大群、二群两兄弟在一个卖风衣的地方站住了。

大群对二群说：看看那标价？

二群凑上去看了，说：三百八，忒贵，算了吧？

大群说：买。回家哩，体面事！

二群说：恁贵也买？

大群说：买！

商场三楼。

大群、二群两兄弟又在专卖眼镜的柜台前站住了。

大群看了看周围，指着柜台里的一副眼镜问：这，多少钱？

售货员看了看他，问：你要哪一种？

大群手一指，说：这，就这。

售货员说：墨镜？

大群说：多少钱吧？

售货员有些迟疑，说：我告诉你，这可是墨镜，是装饰镜。

大群很肯定地说：就这，带色的。

在一旁的二群问：哥，你的眼咋了？

大群随口嘟哝了一句：上火。

二群说：上火得要石头镜，人家说戴石头镜凉，清火。

大群不理他，只对售货员说：——就要这，带色的。

售货员把墨镜从柜台里拿出来，让他挑。大群拿上一副，戴在了眼上，转过头问二群：咋样？神气吧?!

二群说：哥，你走路，不一样了。

大群高兴地说：是吧？看不出来了吧？咱跟城里人也没啥差别了吧？操，穿上，把风衣穿上！

二群说：还没过年呢！

大群说：傻了不是？这城里，就没啥年节，你看看人家，整天都是过年！穿上，穿上！

于是，穿衣镜前，两人把新买的风衣都穿在了身上。

街口上。

身穿风衣的王大群站在于小莲的食品车前。

于小莲抬头看了看他，又低头忙活着。

王大群说：这马上要过年了，你，不想家？

于小莲说：钱，我正给你凑呢。

王大群说：年都不过了？

于小莲说：我先给你凑三千，让麻叔捎给你，行吗？

王大群摇摇头说：我咋也想不明白。你说，吃的都是白面，我咋就……我能把你这个摊买下来，你信不信？

于小莲说：我信。

王大群说：你要是能跟我回去，我再给你一万！

于小莲不语。

王大群说：两万?!

于小莲淡淡地说：我不值那么多。

王大群说：人是活脸的。你要是能给我个面子，我爹我娘我全家都会……哪怕是，你跟我回去走一趟，而后咱再，离呢？

于小莲沉默很久，说：欠账总是要还的，我还你就是了。

王大群咬着牙说：你，还想着那姓金的？

于小莲说：这你别管了。

王大群说：我说过，那姓金的，完了! 不信，咱……

这时，兔子跑来了，兔子说：——莲姐。

于小莲说：兔子，来了? 帮我把摊收了吧。

兔子兴冲冲地说：好、好。这、这会儿就、就收?

中医疗养院。

在院子里，金桂生对于小莲说：莲，快过年了，你不回吗？

于小莲摇摇头，说：我还有脸回吗？

金桂生沉默了片刻，说：欠人家的债，我得一一给人家送去。只是，我爹他……

于小莲说：你该走走吧，老人有我呢。

金桂生说：莲，你……

于小莲突然说：就算我前世欠你的!

车站。

成千上万的民工，辛辛苦苦干了一年，现在要回家了。车站广场上人头攒动，民工们各自带着购买的礼品，背着大包小包，熙熙攘攘地在车站广场上流动着、呼喊着。那脸上带着莫名的兴奋和说不出来的焦灼，也有忧郁和沉重。

一张张劳动的脸就像是生活的底片，那五光十色的礼品是他们用双手挣来的。

车站广场的一角，于小莲把用手绢包着的一沓钱交给了老麻雀，她说：叔，这是三千块钱，你先替我还给他，余下的，回头再还。

老麻雀说：莲，你不回去看看？

于小莲说：我，不想回去了。也，不想再见他。你代我把钱交给他就是了。

老麻雀说：也行。我给你捎回去。

于小莲说：叔，你把钱装好。

老麻雀小声说：没事。我在裤腰上缝了个口袋，丢不了。

于小莲嘱咐说：叔，那钱，你要分开装。

老麻雀说：知道，我知道。放心吧。你见桂生了吗？

于小莲说：叔，别说了。不说他。

检票口。

在熙熙攘攘排队进站的人群里，金桂生提着一个提包随着人流走着。这时，有人拍了他一下，他扭头一看，竟然是亭亭玉立的宁小雅。

金桂生惊讶地说：是你？你怎么来了?!

宁小雅肩上挎着一个女式小坤包，歪头一笑，说：我来送送你。不行吗？

金桂生说：行。就送到这儿吧，快过年了，快回去陪你爸吧。

宁小雅调皮地说：不，就不。说着，她伸开手，手里竟握有一张站台票。

金桂生摇摇头笑了，宁小雅也笑了。

站台上。

民工们正在争先恐后地挤着上车。

车就要开了，已上了车的金桂生在车窗前向站在车下的宁小雅招手，说：回吧，回去吧。

然而，就在车快要开的时候，宁小雅迟疑了一下，一个念头突然出现在脑海里，她竟不管不顾地跳上了踏板。列车员一时阻拦不及，她已经上去了。

列车上。

金桂生急忙赶到车厢连接处，惊诧地问：你，怎么上来了?!

宁小雅头一歪，说：我想去看看红旗渠。

金桂生急了，说：你怎么早不说呢？这……你，也不给家里人说一声?!

宁小雅说：到地方打个电话就是了。啥节不节的？我最讨厌过节。趁着放假，我看看红旗渠。你不欢迎啊？

这时候，车越开越快。金桂生只好说：你，怎么这么任性？

宁小雅头一歪，说：我就任性。你不欢迎？你要是不欢迎，到下一站，我下来就是了。看把你吓的！

金桂生说：好，好，欢迎。不过，我告诉你，那可是乡下，条件差。

宁小雅说：我不怕。我早就想到乡下看看了。

这时，列车员说：补票去吧。到八号车厢！

列车在京广线上奔驰。

一节节车厢里，民工们正在唠家常。

老本说：麻叔，货都办齐了？

老麻雀说：啥齐不齐的。就我一个人，有啥办的？

老本又问：麻叔，听说你走了不少地方，钱也挣不少了吧？

老麻雀说：没多少。

老本说：够买媳妇了吧？

老麻雀笑着说：咋，回去跟你娘商量商量？

老本一怔，说：我娘？

老麻雀说：你娘只要愿，我这腰里的钱都给她。

老本骂道：狗日的老麻！

老麻雀很得意地笑了。

硬卧车厢里。

五号铺位上，王大群身穿风衣在铺位上坐坐，又伸直身子躺躺，一会儿又捋一捋头发，抻抻衣领子，一副很得意、很舒服的样子。

这时候，二群从车厢的另一头走过来，很神秘地说：哥，你猜我看见谁了？

大群斜靠在铺位上，说：谁呀？

二群说：就那货。

大群说：哪货？

二群说：姓金的王八蛋。

大群说：他？

二群用更神秘的口吻说：你猜，那狗日的，还带了一个妞！

大群一下子坐了起来，问：妈的！是那，谁吧？

二群说：不是。不是那谁，是个城里妞，洋洋气气的。正在那儿补票呢。

大群说：真的?!

二群说：真的。

大群说：这王八蛋行啊。八成是骗的。不知这狗日的咋骗住人家了。

这时，二群突然说：哎哎，哥，过来了，过来了。

大群不看，他转过脸去，对着车窗外。这时，只听二群小声说：哎，快看，过去了。过去了。哥，你看见了没？那妞，腰儿是腰儿，个儿是个儿，长得可那个！

王大群咬了咬牙，说：操，别看。看啥看？没出息！

十七号铺位上。

金桂生和宁小雅脸对脸在铺上坐着。

金桂生有些为难地对宁小雅说：小雅，你猛然要去……回到村里，我，咋跟人说呢？

宁小雅说：这还不好说？——朋友呗。

金桂生说：在我们那儿，说法不一样，朋友就是那个，那个……

宁小雅说：这我不管。你爱怎么说怎么说。反正，是朋友。你说呢？

金桂生看着她，说：是。朋友。

宁小雅说：你看我干啥？我脸上又没字。

金桂生说：你脸上有字。

宁小雅说：啥字？

金桂生说：傲。城里人都傲。

宁小雅说：去，去你的。

五号铺位上。

二群说：哥，找几个人，捋他一顿?!

大群说：算了，大过年的，别脏了衣裳。

二群说：那？

大群：回头再说，早晚收拾他！

七号车厢。

夜半时分，在拥挤的车厢里，民工们一个个都在坐着打瞌睡（经过一年的劳作，他们都乏了）。老麻雀靠在座位上正在打瞌睡，突然觉得有个人一走一歪地"碰"了他一下，他睁开眼来看了看，又把眼睛闭上了。片刻，他睁开眼，对坐在一旁的老本说：醒醒，醒醒，给我看着东西。

老本嘴里嘟哝说：尿去吧，没事。

老麻雀站起身来，朝车厢连接处的厕所走去。片刻后，厕所门"砰"一声开了，老麻雀提着裤子从里边跑出来，大声喊道：——老天爷啊，钱！我的钱！！

这一声喊，把车厢里的民工们全都惊醒了，人们拥过来问：咋？怎么了？！

这时候，只见老麻雀傻呆呆地站在那里，两手还提着敞开的裤腰——那裤腰上被人用刀片割开了一道口子！

人们乱纷纷地看着那裤腰上被人割开的口子，有的说：乖乖，这么厉害？！

有的说：多少钱？丢了多少钱？！

有的说：报警吧，乘警呢？赶紧去找乘警！

有的说：别急，别急，先看看丢了多少钱？

这会儿，老麻雀才"哇"地哭出声来了：老天爷，黑心的——四千块呀！

听到吵嚷声，邻近车厢的人也跑过来了，金桂生等人立即去找乘警。

片刻，乘警过来了，他问：别吵吵，先别吵吵，谁的钱被偷了？

众人把老麻雀推出来，说：他，就他。

乘警问：丢了多少？

老麻雀说：四千。

乘警看看他，又看看众人，说：你跟我来吧。

车厢里，民工们仍在议论着。老本说：这小偷也是，你偷大款去呀！你偷大款，偷富婆，我举双手赞成！你偷打工的血汗钱，亏心不亏心啊?！

有的说：对呀！你偷那贪官的，你偷那一年受贿上百万的，那也算偷一回。对不对？这些人的钱也不是张风喝冷挣的，他也不心疼。你偷啊！偷光偷净。

餐车上。

乘警一边问一边在做询问笔录：你是哪里人？

老麻雀说：林县。

乘警问：叫什么名字？

老麻雀说：老，老麻雀。

乘警说：啥，咋叫个这名儿？

老麻雀说：长年在外，叫惯了。

乘警问：正名呢？

老麻雀说：证明？出外打工的，有证明。

乘警说：我问你身份证上的名字。

老麻雀不好意思地说：金，金不换。

乘警忍不住笑了，说：金，还——不换？噢，噢。

老麻雀说：乡下人，都是爹娘瞎起的。

乘警问：说吧，丢了多少钱？

老麻雀说：四千。

乘警问：在哪儿丢的？

老麻雀说：车上。

乘警问：你上车后都到哪儿去过？

老麻雀说：就撒了泡尿，哪儿也没去。

乘警说：就在座位上丢的？啥时丢的？

老麻雀说：钱在裤腰上缝着，去撒尿时，我才知道丢了。这一尿尿了四千，特贵。

乘警问：你那钱，缝在腰上，你摸了吧？

老麻雀说：可不，我一会儿摸摸，小心着呢。

乘警说：你呀，坏就坏在一会儿摸摸，一会儿摸摸，越这样越容易让人发现。那偷你的人，你还能认出来吗？

老麻雀说：迷迷糊糊的，就觉得有人撞了我一下，也没在意。

乘警说：这就不好办了。车上这么多人，也不能一个一个挨个儿搜啊？你想想，那人是胖？是瘦？个头有多高？好好想想，还有点印象没有？

老麻雀想了好久，终于摇摇头。

列车上。

老麻雀木呆呆地走过一节节车厢，嘴里喃喃地说：财去人安乐，财去人安乐。这大年下的，小偷也不容易，只怕是跟你一路了。

当他来到七号车厢时，众人一下子围上来，乱哄哄地问：咋样，咋样？找着没有？！

老麻雀仍然是那句话：财去人安乐……财去人安乐……

当他坐到座位上时，金桂生走上来安慰说：麻叔，丢了就丢了，你也别太伤心。

老麻雀还是那句话：财去人安乐。

这时，金桂生又对众人说：老少爷儿们，出来打工都不容易。大过年的，能帮一把，就帮一把吧。说着，他从兜里掏出了一百块钱，放在了老麻雀座位前的小几上。

这时，大群从北边走过来，当着众人，从兜里掏出二百，"啪！"往几上一放，说：老麻，不多，是个意思。说着，他抬眼看了看金桂生。

顿时，车厢里一片沉默。

过了好一会儿，民工们一个个从座位上站了起来，没有人多说什么，他们各自从兜里掏出钱来，有十块的，有五块的……那一张张钱都放在了老麻雀面前的小几上。

老麻雀眼里含泪了，他说：别，别，都不容易。

第十三集　·······························

林县。

临近年关，大街上张灯结彩，人来人往，人们都忙着在置办年货。

汽车站上，民工们都从外地回来了，一个个大包小包的；车站广场上人来人往，一片喜气洋洋。

这时候，一个奇怪的现象出现了。在熙熙攘攘的街口上，人们都不由自主地朝东边望去——只见不远处走来了两个人，尤其是走在前边的人，他的穿戴，在这个小县城里显得十分招摇！他头上戴着一顶带檐儿的圆形礼帽，身穿墨黑色的风衣，鼻梁上架着一副墨镜。这人看上去年龄并不很大，手里竟然还拄着一根"文明棍"！

在人流里，有人撇撇嘴说：谁呀？这是谁呀？看烧的！

走着，走着，王大群站住了，他取下了戴在眼上的墨镜，昂起头四下看了看，对跟在身后的弟弟二群说：老二，咋样？

二群穿得也特别：一身新西装，肩上却背着两个大挎包。他说：哥，都"祭灶"了，赶紧回去吧。

大群重新戴上墨镜，说：慌个啥？说着，他在地上"咚咚咚咚"连着顿了几下手里拄的"文明棍"，又说：听见了吗？

二群不满地说：啥？

大群又顿了几下"文明棍"，很感慨地说：啥？——钱。这就是钱的声音！钱撑人呢——会响！老二，你还记得不？小时候，咱头次来县城，看人都不敢抬头，吓得跟兔子样！咋看咋觉着县城大，走路还溜边儿，生怕碰了谁。你还说，看那楼一坎台一坎台一坎台，老高老高。忘了吧？这会儿，你再看看，这县城，说来就这几条街，也不大嘛！

二群说：哥，别"鬼能"了！赶紧回吧，还有一段路呢。

大群看了看手腕上的表，不慌不忙地说：不急，早着呢。一会儿让你坐屁股上冒烟的，不出一个钟头，日奔儿就到家了。

立时，二群很兴奋地说：哥，买摩托?!

大群说：买摩托！

摩托市场。

商场门外一拉溜摆着几十辆各种牌子的新摩托车。这里十分热闹：从全国各地回来过年的包工头们有的在挑，有的在试，有的正背着手四下看，嘴里还磨磨叨叨地算着价钱。

一根"文明棍"放在了一辆重庆"雅马哈"上。大群用棍点着这辆摩托问：啥价钱?

售货员赶忙上前阻拦：哎哎，你那棍，别敲，拿下来，拿下来。这可是新的！别把漆敲坏了。

大群说：这可不是一般的棍。你知道这棍叫啥？这叫"文明"——文明棍！懂不懂啊？新的咋了？琉璃嘎巴？碰都不敢碰？你卖不卖吧？

售货员说：好好，我不懂，你懂。行了吧？不是不敢碰，是怕把漆面敲坏了，敲坏了算谁的？

　　大群说：敲坏了算我的。你说啥价钱吧。

　　售货员说：这种"嘉陵"五千八，这一种"雅马哈"六千四。

　　大群说：哪种好？

　　售货员说：当然"雅马哈"的好了，价钱在那儿放着呢。给你说，就这个型号，一上午我卖了三十八辆！当然，"嘉陵"也快，卖了五十七辆，它便宜。

　　大群看看二群：老二，你说呢？

　　二群眼都亮了，急不可耐地说：你说，哥。

　　大群说：看看，看看再说。

　　这时候，同是出外打工的孙氏兄弟也来到了摩托市场上。孙家昌看见大群，打招呼说：嗨，回来了？

　　大群说：回来了。

　　大群说：这会儿在哪儿干呢？

　　孙家昌说：太原。

　　大群说：看来是挣钱了。

　　孙家旺说：差不多吧。

　　大群说：听说，你哥俩也"单"出来自己干了？没少挣吧？

　　孙家昌说：一般般，没你哥儿俩挣得多。

　　大群说：买摩托呢？

　　孙家昌说：看看。你呢？

　　大群说：看看。

　　孙家昌说：那好，你看吧，俺先转转。

　　两人走了几步，孙家旺对孙家昌说：哥，就要辆"嘉陵"吧？

　　这时候，王大群突然大声说：要了，就要这种——"雅马哈"！

大街上。

"日儿"地一下，一辆重庆"雅马哈"开出去了。

大群、二群两兄弟风光无限地骑在新买的摩托车上。在路上，二群听见"山里红"的叫卖声，突然说：哥，停，停，停一下。

大群停住车说：啥事？

二群说：这边有个卖糖蘸"山里红"的，我想买几串。

大群一听，训道：你猪脑子呀？！

二群说：又咋啦？

大群说：买摩托，花再多的钱，这是体面！那吃到肚里的东西，谁看见了？

二群嘴里嘟哝说：这才几个钱？钱又不是你一个人挣的。

大群吼一声：你说啥？

二群说：不买就不买呗。

山村金家岙。

家家门前都贴上了春联，民工们也都回来了，一片过年的喜庆。突然间，女人们纷纷从家里跑出来，一个绰号叫"小广播"的女人一家一家地跑着传话说：看去吧，快看去吧！金家那小子，瓦刀家的儿，从城里带回来个洋学生！唏，老天爷，长得可漂亮了，那脸瓷白瓷白的，就跟画儿一样！

有的急急地问：在哪儿，在哪儿呢？

"小广播"说：快走到牲口院了！

有的说：走，看看去！

村中。

村街两旁站满了人。他们都是来看宁小雅的。

和宁小雅走在村街上，金桂生有些不好意思了。他不断地给村人们打着招呼、给人让烟：二婶，三叔，八姑……都好吧？

人们看着他笑：好，好。回来了？——一边应着话，一边直直地看宁小雅。而宁小雅也不怕人看，她大大方方地在村街里走着，还略有些好奇的样子。

八姑大声说：桂生，行啊，女人都领回来了！

众人都笑起来。金桂生更不好意思了，忙解释说：不是，真不是。可不敢瞎说。人家，人家是……

有人很理解地说：别说了，回吧，回吧。你娘都喜疯了！

宁小雅走在村街上，看到这么多人，不解地问：他们，这是干什么？

金桂生小声说：看你呢。

宁小雅诧异地说：看我？我有什么好看的？

金桂生说：没见过你这样的呗。

宁小雅说：这有什么好看的？真是。

金桂生说：我不是说了嘛，这是乡下，你得有思想准备。

就在这时，村街里传来了摩托的轰鸣声，大群、二群骑着新买的摩托刚好从这里路过。由于人多，摩托停下来了。

金桂生回头看了一眼，见是大群、二群，就招呼说：回来了？

王大群看了金桂生和宁小雅一眼，就那么目光对视着。片刻，王大群骑着摩托围着金桂生和宁小雅张张扬扬地转了一个圈！而后，一声不吭，一加油门，“呜”一声，摩托从他们身边开过去了。

宁小雅突然忍不住笑了，问金桂生：这是谁呀？真逗！

金桂生说：邻村的，也是在外边包工的。

宁小雅笑着说：这人真有意思！还戴个墨镜，傻不傻啊。你看他穿的，那衣服上还带着商标呢，真可笑！

金桂生说：他觉得是洋气。

路上。

王大群骑着摩托在山路上行驶。

坐在后边的二群说：哥，看见了吧？在车上，就是那女的，他带回来了！

大群咬着牙骂了一句：妈的，这王八蛋，也不知咋骗住人家了！

二群说：哥，你注意没有？那女的看你呢。她还笑。

大群说：真的？

二群说：真的。我看见她笑了。

大群骄傲地说：她看的不是我。

二群说：那是谁？

大群恶狠狠地说：钱！说着，他突然拐了一个弯，又掉头往回走。

二群说：哥，快到家了，你干啥?!

大群说：找老麻雀！

二群说：找他干啥？

大群说：找他要钱。

老麻雀家门口。

大群停住摩托。这时，二群说：哥，都才进家，算了吧。

大群说：八千块钱呢，你说算就算了？口气不小。

二群说：车上，你不是给了他二百吗？这又上门要。要不，改天？

大群没好气地说：车上是车上，现在是现在！我还等着娶媳妇呢。说着，他推门进去了。

第十四集 ·································

老麻雀家。

老麻雀家只有他一个人，他正在下面条呢，听见有人进来了，忙迎了出去。

王大群说：麻叔。

老麻雀说：是群啊。听说，你接了个大活儿，自己干了？

王大群学着城里人的样子说：小意思。学着干呗。

老麻雀往门外瞅了一眼，说：行啊，屁股后冒烟了。

王大群说：麻叔，那事，咋说呢？

老麻雀说：啥事？

王大群说：你可是担过保的，你不会忘了吧？

老麻雀说：是，我担过保。噢，噢，莲欠你的钱。

王大群说：那可是我娶媳妇的钱，你看……

老麻雀说：噢，噢。那钱……你说那钱，莲说了，先还你三千，我给你带回来了。

王大群说：三千就三千。我谢谢麻叔了。我知道麻叔是讲信誉的。

二群不好意思了，说：麻叔，知道你丢了钱。论说，也不急。要是……缓缓也行。

王大群赶忙打断他的话说：本来也不急。可一回来，人家给说了个媒。这……

老麻雀说：杀人偿命，欠债还钱，天经地义。你等着，我，我这就给你拿。说着，他进里屋去了。

见老麻雀去里屋了，二群拽了拽大群说：哥，这事，过了。

大群说：过啥，不过。我有条！

二群说：凭你有啥，也过了。

大群说：你懂个啥？

过了一会儿，老麻雀从里屋走出来，手里捧着一捧钱。说：这是两千八百四十五，还差一百五十五，我这就去借。

一时，两人不知说什么好了。愣了片刻，大群说：老二，接着。

二群却扭过脸去，说：我不拿。

大群说：那零的，就先……

老麻雀说：这是莲还你的钱，我只是转转手，一分不少你的。你等着，我去借，一会儿就回来。——条呢？

大群一怔，说：条？有，有。

村街上。

老麻雀袖手在街上走着，他一边走一边嘴里嘟囔说：这好人不能做。大过年的，这，上哪儿去借钱呢？六家？老八家？群家？

村中雪地里，老麻雀在袖手蹲着。这时，有一个村人走过来，看见他，吓了一跳！说：这谁呀？我还以为是条狗呢。

老麻雀说：你才狗呢。

那人说：老麻，大年下，你蹲这儿干啥？

老麻雀说：凉快凉快。

那人嘴里嘟哝了一句，走了。

山村小学。

一所破旧的山村小庙改建的校舍，金桂生陪着宁小雅在参观他童年的学校。

宁小雅一边四处看，一边说：多好，多静，多古朴！像是一座小庙。

金桂生笑着说：这学校原本就是个小庙。原来叫龙王庙。

宁小雅说：多少年了？

金桂生走到一个教室前，说：修修补补的，差不多一百多年了吧？这间，这间就是我当年上课坐过的教室。

宁小雅也跟着走进教室，望着那些破旧的课桌，调皮地说：这就是你上课的地方吗？起立，坐下，老师好。

金桂生笑了，回忆说：那时候，多幼稚啊。我记得，有一年冬天，下大雪……

宁小雅说：冬天冷吗？

金桂生说：冷。风飕飕的，手冻得像个小馒头。

宁小雅说：没有暖气，也该生个火呀？

金桂生说：那时候，也不知道冷。

宁小雅说：我看，还是这里好，这里多有诗意呀！城里太闹了，我真想到这里来，当个山村小学的教师。多好！

金桂生说：你也是说说而已。城里人，下来新鲜两天还行。要是真让你住下来，怕就要哭鼻子了。

宁小雅不服气地说：那也难说。

金桂生说：我们这所学校先后来过三个城里人，有一个还是右派，后来一个个都走了。

宁小雅说：为啥？

金桂生说：苦呗。

从教室里出来，宁小雅很随意地挎着金桂生的胳膊，金桂生忙往后退了一步，说：别，别，让人看见不好。

宁小雅说：怎么了？

金桂生说：这是乡下。

宁小雅说：乡下怎么了？

金桂生说：会让人笑话。

宁小雅"哼"了一声，却仍然只管挎着他的胳膊不松手。

王村村口。

在村口处，王大群停住摩托车，回头对二群说：下来，下来。

二群说：这都快到家门口了，又咋了？

大群下了摩托，展了展身上穿的风衣，正了正眼上戴的墨镜，挂上"文明棍"，而后说：你没听老人说吗，无论在外边做多大的事，回村都要下车步行。这才叫有"派头"！

二群说：步行？那摩托咋办？

大群训道：我说你是猪脑子吧？——你推着。

二群不满地说：好，好，我推着。

大群又吩咐说：我在前边走，你在后边跟着。

于是，大群挂着"文明棍"大摇大摆地走在前边，二群推着摩托在后边跟着。进了村，村人们一个个都吃惊地望着他，一个个说：这谁呀？这是谁呀？哪儿来的大干部?!

王大群站在村街当中，很兴奋地取下眼上戴的墨镜，说：爷儿们，不认识了？我是大群啊！——大群！

这时候，大人、孩子都围上来。有人说：噢，是大群啊！发了吧？看样儿是发了，都认不出来了。

大群说：也挣了点钱，不多不多。这样说着，他先是拿出一条烟，用手掰开，一盒盒地扔出去，说：吸着，吸着，吸着！而后，又拿出一沓钱来（全是十块的），一个孩子手里发一张，说：拿着，都拿着，去去去，买糖吃！

孩子们一个个都无比兴奋，一个个接过钱跑掉了。他们一边跑一边喊：大群叔发财了！大群叔发财了！

这时，二群实在看不过去了，小声说：哥，你咋这样?!

大群说：你别管。

二群不满地说：钱又不是你一个人挣的。你是烧的了？咋见人就发钱呢?!

大群说：你知道过年的时候，人们为啥要把新衣服穿在外面？

二群说：我想买串"山里红"，你就说我猪脑子……你这算啥?!

大群说：啥叫排场？这就是排场！学着点吧你！

村街上，一位老人眯着眼儿，正靠树蹲着……

王大群看见他，突然走上前去，扑通一声，在老人面前跪下，说：苍爷，你老好吧？

苍爷吓了一跳，说：这，这是谁呀？

王大群说：是我呀，苍爷。

苍爷眨蒙着眼看了一会儿，试探着说：是省上来的干部吧？

王大群说：你再看看。

苍爷说：老了，眼花了。

王大群这才取下墨镜，说：是我，群。

苍爷说：噢，是群？我都认不出来了，发达了？

王大群说：苍爷，你还记得不，小时候，你给过我一块红薯？那时候，我就说过，我要报答你！过年了，这是一百块钱，这是一条烟，拿着！

苍爷说：有这事？我不记得了。

王大群说：我记着呢。

待大群走后，苍爷自言自语说：人不敢有钱啊。看有俩钱烧的，成四眼啦。

山村小学。

在山村小学的后院，金桂生领着宁小雅正在观看学校后边的山景。这时，校长出现了，校长就住在校院后边的一个小屋里。校长从屋子的窗户里看到了他们二人，就从屋里走出来，说：是桂生吧？

金桂生赶忙说：是我，马校长。

马校长说：回来了？

金桂生说：回来了，来看看马校长。这位是从城里来的……

马校长说：好，好。桂生，你爹是个大好人啊，可惜他，瘫痪了。要是他还干着，这学校……

金桂生说：我爹他，给你说过啥？

马校长说：那是个大好人啊！你爹在外边干的时候，每年都要给学校捐点钱。这电，就是他给接过来的。他还说……

金桂生问：我爹咋说？

马校长说：他说，等他挣了钱，一定要给咱金家岙盖一所新学校，再不让孩子们在这小庙里上课了！他让我等着。你爹是个一言九鼎的人物！

他说一是一，从不打诳语。太行山的匠人，吐口唾沫就是钉子！唉，可惜，他人……

金桂生站在那里，沉默了一会儿，说：人瘫了，话在。马校长，我爹他说过的话，仍然算数。这学校，我盖！

马校长吃惊地说：那话——你爹说那话，还算数？

金桂生说：算数！

马校长激动地握住他的手说：桂生，我代表金家岙小学全体师生，先谢谢了！

宁小雅用无比钦佩的目光望着他，重复说：太行山人，吐口唾沫就是钉子。多好！

村街上。

媒婆带着一个胖姑娘朝王大群家走去。

一个抱孩子的女人碰上了，问：二嫂，干啥呢？

二嫂凑到那女人跟前，挤挤眼小声说：给人说个媒，相亲呢。

那女人笑着说：哦，我说呢。谁家？

媒婆说：大群家。

大群家。

大群西装革履地在屋子里坐着，仍然戴着那副墨镜。那相亲的姑娘就坐在他对面的一张椅子上。

媒婆咳嗽了一声，又咳嗽了一声，她是在示意大群跟人家说说话。

可大群却转身到里屋去了。媒婆也跟着站起身来，追到里屋，说：咋样？人是一百成的好人。

大群却摇摇头说：胖了。

媒婆嘴里嘟哝说：人不敢有钱。

太行山。

金桂生陪宁小雅游览红旗渠。

金桂生在青年洞前给宁小雅照相。

两人在渠上走着，宁小雅一蹦一跳地说：这里太美了！真是人间奇迹！

金桂生不时提醒她：小心！你慢点。

宁小雅一边走，一边看，一边说：你看那山，壁立万仞，多雄伟！这条渠怎么修起来的呢？紧接着，她伸手一指：羊！羊！那么高的地方，还有羊？多奇怪呀！

金桂生说：看惯了，也不觉得有什么。我爹当年在这儿修渠的时候，就住在那边的山崖上。

宁小雅"呀"了一声，说：真的？太伟大了！睡觉的时候，不会滚下来吧？

金桂生说：不会。我爹说，太行山有魂。

宁小雅说：哎呀，说得太好了。

走着，走着，宁小雅突然一下子扑到了金桂生身上，说：你背背我吧？

金桂生说：背你？这这，不行，这可不行。

宁小雅用撒娇的语气说：你一个大男人，背背我有啥呀？

金桂生说：这不合适。

宁小雅往他身上一扑，说：我就要你背！

金桂生见四下无人，一咬牙说：好，我背你一段。

大群家。

堂屋里，媒婆又领着一个姑娘进门了。

待客人坐下来，媒婆又跑进里屋问：咋样？这个咋样？

王大群说：太瘦，瘦了。

媒婆说：群，你也不能太挑了。胖了，你说胖；瘦了，你又说瘦。再挑可就挑花眼了。

王大群说：二嫂，我不让你白跑。说着，从兜里掏出一百块钱放在媒婆手里。

媒婆嘴上谦让说：干啥，外气了不是？都是亲戚，这是干啥呢？可钱，她还是收起来了。她一边往兜里装钱，一边说：再找，我再找。放心吧，群，这条大鲤鱼，你二嫂是吃定了。我就是腿跑断，也得给你找个中意的！

红旗渠上。

金桂生背着宁小雅在渠上走。

宁小雅贴近金桂生的耳朵小声说：我好像，好像是、有点，爱上你了。

金桂生一怔，忙说：别，你可别……

宁小雅说：看把你吓的！怎么？我不漂亮？告诉你，追我的人多着呢。哼！

金桂生说：那是。那当然。

宁小雅说：你知道就好。我告诉你，爱，是不需要理由的。说不定，哪一天，我真会爱上你！

金桂生说：别胡说。你是城里人。我一个打工的。你家里，不会愿意的。

宁小雅突然很冲动地说：我就是我，我不用家里人管。我爱太行山！接着，她对着群山大声喊：太行山——我爱你！太行山——我爱你！太行山——我爱你！

金桂生慌了，说：你别那么大声好不好，让人看见……

接着，宁小雅问：看见就看见。我不管。我问你，你爱我吗？

金桂生说：说实话？

宁小雅说：说实话。

金桂生说：没，没敢想。

宁小雅说：那，我要你想。现在就想。

金桂生说：好，我，我……

宁小雅说：说呀，你说。

大群家门外。

媒婆一下子领来了四个姑娘。

村街里有许多小伙儿在围着看。有人说：这是干啥？

有的说：大群哥相亲呢。

有的说：这么多？

有的说：挣钱了呗！

公路上。

一辆警车开到了公路边上。

车窗开了，坐在车上的宁处长探出头来，往远处的山上看了一眼，伸手一指，说：就是他！

车里的一个民警说：你看清了？

宁处长说：看清了，是他。

石板岩。

金桂生和宁小雅兴致勃勃地从山上走下来。

这时，两个民警突然出现在两个人的面前，一个民警问：你是金桂生吗?

　　金桂生一怔,说:是,我是。咋了?

　　那民警说:你干的事你还不清楚?你被拘留了!

　　金桂生惊讶地说:我,我犯啥法了?

　　那民警说:少啰唆。去了你就知道了。

　　宁小雅也很吃惊:他,他犯啥罪了?

　　那民警说:你就是宁小雅吧?你也跟我们走一趟,写个证言。

　　宁小雅说:证言?写啥证言?

　　这时候,另一民警走到金桂生跟前,"啪"一下,给他戴上了手铐!

　　公路上。

　　王大群结婚了。一道长长的娶亲队伍,前面是"国乐班"的唢呐开道,跟着是十二辆摩托,后边是装有嫁妆的拖拉机。娶亲队伍在行进中,前边有人放了一条板凳,把娶亲的队伍拦住了。接乡间的规矩,娶亲队伍必须停下来,吹奏一番,还要散些香烟、礼钱等。

　　这时候,金桂生刚好被民警带过来,与王大群的娶亲队伍相遇。

　　二群从前面跑过来,高声叫道:哥,金家那小子被公安局的人抓了!

　　大群带着新娘子杨菊花在摩托上坐着,大群问:真的?!

　　二群说:真的。说是拐骗女大学生,人家家里人追来了。

　　大群说:活该!我就瞧着这小子没好事!你想想,一个女大学生,会跟他?!

　　一时,众人纷纷议论说:金家的小子被抓了!

　　大群戴着大红绢花,突然从摩托上下来,从二群那里要了一捧糖,几步走到警察跟前,说:喜糖,这是喜糖,见面有份!他把喜糖塞进警察的衣兜里后,又特意走到金桂生跟前,剥了一颗糖,送到戴着手铐的金桂生嘴边，说：老弟，吃吧，这是喜糖！

金桂生沉默地望着他，没有张嘴。

刑警队。

在一间屋子里，民警把金桂生带进来，厉声说：蹲下。

金桂生说：同志，你弄错了。

那警察说：错了？人证物证俱在，错什么错？你胆子不小啊，敢拐骗人家大学生?！说说吧，你是咋把人家勾上手的？

金桂生说：我真的没骗她，是她自己……

那警察说：你看看这是啥地方，刑警队！到这儿，还敢不老实？姓名？

金桂生说：姓金，金桂生。

另一间办公室。

宁小雅站在一个民警面前，生气地说：他？拐骗我？这可能吗？笑话，太可笑了。我堂堂一个大学生，又不是三岁的孩子！我再说一遍，你们弄错了，我是来参观红旗渠的。

那民警说：这可是你父亲亲自报的案！县上领导非常重视。你还是写吧，你年轻，没有经验。写吧。大学生怎么了？你知道吧，上海有一个女的，还是研究生呢，就被人拐卖到山沟里去了，还生了个孩子呢！

宁小雅说：你，这是哪儿跟哪儿呀！我不写。谁报的案让谁写去！

那民警说：你不写，说也行。说说，你们是怎么认识的。

宁小雅说：我们……说了半截，她急中生智，突然改口说，我明告诉你吧，他，他是我男朋友！

那民警说：男朋友？不对吧。我看你真是上当了，他一打工的农民。说说，他是怎么骗你的？

宁小雅急了，说：我都说了多少遍了，你们，你们怎么就不信呢？我真是来参观红旗渠的。

这时候，宁处长从外边走进来，说：小雅，你怎么这么不听话呢？我都快急死了。你就是上当了嘛！写吧。

宁小雅站起来说：爸——你！

那民警说：你要是坚持不写，那你爸，就是诬告了。

宁小雅赌气说：我就不写。我找你们领导去！

县政府。

宁小雅一头闯进政府值班室，说：我找县长，哪一位是县长？

旁边刚有人要阻拦，一个中年人摆了摆手，而后，他站起身来，问：你有事吗？

宁小雅问：你是县长？

那人说：我是。我姓林，你有什么事？

宁小雅说：我是来参观红旗渠的。我，我男朋友被人绑架了！

林县长眉头一皱，说：有这事？你坐下，坐下说，到底是怎么回事？

宁小雅坚持说：他就是我男朋友。在石板岩，我男朋友被你们林县公安带走了。

林县长说：我想，公安部门是不会平白无故轻易抓人的。不过，你是来参观红旗渠的。你来了，就是我们的客人。这件事，我一定过问，你放心吧。

宁小雅说：那好，我就在你们县政府门口等着！你们不放人，我就不走！

县政府大门口。

车来车往。

宁小雅披着一条红纱巾，很执着地在大门口站着。

这时，宁处长走过来，说：小雅，你，太不听话了！跟我走。

宁小雅说：我不走！

宁处长说：你站在这儿，像什么话?！

宁小雅说：你叫他们把人放了，我就走。

宁处长说：你?！你知道吗，他，家有女人！

宁小雅一怔，说：你，骗人！

宁处长说：我是父亲，会骗你吗？

宁小雅说：我不信。

县公安局。

县长背着手在局长办公室踱步，局长和秘书在一旁站着。

片刻，金桂生戴着手铐被人带进来了。

局长吩咐说：把手铐给他去了。

接着，局长又介绍说：——这是林县长。

这时，县长转过身来，问：你就是金桂生？

金桂生说：是。

县长说：英雄啊，让我看看我们的英雄！能把大城市的姑娘——噢，人家还是大学生啊，"拐骗"到我们山里来，不简单啊！所以嘛，我要见见你！

一时，站在一旁的局长和秘书都笑了。

金桂生没想到这件事会惊动县长，他赶忙解释说：我，我不是，我没有拐骗。

县长仍然用开玩笑的口气说：不错，不错。咱林县，山多地少，除了红旗渠，也没有什么太像样的资源。你能把大城市的姑娘拐来，这说明咱林县的工匠有魅力，有人缘。好啊，我看很好！

金桂生又解释说：我不是拐骗，真不是。她，她是来看红旗渠的。

可县长摆摆手，仍说：你不要怕，你怕什么？要敢作敢当嘛。你既然把人家拐来了，就要善待人家。尤其是对你那、那个那个，应该说是未来的老丈人，人家是从城市来的，还是处长，大过年的，人家追到这里来，人家是不放心啊，你明白吗？你呢，要好好说，要跟人家道歉。不管是不是你的错，都要给人家道歉。你懂吗？

金桂生一直想说清楚，就再一次说：县长，我真没有骗她。她来这里，是要……

县长走到金桂生跟前，拍拍他说：老弟，道儿越描越黑，你就不要再解释了。姿态要低一点。你想想，人家一个白白净净的大姑娘，大学生啊，长得又那么漂亮，叫你给拐了，人家心里也有委屈啊！所以，姿态要低，要认错，要赔礼道歉。这姑娘对你多好啊！天冷呵呵的，人家愣站在县政府的门前，不放人她就不走，人家对你可是一片真心啊！一定要善待人家。好了好了，你走吧。

金桂生愣愣地站在那里，似乎想说一点什么，又觉得说什么呢？迟疑了一下，刚要走，县长又把他叫住了：等等。

金桂生站住了，他转过身来，望着县长。

县长说：你回去给我捎个信儿，初五，我请你们这些建筑施工队的头头吃饭，也算是给你们送行吧！

金桂生又是一惊，说：县长，请我们吃饭？

县长说：是啊，你们是功臣，我请你们吃饭。

县城宾馆。

宁处长在房间里的一个沙发上坐着，金桂生和宁小雅站着。

宁处长说：小雅，你先出去一会儿，我跟他单独谈谈。

宁小雅不满地白了父亲一眼，扭身走了两步，突然转过身来，说：爸，这都是你逼出来的！我现在宣布一下我的决定，这是我的最新决定：告诉你吧，我爱上他了！——说完，她大步走出去了。

待宁小雅出去后，宁处长关上门，这才示意说：坐吧。

金桂生在沙发上坐下来，说：宁处长，这件事是我不对。

宁处长很严肃地说：你什么也不要说了，听我说，行吗？

接着，宁处长说：桂生，你刚去的时候，我待你不薄吧？

金桂生赶忙站起来，说：宁处长，你待我真是没说的，都是我不好。

宁处长摆摆手说：你坐，坐吧。你听我说。我那时候帮助你，并不是为了图你报答，我也是想为家乡做点事情。现在，我有个请求，你能答应我吗？

金桂生说：你说，宁处长，你说。

宁处长说：我求你放过我的女儿。

金桂生一听，像是被火烧住了一样，他"腾"地站起身来，慌忙说：宁处长，你咋这样说？天地良心，我不是那样的人，我真没有骗她！要不，你问问小雅，你让小雅说。

宁处长再一次摆摆手说：我知道你没有骗她。我也知道是她非要跟你来的。这些我都知道。我的女儿，我能不清楚吗？我之所以去公安局告你，那也是没有办法。要不，我上哪儿去找你们呢？

金桂生说：宁处长，这事怪我。事先，我本该给你打个招呼。可临上车时，她才……

我知道。说着，宁处长拍了拍头，有些忧伤地、自言自语地说，也许，那时，我就不该帮你。我要不帮你，也就没有今天了。

金桂生慌忙说：宁处长，我金桂生不是忘恩负义的人。不管怎么说，是我不对。有啥话，你就说吧。

宁处长说：桂生啊，我就这么一个女儿，请你体谅我的心情。要不，我也不会大老远地跑到这里来。说实话，我知道我女儿喜欢你。可是，说心里话，你们，你们不合适啊。你不了解她，她呢，没有社会经验，也并不了解你，是一时的冲动。她还年轻啊，人幼稚，可以说是很幼稚。在学校的时候，就给我惹过不少麻烦。唉，结果呢？当然，这不是我这做父亲的，该说的话。总之，我求你了，求你放过她。

金桂生怔了一会儿，说：宁处长，你这话说重了。我知道，我是一个农民，我从来也没有奢望过什么非分的东西。小雅，也没……

宁处长说：你不要误会，我并没有轻看你的意思。只是，我这女儿，从小惯坏了，太倔，个性太强，她不知道日子的艰难。你要答应我，从今往后，不要再跟她来往了。你，能答应我吗？

金桂生沉默不语。经过这么一段的接触，不知怎么，他还真有点爱上她了。

这时，宁处长突然说：你如果需要钱的话，你说个数。

金桂生一下子愣住了，他觉得是受了污辱，有点悲愤地说：宁处长，你这是啥话？你把我看成什么了？！

宁处长赶忙说：我不是那意思。你要体谅我的心情。你要知道，这些天，小雅她妈妈一直在哭，我们可就这么一个女儿。

终于，金桂生说：我答应你。

宾馆外的马路上。

宁小雅手里提着一只包在路边上站着，金桂生也站着。

宁小雅直直地看着金桂生：你为什么要骗我？

金桂生一愣，说：我，咋骗你了？

宁小雅说：我本来，也没打算怎么着。可我爸说，你，家里，有女人。这是真的吗?!

金桂生沉吟片刻，低下头说：是。

宁小雅说：我不信。我怎么没见过？

金桂生说：我确实，谈过一个。

宁小雅说：你骗我？

金桂生说：是，我骗了你。

宁小雅说：我爸说，我要不走，公安局就会真的把你抓起来，会判刑。

金桂生不语。

宁小雅说：我还是不信。那女的叫什么？你告诉我那女人的名字。你说呀！

金桂生无奈，他沉默良久，终于低声说：莲。

宁小雅说：叫什么，再说一遍？

金桂生说：于小莲。

宁小雅站在那里，扬手给了他一耳光！而后，她（恨恨地）终于说：你，还算是个老实人！而后，她扭过头去，"噔噔噔"地朝车站走去。

城市，租住屋里。

兔子在于小莲租住屋的门前敲门，他敲了很久，终于，门开了。于小莲探了探头，很惊奇地说：大过年的，你怎么没走？

兔子提着行李和一套铝合金锅，叮叮咣咣地挤进门来，说：你、你、你呢？

于小莲说：我？我是没脸回去了。

兔子说：我、我也一样。不不过，我我想自己干，我找到活儿了，我接了一单活儿！

于小莲说：这是好事呀。你接了一栋楼？

兔子不好意思地说：不是。是挖、挖挖地沟，活儿。活儿紧，过、过罢年人、人家要接待外宾，只、只给我六天的时间。

于小莲问：啥时候？

兔子说：从年、年三、三十晚上。

于小莲说：老天爷，三十？这么紧？

兔子说：可不，要、要不是过节，这活儿就轮、轮、轮不着我干了。不过，人家说了，给双、双份工、工钱。所、所以嘛，莲姐，我请你帮个忙。

于小莲说：我能给你帮啥忙？

兔子说：你给送点、盒盒饭，成吗？

于小莲默默地看着他，说：行，行啊。

兔子说：那、那我可回去叫人了？说着，就要走。

于小莲说：你连夜走？

兔子说：连夜走。票我都买、买过了。

于小莲追上说：锅，你的锅。

兔子说：送、送你你了。

于小莲笑了，说：没听说过，送礼还有送锅的。

太行山。

瑞雪纷飞……

兔子在喊山：——赶生、生活啰！——赶生活啰！双、双工资！有愿的，沟上集合！

群山在回应：——赶生活啰！——赶生活啰！

一个一个雪白的山村，都听到了喊山的声音，有人跑出来看到了山中的火把。

有人在议论：操，节都不过了？

有的说：双工资啊！去！

老麻雀说：是兔子吧？听声儿像是兔子。在家歇着也是歇着，双工资啊！

城市。

大年三十的晚上，夜静静的，路上几乎没有了行人，街面上只有霓虹灯在闪烁。家家欢声笑语，中央电视台在播出《春节联欢晚会》的节目。

一条马路上，兔子领着从林县赶来的民工在路边上挖地沟，铺下水管道。兔子喊道：爷、爷儿们，路路、路面上不不能见、土，我可、可是给人家下下过保证，活儿要做得干干、干干净净的。

下雪了，民工们仍在冒雪干活。

一个民工望着远处说：你看那灯，海一样！

老麻雀说：兔子说，那是人家的。

这时，兔子说：要要要是干干、干好了，咱、咱也弄一盏！

说着，兔子从兜里掏出一盒烟来，每个民工递上一支，说：天冷，每人发支烟，暖、暖暖手！这烟可是让大伙儿暖、暖手的，每、每人一支！

民工们一一接过烟来，在手上哈哈气。有的说：这能暖手？屁话。还是干活吧。

夜半时分，于小莲骑着一辆送盒饭的三轮车赶来了。兔子迎上去说：莲姐，饭饭饭，做好了？

于小莲说：做好了。快让大伙儿趁热吃吧。

兔子说：是米米饭吧？

于小莲说：饺子。过节了，咋也得吃顿饺子。是不？

兔子抓住于小莲的手，感激地说：莲姐，这多、多亏你呀！钱，咱回、回头算。你的手、手真、真凉。

于小莲赶忙把手抽出来。这时，兔子扭过头，高声说：吃饭了！——饺、饺子！

于是，众人都围过来，一人接过一盒饺子，就蹲在路边上吃起来。于小莲把一盒饺子给老麻雀端过去，说：麻叔，你不是回去了吗？大过年的，咋又回来了？

老麻雀说：我来看灯呢，城里有灯。嗨，反正在哪儿都是一个人。

这时，兔子凑上来，悄声对于小莲说：莲姐，今、今儿下午，有个女、女的来打、打听你呢。

于小莲一怔，说：打听我？打听我干啥？

兔子说：那女、女的是个大、大学生，高条条的，穿、穿得、可洋气了，她去工、工地上讲、讲过课。

于小莲没在意，随口说：打听就打听吧。

午夜的钟声响了，鞭炮齐鸣！民工们仍在干活，冷风中，一张张脸！

这时，有一辆轿车开了过来，车在施工的地段停了下来，一个年轻人从车上下来，快步地跑到后边拉开车门，只见一个披着大衣的老人从车上走下来，这人走到民工跟前问：吃饭了没有？冷不冷？

民工们边干边说：还行。还行。

这人说：你们是哪里人呢？

兔子说：林、林县的。

这人点点头，很感慨地说：我知道了。林县的民工，吃苦耐劳，天下第一呀！谢谢，谢谢你们了！

当这人转身要走的时候，有人问：这谁呀？

只见那年轻的秘书回身说：这是市委书记。

那车开走后，民工们议论说：啧，大官，多大的官呀！

中医疗养院。

过年了，医院里的病人大都回家过年了，病房里只剩下金瓦刀一个人。他拄着一根拐杖，默默地站在窗前，望着窗外纷纷扬扬的雪花。

这时，于小莲提着饭盒和一兜水果走进来，说：叔，过年了，吃饺子吧，我给你包的饺子。

金瓦刀望着她，突然很吃力地，有点含糊不清地说：坐。

于小莲高兴地说：叔，你能说话了？太好了！

金瓦刀又说：坐。

于小莲坐下了。

金瓦刀一字一顿、很吃力地说：我……金家、对、不起你。

于小莲心里一酸，却说：叔，过去的事，不说了吧？桂生临走时说，债还没还完，他是怕你……

金瓦刀说：不。是，金家，对不起，你。

于小莲赶忙打开饭盒，说：吃饺子吧，趁热吃。

金瓦刀低下头，深深地向于小莲鞠了一躬！

于小莲赶忙上前扶住了他。

租住房前。

第二天中午，一辆自行车滑了过来，宁小雅把车停在院子里。

于小莲正在院子里的食品车前洗刷碗筷，很诧异地看了宁小雅一眼。

宁小雅看了看于小莲，问：你就是于小莲？

于小莲看了看她，说：是啊。你？

宁小雅直言不讳地说：你告诉我，你跟金桂生究竟是什么关系？

于小莲说：你，你是谁？你问这干啥？

宁小雅说：你别管我是谁。我问你，你们结婚了吗？

于小莲看了看她，继续收拾碗筷。

宁小雅说：我找你几天了。我来就是要告诉你，你们要是结婚了，你就跟他离婚吧。要是还没有办手续，那更好，你也不要再去找他了。

于小莲吃惊地、诧异地望着她：你，为啥？

宁小雅说：我告诉你，我爱上他了。

于小莲目瞪口呆！

这时，站在门外一旁偷听的兔子突然大声背诵道：中央人民广播电台，中央电视台，男同志女同志男女同志；中央人民广播电台，中央电视台，男同志女同志男女同志……他突然跳起来大声喊：哎哎！我说顺溜了，顺溜了！麻叔，我说顺溜了哎！

租住房里。

当晚，于小莲听见有人敲门，她开门一看，竟是兔子。

兔子伸出两手，他一只手上套着一只棉鞋。兔子看了看于小莲的脚，她脚上穿的是一双单布鞋。兔子说：莲姐，天天天冷了，给给你买买买了双鞋。

于小莲心里一热，说：你看你，乱花钱。

兔子蹲下来说：三十六码的，不知合、合不合脚？你穿穿穿上试试。

于小莲说：我正忙着呢，先放那儿吧。

兔子说：穿，现在在在就穿穿，试试。

于小莲站在那儿，觉得不穿不好，穿也不好，愣了会儿，还是穿了。

她脱了一只，换上；又脱了一只，再换上。

　　兔子蹲在那儿问：合脚吗？

　　于小莲却说：咋还热乎乎的？

　　兔子站起来，说：我、我我都用手暖暖、暖了半天了。

　　于小莲先是眼里一湿，突然，她一下子扑到兔子怀里哭起来了。

第十五集

街上。

于小莲推着食品车走过来，她把老麻雀拉到一旁，悄声问：麻叔，我刚听说，车上丢钱了？

老麻雀愣了一下，说：没有，没有丢。

于小莲说：真的没丢？

老麻雀说：没有。瞎传的。

于小莲说：都说你丢钱了，把我吓一跳。没丢就好。那，我欠王大群那钱，你给了吗？

老麻雀说：给了，我给了。给他说了，还欠他五千。

于小莲说：欠人钱的滋味真不好受。

老麻雀说：那是。——说着，他不由得叹了一声。

于小莲说：麻叔，你是不是真的把钱丢了？要丢了，你就告诉我。

老麻雀说：没有。真没有。

老麻雀又说：大群他，又找了个媳妇。

于小莲说：是吗？

这时，兔子凑过来问：谁，谁又找了个媳妇？

老麻雀说：去，没你的事。

王村。

大年夜，鞭炮声声。

王大群的新房墙外，几个年轻人在偷偷地听房。

屋里，一个男声说：嗯？

一个女声说：嗯。

一个男声说：那啥，咋不香呢？

"啪！"床上响了一巴掌，而后，女声说：坏死了。你闻个啥？

停了一会儿，男声说：草腥气。一股草腥气。

女声说：你说啥？腥？谁腥？

男声说：那，那城里女子咋一个个都香喷喷的。你，不会也抹点啥？

女声高起来，说：抹啥？！

男声说：抹点那啥、啥子啥香——"水儿"？

女声说：去。那，那啥子啥"水儿"，是城里女人用的。

男声说：你怕啥？将来，买个户口，把你接过去，你就是城里人了。

女声说：才在城里待了几天，就说我腥，你咋不找个城里女人呢？

男声说：操，你以为我不敢？！

女声说：你敢。你有啥不敢的？你去找啊！

只听"扑通"一声，有人掉地上了。

"哄"，听房的齐声笑了。

太行山。

白雪皑皑的太行山；红旗渠在山中蜿蜒。

县城里。

大年初五，大街上车来人往，这一年，骑摩托的特别多。不时有鞭炮声响起，仍是一片节日的景象。

县城宾馆。

宾馆门前，挂着一条巨大的横幅，上写着：发扬红旗渠精神，一把瓦刀走天下！

大餐厅里，一拉溜摆着二十多张餐桌，餐桌上摆满了各种茶点、水果和菜肴，一百多位出外打工的林县建筑施工队的头头全都在座。他们一个个胸前戴着大红花，喜气洋洋地坐在各自的位置上。

林县长站在首桌前，手里拿着一个麦克风，高声说：同志们，今天是初五，我给各位拜个晚年，问一声过年好！祝各位什么呢——一帆风顺！心想事成！

众人鼓掌！

林县长接着说：今天这个聚餐会，也算是给大家送行了！大家也知道，咱们林县底子薄，实话说，我这个县长，口袋里没有多少钱。在咱们这里，可以说得出口的资源，也就是红旗渠了。红旗渠，那是民族精神的象征，是咱们林县人创下的奇迹，是老一辈的骄傲！可咱们不能躺在红旗渠上要饭吃啊！要想致富，怎么办呢？你们就是榜样啊，同志们，那就是走出去，发扬红旗渠精神，艰苦创业！昨天，我让人统计了一下，你们猜一猜，咱们林县的施工队，一年下来，寄回来多少钱——一亿七呀同志们！那么，照这样发展下去，咱们十万建筑大军走出去，一年年发展下去，如果每年能寄回十亿、百亿，那咱们林县的百姓不就富了吗?！我告诉大家，最近，县里起草了一个发展规划，叫作"四路奔小康"，你们算是"第一路"大军！

这时，有人站起来说：县长啊，我们出外打工，也不容易啊。也没个组织啥的，说句不中听话，就跟没娘孩儿一样，人家看不起呀！

林县长说：是不容易。出门在外，我知道大家不容易。我们林县也是有政府的嘛，政府可以出面嘛！

这时，老八站起来说：政府能出面吗？出门在外，张风喝冷的，你们可都是国家干部啊！

林县长说：干部是干什么的？就是为群众跑腿服务的嘛！我说了，我口袋里没有钱，但我可以给你们一张纸！一枚代表林县县政府的大印！从今天起，凡是有林县施工队的城市，我都要给你们建立办事处。施工队走到哪里，办事处就建到哪里。办事处就是你们的娘家，有什么难处，你们就找办事处！办事处办不了的，我来办！无论走到哪里，你们都是有家的！

雷鸣般的掌声！万水法站起来，激动地说：县长啊，那可不是一张纸，那是政府啊！

接着，县长高声说：但是，我要说，你们一定要珍惜林县的名声！你们是从红旗渠走下来的施工队，千万要珍惜这份荣誉啊！——那啥，金桂生来了吗？

金桂生忙站起身来，说：——来了。

县长说：大家要向金桂生学习。金桂生不就把一个大城市的姑娘"拐骗"来了吗?! 还是大学生，很漂亮啊。

众人大笑！

县长说：哎哎，这可不能乱来啊。要合情、合理、合法。金桂生能把一个城市的女大学生"拐"来，那是人家爱上他了，说明咱林县的工匠有魅力，是条汉子！从红旗渠走出去的汉子——人见人爱嘛！好，让我们举杯……

王大群不满地斜眼看了看金桂生，却见金桂生一脸苦笑。

太行山，鲁班豁前。

王大群在烧香、磕头。大群说：鲁班爷，你是咱匠人的神，我给你磕头了。你老人家保佑我多挣钱，快挣钱，挣大钱！明年，我给你送辆车！送个女人！

二群在一旁站着，那样子很不高兴。

等两人烧完香，往下走的时候，二群突然说：哥。

大群说：啥？

二群说：哥，那啥……

大群不耐烦地说：啥事？有屁快放。

二群吞吞吐吐地说：账，那账……咱，算算？

大群回过身来，一推眼上的墨镜，说：啥账，算啥账？

二群说：就那——工钱。咱俩，亲兄弟，明……

大群一下子恼了，拍着他说：你，就你？给我算账？你还跟我算账？！操！你也没看看你自己，看看你那成色？哼，跟我算账？

二群说：你成天骂我，糟践我，我回过嘴没有？咋不能算？钱也不是你一个人挣的？！你女人娶了，摩托买了，我落了啥？！我好不容易找个人，你还给打散了。

大群说：好，好，狗日的，算！你算！

大群转过脸来，恶狠狠地看着弟弟；二群也瞪眼看着他，两人都不说话。

黎明时分，有人在喊山：——赶生活啰！——赶生活啰！

群山在一浪一浪地回应：——赶生活了！——赶生活了！——赶生活了！

于是，在巍峨的群山中，在一条一条蜿蜒的山路上，在一个一个的山坳里，晃动着一群一群的背影，走向太阳的背影。

汽车站。

客运大轿车一字排开。浩浩荡荡的民工又要出发了。

大群上了一辆车，二群上了另一辆车，两人都气呼呼的，谁也不看谁！

火车站上。

成千上万的民工在排队上车。

一列列火车上人头攒动：有去郑州的，有去太原的，有去西安的，有去东北的，有去北京的……每一趟列车都挤得满满的，他们一个个都穿着新衣，眼里带着幻想和憧憬，就像是奔向充满希望的日子！

郑州火车站。

宁小雅高举着一个牌子，牌子上写着"接金桂生"四个字。

在熙熙攘攘的人流中，金桂生明明看见了那个牌子，也看见了举牌子的人，可他勾着头，悄悄地从人群中溜走了。

这时，突然有人叫住了他：姓金的，站住。

金桂生扭头一看，是王大群。王大群说：回来了？

金桂生说：回来了。

王大群说：别忘了，咱们是打过赌的对手！

金桂生说：我没忘。

王大群说：那就好。小子，看谁先挣够一百万！

中医疗养院。

一辆桑塔纳小轿车停在了医院门口，从车上走下来的是施工队长贺老八，贺老八穿一身崭新的西装，脖子上还束着一条领带，已是今非昔比了。他是来看老金的，手里提着礼物。

金桂生赶忙迎上前，笑着说：嗨，八叔，够神气的！

贺老八还有点不习惯，他拽了一下脖里的领带，说：扎这劳什子，一点也不舒服。可咱林县人也得学着点那啥，再也不能让人看不起了。你爹咋样？

金桂生说：好些了。不过，八叔，待会儿见了我爹，你千万别提工程。你要提了，他心里难受。

老八说：我知道。他干了一辈子……唉，桂生啊，我得给你说呀，有个大工程，我想参标，跟你合起手来做。怎么样？

金桂生说：好事啊，啥工程？

贺老八说：一块大蛋糕——北京的重点工程，够大吧？咱说啥也得切一块！

金桂生说：好是好，咱能拿下来吗？

贺老八说：所以要合起手来做，拿最强的实力，跟他们争一争！当然，工程太大，咱不可能全拿下来，能切那么一小块，就不错了。我给你说，为了这个工程，县长都出马了！

金桂生说：是吗？

北京，国家建设部。

林县长在建设部的楼道里排队等待接见。

中午时分，老八给林县长送来了一份盒饭，林县长捧着盒饭在楼道里边吃边等。这时候，建设部法规司的一个副司长从办公室里走出来，他看了林县长一眼，随口问：你是哪单位的？

林县长赶忙说：我是河南林县的。

副司长问：你有什么事吗？

林县长说：我是来要政策的。

副司长说：政策？你要什么政策？我们这里不对个体，只对政府部门。

林县长说：我是林县县长，我叫林大中。

副司长问：林县？是红旗渠那个林县吗？

林县长说：是。

副司长说：你说说，你要什么政策？

林县长说：其实也不是政策，也就要个公民待遇。

副司长笑了，说：公民待遇？要求不高啊。

林县长说：王司长，北京市有个规定，一般不允许外地施工队参加亚运村工程的投标。这规定是不公平的。亚运会是全国人民的，不光是北京市的。我们林县的施工队是当年修红旗渠时培养的队伍，特别能吃苦，能打硬仗。尤其是土建方面……

副司长看了他一眼，有些感慨地说：你一说红旗渠我就知道了，我去参观过。你一个县长，能亲自出马，给老百姓办事，我服你了。你来吧，到办公室来谈。

病房里。

金瓦刀望着儿子，一字一字地说：桂、生，那事，我答应你。

金桂生说：爹，啥事？

金瓦刀说：莲，是，好闺女。抽空，办了吧。

金桂生说：爹……

金瓦刀说：这，闺女，大仁，大义，办了吧。

金桂生说：我知道。等债还完了，再说吧。

大学校园里。

正在粉刷的一处工地上，金桂生头上戴着一个安全帽在楼上检查施工质量。他不经意地往下看了一眼，见宁小雅手指着上边正在跟一个开升降机的民工说话。于是，他跟一个搞粉刷的民工草草地说了几句，就赶忙从另一楼梯处溜走了。

可是，他刚走到门口，却发现宁小雅正在门口等着他呢。

金桂生扭头就走，宁小雅也不说话，就一直在后边跟着他。

楼梯上。

金桂生见宁小雅一直跟着他，就回过头说：小雅，我给你爸做过保证。你走吧。

宁小雅说：你是个胆小鬼。

金桂生说：是，我胆小。

宁小雅说：我已经见过那个女的了，你们还没有结婚。

金桂生说：不管她是不是，我也不愿再戴手铐了。

宁小雅说：那不行，我爱上你了。

金桂生一怔，说：这这……

宁小雅说：我就爱你！

校园里。

夜，宁处长对金桂生说：你答应过我。

金桂生说：是。

宁处长说：你说过不再见她了。

金桂生说：我说过。

宁处长说：那你为什么不走？

金桂生为难地说：宁处长，你也知道，这工程……工程做完我就走。

宁处长说：这不是已经扫尾了吗？让他们先干着，你快走吧。唉，我这女儿……桂生，我不是封建。我的女儿我知道，她从小娇生惯养。再说了，你们两个人经历不同，所受的教育也不一样。你们两个在一块儿不合适，真的不合适。

金桂生说：宁处长，你对我有恩。你放心吧，我会走。我准备把队伍拉到北京去，参加一个重点工程的投标。

宁处长高兴地说：好，好。有你这句话，我就不再说什么了。北京那边有什么事，我还可以给你联系。你还是快走吧。你要不走，她还会来找你。实话说，我这女儿，她是走火入魔了！她在家里嚷嚷着要绝食呢。

金桂生说：要不，我去劝劝她？

宁处长说：别别别，千万别。你走吧，赶快走。她找不到你，慢慢地就回心转意了。老弟，就算我求你了！

金桂生说：那好，我马上就走。

新建教学楼工地上。

宁小雅又来了。她问一个正在搞粉刷的工人：请问，金桂生呢？

那民工说：你问金头儿？走了。

宁小雅问：去哪儿了？

民工说：北京。

宁小雅问：北京啥地方？

民工说：那就不知道了。

宁处长家。

宁小雅掂着皮箱要出门，被宁处长拦住了。他说：你要干什么？

宁小雅说：虽然我是你的女儿，你也不能限制我的人身自由。

宁处长说：你说，你到底想干什么？

宁小雅说：你说我想干什么，我想办公司，你有钱吗？

宁处长说：办什么公司？你要多少钱？

宁小雅说：十万。你有吗？我告诉你，我不会再过你这样的日子了。你干了这么多年，连十万块钱都没有，你活得值吗?！

宁处长很勉强地说：我，我是党员，堂堂的处级干部。怎么，怎么不值?！我，我至少把你养大了吧？

宁小雅不屑地撇了撇嘴，说：你生我就得养我。这是你的责任。

宁处长气坏了，指着她说：你！

北京。

在林县驻京办事处，金桂生和老八等人正在商量投标的事……这时候，林县长进来了。

老八和金桂生赶忙迎上去说：林县长，辛苦你了！

林县长开玩笑说：辛（心）苦命不苦啊。北京市的领导们还是不错的，跑了三天，基本上是一路绿灯，该答应的，人家都答应了。

老八说：还是县长面子大，要是我去，人家门都不让进。

林县长说：不是我面子大，说老实话，是红旗渠名声大。要不，一个偏远的县，谁认识咱啊！你们可要给红旗渠争气啊！

老八开玩笑说：要是能把工程拿下来，咱得给县长提成。

林县长说：不用给我提成，只要老百姓富了，我这县长就算没白做。

为官一任，造福一方。说实话，谁不想清史留名啊，今年，民工们如果能寄个几十亿回去，我这"成"可提大了。

接着，林县长问：你们准备得怎么样了？

金桂生说：正准备标书呢。

林县长说：那你们好好准备吧。我得到河北去一趟，然后是东北，我得把办事处一个一个都建起来。说着，他刚要走，却回头说：哎，桂生，你那个对象呢？那个那个、叫什么雅的？

金桂生说：黄了。人家家里不愿。

林县长说：黄了？没志气。你得争取啊！

金桂生苦笑了一下。

大街上。

庄严的天安门广场。

车流；人流……

北京，金瓦刀公司。

金桂生正在看图纸，做重点工程的竞标方案，突然听见了敲门声。没等金桂生开口说话，门突然开了，进来的竟然是宁小雅！宁小雅提着一个皮箱，大大方方地走进来。

金桂生愣愣地看着她：你？怎么是你？！

宁小雅旁若无人地把皮箱往桌上一放，说：是我。不欢迎？

金桂生说：你，你这是，你怎么找到这里来了？

宁小雅说：我怎么不能来？！

金桂生说：你来北京，你爸知道吗？

宁小雅说：这跟我爸有什么关系？我有我的自由。

金桂生挠挠头，为难地说：你爸他，有恩于我。我答应过他，不再跟你见面了。

宁小雅说：我爸是我爸，我是我。我说了，谁也不能干涉我的自由！

金桂生说：大小姐，你行行好，别闹了。你还是走吧。你这么一闹，说不定哪一天，公安局又给我戴上手铐了。

宁小雅"吞儿"笑了，说：看把你吓的！

金桂生说：我一个农民，头皮薄呀！

宁小雅说：你不要再拿农民搪塞我。反正我已经来了，你看着办吧。

金桂生急了，说：小雅，我真的不能留你，你还是，走吧。

宁小雅说：我走什么？我报名来了。

金桂生一愣，说：报名？你报什么名？

宁小雅说：你们这里不是招聘大学毕业的技术人员吗？我就是学建筑的，土木工程系！我有四个证！

金桂生迟疑了一下，想说什么，却没有说出来。宁小雅看屋里没有别人，不管三七二十一，一下子扑上去抱住了他。

金桂生忙说：别，别，别……就这么说着，两人已倒在了沙发上。

宁小雅耳语说：你不想我？真不想我？

金桂生说：你爸，你爸他……

宁处长家。

王大群提着两瓶茅台和两条中华烟来到了宁处长家门前。他悄声问跟他一块儿来的老本：是这家吧？

老本说：是，就是这家。

于是，王大群吩咐说：老本，你先下一层，等我敲开门，你再上来。说着，他上前敲门。

片刻，门开了，宁处长探头看了一下，说：你们这是，找谁？

王大群说：我们是河南林县的。是八叔让我们来的，来看看老乡。

宁处长"哦、哦"了两声，说：进来吧。

这时候，王大群对着身后喊了一声，说：过来吧，宁处长在家呢。

听到喊声，老本从楼下上来了。宁处长一看他们提着礼物，警惕地往后退了一步，说：干什么？这是干什么？

可是人已经进来了。王大群说：你看，也没拿什么。来看看老乡，也不能空着手啊！

进屋坐下后，宁处长没好气地说：你们，有什么事？

王大群说：也没什么事，看看老乡。我们出门在外，主要靠老乡帮衬。以后有什么工程，宁处长想着我们就是了。

宁处长看了看那些礼物，很严肃地说：以后可不要这样了。我这个人是不收礼的。工程嘛，能帮忙的，我肯定帮忙。但我一个人也做不了主，都得按程序来。

王大群说：那是，那是。质量我们绝对有保证。我们不会让宁处长为难的。他说着，似不经意地从兜里掏出一个信封（信封里装了两千块钱）暗暗地放在了屁股下边的沙发上，说：本来想请宁处长吃顿饭，知道宁处长忙，我们不多打扰了。

宿舍院里。

两人一起走着，老本问：咋样？

王大群激动地说：操，他大爷的，收了。

老本说：收了？真收了？那么正一个人，我想他肯定不会收。

王大群说：咱也是投石问路啊。开初，我还犹豫，怕他万一不收，这事就砸了。没想到，操，他收了。

老本说：这工程，有门儿。

王大群想了想，说：这事，得趁热打铁，给他弄十万！

老本惊讶地说：老天，这么大的数，敢吗？

王大群说：舍不得孩子，套不住狼，送！

工地上。

二群拦住大群，说：哥。

大群说：啥事？

二群说：我揽了一项工程，资金上有缺口。

大群说：你找我借钱？你脑子又让门框挤了吧?!

二群说：哥，咱可是一母同胞，亲兄弟！

大群说：你忘了吧？当初你是咋说的。

二群说：我，咋说的？

大群说：当初，你红口白牙对我说，亲兄弟，明算账。亲是亲，财帛分。这话是不是你说的——找我借钱?!

二群说：哥，我就求你这一回。你借不借?!

大群说：哥？你还认我这个哥？当初，你堵住我非要算账，要和我分开。那会儿，你忘了你是跟谁出来的吧？那会儿，你还有半点兄弟情分吗？

二群看着大群，好半天不说话，终于，他咬着牙一字一顿地说：你要这样说，从今往后，咱就不是兄弟了。

大群说：兄弟？哼！

宁处长家。

客厅里的茶几上放着一个黑皮公文箱。宁处长神色十分严肃，他背着双手，围着茶几一圈一圈地转着，他的目光不时地瞅一眼那只黑皮公文箱。

过了一会儿，他捧着头在沙发上坐下来，仍然是目不转睛地望着那只公文箱。

墙上的挂钟突然响了，那响声吓了他一跳！

片刻，他抬起头来，只见他满脸满眼都是泪水。他慢慢地伸出手来，轻轻地打开了那只黑皮公文箱，箱子里整整齐齐地码放着十万块钱，接着，他像是被烫住了似的，"啪"一下又把箱子合上了。他喃喃地说：不，不，不。我宁冠山为人师表，可谓一生清白，两袖清风，从没收过人家什么。何必呢，这又何必呢？

宁处长站起身来，在屋子里来来回回地踱步，一边自言自语地说：哎，当然了，吃顿饭是有的，收一点烟酒，也有，也有那么几次。可钱，这钱，不能要。我不能要。钱这东西不能要，还是不能要。宁处长掂着这只公文箱往外走，可他开了门后，听见楼梯上有动静，又赶忙折回来，"砰"一声把门关上了。他无力地站在门后，一只手捂着心口，那只黑色公文箱掉在了地上。

门外，楼梯上响起一串杂乱的脚步声。

夜，真难熬啊！黎明时分，熬煎了一夜的宁处长来到了卫生间，他站在洗脸间的镜子前，望着满脸的沧桑，突然发现他的两鬓已经白了。他看着镜中的自己，喃喃地说：老了，老了呀，再过两年你就退休了，也干不了几天了，可你就这么一个女儿呀！

说着，他突然把毛巾摔在了镜子上，喃喃说：女儿啊，你要是争气，你要是略微争点气，何至于让你爸这么、这么，为难啊！

路上。

二群一脸疲惫地在路上走着，他到处借钱，却没有借来。

二群走到广告牌下，他站住了，这时，闫草心悄没声地从他身后走来。

二群一扭身，看见了她。她关切地说：你怎么了？

二群说：没，没怎么。

她说：我看出来了，你心里有事。

二群叹了一声，说：我和我哥分开了。

闫草心望着他，露出询问的眼神。

二群说：我接了个工程，缺资金。我跑了几天了，借不来钱。没人担保，银行也不给贷。

她望着他，久久，说：我这儿存了八千块钱，走，我把存折给你。

二群说：算了，你也不容易。

她说：没事，你用吧。我只有这么多了。

二群眼一红，说：草心……

闫草心说：我没有别的意思。你也别……

二群说：草心，你不怕……

闫草心说：别说那么多了，走吧，我给你取钱去。

二群说：这也不够啊。只怕是，只有去求他了。

闫草心说：谁？

二群没有吭声。

金瓦刀公司郑州项目部。

金桂生背身站在那里，说：怎么求到我这儿来了？你哥呢？

二群说：别提我哥，我没有哥！

金桂生转过身来，说：怎么，你哥儿俩……

二群气呼呼地说：我跟他分开了。是我舅让我来找你的。

金桂生说：老万？

二群说：是，他在太原。

金桂生说：好，但我有个条件。

二群说：你说吧。

金桂生说：我把郑州这个项目部的设备交给你，但你必须挂到我的名下。

二群想了想，说：行，从今往后，我跟你干了！

路上。

上午，宁处长一脸沧桑地走着。

后勤处一个女同志碰上他，很惊讶地说：宁处长，你可要注意身体呀！你头发怎么白了这么多?!

宁处长支支吾吾地说：白了吗？唉，孩子，孩子不争气。

大街上。

夜，宁处长喝醉了，在王大群的搀扶下，摇摇晃晃地下了出租车。王大群说：宁处长，平时你忙，不好请啊。

宁处长一边走一边喃喃地说：多了，喝多了。你知道的，我平时是不喝酒的。

王大群说：没事，没事，你没喝多少。

宁处长说：我看了，你也是个实在人，那个事，没问题。

这时，他们已来到了歌厅门口，宁处长惊疑地问：这，这是哪儿呀？

王大群说：放松放松，宁处长，走吧，上去放松放松。

宁处长醉眼往上看了看，说：这，这，这不好吧？算了，算了。

王大群说：哎呀，你辛苦一辈子了，这算啥呢？走，你跟我走吧，没错。说着，径直把他扶上楼去了。

歌厅包房里。

王大群高声说：小娜，去去，赶紧上饮料！哎，去给宁老板找个好点的小姐按按！

宁处长一下子怔住了，说：宁老板？

王大群说：对，我介绍一下，这位就是宁老板。是我请来的客人。快去呀！找个手艺好的小姐！

宁处长结结巴巴地说：这这这，这不好吧？走，走，我得走。

王大群说：走啥？宁老板，你怕啥？我给你说，来这儿的大干部多着呢。处级、厅级的都有！

歌厅走廊里。

王大群贴在小娜耳边说：这是条大鱼！去，找个漂亮妞儿陪陪他。陪好了，我能接下八栋楼的工程！

小娜说：我有啥好处？

王大群拍拍她说：放心吧，少不了你的好处！

宁处长家。

深夜，宁处长摇摇晃晃地爬上楼，好半天才摸摸索索地找到钥匙，开了门。进门后，他差一点栽倒，而后高声喊：雅，小雅，人呢？接着，他摇摇晃晃地进了卫生间，开了灯，趴在盥洗台前望着镜中的自己，嘴里喃喃地说：小雅，你在哪儿？女儿呀，你爸为了你，可是豁出来了！晚节不保了！

大街上。

大群与二群相遇了，两人面对面走着。

大群突然说：老二，你，真没出息，跑到人家那儿当孙子去了?!

二群说：从今往后，咱俩一刀两断了!

大群说：那姓金的是咱的仇人!

二群不吭。

王大群说：我问你，那姓金的给了你啥好处?

二群说：我哪怕是拉棍要饭呢，你别管!

大群说：好，好! 滚，你给我滚!

北京，金瓦刀公司。

在办公室里，金桂生和老八在商议投标的事；宁小雅在一旁的电脑前赶着做参加重点工程的标书。

金桂生对老八说：八叔，这标底，你看呢?

老八说：桂生，你年轻，有见识，你说，我听听。

金桂生说：这一次，咱一定争取中标。哪怕不挣钱呢。

宁小雅听见了，从电脑前抬起头来，插话说：错。为啥不挣钱? 做工程就是要挣钱!

金桂生说：我的意思是信誉第一。信誉是无形资产，这是咱进京第一炮，一定要打响! 首先，咱得把"红旗渠"的牌子打出去，叫人知道咱林县工匠的信誉。另外，叫我说，利润压在百分之八以内! 咱就是打算少挣钱，挣个信誉。以后局面打开了，就好办了。

老八说：百分之八? 人家可都是百分之二十，至少也得百分之十五呀。这样一来，就不挣啥钱了。

宁小雅说：不挣钱图什么? 标底也不能定得太低了。

金桂生说：咱要是按百分之二十做标底，八叔你想想，在北京有多少队伍? 国家级的、省级的都有，人家的设备都比咱好，能轮上咱吗? 另外，人家肯定还有些关系，这些咱都要考虑在内、这样的话，要想中标，咱们唯一的长处就是价格！所以，除了保证工人的工资外，公司不打算挣钱，咱就挣个开门红！先把脚跟站稳。我也算了，这百分之五，除了工人的工资，咱在材料费上再节省一些，剩下的不管多少，百分之七十归八叔，余下的再说。八叔，你看呢？

老八说：桂生，你这么说，我就不好说啥了！行。咱就挣个林县的队伍硬气！

办公室里。

当晚，金桂生和宁小雅头碰头在电脑前做标书，可看着看着，金桂生突然蹲下了。

宁小雅回过头，关切地问：你怎么了？

金桂生说：没事。我"谷堆"一会儿。

宁小雅转过脸来，问：你说什么？

金桂生说：我"谷堆"一会儿。

宁小雅突然大笑，说：你这个人！谷堆？什么叫"谷堆"？你给我说说，"谷堆"怎么写？你这人，不是我说你，出来这么久了，怎么还是一身的农民习气？！蹲就蹲呗，你"谷堆"什么？土儿巴叽的，多难听啊！

金桂生捂着肚子在那儿蹲着，一声不吭。

宁小雅看他不吭，就赶忙过来问：怎么？生气了？

金桂生捂着肚子，好半天才没好气地说：生什么气？我就是农民。

宁小雅蹲在他跟前，关切地说：别别，对不起，我没那意思。你没事吧？要不，我送你上医院？

金桂生说：没事，没事。我谷……蹲、蹲一会儿就好了。

宁小雅说：是胃不舒服？

金桂生说：肚子，是肚子有点，难受。

宁小雅二话不说，披上衣服，站起就走。

北京街头。

夜半时分，冷风中，宁小雅在街上疾走，她是出来给金桂生买药的。

走到一家药店，关门了；又走去另一家药店。

北京，办公室里。

宁小雅推门进来，大声说：药买回来了，快吃！

金桂生在桌上趴着看图纸，他回了一下头说：不疼了，我已经好了，不吃了。

宁小雅说：不行。吃，必须吃。

金桂生说：好了，这会儿不疼了，吃了净浪费。

宁小雅突然发火了，她猛地把药瓶摔在地上，药丸滚得满地都是。她说：不吃算了！谁稀罕。

这时候，金桂生一愣，忙说：好，好，我吃，我吃。你，你咋这样?!

说着，金桂生弯下腰，满地去拣那些药粒。可是，当伸出手拣药的时候，宁小雅一脚踩了上去：不准吃！

金桂生说：咋？你不是让我吃吗？

宁小雅说：你怎么这样！

金桂生说：又咋啦？

宁小雅：脏！你这个人，怎么一点卫生也不讲啊！

某重点工程招标会。

招标会的会场上熙熙攘攘的，坐着北京市及外省各单位来的投标人。

　　招标会主持人在投影幕布前宣布说：现在宣布投标结果——某重点工程土建部分中标单位为林县建筑公司。

　　一听到这里，宁小雅兴奋得一下子站起来，飞跑出去了。

　　这时，突然从大厅的后边跑出来一个人，他大声喊道：——等等。暂停！暂停宣布！评委们就有关问题要提出质询。

　　立时，整个会场闹嚷嚷的，一片哗然！

○ ●

第十六集 ·······································

会场外。

金桂生焦急地在草地上踱步。他由于心里焦躁，把身上穿的西装外套脱下来，掂在手里，走了几步，又觉得不方便，于是就像拧麻花似的把衣服拧成一团，顺手塞在了左边的裤子兜里，可又塞不下，就那么露着一大截，看上去很滑稽。

这时，宁小雅跑出来，高声喊道：中了，我们中标了！

金桂生问：真中了？

宁小雅说：中了。

金桂生：太好了。我们一定要把这个工程做好。

此刻，只见贺老八从大厅里快步走过来，气愤地说：不像话！不像话！哪有这样干的！这不是欺负人吗?!

宁小雅说：怎么了？不是当场宣布了吗?

贺老八说：是啊，咱的价最低。可是，突然就变了，说专家要质询。咱的价格最低，还质疑个啥?!

金桂生说：如果不接受质询，他们……

贺老八说：人家说了，如果不接受专家的质疑，这次开标的结果作废！

宁小雅说：明明中标了，还质疑什么？告他们去。这是违法的！

金桂生想了想，摇摇头说：现在不是打官司的时候，再说，咱也拖不起呀。这样吧，八叔，我去。

贺老八说：你去，你去说，我也说不好。

金桂生刚要走，宁小雅上下打量他一番，很生气地说：你站住！

金桂生说：啥事？

宁小雅快步走到他跟前，指着他说：你，你这人怎么这样?！

金桂生说：啥样？

宁小雅说：你看你，像什么样子?！

金桂生再一次看了看自己，说：怎么了？扣子系错了？没有啊！你说，哪儿不对了？

宁小雅说：你，真丢人！你兜里塞的是什么？——同志，那不是汗巾，那是西装！西装能塞到裤兜里吗？你要穿就穿，不穿就好好地搭在胳膊上，你看你怎么就……

金桂生不好意思地把西装从裤兜里拽出来，抖了抖，顺口说：球！

宁小雅：你说啥？

金桂生有些不满地改口说：我，我说，我就是农民嘛。

宁小雅嘴一撇，哼了一声，说：满口脏字，你当我没听见?！你要这个样儿进去，人家评委会对你啥印象?！

金桂生站在那里，愣了一会儿，又赶忙把西装穿在身上，说：这行了吧？

宁小雅看了看说：不行不行。太皱了，像什么话！

金桂生说：大小姐，来不及了。算了，就这吧。

宁小雅说：我说不行就是不行。这印象分十分重要！

说着，宁小雅回头看了贺老八一眼，说：这样，八叔，你的西装先借他穿穿。对了，还有领带、裤子，一套全换。

金桂生说：这，这地方，怎么换？

宁小雅仍坚持说：必须换。去，去那边厕所里换。快点！

片刻，等两人在厕所里换了衣服出来，宁小雅又跑上前去，给金桂生捋了捋头发，正了正领带，抻抻衣服，这才说：胖了点。还行。去吧。

会议室里。

在一个很高档的圆桌前，一圈坐着十二位专家。

金桂生走进来的时候，专家们全都用不太信任的目光望着他。金桂生走到会议桌前，先给各位评委鞠了一躬，而后说：各位评委，在我接受质询之前，我先用三句话做个自我介绍。第一句，我来自河南林县。林县这个地方，评委们可能不太熟悉，但有个地方，大家会知道，那就是红旗渠。红旗渠就是我们林县人建的。在最困难的时候，我们林县人修造了号称世界第八奇迹的红旗渠，我们这支队伍，就是从红旗渠上走下来的，特别能吃苦。这是第一句。

这时，专家们纷纷点头说：红旗渠。噢，红旗渠。知道，知道。

金桂生接着说：第二句，我们林县人干什么事特别专注，特别有韧劲，认死理。这里，我给大家讲一个林县的故事。古时候，我们林县采桑有两户人家因为一句话打起了官司，这官司一打打了三代，三代人就因为这一句话倾家荡产去打官司！这官司打到了第四代，两家的老大又背着干粮接着打。两人在山道上见面了（我们那儿是山区），你看着我，我看着你，一个说：还打吗？一个说：你说呢？一个说：不打也行。一个说：咋个行法？一个说：要不你死了，要不我死了。只要不死，就还得打。这就是林县人。

　　听着，听着，评委们一个个严肃起来了。

　　金桂生说：第三句，林县是出匠人的地方。古时候有个传说，说林县那地方风水好，本来是可以出官的，出多少呢？出一斗芝麻的官！各位想一想，一斗芝麻，这得出多少官呢？假如风水不破，只怕全中国的官都得是林县人。可是呢，后来风水被南蛮子给破了，可惜呀，这本来出一斗芝麻的官的地方，却出了一斗芝麻的匠人，而且都是下苦力的。所以林县的工匠是一辈一辈传下来的，匠人特别多，有吃苦耐劳的传统，活儿好。我的三句话说完了，请各位评委质询吧。

　　金桂生讲到这里的时候，评委们十分感慨地摇摇头，不由得笑了。

　　有一位评委发言说：本来嘛，我们对你们接这个标是有疑问的，虽然只是土建部分，但这毕竟是亚运会的工程项目，质量第一嘛。但听了你这三句话，说心里话，我被打动了。你们来自红旗渠的故乡，那地方，二十世纪六十年代我去参观过，的确了不起！你们吃苦耐劳的精神也确实让人敬佩。但是，有一点我还是不明白，你们把标底定得这么低，实际上是不挣钱的。这是为什么？

　　另一位评委说：是啊，我看这标是恶意的，这叫恶投。质量也是无法保证的。明摆着，这不挣钱嘛。

　　金桂生回答说：说老实话，我也不想把标底压得这么低，我也想多赚钱。可这是我们进京的第一炮，我们宁肯不挣钱，也要把这个工程拿下来。说不挣钱，工人的工资还是有保证的，其实，我们就挣个工钱。各位想一想，我们一个外地施工队，如果不凭价格，我们就一点优势也没有了。

　　众人默然。片刻，一个评委说：标价定这么低，我问你，质量，质量你怎么保证？

　　这时，金桂生说：我说了这么多，如果各位还不相信，那，这样行不行？我们可以先垫资做一个样板工程，如果质量不能保证，验收不合格，一分钱不要！

终于，评委们互相看看，有一位老资格的评委发言说：我看可以。我去过红旗渠，我相信这支从红旗渠下来的队伍。你们看呢？

众人纷纷点头。

最后，那位老资格的评委拍板说：就这样吧。

北京，一家饭馆里。

当晚，两人的啤酒杯碰在了一起，宁小雅说：祝贺中标！

金桂生也说：这次多亏你了。

宁小雅说：你不是要赶我走吗？哼！

金桂生不好意思地笑了，他说：其实，我舍不得你走。

宁小雅说：这还差不多。接着又问：你对北京印象如何？

金桂生说：北京啊，北京还是讲道理的。

宁小雅笑了，说：这叫啥话？

正说着，金桂生不小心把筷子掉在了地上，他随手捡起来，下意识地在袖子上擦了一下。

顿时，宁小雅站了起来，厉声说：你怎么这样？

金桂生不解地说：咋，又咋了？

宁小雅说：你真让人恶心！

这时候，有个人影很飘逸地从旁边一个门里走出去了，宁小雅突然扭起身来，往那人走的方向看去。那是一个背影，背影走到一辆车前，很潇洒地拉开车门，坐了进去。那辆车很快地开走了。

金桂生问：那人……你认识？

宁小雅冷冷地说：不认识。

北京，一家宾馆里。

满头白发，已显得有些苍老的宁处长靠在沙发上，对坐在他对面的女儿宁小雅说：小雅，你还记得你说过的话吗？

宁小雅说：爸，你说吧。

宁处长站起身来，打开了一个皮箱，只见那只皮箱里装满了钱！宁处长说：你一直看不起你爸，这是十万，你拿去吧。

宁小雅有些疑惑地问：十万，你……

宁处长说：你也别管这钱是哪儿来的。我只要你答应我一件事，离开他。

宁小雅说：有一天，我也许会离开他，但不是为了钱。

宁处长说：小雅，我太了解你了。你不是一个能吃苦的人，你跟他不合适。再怎么说，他也是个农民。

宁小雅反问说：你，不也是农民出身？

宁处长说：我不一样，我上了大学，又在城里泡了这么多年。

宁小雅看了看那个装钱的皮箱，说：爸，十万，太少了。

宁处长吃惊地说：十万还少？你爸一辈子……那你，想要多少？

宁小雅说：你知道吗？我们一个大工程下来，就是二百万！

宁处长喃喃地说：有，有这么多？

郑州，一家洗浴中心。

宁处长对躺在他对面的王大群说：王经理，那个工程，还有些问题呀！

王大群说：说得好好的，宁处长，我可是……

宁处长说：难办啊，有人不同意呀。

王大群有些不满地说：胃口也太大了！

宁处长说：你也不少赚啊！

王大群说：你看，我这人吃马喂的，不容易。百分之八，我再给你提百分之八的回扣，咋样？

宁处长说：这个事嘛，再说吧。

王大群说：别呀，宁处长，这还少吗？

宁处长说：我说过，我不要你一分钱。可上头，就不好说了。再说，我也干不了几年了，快该退了。

王大群说：百分之十，这行了吧？

租住房里。

西装革履的王大群推开门，对苏小娜和于小莲说：二位，走，我请你们吃涮羊肉！

苏小娜说：哟，太阳打西边出来了嗦，王老板咋个想到起请客了？

王大群说：走走，我车在外边呢。

苏小娜说：走就走，不吃白不吃撒。小莲，走。

于小莲说：你们去吧。我有点不舒服。

王大群说：咋，不赏脸？

苏小娜说：莲，走嘛，你们还是老乡啊！为啷个不去？既然他说了，就好好宰他一顿！

于小莲说：你们去吧，我真有点不舒服。

王大群说：咋，请不动？

苏小娜说：你要……真不去，我去了。

于小莲说：去吧。

大街上。

苏小娜看了看王大群的工具车，说：这是你的车？

王大群说：我的车！

苏小娜说：不就是个工具车吗？

王大群说：快了，我马上就买辆轿车！你不信？

租住房门前。

兔子叫道：莲、莲姐！

屋里，于小莲躺在床上，眼里含着泪，没有应声。

兔子在门外自言自语地说：这人、人哪儿、哪去了？说着，他把手里提的一兜苹果挂在了门旁的一颗钉子上。

而后，他看于小莲不在，就对着屋门练习表白的话。

他先是郑重地咳嗽了一声，才对着屋门说：莲，我、我我我，我会对你、你好，一辈子对、对你好。你渴了，我我、我给你倒水，你你饿了，我给你做、做饭，你你病了，我给你、你抓抓、抓药。那、那谁谁，跟跟谁都都、都一块块儿了。真的，你别、别再迷、迷迷了。你你你还没看出、出来？那那、那啥，上上、北京了。我我我，不骗骗你。骗、骗你是、是孙、孙子！

正在这时，门突然开了，无声地开了。于小莲在门口站着！

兔子一怔，脸一下子红了，扭头就跑！

大街上。

车流；人流……

树绿了，冬去春来，转眼又是夏天了。

金桂生先是骑着自行车在人流中奔波；时光荏苒，车轮飞转。渐渐，自行车转换成面包车；而后是桑塔纳轿车，金桂生在北京与郑州之间来回奔跑。

——三年后。

街口上，有一双穿皮鞋的脚从车上一步跨出来——这是金桂生。

金桂生一边下车一边用手机在打电话：兔子，我给你说，甲方又催了，你得抓紧进度啊。噢，知道了。而后，穿西装打着领带的金桂生"啪"一声，把车门关上了。

新装修的办公室里。

金桂生容光焕发地站在屋子中央，四下打量了一下，感慨地说：胡汉三又回来了！

老麻雀站在一旁，像是不认识了似的，张嘴望着他。

金桂生转过身来，说：麻叔，当年，我曾给你说过一句话，你还记得吗？

老麻雀说：啥话？我这记忆，老不好。

金桂生说：叔，我说过，有朝一日，咱同打虎共吃肉！说着，他从办公桌上拿起一个精美的礼品盒，说：叔，这是给你买的。

老麻雀说：这是啥？

金桂生说：这是一套西装。猜猜，这套西装多少钱？

老麻雀说：还有盒子？这，怕得好几十吧？

金桂生说：几十？告诉你，八百！

老麻雀吓了一跳，说：我老天！这么贵！不穿，我不穿。这么贵的衣服，让我穿可惜了。你穿吧，你穿。

金桂生说：你一定要穿，这是我特意在北京给你买的。说着，他不由分说，从盒子里拿出西装，硬是给老麻雀穿在了身上。

老麻雀穿上西装后，浑身不自在，说：你看，你看，跟玩猴样。

金桂生说：不错，不错。

老麻雀问：桂生，那债，还完了？

金桂生说：全还上了，咱现在是一分不欠了。

老麻雀说：那赶紧给你爹说说，让他也高兴高兴。

金桂生点点头，又说：叔，最难的时候，你帮过我。我也说过，到时候，咱有福同享。叔啊，我给你一个工地，从今往后，你就是项目经理了。

老麻雀说：别，你千万别。我也不是那块料。有活儿干就成。

金桂生挠挠头，说：你要执意不干，这样吧，从今以后，重活你就别干了，管材料！

中医疗养院。

金瓦刀在一张椅子上坐着。

儿子金桂生走进门来，站在他的面前，突然把手里的帆布提包一下子扣过来，从里边倒出了一片雪花样的条子，这些全是收回来的"欠条"。

金桂生站在那里，长长地喘了一口气，说：爹，从今往后，咱不欠任何人了！这回，咱是彻底翻身了！而后，他喃喃地说：翻身了。这口气我憋的时间太长了！我再也不用给人当孙子了！

这时，只见金瓦刀眼里慢慢地有了泪花。

金桂生说：爹，这些条，烧了吧？

不料，金瓦刀却说：留着。

金桂生说：留着？

金瓦刀重复说：留着。

接着，他看了看儿子，说：你说，不欠？

金桂生说：不欠了，全都还上了，咱谁也不欠了！

金瓦刀说：欠。

金桂生说：爹，咱真的谁也不欠了。

金瓦刀说：欠。莲，咱欠她！

金桂生立时哑了。

就在这时，金桂生的手机响了，他看了一下，赶忙从屋里走了出去。在外边，他对着电话听了一会儿，说：到了？好，嗯，我马上过去。

郑州火车站。

金桂生在出站口等着接人。

片刻，宁小雅风度翩翩地随着人流从站台里走出来，金桂生走上前去，接过了宁小雅手里的提包。

两人一边走着，一边说着话。金桂生说：图纸审过了？

宁小雅说：审过了。技术上还有点问题，让崔院长给再看看。

金桂生又问：啥时候回去？

宁小雅说：我明天就回北京，那边还等着呢。

金桂生说：你不回家看看？

宁小雅迟疑了一下。

金桂生说：你该回去看看了。

宁小雅含情脉脉地看了他一眼：你陪我？

金桂生说：我陪你回去。礼物，我都准备好了。

可是，宁小雅看了金桂生一眼，突然说：你衣服穿得不对。

金桂生说：我这衣服三千，贵着呢！怎么不对了？这领带……

宁小雅说：衣服代表着一个人的品位。穿西装，要讲究颜色的搭配。一般不能超过三种颜色，你打这样的领带，显得颜色太杂。

金桂生说：好好，依你。

大街上。

一辆"普桑"在路上行驶着，当车行驶到一个十字路口时，红灯亮了。车停在了十字路口的一侧。司机说：又是红灯。

这时，一辆桑塔纳2000正好停在对面。两车相对，车上坐的是王大群。他看见了对面车里的金桂生，金桂生也看见了他，两人就那么相互看着，谁也不说话。

片刻，绿灯亮了，车开了。等两车相错时，王大群嘴里骂了一句：球！

司机回头问：老板？

王大群抬了抬下巴，说：是姓金的吧？

司机说：是。

王大群说：还带个女的？

司机说：可不。长得可漂亮。

王大群随口说：也没挣几个钱，看烧的！

另一辆车里。

宁小雅朝车前瞥了一眼，说：是那姓王的吧？

金桂生说：是。

接着，金桂生问司机：他啥车？

司机说：谁？

金桂生硬硬地说：王大群。

司机说：桑塔纳2000，看样是新车。

金桂生说：多少钱？

司机说：怕得十八九万吧。

宁小雅笑了。

金桂生说：你笑啥？

宁小雅说：我告诉你，对于成功的男人来说，车就是身份。

金桂生"哼"了一声。

亚细亚商场。

商场里，卖西服的柜台前，王大群站在穿衣镜前正在试衣。他穿着一件名牌西装在试衣镜前转了一圈，而后问：多少钱？

女服务员说：这是法国名牌，打完折四千六。

王大群说：拿下。

在卖皮带的柜台前，王大群问：要最好的，多少钱？

服务员说：意大利的，一千二。

王大群说：拿下。

在卖皮鞋的柜台前，王大群拿起一双皮鞋看了看，说：说，就这样式，有42码的没有？

服务员说：有。

王大群问：多少钱？

服务员说：这双皮鞋也是意大利产的，一千七。

王大群说：拿下。

这时，他的手机响了。他对着手机吼道：我，王老大。谁，我的声音都听不出来了？说，啥事?！好，好，等我回去再说！真不让人省心！

宁处长家门口。

金桂生和宁小雅两人提着礼物，双双站在宁家门口……宁小雅敲了敲门，又敲了敲，喊道：爸，我回来了！

屋子里没人应。

两人交换了一下眼色。宁小雅再次高声说：爸，妈。是我，小雅。我回来了！

屋里仍是没人应。

宁小雅小声说：出去了？

这时，金桂生小声提醒说：你，不是带的有钥匙吗？

于是，宁小雅从包里翻出一串钥匙，上前开门，可是，门却开不开了。

宁小雅扭过身来，说：走！

金桂生说：怎么了？

宁小雅说：走。不回就不回。说着，噔噔下楼去了。

金桂生提着礼物追上她：到底怎么了？

宁小雅气呼呼地说：他把，锁都换了。

金桂生的脸色变了。

王大群的办公室。

办公室的沙发、老板台等用具全是新买的，透着一种暴发户的豪华。

此时，三个人抬着一个巨大的地球仪走进来。身穿一身名牌的王大群手一指，说：放这儿。就这放儿。

众人刚放下地球仪，王大群看了看，又一指：慢着，不对不对，放那儿，放那儿。

众人又换了一个地方。王大群说：好，就这儿吧。

等众人走出去后，王大群走到地球仪前，用手转了一下，趴在上边看了一会儿，小声念叨：几、几内亚，埃，埃塞俄比亚……操！

而后，他转过身，几步走到老板台前，先是坐在上边转了一个圆圈，接着，他按着老板台的扶手，像孩子似的身上往上一蹿，两腿蹲在了老板台上，就那么蹲着又转了一圈。接下去，他伸下两腿，端坐在老板椅上，先是拿起电话拨了个号码，对着话筒说：老本，我给你说，你那边得抓紧啊。晚一天我扣你工钱！管籣，不是还有吗？有。找找，我说有就有！说完，他放下电话，很响亮地咳嗽了一声。

这时，一个年轻人走进来，说：老板，有事吗？

王大群说：那个啥，那个……你安排一下。

年轻人说：老地方？

王大群手一挥：老地方。

车辆销售中心。

金桂生带着司机正在看车，旁边站着一个售车员给他一款款地介绍车的性能。

金桂生指着一辆红旗车问：多少钱？

售车员说：二十一万八。

金桂生闷了一会儿，咬咬牙说：要了。

路上，金桂生指着车对司机说：你知道这是啥？

司机说：车呀。

金桂生说：不是车，是公司形象。

车开到了一个路口，金桂生突然说：停，停下。

司机把车停下了，扭过头看着金桂生。金桂生手一指：去去，给我买十串糖蘸"山里红"。

办公室里。

金桂生负手而立。

这时，老麻雀领着于小莲走进来。老麻雀说：桂生，莲来了。说着，老麻雀要走。

于小莲说：叔，你不是说有事吗？

老麻雀说：你们说，我那儿还有点事。说着，他门一关，慌慌张张地走出去了。

屋里就剩下两个人了。

这时，金桂生转过身来，说：莲，在这世上，我就欠一个人的，那就是你。现在，我可以还债了。你说吧，无论你要什么，我都答应你。

于小莲望着他，轻轻地说：你欠我？

金桂生说：是，我欠你。

于小莲说：你欠我什么？

金桂生说：太多太多了。

于小莲沉默了片刻，说：那好。你还吧。

金桂生说：莲，我知道，有些东西，我是还不上了。但只要能还的，我会还。一件一件还。

这么说着，他从桌后拿出一个大提包来，先是在老板桌上铺上了一大张干净的白纸，而后，他先从包里拿出了十串糖蘸"山里红"，一字排开，又从包里拿出了两套很高级的女式服装；第三件是一个精致的女式皮包；最后是五万块钱。就那么一一摆好，放在桌子上。

金桂生说：我知道，这"山里红"是你上学时最喜欢吃的。

于小莲看了一眼，突然，眼里有泪滴下来了，先是一滴、两滴；而后，她满脸都是泪水。她几步走到椅旁，在椅上坐了下来，拿起"山里红"一串一串吃起来。当吃到第五串时，她站起身来，说：好了。欠我的，你已经还了，咱两清了。

金桂生说：莲，我不是不想……

于小莲说：我知道，你成功了。

说完，她站起就走，门"啪"一声关上了。

金桂生追到门外，喊：莲，莲，你听我说，你听我说嘛。我……

于小莲不听，她走得很快。

金桂生无奈地回到办公室，发牢骚说：我是成功了。我吃了那么多苦，难道不该成功吗?！我是个男人！你还要我怎样?！

租住房里。

于小莲推门走进来，看见苏小娜正在收拾行李。

于小莲有点诧异地问：小娜姐，你这是……

苏小娜说：你看，也没得时间跟你说哈，我，换了个地方。

于小莲说：那你，住哪儿? 回头我去看你。

苏小娜说：那个……也说不清楚，还是我回来看你吧。妹子，有句话，我得说，趁着年轻，找个靠吧。

于小莲不语。

苏小娜说：那，我走了。

于小莲说：我送送你。

苏小娜有点不好意思地说：不用了，你忙吧。车，在外边等着呢。

这时，于小莲往外瞅了一眼，看见了王大群在一辆车前站着。于是，她不动了。

在两个相邻的工地上。

一栋栋高楼拔地而起，民工们正在紧张地施工。

此时，一辆新红旗车开到了工地上，从车上走下来的是手里提着安全帽的金桂生和宁小雅。

片刻，一辆桑塔纳 2000 也开到了工地上，车上坐的是王大群。王大群拉开车门，刚要下车，却猛地又把车门关上了。他坐在车上，问：操，这王八蛋换车了?

司机说：可不，新车！

王大群问：啥车？

司机说：红旗。

王大群说：疯了，这狗日的，八成是疯了！不是才把债还上吗？他会有几个钱？贷款，这王八蛋一准儿是使贷款了。还带个妞，看烧的！……说着，他推开车门，从车上下来了。

王大群迎着金桂生走过去，在离他有几步远的地方，他站住了，说：新车呀。

金桂生说：新车。

王大群看了看宁小雅，说：这位，哎呀，这位是？

宁小雅大大方方地说：我叫宁小雅。

王大群说：好啊，好！他扭头走了几步，突然转过身来，对宁小雅说：他一月给你开多少钱？

宁小雅笑笑说：不多。

王大群用挑衅的口吻说：那你不如跟我。

宁小雅说：怎么讲？

王大群说：无论他给你多少，我都比他高一倍！

宁小雅说：是吗？

王大群说：你考虑考虑。

租住的公寓房。

这是一个套房，王大群在敲门。

屋里，正在梳头的苏小娜问：哪个哟？

王大群学着她的口音说：我哟。

苏小娜懒洋洋地开了门，王大群大咧咧地走了进来，一下子抱住了她。苏小娜推托着，说：又坏，又坏。我不理你了。

王大群说：我坏吗？哪儿坏了？

苏小娜扭过身去，说：当老板了嘛，听别个说，这当老板的，没哪个不坏的。

王大群说：哟，生气了？

苏小娜说：当大老板了，我哪个敢生气哟。

王大群说：好啦，好啦。我知道你想我了。

苏小娜说：想你个铲铲。

王大群说：我要送你一件礼物。

苏小娜说：啥子礼物？

王大群说：你猜？

苏小娜说：我猜不到。

王大群说：猜不着我就不给了啊。再猜猜，想想你说过的话？

苏小娜说：啥子嘛？我说的多了去了。

王大群说：窗户！想起来了吧？

苏小娜一喜：真的？

王大群很大气地说：我还骗你不成？你指！你伸手指一下，要哪个方向的，我就办！

苏小娜说：那我可指了？

王大群说：指，你指！

苏小娜伸出手来，闭上眼睛，身子转了一圈，指着说：这边，要这边的。而后，她又转了一圈，伸手一指：不不，那边，要那边的！

王大群说：指，随便指！你只要指一下，那就是咱要的——拿下！

苏小娜一甩手，说：算、算了，你就骗我吧！

王大群气势势地说：我骗你？我一个大男人，骗你？！

夜，万家灯火。

一座座高楼，一扇一扇的窗户里，有人影在晃动。

王大群和苏小娜并排躺在床上，苏小娜说：群哥，你是真心喜欢我？

王大群说：那还有假？

苏小娜说：听说，有了自己的房子，就可以入户口，那以后咱就是城里人了嘛？

王大群说：那当然。

苏小娜说：我这心里，咋个还是不踏实噢。

王大群说：你信不过我？

苏小娜说：不是。反正这心里不踏实。

王大群说：有时候想想，真就像做梦一样。夜里，睡着睡着，那钱跟蝴蝶一样，飘飘扬扬就下来了，我两手去抓，抓啊抓啊……好家伙，满地都是钱！

苏小娜喃喃地说：在这城里，要是有一扇自己的窗户，我就趴在那窗台上，看你回来，给你做饭、织毛衣。多好。

王大群说：真的，我说的都是真的。你怎么哭了？

苏小娜流着泪说：群哥，有你这句话，就够了。

中医疗养院。

金桂生和宁小雅一起来到病房，推开病房的门，说：爹，小雅来看你了。

可是，屋里却没有人。

两人来到护士站，问：同志，十七床人呢？

护士看了他一眼，说：出院了。

金桂生惊奇地问：出院了？我怎么不知道？

护士说：你是谁？

金桂生说：我是他儿子。

这时，宁小雅看了看表，说：人既然不在，走吧。

大街上。

一辆新奥迪车在大街上行驶着，当车行驶到一个区级政府机关的门前时，王大群突然说：停，停下。

车缓缓地停住了，司机说：老板，啥事？

王大群抻了抻身上穿的西装，说：刘儿，你看我像不像那种、那种城里人？

司机有点莫名其妙，就问：哪种？

王大群说：就那种头昂得高高的，事事的，那种——说白了，就是爷！爷字辈的！你看像不像？

司机说：像。像一个大干部！

王大群说：说实话，真像？

司机说：真像。光你这一身西装。

王大群说：操，净名牌。

接着，王大群手一指说：开进去！日他的，就开进那政府院里！

司机说：人家让进吗？

王大群说：这是啥车？——奥迪！你听我的，只管开进去！

于是，司机一打方向盘，把车拐进了区政府的大院。当车进门的时候，王大群心里虽有些紧张，但坐得笔直。看大门的看了看车，果然没有阻拦。

车在区政府大院里转了一圈，又从后院拐了出来。王大群说：咋样，我说没事吧？咱是奥迪！

司机说：哪儿，还上哪儿？

王大群说：开出去。照原路开回去。我就试试，操！

车又从院子里开了出去，在大街上行驶着。突然，王大群又说：停，停！

司机又问：老板，啥事？

王大群挠挠头，说：这个……我想吃碗烩面。

司机不解地问：不是请人吃饭吗？

王大群说：小刘，你不知吃饭有多累。那是吃饭吗？那是为了陪那些龟孙，是跟龟孙们斗心眼啊。我就是吃烩面的命，我得先垫垫。

司机说：那，我把你送过去吧？

王大群说：你这娃子，脑子有病吧？操，你见有开着奥迪车去吃烩面的吗？停这儿，就停在这儿边上。说着，他下了车，夹着一个包，独自一人拐过街口，走进了一条小街，吃烩面去了。

租住房。

金瓦刀手里拄着一根拐杖站在门前。

于小莲端着一个洗衣盆从屋里走出来，一见是老人，忙说：叔，你怎么出来了？

金瓦刀说：我来，是给你，赔礼来了。说着，把头勾下去了。

于小莲忙说：你看，你还有病，你赔什么礼？快进屋吧。

金瓦刀说：孩子，金家，对不起你。

西餐厅里。

金桂生和宁小雅一南一北，在一个长条桌前坐着，桌上摆满了西餐和各种酒。就他们两个人，旁边，还有一个拉提琴的小乐队在给他们伴奏。

宁小雅举起刀叉，说：记住，左手拿刀，右手拿叉。

　　金桂生试着比画了一下。

　　宁小雅说：对，这样，就这样。袖子，你的袖子！

　　金桂生有点别扭地切着牛排，可一不小心，"啪"的一声，叉子掉在了地上。

第十七集

　　五星级宾馆。

　　一个巨大的雅间里，放着一个铺有高档桌布的长条桌，桌上摆满了高档菜肴。王大群独自一人在下首的位置上坐着。已是午时了，他不停地看表，而后又吩咐站在一旁的老本说：去，看看肖总来了没有。

　　老本说：都看了几次了，司机小刘还在大门口候着呢。

　　王大群没好气地说：去，再去看看。

　　老本慌忙跑出去了。

　　十二点过五分时，包间的门开了，王大群慌忙迎上前去，可是，走进来的却是一位女士。王大群一怔，说：肖……肖总呢?

　　这位女士说：很抱歉，肖总临时有点急事，来不了了。肖总让我转告你，对不起了。改日再联系吧。

　　王大群一听就炸了，那话脱口而出：说得好好的，操！我菜都上了，五千一桌！又不来了。这，钱不白花了? 这算啥呢?!

　　那女士刚要走，听他这么一说，又扭过身来，好像是很鄙视地看了他一眼，很客气地说：实在对不起，再一次向你致歉。至于菜嘛，你们吃吧。说着，深深地鞠了一躬。而后，昂着头"嗒嗒"地走出去了。

王大群"啪"地拍了一下桌子，骂道：王八蛋！什么东西！而后，他颓然地坐在那里，看着满桌佳肴，无力地挥了一下手，说：去去，结账吧。

等老本走后，他瞪着两眼，捋了一下袖子，拿起筷子，夹了满满一筷子的菜，说：吃，吃他娘的！

可是，他刚把菜塞进嘴里，老本又跑回来了，说：头儿，她，她把账结了。

王大群怔了一会儿，很狼狈地把一嘴菜咽了下去，问：你说啥？谁把账结了？

老本说：肖总那秘书，把账结了。

王大群傻傻地坐在那里，怔了片刻，说：结了？操，五千，她结了？这不是打我脸吗?! 去，追回来，赶紧把人追回来。

老本说：早走了。人家那叫气派，钱都没拿，用一卡，就那么"哧"了一下，结了。

王大群用力地抽了自己一个嘴巴，说：我操！

一家干净、雅致、日式风格的茶艺馆里。

一张小桌上摆着几样小点心和茶水；肖风和二群面对面坐着。

肖风说：你知道我为什么把这个工程给你吗？说到这里，他停顿了一下，又接着说：因为我喜欢你。

二群说：谢谢肖总。

可肖风仍然自说自话：你知道我为什么喜欢你吗？因为你话少。

二群不语。

肖风说：我不喜欢话多的人。

肖风说：那些包工头找我的时候，一个个满嘴跑舌头，说他们的施工队怎么怎么好，怎么怎么好，你没有。你到我公司去，保安不让进，你就在门口蹲着，蹲了三天。你知道吗，我就在楼上的窗户里望着你。你在那儿蹲着，那姿势，很实诚。后来我就让你上来了。

肖风说：我曾经是个诗人。你知道什么叫诗人吗？就是头发很长的那种。那时候我兜里一分钱都没有，只有头发。后来，后来我做了商人，就把头发剃了。说着，他摸了摸自己的板寸头，接着说：你知道，在这世界上，最伤人的是什么？——是话。话最伤人。

二群为了揽活儿，肖风的话，他一直很有耐心地听着。

肖风说：有个包工头，叫王大群，挣了俩钱，很狂。今天，我把他教训了一顿。噢，也说不上是教训，他请我吃饭，我没去。他多说了一句话，就一句，我让人把账付了。王大群是你哥吧？——说到这里，肖风笑了。

二群说：他是他，我是我。

肖风说：这就对了。你尝尝这茶，喝出点味没有？

二群说：好喝。

肖风说：回头给你们金总捎个信，有空见个面。

雅间里。

苏小娜风风火火地走进来，说：这么急让我过来，有啥子事？

王大群指着一桌子菜，说：请你吃饭。

苏小娜惊讶地说：这么大一桌子菜！又让我陪谁呢？人呢？到这会儿还没来？

王大群说：谁也不陪。今天是我陪你。

苏小娜说：就我一个人？这，这也太破费了吧？

王大群说：这算什么？一直说要请你吃大菜，老没时间，今儿个就请你。

苏小娜说：真的？就请我一人？那我可吃了？

王大群说：吃！我看着你吃。

苏小娜拿起筷子，尝了一道菜，疑惑地说：怎么都凉了？

王大群说：凉了？热，让他们热去。

租住房里。

敲门声响了，于小莲放下手里的活儿，去开门。

门开了，站在门口的是金桂生。于小莲回过身来，往床上一坐，一句话也不说。

金桂生说：莲，是我不对。我，不该那样对你。

于小莲说：咱们，已经两清了，谁也不欠谁，你走吧。

金桂生说：我知道我错了。我爹他，你见了吗？

于小莲不语。

办公室门前。

一辆车开到了门口，于小莲和金桂生先后从车上下来。

在豪华的办公室里，只见金瓦刀挂着一根拐杖在屋子的正中间坐着！

金瓦刀看了他一眼，说：你现在，有车了，是富人了。我没有你这个混账儿子！

金桂生忙说：爹……

金瓦刀说：去，把墨斗给我拿来！

金桂生愣愣地望着他，说：爹，你，你要墨斗干啥？

金瓦刀一顿拐杖，说：找去。

金桂生赶忙走出去，让人找墨斗去了。

片刻，小罗匆匆拿着一个墨斗跑进来，说：找着了，找着了！

这时，金瓦刀慢慢地站起身来，独自一人接过那个墨斗，小罗要上去帮他，被他一下推开了，而后，他一步步走到那粉白的墙前，就在那面白墙上，从嘴里吐出了一颗小钉，一下钉在了墙的一角，接着，单手从墨盒里扯出一条线来，用手绷了一下。在墙的中央，绷出了一条醒目的黑线。而后，他用手蘸着墨汁，颤抖着手，在线上，写出了一个大大的"人"。接着，在那条墨线的下边，他又用手写上了"畜生"二字。接着，他转过脸来，怒气冲冲地指着儿子：人，要有线！你……

金瓦刀用手指着儿子，气得嘴唇哆嗦，由于激动，往下竟一个字也吐不出来！当他举起拐杖时，由于用力过猛，身子一下子歪倒了。

金桂生赶忙扑上前去，背起父亲就跑！

洗浴房里。

王大群和宁处长两人腰里裹着浴巾在靠椅上躺着。

王大群感叹道：泡一泡，真好。宁处长，不瞒你说，小时候，我一年才洗一次澡，还是去县城那大池里洗，我爹带着我们哥仨，那时候啊……

宁处长说：是啊，泡泡好。我不像你呀，年轻，好时候还在后头啊，有的是时间。我啊，老了，眼看没几年好日子了，也泡不了几天了。

大群说：宁处长，想泡还不容易，你啥时候想泡，说句话。

突然，宁处长漫不经心地说：那款，到账了吧？

王大群说：到了，到了。宁处长，这得谢谢你呀。

宁处长点上一支烟，说：八栋楼，不少赚吧？

王大群说：你也知道，七扣八扣的，再发发工人的工资，也没多少。

宁处长伸出一只巴掌来，晃了晃说：没多少？我看，不低于这个数吧？

王大群说：宁处长，你放心，挣多挣少，我是不会亏你的。说着，他让人提进来一个箱子。

宁处长看都没看那箱子，只是把眼闭上了。

王大群说：宁处长，听说跨世纪房地产的肖总是你的学生？

宁处长问：是肖风吧？

王大群说：是，听说他做大了，在天津、北京买了好几块地皮。

宁处长说：是啊，肖风是我的学生。

王大群说：宁处长，肖总那儿，改天我把他约出来，一块儿聚聚？

宁处长说：再说吧。

王大群说：那这事就麻烦宁处长了。——叫个妞儿按按？

宁处长说：按按。如今，我也想明白了，这人啊……

办公室里。

王大群气愤地走来走去。他伸手在地球仪上转了一下，说：这姓金的王八蛋，太嚣张了！你能跟我比吗?! 跟我比，你有啥资格跟我比?! 小子，走着瞧，到时候，你哭都来不及！

这时，老本推门走进来。没等他开口，王大群就虎着脸说：干啥？干啥？你咋进来了？谁让你进来的?! 咱现在是公司了，一点规矩也不懂——出去！

老本一怔，赶忙退回去，重新敲门。王大群没好气地说：进来吧。而后，他又教训说：这是总经理室，你看人家城里人，机关里，啊？以后进门要喊——报告。我让你进来，你再进来。说，啥事？

老本说：大牛他娘病了，想预支点钱。你看？

王大群说：支钱？不行。咱有制度！按制度办事。

老本说：你看，他确实有难处，能不能先借一点？

王大群说：你啰唆啥？我说不行就不行。

这时候，王大群接了个电话：宁处长，你好，你好。你说你说，好啊。你说安排哪儿？下星期三？好，听你的。听你的。我来安排，当然是我来安排。

医院里。

已抢救过来的金瓦刀在病床上躺着。

金桂生和于小莲站在他的病床前。

金瓦刀说：儿子，你知道，什么叫法人？在公司，我是法人！手续是我的！你要有人性，就答应我，跟莲……你要是……我就废了你！

金桂生望了望父亲，又看看莲，沉默了很久，只好硬着头皮说：爹，你放心吧，我答应你。

大街上。

王大群刚把车开过来，就与金桂生相遇了。

金桂生和于小莲从医院里走出来。他们相互看了一眼，谁也不说话。

拐过弯来，大群说：操，我操！——呸！

坐上车，大群拿起手机，气呼呼地按了一串号码，对着手机说：小娜，你过来，马上过来！

住宅小区。

金桂生领着于小莲走上二楼，而后，开了二楼一套公寓的门。

两人走进屋之后，金桂生说：莲，这房子写的是你的名字，是（想说你，没敢说出口），咱们的。

于小莲说：是吗？

金桂生说：我爹年岁大了，也不能在医院长住，我给你留下十万块钱。

你……我有时间的话，也回来……看你。

于小莲说：这房，是结婚用的？那得好好收拾收拾。

金桂生说：也算，是吧。不过，北京那边，我一时也脱不开身。婚，暂时……

于小莲说：啥意思？

金桂生说：你也知道，小雅她……我还不能……

于小莲明白了，突然上前给了他一耳光，说：你，你也想包二奶？你，想包我?！你真卑鄙！

金桂生赶忙说：莲，你得理解我，求求你。我，实在是……我，不是那意思。

于小莲说：无耻！谢谢你的好意！说完，扭头走了。

另一住宅小区。

一辆奥迪车停在了一栋楼前，王大群领着苏小娜从车上下来。

站在楼下，王大群说：咋样？钱这玩意儿，撑人呢。你瞅瞅，结实着呢，砸哪儿都是一个坑！

小娜问：几楼？

王大群说：你跟我走就是了。

三楼的一个阳台上。王大群指着阳台说：看看，这不光是阳面，还是最好的楼层！窗户够大吧？

小娜说：嗯，这地方可以挂个晒衣架。

两人在房子里一间间地看……在卫生间里，王大群说：以后你在里边就脱得光光的，撒开了洗！撒开了尿！

小娜用拳头打了他一下，嗔道：看你，说得啷个难听。

王大群说：话丑理不丑。从今往后，这房子就是咱的了。你还不撒开了造？

小娜说：那户口呢？有了房子，就能入户口了？

王大群说：放心，没问题。不就是钱吗？把钱往那儿一摔——统统拿下！

小娜扑过来，偎着他说：那，从今往后，我就是你的人了。

王大群一怔，满不在乎地说：我的人。当然是我的人。咋，你还想跑？

小娜嗔道：你要是……我当然要跑了。

王大群说：跑？往哪儿跑？——拿下！这房子也有了。咱可说好，从今往后，那歌厅，你可不能再去了。

小娜说：哪个想去哟？接着又说，不去，那我做啥子呀？

王大群说：干啥？你什么也不用干。就在家看看电视，做个饭啦，那个什么的，等着我回来，好好侍候我。

小娜嗔道：看你巴适得！那找个时间，把事办了？

王大群挠了挠头，顿了一下，说：办。当然办。那还不是早晚的事。

临近工地的马路上。

王大群的车快要开到工地门口的时候，突然，他叫了一声：停！

司机立马把车停下，回头看了他一眼。

这时，王大群两眼望着车外，那神情竟有些紧张。

就在不远处的工地门口，王大群的妻子杨菊花提着一个大提包在门口站着。

王大群有些慌乱地自言自语地说：操，谁让她来的？她咋来了？而后，他对司机说，快，快，掉头，掉头！

办公室里。

金桂生颓然地坐在一张椅子上，面对着一面白墙。如今，那雪白的墙上有一道醒目的墨线，墨线上边有一个大大的"人"字，下方是两个字"畜生"！

金桂生坐在那里，久久地凝视着，天慢慢黑下来了。

住宅小区大门口。

晨光里，杨菊花提着一个大提包一路问着走进来。

小区三楼的一套房子里。

小娜和王大群正在吃早点，这时，门铃响了。小娜说：哪个呀？——说着，她走过去拉开了门。

杨菊花在门口站着。小娜问：你找哪个呀？

杨菊花质问道：你是谁呀？

小娜一愣，说：我？你走错门了吧？

杨菊花说：我找王大群，你是谁？

小娜说：我是大群的爱人。你……你是？

杨菊花说：我是王大群的妻子！

这会儿，王大群从里边走出来，说：一进门就咋咋呼呼的——谁？谁呀？

说话的当儿，杨菊花提着提包，直杠杠地挤进来，气呼呼地说：听人说你包了个小妖精，我还不信，没想到你还真有这事！

小娜怔怔地看着她，这时才醒过神来，说：你才是小妖精呢！

杨菊花一边往里走，一边说：你，就你——小妖精！我是王大群明媒正娶的老婆，我有结婚证。你算是哪棵葱？！

王大群有些尴尬地说：别吵，别吵。菊花，你怎么来了？也不言一声。

杨菊花把提包往地上一顿，气愤地说：我来看看你这个大流氓在外边都干了些啥!

这时,小娜扭过脸来,流着泪质问道:王大群,你结过婚了?你啥子时候结的婚?为哪个不告诉我?!

王大群一看这阵势,干脆厚着脸皮说:是,我结过婚了。反正事就这样了,你们看着办吧。要不离婚,要不就这样,我养着你们。这个、这个……不是有个和平共处五项原则嘛,你们商量吧。说着,王大群夹上包,要走。

杨菊花快步跑进厨房,拿起一把菜刀,举在手里说:王大群,你不能走!你要敢再走一步,我就死给你看!

王大群一看,说:好好,我不走,不走。你先把刀放下。说着,他走上前去,一把把刀从杨菊花手里夺过来,说:有话好好说嘛。

小区。

保安们正在换岗。

远处是一座座矗立的高楼。

一个房间里。

王大群坐着,杨菊花也坐着。王大群说:别哭了。菊花,你听我说,菊花。这个事呢,是怨我。可你也得替我想想,我整年在外边,张风喝冷的,容易吗?那钱是好挣的吗?她呢,说实话,这些年没少帮我的忙,在这儿给我做个饭,洗个衣服,陪个客人啥的。你要不理解,咱就"那个"也行,你说呢?话说回来,她毕竟是外乡人,是野路子。你呢,是正宗,你说是不是?

杨菊花一直在默默地流眼泪。

王大群说:不管咋说,这事已经这样了。你要是原谅呢,咱还好好过,还是一家人。你要是不原谅呢，那你，那你看着办吧。你说咋办，咱就咋办。

杨菊花最后说：要想让我原谅你，那你给她些钱，让她走。

王大群连声说：走。我让她走。可这也不是一句话的事，得慢慢来。说着，王大群从手提包里拿出一万块钱，塞到菊花手里，小声说：收起来，上街买件衣服。

另一个房间里。

王大群站着，小娜坐着。王大群说：小娜，我不是存心要骗你。我是真心要离婚的。这些年，我对你的感情，你应该清楚吧？别的不说，光这房子，几十万，不会有假吧？那房产证上登记的可是你的名字！你说我对你咋样？她呢，是家里办的，我也没办法。我也没想到她会来，她在这儿也就住几天，住几天她就回去了，对咱也没啥影响嘛！等我再干几年，给她一笔钱，咱就不回去了。

小娜说：要么你给她一笔钱，跟她离；要么，你给我一笔钱，让我走！

王大群说：离，我一定离。可你也得给我时间呢。说着，他从手包里拿一张卡，递到小娜手里，轻声说：收起来，这是三万块钱，你先放着。

灯光闪烁的住宅小区。

夜，小娜光着两只脚在一个房间里坐着。

杨菊花在另一房间里闷坐着。

墙上的挂钟打了十二下，夜已深了。杨菊花对着墙，"呸"朝墙上吐了一口。

小娜听见声音，也重重地"呸"了一口！

王大群的新住宅。

临近中午，小娜坐在厅里的沙发上嗑瓜子，嗑的速度很快，嗑着嗑着，她重重地"哼"了一声。

杨菊花在房间里摔摔打打地铺床，也跟着"哼"了一声。

小娜看了看墙上的挂钟，用茶杯敲了敲茶几，说：哎哎，该做饭了啊！

杨菊花气冲冲地从里屋冲出来说：臭不要脸的，你"哎"谁呢？！

小娜不屑地说：你呀。你不是骂我小蜜，骂我妖精吗？妖精不做饭。你不是他老婆吗？老婆做饭。

杨菊花说：你！

小娜说：咋？你不是他老婆吗？不做饭算啥子老婆？！我告诉你，他可是快回来了。

杨菊花怔了一下，身不由己地往厨房走去。她在厨房里六神无主地转了一圈，愣了一会儿，又觉得不对，她抓起一只碗，"啪"一下摔在地上，说：这也太欺负人了！

办公室里。

杨菊花猛地推开门，手里举着一个药瓶子，喝道：你，你们也太欺负人了！我一天也忍不下去了！你说，咋办吧？你让那狐狸精走！你要不让她走，我就死在你的面前！

坐在老板椅上的王大群先是一怔，说：哎，说得好好的，你俩和平共处。你，你怎么又来了？

杨菊花说：我今天就要你一句话，你说吧，谁走？！

王大群恼了，说：好，好，你闹哩不是？你闹，你闹吧。你再闹，咱就一刀两断，离婚，我马上跟你离婚！

杨菊花说：好，姓王的，离就离，今天我就死给你看！

王大群往椅子上一坐，说：好，喝。你喝。

杨菊花急了，说：看起来，姓王的，你是逼我死呢?!

王大群说：你喝，有种你就喝。我看着你喝——你喝呀！

杨菊花气愤至极，她举起瓶子，仰起脖子，就那么咕咕咚咚地喝下去了，而后，她身子一歪，倒在了地上。

王大群一下子傻了，他猛地站起身，结结巴巴地说：操，你……真喝呀！

大街上。

一辆救护车响着警报呼啸而去。

医院里。

王大群提着一兜水果匆匆走来，他来到病房的门口，探头往里一看，见病床空了，吓了一跳，说：哎，人呢？

而后，他赶忙跑到值班的护士那里，问：哎，同志，同志，八床人呢?!

护士白了他一眼，批评说：这会儿知道找人了，早干什么去了?!

王大群慌了：不是救、救过来了吗？又出啥事了？不要紧吧？

护士说：命都快没了，还不要紧？啥要紧?!

王大群说：那，人呢?!

护士这才说：走了。

王大群说：走了？上哪儿了？

护士说：出院了。以后可得注意啊。

王大群不以为意地说：吓我一跳，不还活着吗！

护士说：怎么，你盼她死啊？

王大群忙说：没有。没有。接着，他嘴里却嘟哝说：死了倒好了。她要是死了，我给你医院送个匾。

护士一惊，问：你说什么？

王大群说：没说啥。我说，这人呢，人上哪儿去了？

大街上。

杨菊花提着包，木然地走着。

工地上。

头戴安全帽的二群看见了杨菊花，忙问：嫂，你，你怎么来了？

杨菊花说：二群，我想在你的工地上找个活儿干，行吗？

二群说：嫂子，你见我哥了？我哥他……

杨菊花说：你别提他，他不是人！二群，不管咋说，咱也是乡亲，你给我找个活儿，钱多钱少没关系，有口饭吃就行。

二群说：嫂，不是我不帮你，我哥这人……

杨菊花叹了口气，说：二群，你也想让我死？人到难处了，你都不能帮一把？

二群说：嫂子，你看这工地上，都是男人干的活儿。你要是缺钱的话……

杨菊花说：不是钱，我不图钱，你不给钱也行。我已经是死过一次的人了，就是想争争这口气！

二群说：要不，我给你在别处找找？

杨菊花说：我哪儿也不去，就在你这儿干。我不怕吃苦，干啥都行。我就是想让他看看，我离了他也能活！

二群看着她，有些为难地说：那，那让我想想。

王大群的住宅。

王大群开门走进来，见小娜在看电视，就探头往里看。

小娜没好气地说：别看了，没得回来。

王大群说：操，你还不知道吧？她——喝药了！

小娜一听，下意识地站了起来，惊慌地说：她人……没啥子事吧？

王大群说：她举着个药瓶子，我还以为她吓唬我呢。我说你喝，操，她还真喝了。这不，送医院了，洗了一天胃，又抢救过来了。操，死了才好呢！

小娜说：你说的是啥子话！——人呢？

王大群摇摇头说：不知道。许是走了，回乡下了。

小娜说：那你，还是去找找她吧，别再出啥子事了。

工地上。

楼上，楼下，民工们三五成群正在指手画脚地议论：

一个说：哎，看见了吗？就那儿，那边开升降机的，就是王老大的媳妇！

一个说：就那个？是他老婆？真是他老婆?！不会吧？

一个说：你不知道？听说她喝药了！

一个说：为啥？因为啥?！

一个说：听说王老大包了个二奶，俩人斗起来了。

一个说：二奶？真的？啥样？长得漂亮吗？

这时，王大群的车开到了工地上。王大群手里提着安全帽下了车，大声吆喝说：吃饱了不是？胡咧咧个啥？干活去！

人们一见头儿来了，立时就散了。

老本迎了过来，说：头儿，你看……这事？

王大群说：啥这这那那，快说。

老本小声说：你媳妇，我嫂子，咋跑二群那儿干去了？

王大群一怔，说：操，真的？她人呢？

老本往对面一指：那不，在那边开升降机呢。

王大群的脸立时黑下来了。

工地的二层楼上。

王大群悄悄地在看对面的升降机。

杨菊花在开升降机，她脸上带着一种坚强又有些忧郁的神情。运料的升降机不停地上上下下，就像是人的命运。

工地大门外。

王大群和王二群面对面站着。

大群说：老二，你坏我呢？

二群说：我坏你啥了？

大群说：你不要听那姓金的挑拨，咱可是亲兄弟。

二群说：亲兄弟？不错，是亲兄弟。可你帮过我吗？

大群说：好，好。那我问你，是谁把你带出来的？

二群说：那也是为了给你找女人。我不承这个情。

大群说：行啊，这会儿你翅膀硬了，亲哥哥都不认了。

二群"哼"了一声，冷冷地说：这世上还有情分吗？亲兄弟还不如个路人。

大群说：老二，你恨我，是不是？

二群说：我恨你干啥？咱各走各的路，各干各的活儿，井水不犯河水。

大群说：说得好。井水不犯河水。可老二啊，你这明明是臭我！你都把屎盆子扣到我脸上来了，还说是井水不犯河水？！你分明是想看你哥的笑话啊！

二群说：我看你啥笑话了？

大群说：你真是不清楚还是装糊涂？你，你让她在你这儿干，杵在面儿上，人来人往的，这个见了说说，那个见了说说，啥意思？有意思吗？这不明摆着是刮我臭风嘛？！

二群说：她走投无路，求到我这里了，你说我咋办？

大群说：这样，你让她走。花多少钱算我的。

二群冷冷地说：这话你去说，我没法说。

大群咬牙切齿地说：好，老二，干得好！你这是往你哥眼里扎钉子呢！老二，我有言在先——你不仁，别怪我不义！

租住房门前。

兔子兴冲冲地走进来，大声喊道：莲姐！

于小莲从屋里走出来，说：兔子，你咋来了？

兔子说：我来接、接你。车，车在外边等着呢。

于小莲说：我不去。

兔子说：麻、麻叔他们都等着你、你去呢。大伙儿都想、想吃你做的盒饭。收拾收拾，走吧。北、北京地界大，打工工的海、海了去了，钱、钱、钱也好挣。莲姐，我，我经理了！我我都领领领几几几、十号人了！

于小莲说：真的？

兔子说：这还有假？走，我帮你收拾。说着，进屋去了。

皇上皇餐厅包间里。

王大群和宁处长在包间里坐着，豪华的餐桌上已摆上了精美的菜肴。

王大群说：宁处长，那肖总不会不来吧？

宁处长说：放心吧，他一定来。他是我的学生。

王大群说：那是。老师发话了，他不敢不来。可这都……

这时，门外响起一串服务小姐的"您好"声。接着，雅间的门开了，肖风走进来，连声说：对不起，老师，路上堵车，我来晚了。

宁处长故意端着老师的架子，说：噢，来了就好。来，我给你介绍一下，这位是我的老乡，也是搞建筑的，王大群，王经理。这是肖风，我的学生。

肖风看了王大群一眼，伸出手来，淡淡地说：你好，王经理。

王大群忙说：肖总，你可来了，不好请啊！坐，坐。今天你是贵客，你坐主位。

肖风说：老师在上，哪有我的位子？你这是骂我呢。

说着，肖风很恭敬地把宁处长搀起来，扶到了主客的位置上。待他们坐下来，肖风说：老师，身体还好吧？

宁处长说：还行。肖风啊，这些年，你干得不错嘛。

肖风说：一般，很一般。在老师面前，学生啥时候都是学生。

王大群插话说：肖总，你是做大生意的，跟你见个面不容易呀！

肖风淡淡地说：你太客气了。我是跟着人家香港老板干的，说白了，也是个打工仔。

王大群说：肖总也太，这个，谦虚了。你资产多少个亿，还说是打工的？

肖风说：没有，没有，真的。都是瞎传的。老师在这儿坐着，我敢瞎吹吗？

王大群说：肖总，跟你见个面不容易，我备了几样小礼物，不知真假。

说着，他朝外招了招手说：拿上来，让肖总过过眼。

服务小姐先送上来的，是一个精美的盒子，盒子里装着一套精装的《泰戈尔诗集》。

肖风看了一眼，摸了摸他的光头，说：不错，书不错。当年，我做梦都想得到这套书！别说精装，简装的我也买不起呀。可惜呀，老师在这儿，我说一句打嘴的话——我如今是个商人，已经不读书了。

宁处长用老师的语气说：肖风啊，再忙，书还是要读的。

肖风说：是啊，是啊。所以嘛，现在我都不敢说是老师的学生了。

这时，服务小姐又拿上来一个长条盒子，打开，里边是一轴齐白石的画。

肖风看了看，说：齐白石的虾，很珍贵啊！不会是仿制品吧？

王大群忙说：这是从北京"博古斋"淘来的。不会吧？

服务小姐又捧上来一个大点的盒子，打开之后，里边是一个精美的钧瓷瓶子。

肖风看了，说：自古就有黄金有价钧无价之说。好啊，都是好东西呀！王经理不简单啊，还知道我"好"什么。谢了。这些东西都是送我的吧？

王大群说：一点意思，不成敬意。

肖风说：那好，既是送我的，我就收下了。这些东西，我转送给我老师。待会儿，给我老师送过去。

王大群一怔，说：这，这，也好，也好。说着，他看了宁处长一眼。

宁处长说：肖风啊，我今天给你们牵个线，以后，有什么工程，你帮帮王经理他们。

肖风嘴上很恭敬地说：老师吩咐的事，我一定照办。

王大群马上说：倒酒，倒酒！

桑拿蒸房里。

王大群和肖风各自腰里围着一条白色的浴巾在蒸房里坐着。

王大群说：肖总，你是房地产的老大，说啥也让我们跟着喝点汤嘛。

肖风说：你做得也不错嘛。

王大群说：不行，不行，比肖总你差远了。听说，你要给姓金的一些工程？肖总，我这边，论实力比姓金那边强多了，他只是个小公司。我这边你看，是不是也给点活儿？你放心，质量绝对有保证。

肖风说：你们不都是林县人嘛。他做，你做，不一样吗？

王大群说：肖总，我明人不说暗话，如果你让我做，我保证再让给你一个点，咋样？

肖风漫不经心地说：地是有几块。不过呢，目前，我这边，资金周转也有些紧张。

王大群说：只要你让我做，前期工程我先垫资，怎么样？

肖风说：让我考虑考虑。

酒店门前。

已喝醉了酒的王大群歪歪斜斜地走着，大着舌头说：我我我、送送宁处长。

可是，肖风挡住了他的手，一手搀着老师，小心翼翼地把宁处长扶上了一辆停在门口的奔驰车。

坐在车上，肖风突然问：老师，小雅，她还好吗？

宁处长叹了口气，说：唉，这孩子，这孩子呀……

肖风用探问的口气说：老同学，多年不见了。同学们都想在一块儿聚聚。老师，你有她的联系方式吗？

宁处长沉吟片刻，终于说：她在北京呢。

北京，林县金瓦刀公司，技术室。

办公室内，宁小雅正在电脑前做标书。

这时，有两个小伙子抬着一个大花篮走进来。一个小伙子很有礼貌地问：请问，哪位是宁小姐？

宁小雅抬起头问：找谁？

小伙子说：宁小雅，宁小姐。

宁小雅站起身来说：我就是。你们这是……

小伙子说：我们是花店的。一位先生让我们专程给你送的鲜花，请您签收。

宁小雅有些诧异地问：给我送花？你们弄错了吧？谁送的？

小伙子说：这里有张卡，你一看就知道了。

宁小雅走到花篮前，拿起花卡看了一眼，嘴里念道：肖风……

民工住地。

兔子领着三个从乡下来的亲戚从远处走来。当他们快到食堂门口时，兔子叫道：莲，你你你出、出来一下。

于小莲应声从食堂里走出来。

于是，兔子给她介绍说：这这是、是我舅。这是是顺、顺子兄弟，这是选选、选哥，都是从老老、家来的，自己人！

见是家乡人，于小莲忙笑着打招呼说：都来了？

老昌舅说：来了。兔子发了，都当经理了，还能不来？！俺是投奔他来了。

兔子高兴地说：都是、是是亲戚。没、没二话！这样，莲莲，你你、你安排人炒、炒几个菜，我跟亲、亲戚们喝、两盅！

于小莲迟疑了一下，说：这合适吗？工地上还等着……

兔子说：情、情况特特特、殊，我我、我说了，安、安排吧。

老昌说：弄啥菜呀？下碗面条就中。

兔子摆摆手说：安、安排吧，今、今天就、就就、不不上街了，就、就近得了。

于小莲说：行，那行。你们先坐，我这就安排。

○　●

第十八集 ·······································

民工食堂里。

一个圆桌上摆着热、凉八个菜，两瓶白酒。其中一瓶已经喝完，另一瓶也已喝了大半。

兔子陪着亲戚们喝酒，心里高兴，喝着喝着就有些醉了，人一醉，就把西装里边的衬衣扣子解开了，把领带拽了下来，一捋袖子，说：舅舅，恁恁、恁外甥现今已、已经不、是从前了！恁外甥管管八、八个工地！忙，忙着哩！

老昌说：那是，那是。你比恁爹强！兔子啊，有句话我得说到前头，亲戚们来了，得安排个好活儿呀！

兔子说：我娘、娘死得早，舅、舅们待待我不、不赖。那那那还不不是一、一句话？没问题。

老昌借着酒劲说：你不安排好活儿，我可捋你！

兔子醉眼朦胧地用手指着自己的鼻子，说：谁？你，就、就你？——捋我？！

老昌说：咋？我是你舅！你当经理，我都不敢捋你了？给你说，我啥时候都是你舅！

兔子直着眼说：那、那是，你是舅、舅哩，你捋我，我不还手，保证不、还手。

老昌说：小时候的事，忘了？你妗子待你，咋样？你这表兄弟们，待你咋样？！

兔子说：忘不了。一百成，那是一百成！喝，都喝！

这时，于小莲走过来给他们倒上水，而后，暗暗地扯了一下兔子，小声说：你不能喝，别再喝了。

兔子说：没事，我没、没没事。亲、亲戚们来了，高、高兴！

老昌说：没喝多，没喝多。

于小莲笑着说：酒伤身。吃菜，你们多吃菜。

表哥国选说：没事，你别管了，表兄弟们轻易不见面，说说话。

于小莲笑着退回去了。

兔子又端起酒杯，说：喝喝。

老昌说：酒喝到这般时候了，兔子，你说说，咋安排吧？

兔子的头已经抬不起来了，他一挥手说：好办。我我一、句话！那啥，一人给你们封、封一官！舅，你，你管，那啥，后勤！你，选哥，管这个，管进料！你，那啥，都管点事，都是主、主任！

老昌说：你给我说说，多大个帽，那后勤是弄啥哩？

兔子说：买菜，送饭，管，管好几百号人的吃喝，权力大着呢！

老昌还有些不满意地说：说了半天，不就是个火头军吗？

北京，林县金瓦刀公司办公室。

金桂生对宁小雅说：有人送花了？

宁小雅说：你啥意思？

金桂生说：没意思。

宁小雅说：没意思你啥意思，无聊！

技术室里。

第二天，又一只大花篮送到了。

宁小雅对送花的人说：你回去告诉他，不要送了。

送花的小伙子说：这个我们做不了主，我们只管送花。

宁小雅有些气恼地说：你告诉他，不要送了。再送，我给它扔出去！

送花的下楼去了。

过了一会儿，金桂生拿着一张图纸走进来，一进门，他就看见了那两个大花篮，故意说：哟，这么大的花篮！

可是，宁小雅扭过脸去，淡淡地说：一个同学。

金桂生说：同学？

宁小雅说：同学。

金桂生说：男同学吧？

宁小雅说：是。怎么了？

金桂生说：没啥。还是鲜花，情义深啊。

宁小雅说：真无聊！

金桂生说：是，我无聊。

这时，电话响了，金桂生掏出手机：喂，是我。工期，工期没问题。你放心。而后，他又拿起电话拨了个号码，对着电话说：兔子，你可得抓紧啊，甲方又催了。新招的民工到了吗？噢，已经到北京站了？你派人接一下，注意安全。对，好，好。

工地上。

一个巨大的地下停车场。传送带不停地把搅拌好的水泥吐出来，民工们不停地在地上铺水泥、布管子、拆管子、打磨铺好的地坪。

中午，于小莲领着几个姑娘到工地上给民工送盒饭来了，民工们在排队领盒饭。

工地深处，于小莲端着一份盒饭，一连走过八根水泥柱子，终于找到了兔子。只见兔子手里抱着一杆水平仪，靠在一根水磨石大圆柱上竟站着睡着了！

于小莲走到他面前，关切地望着他。久久，她轻轻地拍拍他：醒醒，你怎么站着就睡了？别感冒了。

兔子揉了揉眼，打了个呵欠，说：几、几天都没合眼了，太困了。

于小莲说：咋赶恁紧？

兔子说：工期短。用的是高标号水泥，一会儿顾不到，水泥就凝固了，不敢大意。

于小莲说：你别熬坏了。

兔子说：没事。

于小莲说：你快吃吧，别凉了。

兔子接过盒饭，说：莲姐，我我我……

于小莲说：酒，你可不能再喝了。

兔子不好意思地说：我听你的。

金瓦刀公司。

下午，一辆奔驰停在了公司大门口，有两个保镖式的人物先下了车，而后，其中一位保镖上前开了车门，在开车门的同时，一只手还放在了车门的顶部，躬身等候着老板从车里走出来。

片刻，肖风和宁处长先后从车上下来。

紧接着，后来跟着的，竟是王大群！王大群指挥着，后边一个货车上跳下十二个小伙子，小伙子一人抱一个巨大花篮，在门前整整摆下了两溜鲜花！

办公室里。

金桂生站在窗前，久久，他淡淡地说：你的同学来了。

宁小雅冷冷地说：是吗？

金桂生说：坐奔驰的。

宁小雅说：是吗？

金桂生说：是个大款。

宁小雅说：是吗？

金桂生突然说：你要想走，就跟他走吧！

北京，办公室里。

王大群站着，金桂生也站着。

王大群说：告诉你一声，我也杀过来了。

金桂生说：好啊。北京地界大。

王大群说：你小心着，同行可是不同利呀。

金桂生说：这一行，你知道，是拼技术的。

王大群说：关系也很重要！——看见花了吗？

金桂生笑了笑，说：你也是跟着奔驰来的？

王大群说：人家肖总，那是上亿资产的大富豪！哎，听说，跟你那城里妞，咋，是同学？

民工食堂门口。

晚上，兔子穿着一件新夹克衫，在食堂门口转来转去。

于小莲推开窗户，说：你有事？

兔子说：没、没事。

于小莲说：你有事就进来说。

兔子说：那啥，我舅，今今儿，问、问问我了。

于小莲说：你舅问你啥了？

兔子说：也、也没问、问啥。

于小莲说：你也不能光听你舅的。你过来，我正要找你呢。

于是，兔子走进去了。

技术室里。

夜，金桂生手里拿着一个安全帽，很疲惫地推门走进来，发现宁小雅仍在沙发上坐着。

金桂生说：还没睡呢？

宁小雅冷冷地说：等你呢。

金桂生说：有啥急事？

宁小雅说：我得跟你谈谈。

金桂生说：谈啥？

宁小雅说：你真想让我走？

金桂生不语。

宁小雅说：我还是想跟你谈谈。

金桂生说：好好，你说。

宁小雅说：你知道这是什么地方吗？——北京！

金桂生说：北京还不知道？都在这儿干了几年了。

宁小雅说：你如今大小也是一个公司的老总，别动不动还农民习气！拜托你，讲点品位好不好？

金桂生说：品位？是不是也想让我给你送花呀？

宁小雅厉声说：我没你那么庸俗！送花怎么了？他乐意送！怎么着？

金桂生说：送花好啊！人家坐奔驰，送鲜花，大气魄！

宁小雅说：别说让你送花了，你是送花的人吗？你有这样的情趣吗？哼，我都不好意思说你，在大庭广众之下，要不就是"谷堆"，要不就是把西装弄得皱巴巴的，要不就是用袖子擦筷子，我都替你害臊！

金桂生直直地站在那里，好半天才从牙缝里迸出一句话：我早就告诉过你，我就是个农民！

民工食堂里。

兔子走进来，看着于小莲，问：莲，我理了个发、发。

于小莲"噢"了一声。

兔子说：我我我、理理了个发，十、块块。

于小莲说：噢。你……

兔子说：啥事，你说吧。

于小莲说：没啥。我想走。

兔子说：走？为啥？

于小莲扭过脸来，忍不住说：你咋这样？

兔子说：我我我、咋了？

于小莲劝道：你不能喝酒，就别喝。喝点酒，吐得到处都是，都成了一摊泥了！

兔子笑着说：喝多了。那晚，是喝、喝多了。不、不是高、高兴嘛。

于小莲说：你不知道你一路上喊些啥吧？

兔子说：我喊了？喊、喊些啥？

于小莲说：你看看你喝成啥了？一路上扯喉咙大嗓子的，就跟疯了一样喊着："上天安门！我要上天安门！"你说说，也不怕人家笑话！

兔子不好意思地说：我、我说、说了吗？没、没说吧？说了？啧啧，喝多了，我真是喝多了。打嘴！打打打、打嘴！说着，他朝自己嘴巴上打了一下。

于小莲说：还有呢。你是项目经理，咋能随随便便跟人乱许愿呢！

兔子摸了摸头，说：我我我、许啥愿了？

于小莲望着他说：你说的话，你忘了？

兔子说：忘、忘了，真、真忘了。你说，我许啥、啥愿了？

于小莲说：来了几个亲戚，你一喝酒，一人封了个主任！那主任能是乱许的吗？

兔子愣了一会儿，好半天才说：对，你你你、说、说得对。这事，怪、怪我考虑不不、周。这酒酒酒……是不能乱喝了。

于小莲说：你话都说出去了，我看你咋给人家解释。

兔子说：解解解、解释啥？

于小莲说：你喝一场酒封了仨主任，你还真让他们当啊？

兔子说：那，那你说咋办？

于小莲说：咋办？给人家解释呗。既然来了，看能干些啥，就让他干啥。

兔子有些为难地说：你看，我我、我话都、说出去了。再说，都、都是亲戚，自己人，再没怎、怎亲了。我小时候，受过人家的惠。那谁，还是我舅。我舅这、这人，你不知待我多、多好，打小都都、去树上给我打枣，只要去，我妗子就给我弄、弄好吃的。我一个经理，能说、说话不算数、数？

于小莲说：这是北京，不是生产队！他们刚来，连培训都没参加，你就让他们当主任，你说说，民工们咋看你？还有，食堂这块，本是承包的，你又让你舅去当主任？这，这不乱套了吗?！

兔子想了想说：这样，副、副的，我我、我都让他当、当副的，多个人就多个人吧。你你看，我话、话都说出去了，吐地上的唾、唾沫，我咋再咽、咽回去呢?

于小莲生气地说：要是这样，我不管了！说着，扭过脸去了。

兔子求道：莲，就就就给、给我这回面、面子，求、求你了。你看，咋说我也是个经理，我说过的话，不能不算事呀。

金瓦刀公司。

于小莲在门口站着。

金桂生开车回来，见于小莲站在门口，就说：莲，有事吗?

于小莲叹了口气，说：兔子，他……

金桂生说：兔子咋了，不干得好好的吗？走，进去说吧。

于小莲说：我不去了。

技术室里。

宁小雅透过窗户正往外看。

北京，莫斯科餐厅。

在一个很大的、有着独特俄式风格的雅间里，一个很雅致的西餐桌前只坐着两个人：一个是肖风，一个是宁小雅。不过，肖风身后还站着两个高大的保镖。

旁边，在离餐桌几米远的地方，还有一个由俄罗斯人组成的小乐队正在给他们"伴吃"。在悠扬的、带几分怀旧情调的乐声中，不时有漂亮的俄罗斯小姐悄无声息地走进来，一次次弓身前来送餐，而后又悄声退去。

在乐声中，时光仿佛又回到了过去，一时间，两人的眼神都有些迷离。

肖风轻轻地、仿佛是很随意地朝后摆了一下手，于是，两个贴身保镖就一躬身，很知趣地退出去了。

肖风说：你没有变，你还是那么漂亮。

宁小雅说：是吗？接着又说：你变了，你变化很大。

肖风没有接话，却端起酒杯说：喝一点红酒吧，我只要了法国的红葡萄，这是女士酒。

宁小雅也端起酒杯，说：好吧，老同学，祝贺你。

两人都举起杯。肖风说：祝贺？我有什么可祝贺的？

宁小雅用讽刺的口气说：你费了这么多的心机，请我来，不就是为了炫耀你的成功吗？我成全你！——干杯！

肖风说：你要这样说，老同学，你是误会我了，这杯酒，我也就不喝了。

宁小雅说：你不喝我喝！说着，她一饮而尽，而后叫道：小姐，把酒倒上。

这时，肖风微微一笑，说：你还是那么任性。不过，你错了，小雅。我有什么值得炫耀的？你知道我这些年都干了些什么？

宁小雅用有点揶揄的口吻说：不就是一匹骆驼吗？

肖风说：骆驼？

宁小雅说：想进天国的骆驼。

肖风摇了摇头，说：你又错了。其实，我只做了一件事情。

宁小雅说：噢，那一定是大事了？

肖风摸了摸自己的光头，说：我把头剃了。老同学，你是知道的，当年，上大学那会儿，我曾幻想着要当一名诗人。那时候，我的头发很长，也自以为，那就是潇洒。他摇了摇头，接着说：后来，我发现，那不是头发，那不过是一根一根的——幻想。再后来，我发现，我这样的人是不配有幻想的。幻想破灭了。于是，我剃度了。

宁小雅说：别说得那么悲壮，不是没有出家吗？倒是钻进钱眼里去了。

肖风说：曾想过要出家，我去过五台山。可是，你知道我为什么没有出家吗？

宁小雅说：我怎么知道？

肖风说：因为，说来说去，我还是一个俗人。我心里有爱，那爱是刻骨铭心的。说实话，小雅，直到今天，我仍然爱着你。

宁小雅不语，脸有些微微红了；脸上虽然不以为意，心里却有些激动。

肖风说：也许你不相信，因为有爱，我成了一个漂泊者。虽然我已经是个商人了，早就不配谈诗了，可泰戈尔的两句诗，我仍然记着：旅客要在每一个生人门口敲叩，才能敲到自己的家门；人要在外边到处漂流，才能走进最深的内殿。

宁小雅说：你也别这么说。其实那时候，我们都很幼稚。

肖风说：不，那是爱。这些年，唯一支撑我活下去的，就是这份爱。我曾经绝望过，也自杀过，可我最终还是挺过来了。

宁小雅用调侃的语气说：你已经不是当年的你了，你身边肯定是美女如云，还说这些干什么？

肖风说：是，这些年，我是挣了些钱。可在生活里，我仍然是一个失败者。

宁小雅说：你是失败者？这就奇怪了，那谁是胜利者呢？

肖风说：美国前总统尼克松在一本书里说，你一定要对失败生气，生很大的气。但好的失败者的标志，是生自己的气，而不是生获胜对手的气。

宁小雅望着他，很久才说：你确实变了。

肖风说：有一样没有变——我爱你。

金瓦刀公司。

深夜，公司办公室里烟雾腾腾，看上去闹嚷嚷的。这又是一帮从家乡来的亲戚（三叔、九响、小春、军等），他们有的席地而坐，有的就靠在办公桌上，有的斜坐在沙发上，有的干脆连鞋都脱了。他们一边喝水、抽烟，一边和金桂生唠嗑。

三叔说：这北京就是大！

九响说：那楼，那路，日他豆，看着眼晕！

三叔说：桂生，你可是混出样儿来了，以后爷儿们就靠你了！

金桂生只是笑了笑。

三叔说：听说兔子那一窝，都安排了？咱这可是亲叔伯爷儿们，咱可比他亲！你说是不是?!

金桂生一边给他们倒水，一边说：是，是，我让兔子安排。不过……

三叔说：不过啥？不过也得过！

这时，刚刚回来的宁小雅听见办公室里乱哄哄的，就信步推门走进来，她很惊讶地看了看，眉头皱了皱，又一声不吭地扭身走了。

这时，金桂生跟着追了出去。

设计室。

宁小雅走进来，金桂生也跟了进来。

金桂生关切地说：这么晚才回来？

宁小雅没有吭声，先是给自己倒了一杯水，喝了两口，没好气地说：你看看你们这些人，素质也太低了！

金桂生说：是。我们这些人素质是低，没有坐奔驰的素质高啊。

宁小雅转过脸来，说：你这话啥意思？

金桂生说：没啥意思。

宁小雅说：无聊！

金桂生怔怔地站在那里，而后，他扭身走了几步，却又折回来，说：有个事，想跟你商量一下。

宁小雅沉默了一会儿，说：你说吧。

金桂生说：现在咱条件好了，我想在北京成立一个打工子弟学校，专门解决民工子弟的上学问题。大伙儿都觉得你当这个校长最合适。不知你愿不愿？

宁小雅迟疑了一下，说：让我考虑考虑，行吗？

金桂生说：不急，你考虑吧。

金桂生说完，刚要走，宁小雅突然扑了过来，一下子抱住了金桂生。她趴在金桂生的肩头上，喃喃地说：桂生，我心里很乱。你抱抱我……

金桂生拍拍她，说：对不起，我刚才……

宁小雅说：别说，什么也别说。

宁小雅宿舍。

深夜，宁小雅躺在床上，翻来覆去睡不着觉。她从床上坐起来，望着窗外，看见对面的窗帘后，有一个人影在晃动——那是金桂生！

宁小雅下了床，也站在了窗前，望着对面的窗户。这时，宁小雅的手机响了（那是肖风送给她的礼物），宁小雅拿起手机，"喂"了一声，只听电话里说：小雅吗？

宁小雅对着手机说：是我。这么晚了，还没睡呢？

手机里说：睡不着。我闻见气味了。

宁小雅说：什么气味？

手机里说：你的气味。

宁小雅说：你坏吧。

手机里说：明天有空吗？

宁小雅不语，她下意识地朝窗外看了一眼。

北京，圆明园废墟门口。

一辆奔驰开到了大门口，肖风和宁小雅先后从车上下来。后边跟着的车上下来了两个保镖。

圆明园院内。

肖风和宁小雅在废墟院内漫步。

肖风说：走在这里，你有什么感觉？

宁小雅说：凉——是苍凉。

肖风点点头说：连风都是无声的，还有压抑和沉默。

宁小雅说：这是伤口啊，民族的伤口。

肖风说：对。这里让人心疼，就像是走在历史的刀尖上。

宁小雅扭过头，说：你让我来，不是怀旧的吧？你不是说有急事吗？你说吧。

肖风说：我有一个设想，大的设想，想听听你的意见。

宁小雅说：有事在哪儿不能说，非跑这里说？

肖风说：因为我这个设想与圆明园有关。我想重修圆明园。

宁小雅回过身来，望着他：你不是开玩笑吧？

肖风说：你看，我像是开玩笑吗？

宁小雅摇摇头，笑了：你口气也太大了点吧？重修圆明园？

肖风似乎很平和地说：我想重现圆明园当年的辉煌。二十个亿，差不多能拿下来吧？

宁小雅似乎不相信自己的耳朵：多少？

肖风说：我投二十个亿。也许还不至于，到时候再说吧。也许，我这一生就干这一件事情了。

宁小雅怔怔地望着他：你当真？

肖风郑重地说：当真。一个香港商人告诉我说，一个人，他站住了，就是个1，这个1的后边，可以有无数个0。可这个1，一旦倒下了，那么，后边所有的0都不起作用了。一个商人，能有如此的见识，何况我辈乎？

宁小雅说：这话说得太好了！你，简直太伟大了！

肖风说：我追求你那么多年，你还是第一次夸我。

宁小雅脸一红，说：看你，说着说着就下路了。不过，你这个设想，真是太伟大了。我为你感到骄傲！

肖风说：我这样做，其实是想把它作为爱的礼物献给你。

宁小雅说：你胡说什么？你这是献给国人的。

肖风说：当然。可我首先要献给你！献给爱情！因为，是爱情给了我生活的勇气！如果不是爱情，也许我早就葬身商海了！

宁小雅激动地说：你——太棒了！

北京，建筑工地上。

工地上，一片机器的轰鸣声；民工们正在紧张地施工。

这时，一辆奥迪车开进了工地，一身名牌的王大群从车上下来，很气势地说：你们头儿呢？找你们金头儿！

这时，金桂生从工地办公室走出来，说：是王经理呀，真杀过来了？

王大群望着金桂生，说：两边跑。顺便来看看你。

金桂生说：好啊。咱林县来的人越多越好。

王大群说：本来嘛，我不想找你，可和尚不亲帽儿亲，说来说去，还都是咱林县人。有个大项目，想给你扯扯。

金桂生说：好啊，去办公室说。

办公室。

王大群说：咱打开窗户说亮话，要按我的脾气，是不会找你的。想想，那都是过去的事了，为个女人，闹来闹去的。罢了，不说了，咱俩扯平了。现在呢，有个大项目，也可以说，是千载难逢的好机会。实话告诉你，这项目，切一个角儿，就够你吃一辈子了！

金桂生说：啥项目，说得这么玄乎？

王大群说：二十个亿的工程！够大吧？

金桂生吃惊地说：二十个亿？！

王大群说：按说这是商业机密，我就告诉你吧。一个外商，上百亿资产的大老板，要重修圆明园，一次投二十个亿，根据初步估算，将来的收入至少上百亿！

金桂生听了，迟疑了一下，说：有这事？

王大群说：你不信？

金桂生说：不是不信。就是觉着……

王大群说：出来混了这么多年，你还不知道，那有钱人多了去了！你还不知道我现在的身份吧？给——看看吧！说着，他从兜里掏出一张名片，放在了金桂生面前的桌上。

金桂生拿起来看了看，嘴里念道：太平洋国际公司，副总裁。不简单啊。

王大群说：这是个跨国公司，几百亿资产。说老实话，我也只是第八名副总裁，主管建筑这一块。老弟，这是个股份公司，你要是愿意投入，到时候圆明园工程给你切一块，这一辈子，就没有问题了。

金桂生沉吟片刻，说：这个事，我得考虑考虑。

王大群说：行，你考虑吧。晚了，可就没你的戏了。

待两人站起来，王大群要走的时候，金桂生说：大群，对这个公司，你详细了解过吗？

王大群说：你还不信？你想想，我是干啥的？

金桂生很诚恳地说：二十个亿？这个事，我总觉得……我劝你，还是要慎重点！

王大群说：你看你这个人，我急辣辣地跑来，本想是办好事的。看来，真是好心没好报啊！

金桂生说：你的好意我心领了。我没别的意思，容我再考虑考虑吧。

王大群没好气地说：好，好，你考虑吧！

一栋欧式风格的别墅。

这是一栋三层的小洋楼，在这栋摆满了欧式家具、显得富丽堂皇高贵典雅的楼里，肖风正领着宁小雅一间一间地到处参观，而后，他们回到了富丽堂皇的大厅。在大厅里，肖风倒了两杯洋酒，又放上冰块，放在手里摇了摇，很殷勤地把其中的一杯递给了宁小雅。

宁小雅接过酒杯，喃喃地对肖风说：这一天里，你给我的惊奇太多，我，都有点应接不暇了。

肖风说：是吗？那我就再给你一个惊奇，这栋别墅，就是我特意为你准备的。

宁小雅说：不，不，这，这也太……你，真是个奇迹。

这时，肖风叹口气，说：这个评价，你似乎给我的晚了一点，晚一点就晚一点吧。小雅，我有一个请求，你一定答应我。

宁小雅脸红了一下，人像是有些醉了，那神情有些迷离地说：你，说吧。

肖风说：我太累了，这一摊子太大了。你，来帮帮我吧？

宁小雅喃喃地说：我能帮你什么？

肖风以老板的口气重复说：搬过来吧，帮帮我。

食堂门口。

于小莲在跟兔子吵架。

于小莲说：你在食堂安排一帮亲戚，这活儿我没法干了！

兔子说：咋、咋咋了？

于小莲说：今天，东工地上，又少送了五盒饭，你说说。

兔子说：是我、我舅、舅吧？我我、我，说他。

于小莲说：你要再这样，我不干了！

兔子说：我说，我说。

于小莲说：光说说就行了？

兔子说：都都、都是亲戚，你说说咋、咋办？

金瓦刀公司，总经理办公室。

晚上，于小莲推门走进来。

金桂生正在办公桌后坐着，他抬起头，有些惊讶地说：莲，你怎么来了？

于小莲说：有点事，我想给你说说。我跟兔子……

金桂生说：我知道。你坐吧。说着，金桂生站起来，走到了窗户前。

这时，宁小雅推门走了进来。两人扭过头一看，不知怎么的，那神情都有些尴尬。金桂生站起身来，叫道：小雅，你回来了？

宁小雅站在那儿，看着两人，用讽刺的口吻说：对不起，打扰你们了。看来，我真是该走了。说着，她把一封写好的辞职信放在了办公桌上。

金桂生愣了，说：你这是？

宁小雅说：这是我的辞职报告。说着，她扭身就走。

于小莲赶忙站起来，说：她肯定是误会了，你去给她解释解释。快去吧。

金桂生有些心慌意乱，嘴上却说：没事，没事。

宁小雅宿舍。

房间里，宁小雅已把所有东西包括衣服收拾好，放在了一个旅行箱里，而后，"啪"一下，合上了旅行箱的盖子。

当她提上箱子，转过脸来的时候，却见金桂生在门口处站着。

金桂生一步一步走进来，站在那里，满眼关切地望着她说：小雅，你别误会，是工地上出了点事。

宁小雅厉声说：笑话，我误会什么？

金桂生站在那儿，说：那，不能不走吗？

宁小雅摇了摇头。

金桂生说：你再考虑考虑？我还是希望，你能留下来。

宁小雅很坚定地说：不，不可能了。

金桂生说：我知道，我是个农民，我身上有很多缺点，有、很多你们城里人所不喜欢的东西，可这些，我说过，我可以改，你给我时间，我会改。

宁小雅不耐烦地打断他说：算了。你别再说了，我也没有权利要求你什么。那是你自己的事，我不听！

金桂生说：你听我把话说完。说心里话，人心都是肉长的。小雅，你是在我困难的时候，义无反顾，到公司里来的。那时候，公司还不富裕，条件很差。这些，你从没发过怨言，都挺过来了，现在，公司条件好了，你要是有什么要求，你说，我一定答应你。

宁小雅冷冷地说：谢谢。我对公司没有任何要求。要说要求，我唯一的要求，就是放我走。

金桂生说：小雅，你别激动。你再好好考虑考虑，还是留下来吧。

宁小雅说：我没有激动，我很冷静。非常冷静。

金桂生说：小雅，昨天晚上，我想了一夜。我觉得，在很多方面，你都给了我很大的帮助。工作上，就不用说了，你给公司做了很大贡献。另外，在生活上，你也给我了很多关心。我觉着，我已经……你知道，我一直在北大旁听。听教授们的课，的确对我有很大启发。其实，我一直在试图改掉我身上的农民习气。我承认，我是个农民的儿子。我，或者说我们这些人，是在一种很粗糙的生活环境中长大的，由于条件的局限，身上或多或少的，都有不少的毛病。其实，我也很向往你所说的那种生活。

宁小雅说：这是门上的钥匙。你不要说了，也不用解释什么……我走了，你好自为之！她走了几步，又回过头来，说：顺便说一句，这二十亿的大工程，是个好机会，你应该切一块。

金桂生说：我再问一句，你那同学，可靠吗？

宁小雅说：这不要你管。不过，经济上，绝对没问题。

金桂生默默地望着她，终于说：那好，既然你执意要走，我，送送你。

宁小雅说：不用！说着，拉起那个旅行箱，"噔、噔、噔"地走出去了。

金瓦刀公司院内。

金桂生站在院子里，望着宁小雅拉着那个旅行箱一步步走去。

大门外，一辆奔驰车停在那里，有一个保镖接过了宁小雅手里的旅行箱，开了车门，宁小雅弯腰坐了进去。坐上车之后，她回头默默地望了一眼。片刻，车窗的玻璃慢慢升上来了。

而后，那辆车一溜烟地开走了。

金桂生默默地站在院子里，无力地在台阶上坐下来，一声不吭。突然，他大声吼道：走！都走吧！

这时，于小莲默默地走过来，说：她咋走了？

金桂生不语。

于小莲说：是她误会了吧？都怨我，我去找她，给她说清楚。

金桂生说：不用了。这跟你没关系，她不会回来了。你没看，人家坐的是奔驰！

于小莲说：那你……

别墅门口。

夜，宁小雅迈着优雅的步子，"嗒、嗒"地走上一级级台阶。她的心跳得很快，那话儿不由得跳出了喉咙：肖风，我来了。我，被你征服了！

进了别墅后，只见肖风在大厅里的沙发上坐着，他摇摇地站起身来，手里端着一杯酒，淡淡地说：你还是来了。

宁小雅说：是，我来了。

肖风说：来，先喝杯酒。

宁小雅走上前去，嗲声嗲气地说：是交杯酒吗？

肖风却说：我等待这一天已经很久了。

宁小雅红着脸小声说：是吗？

肖风说：是。我都等得有些不耐烦了。

宁小雅说：我这不是来了吗？

肖风说：是，你来了。

宁小雅说：我先洗个澡，行吗？

肖风说：去吧。内衣都已经给你准备好了。

宁小雅扑上去亲了他一下，说：那我去了。你等我。

肖风低声地说：好。我等你。

卧室内。

这是一间奢华的、有着粉色基调的卧室，室内有一张巨大的床！沐浴已毕的宁小雅略带几分羞涩地在床上斜躺着，身上盖着一条薄薄的丝被。

这时，卧室的门开了，肖风摇摇地走进来，他手里仍端着一杯酒，是红酒。他先是乜斜着眼打量着床上的宁小雅；宁小雅也静静地望着他，两人眼里都似有火苗在燃烧！突然，他几步走到床前，很粗野地一把掀开了那条丝被！于是，几乎是裸体的（身穿薄如蝉翼的性感内衣）宁小雅的胴体现在了他的面前！

宁小雅噘着红红的小嘴，羞涩地说：你，来呀。紧接着，她突然觉得他的眼神不对了，那眼里的光很硬、很邪！

肖风站在床前，淡淡地说：你知道吗？当我听到你的声音，我是多么的失望！我太失望了！说着，他端着那杯红酒，"哗"的一声，一下子泼到了宁小雅的身上！

○ ●

第十九集 ·······························

金瓦刀公司。

办公室里，金桂生看着图纸，突然对小罗说：去，叫一下宁技术员。

小罗站着，怔怔的。

金桂生说：去呀！

小罗说：宁技术员，不是……

金桂生愣了一下，说：噢，你去吧。

别墅里。

宁小雅惊叫了一声，不由得下意识地蜷了一下身子，说：你?! 喝醉了吗?!

肖风说：你以为我喝醉了？没有，实话告诉你，我没有醉。可以说，我从来没有像现在这样清醒！

宁小雅身上突然有了寒气，仿佛有一股彻骨的寒气向她袭来！她似乎想抓住点什么，慌忙中，她终于抓住那已被掀开了的丝被，就像抓住了一根救命稻草，一抓一抓地盖在了自己的身上，身子抖抖地缩成了一团！

这时，肖风手里捏着那只高脚杯，围着那张大床慢慢地踱着步子。往左，他走一百八十度，走到床的一端；而后，再往右走一百八十度。他就这么一圈一圈围着床转，一边走一边不紧不慢地说：

小雅，你太让我失望了。你知道吗，你，毁掉了我心中的神圣！本来，你在我心中的位置，是无可替代的。如果你拒绝了我，如果你拒绝诱惑，那么，你就永远是我心目中最神圣、最皎洁的月光！我会终生仰视你！我会匍匐在你的脚下，去吻你走的土地！可是，你没有，你巴巴地跑到了这张床上。你知道吗，这比杀了我还让我难受！——肖风说到这里，很鄙夷地摇了摇头。

肖风就这么围着这张大床转来转去，转着转着，他突然停住了，指着那张床说：我告诉你吧，就在这个房间里，就在这张大床上，我先后试过七个女孩，她们都像你一样，躺在这张大床上，连"哼"的声调都一模一样，都是那种叫人恶心的嗲声嗲气，"来呀、来呀"，你，只不过是第八个！有个电影你看过吗？是南斯拉夫的片子，叫《第八个是铜像》。其实，没有铜像，只有肉！

宁小雅一下子蒙了！她傻傻地望着他，脑海里一片空白。

在肖风眼里，这张床就像是一个笼子，而他，就像是在观察笼子里的猎物一样，转着圈欣赏着。有几次，他探身望着在床上蜷成一团的宁小雅，却又不动她一个指头，还不时地笑，声音很低，仿佛也很轻柔地说：宁小雅，你的高傲呢？你的高傲哪里去了?！你一旦躺在了这张床上，那记忆中的美好就碎了，毁灭了，陈在这床上的，不过是一堆烂肉。你让我看见了你的肉！一模一样的肉。可惜了，可惜了我那份真情，可惜了我那份执着！回想当年，上大学的时候，我是那样的痴情，我爱你爱到了发疯的程度！还记得吗？当年，我站在你的楼前，一声声地喊：宁小雅，我爱你！我整整喊了一夜，喉咙都喊出血来了！可你，却把我当成了一堆垃圾，说丢就丢的垃圾！——就因为我穷！！

这时，宁小雅渐渐地缓过劲来，她微微地往上欠了欠身子，流着泪说：我明白了，你恨我，你是在报复我。说着，她双手捂着脸，嘤嘤地哭起来了。

肖风说：不，我这是爱。我依然爱你。

宁小雅眼里又燃起了一丝希望。

工地上。

中午，民工们正排队领盒饭。

老昌站在一旁，很有气势地说：排好队啊，排好队！一人两盒啊，一人两盒！

一个民工对他说：啥菜？

老昌耳背，大声说：啥，你说啥？

老麻雀说：问你啥菜。

老昌说：多带？不能多！一人一份！

众人"哄"地笑起来！当民工的队列还剩九个人时，盒饭却发完了。这时，没有领上饭的民工闹起来，齐声嚷嚷说：咋回事？咋回事？没有了？咋没有了？！

一时，人们把老昌围了起来，老昌说：你们报的不是八十九个人吗？咋又多了？！

老麻雀说：谁、谁说八十九个？明、明明给你报的是九九十八个！

老昌用一只手捂着耳朵说：多少？你不说八十九个嘛，咋又成九十八个了？！

老麻雀说：你聋啊！我说的就是九十八个，你让这一圈人说说！

一时，工地上闹哄哄的！有的说：操，啥东西，饭都吃不上，不干了！

食堂里。

当晚，老麻雀、于小莲和兔子面对面坐着。

兔子说：那那、那是我舅！

老麻雀说：我知道那是你舅。你可以给他钱，可以养着他。但他不能当主任，他当不了主任。

兔子说：人、人家说让咱、咱养了吗？人人家出、出来是干活的。他咋、咋不能当主任？我我，就、就让他当主任！

这时，于小莲插嘴说：你没听懂麻叔的意思。他没说不让你养，你舅对你好，养也该养。可你不能让他在工地上吆五喝六的。你知道吧，他耳朵背，会误事！

老麻雀说：兔子，你说，我能当主任吗？这是工程，闹不好，得进监狱！

兔子不吭了。

老麻雀又说：兔子，你能走到今天，不容易。我再说一遍，我是为你好，你不能让他当主任，他早晚会坏事！

兔子说：坏、坏啥事？要、要是我我我，连、连个亲、亲戚都安排不、不了，我我、我当、当当这，经理干、干啥？

于小莲说：你也看见了，你舅这人，一身毛病！还爱占小便宜。我都不好意思说他，让他去买菜，回回都比别人买得贵！

兔子说：小小不、不然的，占、占一点就让他占一、一点吧。不管咋说，他是我舅、舅哩。

老麻雀说：你说，你要任他胡为，还咋管别人呢？

兔子说：好，好，那恁、恁说咋办？

于小莲说：给他些钱，让他走算了。

兔子忽一下转过身来：你、说啥？

于小莲说：我这都是为你好。让他们走。

兔子说：都、都是亲戚，我我、我说不出口！

于小莲说：你说不出口，我去说。食堂是我承包的。

兔子说：你你你？！

这时，老麻雀站起身来，说：走吧。既然说不动他，咱走。

金瓦刀公司。

六个领工站在金桂生的办公室里，他们一个个嚷嚷着说：金总，我们不干了，没法干了！

金桂生说：你们这是？

领工们说：金头儿，真是没法干了。

金桂生说：说说，到底咋回事？

一个领工的很气愤地说：金总，这工程没法干了！一下子弄了那么多个爷，啥都不懂，还要管事，你说这活儿咋干？！

金桂生说：爷？啥爷？

领工说：你那些亲戚！还有兔子的亲戚，一个个，净是爷！

金桂生一怔，说：有这事吗？

另一个领工说：你去看看，工地上闹嚷嚷的，要这样弄，我们不干了！在哪儿吃不了这碗饭呢？！

正在这时，小罗跑进来说：金总，工地上打起来了！

工地上。

金桂生和一些领工回到了工地，只见工地上的民工分成了两拨，各自手里都拿着工具！黑压压地站着，相互骂成了一团，唾沫星子满天飞！

有的说：操，不干了！净受气！

有的说：啥理呀？没理！凭啥？

金桂生高声说：大家先干活吧。

可是，民工们谁也不动。

金桂生从没见过这阵势，他叹了口气，说：工程不能耽误，咱跟人家签的有合同。至于意见，可以直接向我反映。

民工们仍然不动。

局面僵住了，就在这时，只见民工身后慢慢地分开了一道缝，只见金瓦刀拄着一根拐杖，从大门口走过来。

人们立时嚷嚷说：老金，老金来了！老金来了！

金瓦刀往人群前边一站，说：知道这是啥地界吗？北京！丢人丢到北京来了？！林县人，啥时丢过这脸？！上过渠的，给我画出来！

人群立时不吭了。

金瓦刀说：这是工程，咱是干工程来了！林县人，走哪儿都得响当当的！干活，不分光棍眼子！老三，你这当叔的，带的好头？！从今往后，谁的亲戚也不行！谁有理，站出来，找我说！去，给我搬张椅子，我就坐在这儿听你说！

民工们全都哑了。

民工住地。

在一个房间里，四个亲戚把兔子围了起来，一个个喷着唾沫星子在数叨他。

老舅指着他的鼻子说：兔子，你拍拍良心，啊？！你舅当年待你咋样？！那秦桧还有仨相好呢，别说亲戚了！咋不能照顾照顾？

国选说：啥亲戚？有你这样的吗？还是一自己?! 不胜个外姓旁人?! 你不是项目经理吗？你怕个球啊？

国选又说：你说句话！我就要你一句话！我吐口唾沫，你给我舔起来！你能舔起来，我就走，也不难为你！

兔子站在那里，一句话也不说。

这时，于小莲悄没声地走了过来，她说：你看，你们也别怪他，这是北京，他承揽的是国家的工程，一点也不敢马虎。要是工程上出点啥事，你们能心安吗？再说了，他这个经理也不容易，是干出来的。他要干不好，人家就不让他干了。你们都看见了，他不是不想帮你们，他有他的难处啊！亲戚这么多，他也包揽不了。这样吧，食堂这边还需要两个杂工，工资是低了点，你们要是愿意，就留下来。要是不愿，每人给你二百块钱的路费。钱不多，是个意思。说着，她把一沓钱放在了桌子上。

一时，众人默然。

片刻，选哥拿起那钱看了一眼，而后，突然照钱上吐了一口！说：这是干啥？打发要饭的呢？老子就是拉棍要饭，也不在这儿干了，走！啥亲戚，富了都一个屁样！说着，照兔子身上踢了一脚！

立时，亲戚们一齐动手，围上来就是一顿暴打！

这时，于小莲扑上来，说：干啥？你们这是干啥！你们再打，我打110了！

民工食堂。

兔子坐在一张椅子上，于小莲正在给他被打伤的地方上药。

兔子喃喃地说：咋、咋这样呢？

于小莲说：早给你说，你不听。

这时，兔子眼圈红着说：我耳朵发烧了。穷的时候，亲戚还是亲戚，这还没挣几个钱呢，亲戚咋就不是亲戚了？唉，还是穷的时候好。

　　于小莲说：那你还出来干什么？

　　兔子说：本想着，可……

　　于小莲说：我知道你心好，可他们一个个要这要那的，你能顾过来吗？

　　兔子突然抱住她说：莲，还、还是你对我好，从从从……我我我……咱，把事办、办了吧？

　　于小莲说：你，你松手。

　　兔子说：莲，你你就就、答应吧，我我我，一辈子对、对你你、你，好。

　　于小莲急了，厉声说：松手！

　　一时，两人都很尴尬。

　　林荫道上。

　　于小莲默默地站着。

　　金桂生一步步向她走来，当他快走到于小莲跟前时，竟有了一些迟疑。金桂生叹一声，说：这些年，钱，挣了；情分，丢了。

　　于小莲不语。

　　金桂生突然说：莲，我……

　　于小莲说：有话你说吧。

　　金桂生说：听说，你跟兔子……

　　于小莲看了他一眼，说：是。

　　金桂生突然泪流满面地说：莲，是我把你带出来的。可走着走着，却，越走越远了。

　　于小莲说：对。越走越远了，走丢了。

　　金桂生说：是走丢了。

于小莲说：路是人走的，也勉强不得。

金桂生说：我知道，是我走丢了。

于小莲看了他一眼。

金桂生说：莲，你还能，原谅我吗？

于小莲却说：丢了东西，能找回来吗？

金桂生沉默了片刻，说：我爹给我画了一条线。现在看来，他是对的。人，毕竟不是畜生。

于小莲说：你知道就好。

金桂生说：晚了，我知道，晚了。

王大群办公室。

办公室里，王大群放下电话，正准备出门。他站在办公室的中央，两臂伸开，整个人伸成一个"大"字，他身边站着两个年轻人，一个正在给他穿外衣，一个在给他系鞋带，而后，一个年轻人紧走几步，上前开门。

他刚把门拉开，却一下子愣住了，只见杨菊花穿得干干净净的，突然站在门口！

王大群一怔，不屑地说：你，你咋来了？你来干啥？

杨菊花说：干啥？你不是成天逼我离婚吗？离吧，咱现在就离。

王大群对两个年轻人说：你们先出去。

等年轻人出去后，王大群说：想明白了？

杨菊花说：想明白了，这些年，在城里，我也算长见识了。强扭的瓜不甜，既然你变心了，离就离吧。

王大群拍着巴掌说：好，好，不赖，你想过来劲了吧？好啊，好。菊花，坐，你坐。说吧，你说个痛快话，要多少钱？我不亏你。

杨菊花说：不是有法律吗？我不要你的钱。

王大群说：那你要啥？房子？行，要房子也行，我给你弄套房子，这不结了。

杨菊花说：这事，我也问了，那啥，不该要的，我一分不要。不是有《婚姻法》，咱就法律办吧。

王大群一下子傻了，他说：你说啥？法律，啥法律？你再说一遍！

杨菊花说：我不跟你吵。我已经在妇联问过了。我同意离婚，人家说了，咱就按《婚姻法》办。

王大群大怒：哎，好啊，几天不见，你长本事了！怪不道，我说呢……你，够黑的！你，你是想分我一半财产？操，你是长了天胆了?! 我告诉你，休想！

杨菊花说：我不管你离不离，我是坚决离。人家妇联的人说，你包二奶，证据确凿，告诉你，我已经向法院起诉了。

王大群一蹦一蹦地吼道：你，起诉我?! 你说，你给我说，是谁挑唆你的?! 我非把那王八蛋的头拧下来！跟我斗？你才出来几天，就想跟我斗?! 我宁肯把钱都摔给法院，摔给那王八蛋都行，就是不给你！告我吧，告我去吧！

这时，杨菊花很平和地说：我刚才说了，我不跟你吵。我有律师，妇联领导给我请的律师，你有啥话给他说吧。说着，她朝门外说，王律师，你进来吧，把我那状子给他看看。

王大群张口结舌，好半天没说出话来。这时，电话铃响了，一声声响得很刺耳！王大群抓起电话，大吼一声：等会儿再打！——说着，"咚"地一下，把电话摔在了地上。

工地上。

王大群垂头丧气走进了弟弟二群在工地的办公室。

大群说：你恨我，是吧？

二群不明白他什么意思，就说：你啥意思吧。

大群说：啥意思你还不知道？我知道你不认我这个哥了，可就是头打烂，咋说咱也是一母同胞吧？你也不能这样在背后下黑手啊！

二群一怔，说：我，下啥黑手？我知道你跟那姓肖的干了。他这人……

大群说：我说的不是这事。

二群说：那你说的啥？哥，肖风这人……

大群不接话，直说：你自己不清楚？

二群说：你不说我咋知道。

大群说：是你撺掇你嫂子告我的吧？你想得多少钱你说！

二群说：我说过，咱井水不犯河水。我管你的事干啥？

大群说：不是你？不是你，她杨菊花咋会冷不丁跑到我那里，还要起诉我，要分我一半财产?! 不是你挑唆的?!

二群说：她，她起诉你了？她早就不在我这儿干了，她起诉你，我咋会知道？

大群说：不在你这儿？那，那她在哪儿？

二群说：听说是给人当保姆去了。哦，我想起来了。那一家男人，好像是在法院工作。

这时候，王大群的口气有些软了，他说：老二，要真不是你，那，你替我劝劝她。别让她告了，她要多少钱，三万五万的，我给她。你给她说，十万也行！

二群说：都到这时候了，她已经起诉了，只怕晚了吧？

王大群说：你劝劝她，晚啥？她只要撤诉，要多少钱我给她。

二群想了想，说：要不，我把她找来，还是你给她说吧。

在一家饭馆里。

王大群坐着，杨菊花和他对脸坐着。

杨菊花说：王老板，见你一面很难呢。

王大群说：你别说这，你说，要多少钱吧。

杨菊花说：看把你吓的。我说要你钱了吗？我就是要个理。

王大群说：菊花，我给你说，咱好合好散。以前，就算我有对不住你的地方。

杨菊花说：过去的事，就不说了。按说，我还得谢谢你呢。

王大群没想到她会这样说：谢我？谢我啥？

杨菊花说：要不是你逼我，我也不会从家里出来。我本是要跟你好好过日子的，我也没想到我会走到这一步。

王大群说：你看你说的，哪一步？

杨菊花说：我真得谢你，你把我逼成了人。

王大群说：看看，又来了！

杨菊花说：真的，我出来以后，看看人家城里女人，我才知道啥叫人的日子，啥叫女人，人该是啥样子，该咋过。

王大群试探着说：那你说，你要多少钱？

杨菊花说：让法院断吧，法院咋断，我都依。

王大群一拍桌子：你疯了？你是疯了吧?！给你说了这么半天，你咋就不听呢！我给你说，你要这样，我一分钱也不给！你别以为找个律师就行了！我给你说，在城里打官司，那得靠关系！你要是敬酒不吃吃罚酒，那我就豁出去了，我把钱使到那该使的地方，到时候你啥也得不住！

杨菊花不说了，杨菊花就那么看着他，过了一会儿，她忽然就说起来了（越说越快）：你别吓我，我也不是吓大了。要是早先，你说啥我信啥。

现在我不信你了，我信法律。想想我过的啥日子？才出来的时候，我哭过，也喝过药，都死几死了！我原想，你只要把我当个人，只要还有我一碗饭吃，你在外边想咋就咋吧，我不拦你。可是，你，你太欺磨人了！你就不把我当个人看！后来，我出来了，在工地上学开卷扬机，见了人家城里人那日子，那才叫日子。再后来，我给人家当保姆，学着用电器，学着用天然气，学着拖地，学着做饭做菜。学着学着，我才知道，离婚也没啥，女人离了男人也能活。那法律，就是叫人保护自己的。

王大群怔怔地望了她许久，好半天才说：五万，五万咋样？

杨菊花不吭。

王大群说：十万。我给你十万！这行了吧？——我，我真想杀了你！

杨菊花说：我已经是死过一次的人了，我再也不怕你了。你要杀了我，你也活不成。

王大群咬着牙说：你，你还真想讹我一半？那你等着吧。

杨菊花说着口气也硬起来了：那好，咱法庭上见。

住宅小区。

三楼单元房里，苏小娜正兴高采烈地布置新房，有人刚送来一套家具，苏小娜正指挥着搬运工摆放位置，一会儿说：这儿；一会儿又说，不对，不对，那儿，放那儿！

正在这时，王大群气急败坏地走回来，他一进门就说：停停停，停下停下！东西都给我拉走！

苏小娜脸一沉，说：为啥子个要拉？说得好好的，为啥子又变卦了？！

王大群没好气地说：你也走！赶紧给我走！

苏小娜一怔，流着泪说：你……我不走，我哪个地方也不去！凭啥子让我走？！

王大群说：哎呀姑奶奶，我求你了，都到这时候了，你还说这话?! 赶紧走，房子我都给你找好了，赶紧搬吧。再晚就来不及了！

苏小娜说：你说实话，大群，我跟你唧个多年了，你是不是骗我？你是不是又找了个更年轻的?! 你，你变心了?!

王大群说：嗨，你想哪儿去了？告诉你吧，那杨菊花把我告了，她要求离婚，都要上法庭了！

苏小娜说：这，这不是好事吗？她只要愿离，给她些钱不就是了。

王大群说：你猪脑子？你糊涂盆？你知道她想干啥不知道?!

苏小娜说：她，她想干啥子？

王大群说：她，她要分我一半财产呢！知道吧！

苏小娜说：她，那她要，要唧个多？也，也太狠了吧？

王大群说：狠？我给你说，狠着呢！你知道吧，她告我包二奶，律师都找好了！疯了，这女人疯了！

苏小娜说：那，那我走了，你会不会变心啊？你不会变心吧？你说，你说呀！

两人正说着，有人敲门！

王大群脸色陡然一变，小声说：别开，别开！

苏小娜说：看把你吓的。送菜的！

街头理发店里。

闫草心拉着杨菊花往里走，杨菊花说：算了吧？

草心说：就是去打官司，也得精精神神的，让他看看，咱女人也是人！

杨菊花一想，也是。就走进去，往理发椅上一坐，说：行，理就理！

理发的女孩问：烫不烫？

杨菊花说：豁出来了，烫！

洗浴中心。

单间里，王大群和肖风两人一人围一白浴巾，在榻铺上靠着喝茶。

王大群说：肖总，本来想请宁处长一块儿来。

肖风打断他说：请他干啥？说是老师，那是客气。其实，他没教过我。这老头啊……

王大群忙转了话头说：那是，那是。

肖风说：过些天，我要去香港。有啥事，说。

王大群说：我知道肖总忙。一点私事，想请教肖总，你是见过大世面的，听说你跟法院院长熟？

肖风说：说。

王大群说：肖总也不是外人，我就实话实说了，你给出出主意。我那个乡下老婆，原来呢，我想跟她离婚，可咋打她都不离。嗨，最近也不知中了啥邪了，找上门来了，还非离不可！听说还找了妇联啥子的，要起诉我。你说，这女人要是狠起来，毒着呢，她是想分我的财产呢！你说，我会给她？凭啥给她?！她要是要个三万五万的，也罢了，可她硬是想分我一半。

肖风看了他一眼，说：你外边包的有女人吧？

王大群忽地坐起来，一怔，说：你咋知道？

大街上。

刚理了发的杨菊花和闫草心"灿烂"地在街上走着。

杨菊花说：妹子，要上法庭了，我这心里，有点怯。

闫草心说：你别管他。人家律师不说了嘛，他再凶，有法律管着呢。

杨菊花说：那妇联的徐主任，也说，你不用怕，妇联给你做主。他包二妈，这是丑、丑恶，可我心里还是有点怕。你说，打官司这事，他有钱，他要是托了关系，咱打不赢咋办？

闫草心笑了，说：那叫"二奶"，他是包"二奶"，不是二妈。他托了人咱也不怕。有妇联呢。要是告不赢，咱就往上告，告到北京去！

杨菊花说：妹子，到时候你可得陪着我一块儿去，给我壮壮胆。

闫草心说：行。我陪你去。

杨菊花说：真是的，这人，走着走着，胆就大了。

闫草心说：可不，是见的世面大了。

洗浴中心。

肖风和王大群各自在榻铺上舒舒服服地靠着。

肖风说：你知道女人是什么？

王大群眼一瞪，说：是啥？

肖风说：水。

王大群说：水？

肖风说：当年，有两个人，曾经是治水的高手。

王大群听得迷迷糊糊的，就问：谁？

肖风说：一个是鲧，一个是禹。这父子二人，用了完全不同的治理方法。一个是堵，一个是疏。水在河道里，有岸管着，那水是柔的，驯服的——柔情似水嘛。可一旦决了口，就泛滥成灾了！任你千军万马都无济于事。所以，堵，不如疏。

王大群听着，不由说：肖总大学问，服了，我算服了！你说，我该咋办吧？

肖风说：要我说，现在有上、中、下，三策任你选。

王大群说：你说，你说。

肖风伸出一个小指：下策，按现行的法律，得把你的财产割去一半给她。

王大群立马说：钱是我辛辛苦苦挣的，她想也别想，没门儿！

肖风说：中策，结城下之盟，厅下议和，给她个十万八万的，打发她走人。

王大群想了想，说：要是不告我，还行。这会儿，一分不给！

肖风说：这上策，合理合法地把离婚了，钱——一分不给。注意，这事要做得合理、合法、天衣无缝。不管谁来查，怎么查，都不会有漏洞，这就需要做一些工作了。

王大群说：你说，咋做吧？

肖风摸了摸他的光头，说：我送你一个办法，叫"金蝉脱壳"。

王大群说：说，说。

肖风说：办一套牌公司，把资金财产转移过去。比如，你弟弟那儿或是……

王大群有点迟疑，说：这，手续怕不好办吧？万一？

肖风说：简单。手续，我给你办。还有一个办法……

王大群说：啥办法？

肖风说：你是想让资金升值呢？还是保值？

王大群说：当然是升值了。

肖风说：那就更好办了。我这儿刚好有一融资公司，是专门做证券的。有很多大公司的老板都把钱投到这里，既安全又能升值，一般是百分之三十的回报率。你可以作为融资公司的股东之一，这是个独立的法人单位。

王大群说：不会出事吧？

肖风说：签合同嘛。我告诉你，这个融资公司，好就好在安全，而后才是升值的问题。资金随时进出，来去自由。（接下去，他小声说）我给你透个底吧，下边，我要跟他姓金的谈，他也想进融资公司，这件事，你不要告诉他。

王大群说：好，这个好！那签吧，抓紧签。

肖风漫不经心地说：慌啥？

王大群说：马上要上法庭了。哎，你跟那姓金的？

肖风说：北京有块地，要做一做。只是一小块地。放心。大的，我不会让他做。

北京，别墅里。

宁小雅在屋子里拍着门，哭着喊：开门，开门啊，放我出去！我告你们，我一定要告你们！

可是，门外没有一个人应声。

金瓦刀公司。

二群坐车从郑州赶来，他进了门，说：金头儿，有一块地，咱要不要？

金桂生说：好啊，啥地方？

二群说：图纸和有关材料我都带来了。

金桂生说：拿来我看看。

二群说：我问了不少人，都说这块地只要接过来，一准儿升值。

别墅里。

宁小雅无力地在床上靠着。

这时，门突然开了，肖风走进来。

宁小雅看见他，不知怎的，眼里充满了恐惧！她身子不由得往后退缩着。

肖风倒了一杯红酒，拿在手里，说：这几天，听说你声音很好？唱吧，再唱一段，让我欣赏一下，好吗？

宁小雅小声说：你，放我出去。

肖风说：好啊，很好，我可以放你。临走前，我想请你帮个忙。

宁小雅说：你说。

肖风说：我一个黑道背景的朋友，我欠他一份人情，想请你陪一下。

宁小雅说：你?!

肖风说：你既然不要真爱情，就假戏真做吧。

宁小雅突然笑了，说：好啊，好。就让我见一见你那黑道朋友。

肖风说：不忙。我会让你见的。另外，我还要顺便告诉你，那姓金的，马上就要与我合作了！我实话告诉你，凡是与你有关系的，我一个都不会放过！

法庭上。

杨菊花、闫草心在法庭原告席上坐着。

王大群夹着一个皮包，在被告席上坐着。

坐在前面的庭长说：现在宣布开庭。

突然，王大群站起身来，说：报告庭长，你咋判都行，就是有一条，我没钱，我是个穷光蛋，我一分钱都不会给她！

庭长厉声说：坐下。——被告人，姓名？

王大群说：王大群。

庭长问：年龄？

王大群说：三十一岁。

庭长说：职业？

王大群说：打工的，我跟人打工。

庭长问：你跟菊花是自由结婚吗？

王大群说：不是，钱买的。

杨菊花说：你胡说！

庭长制止说：不要吵！一个一个说。

法庭外边。

王大群站在台阶下，等着杨菊花。

片刻，杨菊花和闫草心出来了。王大群走上前去，拦住她说：你想要钱？做梦去吧。我还是那句话，跟我斗？哼！

杨菊花说：姓王的，只要我不死，这官司，我一定打下去！

王大群说：好。打，你打，看谁熬得过谁?! 下回再告，你言一声，我叫人派车送你！

杨菊花说：姓王的，你不是人！

北京，一家五星级宾馆里。

在一个富丽堂皇的小型会客室里，肖风和金桂生、二群等面对面地坐着。肖风看了一下表，说：再有两个小时，我就上飞机了，直飞纽约。那里有我一个分公司。临走前，我想了想，再给你一次机会，见一面吧。

金桂生说：这么说，我谢谢肖总。

肖风摸了摸他的光头，淡淡地说：其实，我并不喜欢你。

金桂生说：我知道。

肖风说：我传给你的材料，都看了吧？

金桂生说：看了。

肖风说：没有问题吧？

金桂生说：没有问题。

肖风说：你还有什么要问的？

金桂生说：你把风雅小区的工程连地皮一块儿转让给我，这条件太优厚了。

肖风说：你不相信？

金桂生说：不是不相信。主要是……

肖风说：我之所以这样做，有三条原因。第一，你知道，我要搞"圆明园工程"，这个工程太大，需要二十个亿，工程方案国务院已经批了——说着，他招了招手，立时就有人把一份装饰非常精美的文件夹放到了金桂生的面前。他接着说：已经没有精力再搞这些小项目了。说着，他漫不经心地瞥了金桂生一眼。

金桂生随手翻开了放在他面前的"批件"，只见上边赫然地盖着"中华人民共和国建设部"的大印。

肖风说：第二，风雅小区虽然是个小工程，但事关我公司的信誉，我不想随随便便把它交给一个只管挣钱的开发商。这里的设计是我亲自搞的，这个工程必须按我的设计进行施工。所以，我想把它交给一个有信誉、靠得住的公司。我知道，从林县出来的施工队，金瓦刀公司信誉最好。

这时，肖风又招了一下手，立时，又有人把第二份材料"风雅小区的立体效果图"送到了金桂生的面前。

肖风说：第三，这是个人原因了——你使我找到了丢失多年的爱情！顺便告诉你，小雅现在已经是我的特别助理了。本来，这次会谈，应该让她参加的。因为，这次合作，是她，提议的。我只是破例——尊重了她的意见。但，这毕竟是生意。生意是不能掺杂个人感情的，所以，我没有让她参加。我想，你也不愿……

民工食堂里间。

　　放在小桌上的电话铃响了。

　　于小莲拿起电话，说：喂，你哪里？噢，有事吗？——听着听着，她的脸色变了，她放下电话，急急忙忙地向外喊：兔子，快，面包车还在吧？

　　兔子说：有事？

　　于小莲说：快点，你开车，去接金叔！

　　会客室里。

　　肖风说：怎么样？

　　金桂生说：条件是够优厚了。只是资金方面？

　　肖风说：这一点你不要担心。我这人做事讲究双赢，等房盖好了，卖出去了，你再还我这百分之三十。楼是你盖的，钱是你收的，你这方面，可以说，没有任何风险。你只要有启动资金就行。还有什么问题吗？

　　金桂生说：按说，没有，问题了。

　　肖风说：我要赶航班，时间不多了，那就签字吧？

　　金桂生又翻看了一遍文件。

　　肖风说：我再问你一遍，说老实话，我已经没有耐性了。要不是小雅，这个合同，我是不会签的！这几乎是白送！再问一遍，有问题吗？

　　金桂生说：没有。那就，签吧。

　　于是，两人分别在合同文本上签了字，而后，又相互交换着签字。就在这时，于小莲扶着金瓦刀闯了进来。

　　金瓦刀顿了一下拐杖，说：等等。

　　肖风抬起头，看了看金瓦刀，说：老头，对不起，合同签过了。从法律上说，它已经生效了。

　　金瓦刀说：它还没有生效。

　　肖风说：这我就不明白了。

金瓦刀说：你不明白吧？我告诉你，金瓦刀公司，我是法人代表。一切合同，只有我签字才能生效。

金桂生不解地说：爹，你、你这是……

肖风一摆手，他手下的人，把合同递给了金瓦刀，金瓦刀接过合同，一下子把合同给撕了！

○　●

第二十集　· ·

京郊，一条公路边上。

公路边上有一块巨大的广告牌画，广告画上是一栋栋高雅的住宅楼，上边写有：风雅小区，人类的理想栖息地！

一辆轿车开过来，金桂生和于小莲扶着金瓦刀匆匆从车上走下来。他们三人来到马路对面的一个小店里，金桂生问：老先生，跟你打听个事，这风雅小区……

店里的老头笑了笑说：不知有多少人来问了，啥小区，就一广告牌，在这儿竖了两年了。还有那些交了房钱的，也经常来问。

金桂生一下子愣住了，他的手不由得抖起来！

风雅小区。

在这么一块所谓的"风雅小区"，在这么一块荒草丛生的"白"地上，金桂生一下子瘫了，他一屁股坐在地上，浑身颤抖着，对于小莲说：莲，要不是你，再晚一分钟，就一分钟，那合同就生效了！——其实，他把什么都卖了，就等着我上当呢！

金瓦刀沉着脸说：你知道后果有多严重?！我刚才专门让小罗跑了一趟土地局，他们说，再有三天，这块地就收回去了！那么，那些买房的人的定金，一千多万，就得由公司来还！你，就彻底破产了！

金桂生擂着头喃喃地说：这是个大骗局！我怎么就……

于小莲说：这人也太坏了！你就没看出来吗？

金桂生摇摇头说：爹，我看不出破绽，什么都是真的，所有的手续都是真的，从合同上看，几乎没有任何风险！他只是在"日期"上做了手脚，时间是假的。按国家现行政策，这块地，三天后就作废了！

于小莲说：老天，还真得，真得谢谢她。是，小雅她打来的电话。

金瓦刀一怔，说：她?！

于小莲说：她。

深圳，一套别墅内。

门，开了，宁小雅被人一把推了进去。

宁小雅进屋后，有些惊恐地四下看了看，突然发现有一人背身而立——一个肥大的剪影！

而后，那个人慢慢地转过身来，说：告诉你，肖风把你送给我了。

宁小雅说：你是……

那人说：在下身上有六条人命。你要乖乖听话，不然，大爷我不是吃素的！说着，他一步步朝宁小雅逼近！

宁小雅走投无路，返身朝楼上跑去！

北京，金瓦刀公司。

金桂生在地上坐着，手里拿着那只木碗。久久之后，他对父亲说：爹，你把公司收回去吧。

金瓦刀说：我老了，不可能再干什么了。我之所以那样说，是不想让你跌跟头。

金桂生说：我知道。想起来，就后怕。

金瓦刀说：孩子，你坐上车了，公司也大了，可有一个字，心里是不能有的，那就是"贪"。"贪"念一起，人就很难把握自己了。人，要有一条线，底线！

金桂生说：我明白了。

金瓦刀说：小莲是个好姑娘，终究，是你对不起人家呀！

金桂生说：爹，你别说了。

工地食堂。

金桂生说：莲，我爹说，抽空，让咱们把事办了。

于小莲沉默了一会儿，说：有个人，你该报答的。

金桂生说：谁？

于小莲说：是人家救了你。

金桂生不语。

办公室里。

这时，小罗拿着一封挂号信走进来，说：金总，你的信，特快专递。

金桂生说：放桌上吧。而后他问：小罗，出国的那批技工，身体都检查过了吧？

小罗说：检查过了。

金桂生说：没问题吧？

小罗说：有一个刷下来了。

金桂生说：那好，你去吧，领他们上街买买东西。

小罗应一声，走出去了。

金桂生站起身来，拿过了那封特快专递，用剪子剪了封口，掏出信看起来，可看着看着，他的眉头又皱起来了！

画外音：桂生，我是多么怀念咱们共同创业的那些日子。多么，想你。可是，我已经没有脸面再见你了。我，我上了那骗子的当了！我现在才发现，我是多么的虚荣！多么的浅薄！相对于你的踏实，我所追求的生活，又是多么的表面和空虚！是的，我曾经对你很不满意，我曾经期望过一种连我自己都说不清楚的、高品质的生活，可我——最后还是被虚荣和矫情，害了！这也是我咎由自取。有句话说得好：伤害人者必然受到伤害！事到如今，我不埋怨任何人。这个人（我已经不愿再提他的名字了）——这个我曾经唾弃、又被他所迷惑的人，是个不折不扣的骗子！也是个疯子！他所说的"二十亿"，他所谓的"重修圆明园"的计划，完全是一场大骗局！我只是省悟得太晚了。永别了！

大街上。

金桂生独自开着一辆桑塔纳轿车在马路上飞驰，他的脸色很沉重！

这时，车上收音机里的音乐声停了，开始播送新闻："所谓的'太平洋公司'因高息揽储、非法集资、涉嫌金融诈骗等多项违法活动，近日已被有关部门查处。详细情况正在调查中……"

听到这个广播，金桂生的车开得更快了。

高档住宅区。

在那栋欧式别墅前，金桂生从车上走下来。他又挎上了那个帆布挎包，挎包里装着那只"父亲的木碗"。他快步登上一级一级的台阶，却突然站住了——他发现，门上已贴上了法院的封条！

金桂生就在台阶上坐下来，点上一支烟默默地吸着。他抬头仰望着眼前的这栋高档别墅——宁小雅仿佛出现在他的眼前！

金桂生自言自语地说：人啊，要清醒，要警惕，再不能烧包了！片刻后，他从包里掏出手机，给王大群打电话，可是，没人接。而后，他又给二群打电话：二群吗？快告诉你哥，肖风是个骗子！

工地上。

二群正在接电话：我哥？我哥的事我不管。

电话里，金桂生说：咋说你们也是亲兄弟。再说了，咱林县人出来都不容易，你赶紧告诉他，再晚就来不及了！

二群说：好，好。他这人，谁说都不听。说着，二群赶忙打电话，可大群关机了。

于是，二群走过去，对司机说：到老大的公司去！

大群公司。

王二群的车刚到公司门口，看见有一群警察上去了，门口有警察站岗，王大群的公司已被查封了！

二群站在那儿，嘴里说：晚了，晚了。

王大群（为躲藏）新搬的家。

门开了，几个警察走进来。

其中一个民警看了王大群一眼，说：你是王大群？

王大群说：是，我就是王大群。

民警拿出一张拘留证一亮，说：跟我们走一趟。

王大群傻傻地瞪着眼说：这，这，不对吧？离、离个婚还能抓人？凭啥抓我？这是保姆，你让她说，她是保姆。

苏小娜一下子愣住了。

民警说：你是不是王大群？

王大群说：是啊，我是王大群不假，我，我又没犯法。小娜，你告诉他，你是保姆。

苏小娜张嘴说：我，我……

民警接着问：你是不是太平洋公司的副总裁？

王大群说：是，我是。不不，咋回事？你们这是？

民警说：抓的就是你。我告诉你，你们太平洋公司，搞非法集资，涉嫌多项金融诈骗！跟我走，到地方再说，给他戴上手铐！

王大群忙说：慢慢慢，我是挂名的，我挂名的。我跟太平洋公司没有关系！真的，真的，哪孙子骗你。肖风那王八蛋把我坑了！他才是骗子。

民警说：你说没关系就没关系了？！你是不是海天融资公司的副总？到地方好好让你说，走！

这时，苏小娜冲过来说：等等，我给他拿件衣服。

当大群被民警押出家门的时候，王二群匆匆赶来了。他赶过来，大声叫了一声：哥！

这时，王大群已被押到了警车跟前，他回头看了一眼，却什么也没有来得及说，就被民警推上了警车。

宁处长家。

金桂生敲开了宁处长的家门。

多日不见，宁处长的头发已经愁白了，他站在门口，目光沉沉地、愣愣地望着金桂生。金桂生说：宁处长，小雅她，回来了吗？

宁处长默默地摇了摇头。

两人进屋后，默默地坐下来，谁也不说话。

终于，金桂生又问：有她的消息吗？

宁处长喃喃地说：是我把孩子给害了。那肖风，公安部发了通缉令，据说已携款潜逃。可我，把孩子给害了，是我把小雅的地址告诉了那个混蛋。小雅她，也不知道，她是不是……

金桂生说：她没有跟肖风在一块儿。她给我写了封信，从信上看，她好像已经知道了肖风的底细。

宁处长急切地说：信上都写了啥？她现在在哪儿？

金桂生掏出了那封信，默默地递给了宁处长。宁处长抖动着手接过了那信，看着看着，眼里流出了两行老泪。

宁处长摇着头，叹道：我清贫了一辈子，可晚节不保啊！

金桂生说：你也不要太伤心。小雅她，不会有事的。

宁处长叹一声说：我也是从乡下考上大学的，一个乡下孩子，留在了城市，不容易呀。我原也是一腔热血，可走着走着，咋走到了这一步？想不到啊！桂生，实话告诉你，我已经被停职反省，组织上让我说清楚，也许，就回不来了。我有个请求，你能答应我吗？

金桂生说：宁处长，当年，你曾帮过我不少忙，你说吧。

宁处长说：我把小雅交给你了。你，替我找到她，成吗？

金桂生说：你放心，我一定尽力而为。

宁处长从兜里掏出一个存折说：你把这个存折交给她。告诉她，这钱，是干净的。你，一定要答应我，找到她。

金桂生郑重地点了点头。

囚室里。

王大群拍着铁栅栏说：我上当了！我冤枉，我就在合同上签了个名！我真冤枉啊，我就写了个名！我老亏呀，我亏死了，我就写了个名！你说签个名就这么大罪？！我冤枉，我冤枉我冤枉。肖风，你个骗子！你不得好死啊！

闫草心家。

闫草心和杨菊花正在商量上法庭打离婚官司的事，突然听到了敲门声！

闫草心去开门，见是王二群回来了。草心看了看他的脸色，问：你咋了？

二群进门后，看着杨菊花说：大群，我哥他，被抓了。

杨菊花脱口说：抓了？是不是因为？

二群说：他跟那姓肖的搞在了一起。那人是个大骗子，据说，诈骗了好几个亿。

杨菊花愣愣地站在那里，好半天才说：你哥他，哼，早晚有这一天。活该！

闫草心说：那，官司还打不打了？

杨菊花不语。

王大群承包的工地上。

民工们黑压压地站着，高声嚷嚷着：工钱呢？头儿被抓了，工钱谁给？！

人群中有人嚷道：咋说也不能我们白干！走，上办事处说理去！

突然之间，人们全都静下来了。因为他们看到了一个女人，这就是被他们的老板抛弃的女人——杨菊花。她由二群陪着，来到了工地。人们望着这个女人，一时不知道说什么才好。

杨菊花站在众人面前，说：大家可能都知道了，我男人犯事了，他，被抓了。大家也都听说了，我正在跟他办离婚，可在离婚手续下来之前，从法律上说，我还算是他的——妻子。他欠大伙儿的工钱，我也有份儿。所以，在这里，当着众位老乡的面，我咬个牙印：活儿，不会让大家白干的。工钱，是一定会给大家的。这事，我已经给他二叔商量了，工地暂时由二群管着，工钱，能给多少，就先给多少，暂时不能还完的，我以他妻子的名义，给大家打个欠条。他要是出来得早，他还。

这时，有人喊道：他要是出不来呢？

杨菊花说：他要是犯了大事，真出不来，就用所有的设备顶，如果仍不够，我来还！大家如果信不过我，咱林县在这儿还有办事处，办事处可以监督。

二群说：我嫂的话，大伙儿都听见了，还有我，最后欠多少，我作保了，我兜着！刚才我跟金总通了电话，他说，都是林县的建筑公司，金瓦刀公司可以做担保！大家放心吧。

路上。

金桂生开着车在路上走着。

突然，他的手机响了，他拿起电话，听到了一个微弱的声音：救救我！

金桂生忙说：你在哪儿？

飞机场。

一架开往深圳的飞机腾空而起。

深圳机场。

金桂生西装革履地从机场里走出来，他脖子上特意束着一条鲜艳的领带。

机场门口，有个年轻人举着一个牌子：接金桂生。

金桂生走上前去，那年轻人说：你是金总吧？

金桂生说：是。

那年轻人说：是万总让我来接你的。

金桂生说：谢谢，万叔，他好吗？

那年轻人说：万总去西安了，这里是分公司。要不，他就来接你了。

金桂生上了车。

大街上。

在未来大道上，那年轻人陪着金桂生走进了一家家医院。

深圳，一家医院里。

宁小雅的腿摔断了，她独自一人在病床上躺着。

这时，金桂生从外边走进来，看宁小雅睁开眼时，他拉过一张椅子，坐在了她的面前。宁小雅一下子落泪了。

金桂生说：这是第三天了，如果再找不到你，我就走了。

在医院前的一家餐厅里。

两人默默地坐着。宁小雅拄着一个拐杖。

她说：你，是来羞辱我的吧？

金桂生说：你看，我打了领带，我这领带好看吗？

宁小雅轻声说：学会了？

金桂生说：学会了。咋样？

宁小雅说：还行，还行吧。

金桂生说：小雅，跟我回去吧。

宁小雅笑了，笑得很冷。她说：我还有脸回去吗？

金桂生说：人，都会犯错误。

这时，宁小雅招招手，一个男招待员走过来，宁小雅说：来瓶酒。

招待员说：白的啤的红的？

宁小雅说：红的。这位先生结账。

招待员说：稍等。片刻，酒送过来了，是红葡萄酒。招待给两人一人倒了三分之一杯，而后，很有礼貌地退去了。

宁小雅端起酒杯，说：来，干杯。为你的成功和我的失败，干杯！说着，她一饮而尽。

金桂生说：小雅……

宁小雅说：你别说了。我的人生，已经谢幕了。

金桂生说：谢幕？你看过红旗渠，那渠修了十年，是一凿一凿开出来的。

宁小雅说：是，那是一座丰碑。我算什么？

金桂生说：小雅，你知道吗，这些年，我一直是把你当作老师看待的。

宁小雅笑笑说：你不需要我了，你已经是城里人了。

金桂生说：不，我不是城里人，我永远也不会成为城里人。不过，那时候……

宁小雅说：是。那时候，我本是要改造你的。可结果是，我自己被金钱改造了。这是多大的讽刺啊！

金桂生说：那时候，我很穷，身上有很多毛病。

宁小雅说：其实，那时候，我们都穷。只是"穷"的不一个概念罢了。你穷得踏实，而我，穷得空虚。你穷的是物质，我穷的是精神。当然，现在你不穷了，看来，物质不是最重要的。

金桂生说：跟我回去吧。

宁小雅说：我回不去了。一个人，一旦走出来，就再也回不去了。所以，那个词叫"过去"。

金桂生说：正是有了过去，才有现在。

宁小雅说：我让你来，是因为我欠了医疗费。你放心，我会还你的。

金桂生说：你该换个环境。

宁小雅说：喝酒吧。我不想说了，我不想一辈子生活在屈辱里。你太好了，我不想跟好人在一起。也不想当好人。

金桂生有点惊讶地问：为啥？

宁小雅说：好人没意思。

金桂生说：那什么有意思？

宁小雅说：我也不知道。

金桂生火了，说：你知道吗？我们这些在乡下长大的孩子，做梦都想过的，就是你过的那种日子！我曾经把你当老师看待，我曾经在你的要求下，拼命去读书，去改造自己，就是希望有一天，也像你那样生活。可你现在却告诉我，你不知道！

突然，宁小雅眼里涌出了泪水，她哭了。久久，她说：对不起，我真的不知道。

金桂生站起来，从兜里拿出一个存折，"啪"地放在了茶几上，说：拿去吧，这是你爸让我转交给你的钱。

宁小雅迟疑了一下，拿起存折翻开看了一眼，又放下了，淡淡地说：他好吗？

金桂生望着她，没有说话。

宁小雅说：我还是觉得，他这一辈子，不值。

金桂生说：那，什么叫值？怎么才能值?!

宁小雅再一次低下头，喃喃说：我……我也不知道。

片刻，不知为什么，本打算要走的金桂生却又坐下来了，他默默地望着宁小雅，很严肃地说：你应该换一个环境。说着，他拿起桌上的餐纸擦了一下嘴。

宁小雅默默地望着他，突然叹了一声，说：我曾经那样努力地校正你，看来，只要有条件，讲品位也很容易。

金桂生再次郑重地说：你该换个环境了。

太行山。

太行山壁立千仞，无声地挺立着，金桂生扶着宁小雅在走。

在一处陡峭的石壁前，宁小雅突然停住了，她指着石壁上的一个印痕说：你看。

金桂生停下来，也凑上去看，他看了很久，又顺着石壁往前看，走了不远，他又看到了那个印痕。于是，他说：这里也有。

他们两人都趴在那里看，过了一会儿，金桂生用手抚摸着那个地方，突然间，他说：我明白了，这是指纹——手汗浸出来的指纹！

宁小雅说：是指纹吗？

金桂生说：是指纹。

宁小雅说：谁留下的？

金桂生说：大概是当年修渠人留下的吧。也许他背着石头，就这么攀着往前走。

宁小雅说：这有什么意义呢？

金桂生说：没有意义。可渠，渠有意义。你不是说这条渠是人类的奇迹吗？这条渠，就是他们一块石头一块石头垒出来的。

宁小雅说：也许吧。

太行山，红旗渠默默地、雄伟地站在那里。

再往前走，他们看到远处有人在赶着牲口犁田。两人停下来，默默地望着。

宁小雅问：你说，他快乐吗？

金桂生望着远处，说：快乐。

宁小雅说：这只是简单的劳动。日复一日，年复一年，他快乐？

金桂生说：你听——他在唱曲儿。

果然，远处飘来了那人唱曲的声音，声音在风中似有若无，那鞭儿不时扬起来，像是一幅油画。

宁小雅摇摇头，似乎无法理解。

这时，金桂生说：我记得你说过一句话。

宁小雅说：我说，我说什么了？

金桂生说：你说，这世上有多少人，就有多少个活法。人活在世上不容易，要珍惜。要学会感恩。

宁小雅想了想说：其实，我并不懂这句话的意思，那是我从书本上抄下来的。

小山村里。

金桂生和宁小雅来到了一个小山村里。

在一个挂满玉米的山村小院前，有一位老人正坐在阳光下剥玉米粒，他的身子倚靠着一个拐杖，那手很奇怪也很灵巧地动着，一个棒子上的玉米粒像金黄色的水流一样从他的手上泻下来，落进他膝下的一个大笸箩里。

金桂生走上前去，说：大爷，有水吗？讨碗水喝。

那老人很热情地站起身来，说：有。有。说着，他缓慢地站起身来，挂着拐杖一瘸一瘸地扭身进屋去了。

宁小雅叹一声说：还是山里人厚道啊。

金桂生说：就是素质低点。

宁小雅说：你讽刺我？

金桂生说：我说的是实话。

片刻，他从屋里走出来，拿出了一个茶瓶、两只茶碗。而后，他把碗放在一个水泥做的小桌上，依次倒上了两碗水。老人笑了笑说：喝吧。

这时候，宁小雅发现，那茶碗上竟留着一个黑黑的指纹。她先是皱了一下眉头，紧接着，她突然又发现，老人那只手，只剩下了一个手指头。

两人默默地望着老人，只见他又坐下来，继续用那个有残疾的（只有一个拇指）手剥玉米，那神态显得安详平和。

金桂生问：大爷，你的手？

老人说：修渠的时候，扔在渠上了。

金桂生又问：你的腿是……

老人说：也一样，都扔在渠上了。

金桂生说：你是修渠伤的。那，上头会给你些照顾吧？

老人说：照顾啥？没啥照顾。地都分了，谁还照顾？

金桂生说：那你，生活上？

老人说：中，还中。俩孩儿都出去打工了，日子能过。

宁小雅突然说：大爷，你后悔不后悔？

老人不解地说：后悔个啥？

宁小雅说：你这腿，还有你这手……

老人说：这有啥后悔的？那么大的工程，哪能不出点事呢？这人活着，谁还没有个三灾两难的？接着，他又很自豪地说：你们也是来游渠的吧？哎呀，这些年，来的人可多了！一拨一拨的……

话说着，却并不影响他劳作，玉米粒不停地从他那只有一个拇指的手上泻下来，哗哗地响着，落进他面前的筐箩里。

宁小雅说：大爷，你快乐吗？

老人捂着耳朵说：啥？

宁小雅说：你这样，高兴吗？

老人指了指玉米，说：哦，我喜欢听这响儿，它是从地里长出来的。

太行山。

金桂生扶宁小雅在山路上走着。

走着，宁小雅突然莫名其妙地说：那玉米真好。那手——也好。

金桂生扭头看了她一眼，说：手？

宁小雅说：我是说，想想，活着，劳动着，挺好！

金家岙。

金家岙村锣鼓喧天，一片喜庆。这一天，村里的路修了，路灯已安装完毕；村中小学新教学楼已经建成，以金桂生的名义投资兴建的金瓦刀小学，落成典礼马上就要开始了。

临时布置的主席台上，坐着县长林大中及县教育局的几位领导和马校长，还有专程赶来参观新校舍落成典礼的金桂生和同来的宁小雅。

主持会议的马校长对着麦克风说：现在请致富不忘乡梓，拿出四十万元巨款捐资助学的金瓦刀公司总经理，金桂生先生致辞，大家欢迎！

一排排列队坐在新校院里的学生们齐声热烈鼓掌。

金桂生站起来说：同学们，我要说明的是，要说捐资助学的，并不是我，那是我的父亲，我不过是完成了他的一桩心愿。我父亲是个匠人，是个从红旗渠上走下来的匠人，是个一生都在辛勤劳作的匠人，他一生吃了很多的苦！他说，他盖了一辈子房，因为文化低，老是跟不上趟……所以，他唯一的心愿就是让咱乡下孩子都变成有文化的人！他期望咱们乡下的孩子，能够多识些字，通过学习文化知识，走出贫穷，走出落后愚昧，一个个都能插上理想的翅膀。同学们，好好学习吧，当有一天，你们走出家门，甚至是走出国门的时候，你们就会感到，知识，是多么的重要！

一片掌声……

山村里。

宁小雅和金桂生望着远处的太行山。

宁小雅说：我真想从那里跳下去。

金桂生摇了摇头说：你听见了吗？

宁小雅说：什么？

金桂生说：山在骂人呢。

宁小雅说：骂什么？

金桂生说：骂人没出息，软弱。

宁小雅说：是吗？你已经够风光了。

金桂生说：不是风光，是责任。父亲的愿望总算是实现了。说心里话，你很难理解我们乡下人。如果说，你一步就可以走到的地方，对于我们乡下人来说，就是千万里啊！

宁小雅说：有这么严重吗？

金桂生说：我们没有别的办法，要想改变命运，我们必须靠自己。乡下孩子，如果连字都不识，怎么有见识？

宁小雅说：这里，空气好啊。

金桂生说：空气？如果让你长年留在这里，你能答应吗？

宁小雅望着他，好半天没有说话。

安阳火车站。

金桂生和宁小雅都默默地站着，金桂生的车停在一旁。

金桂生说：你再想想，还是跟我回去吧？

宁小雅说：你给我点时间，行吗？

金桂生说：行，我不勉强你。只是……

宁小雅说：你是个好人，也是个优秀的男人。但是……我心里会屈辱，会屈辱一辈子。

金桂生说：我不会伤你的。

宁小雅说：不管怎么说，我还是要谢谢你。跟你到山里走一走，看看这山、这水，心里好受多了。你让我静下来，好好想一想，好吗？

金桂生说：我说过，我不会勉强你做任何事情。

宁小雅说：那好，咱们就在这里分手吧。

金桂生说：你不回去看看你爸？

宁小雅说：我打过电话，他已经被"双规"了。

金桂生说：那需要我……

宁小雅说：不用了，需要的时候，我会去看他的。听说，那姓王的也被抓了，他也是上了那骗子的当。

金桂生说：王大群吧，我知道。

宁小雅说：你，多保重。说完，扭头朝检票口走去。

金桂生站在那里，目送她一步步走进车站。

列车上。

开往深圳的火车缓缓开动。

坐在车上的宁小雅满眼都是泪水。

这时候，金桂生出现在车窗前，他把一串钥匙递给了宁小雅，说：拿着吧。如果有一天，你想……

宁小雅点了点头说：你是个好人。

北京站。

当金桂生走出车站，来到车站广场上的时候，只见金瓦刀下属的十二个项目部的经理，一个个西装革履，站成一排，正在迎候他。他对跑上来接他的小罗说：这，咋回事？

小罗很殷勤地趋步上前，说：听说你回来，大家接你来了。

金桂生扭头看了他一眼，什么也没有说，在众人的簇拥下，径直往停车场走去。

而后，一拉溜十几辆轿车，跟在金桂生的车后，浩浩荡荡地依次开出了车站。坐在车上的金桂生一句话也没有说。坐在前排的小罗回头看了金桂生一眼，高兴地说：金总，这都是我安排的，咋样？

金桂生说：你说呢？

小罗说：金总，咱现在是大公司了，也得有个派头呀。

金桂生说：派头？

小罗说：你现在是管几千人的大老板，是有身份的人了，怎么也得……

往下，见金桂生不说话，小罗自觉有些无趣，也就不再吭声了。

金瓦刀公司。

金桂生下了车，朝办公室走去，他每走过一个门前，就见公司的人一个个都在门旁候着，双手背在身后，见了他就恭恭敬敬地说：——董事长好！董事长好！

而后，上上下下都是一连串的"董事长好！"金桂生皱着眉头，一声也不吭，走回了自己的办公室。

在办公室里，他拿起电话，对着话筒说：小罗，你来一下。

片刻，小罗进来了，他进门后，见金桂生背对着他，在窗前站着。小罗说：金总，我给你汇报一下前一段的工作。

金桂生淡淡地说：小罗，你是不是又想让我爹骂我呢？

小罗不解地说：金总……

金桂生说：你也别汇报了。收拾收拾东西，让财务给你结一下账，走吧。

小罗一下子愣了，他站在那里，好一会儿才说：金总，我做错什么了？

金桂生说：你不知道？

小罗有点委屈地说：我，我不知道。

金桂生回过身来，说：那好，我问你，你平时看书吗？

小罗说：也看。

金桂生说：都看些啥书？

小罗说：乱看。有时候，也翻翻杂志啥的。

金桂生说：不管咋说，你还是看书的。我再问你，王大群被抓的事，你知道吗？

小罗说：听说了。他，他算个啥？

金桂生说：你知道他办公室里都摆些啥？

小罗说：听说，很气派。

金桂生说：他办公室里摆着一个地球仪，一人多高的地球仪！你知道这叫啥？这叫烧包！

接着，他又说：你看，凭我的身价，是不是也该包个二奶了？！当然，前一段，我也烧包过，还跟王大群斗呢！要不是回渠上走了一趟，差一点就……

　　小罗小吭了。

　　接着，金桂生厉声说：你知道这是什么地方？这是北京，是首都！你知道这里有多少大官？你去那大街上，拦住一个骑自行车的问问，说不定就是个大知识分子！说不定就是哪个部的厅级干部！要说有钱，这里又有多少大款？上亿的，上十亿、百亿的，又有多少？你知道吗?! 啥叫农民意识？你这就是农民意识！咱们公司才挣了几个钱，你就给我摆这么大的谱?! 一路上吆五喝六的，这不叫人笑话吗?!

　　小罗低着头，仍有点委屈地说：金总，我错了，我是想着……

　　金桂生声音缓了下来，说：小罗，你跟我干了这么多年了，还不了解我？是呀，说心里话，有时候，我也想摆摆阔，也想风光风光。你弄十几辆车去车站接我，那多气派、多威风啊！进门就有人叫着"董事长好，董事长好"，那耳朵多舒服啊，进屋还有人给倒水，给你脱衣服穿衣服，那心里是多舒服啊！可是，我要沿着这条路走下去，你想想，会是什么样子？那不就又是一个王大群吗？大群多能干啊，他要不是烧包，能有今天吗？一个教授说，人是很容易堕落的。咱农民进城，要学的东西太多了，学知识学文明，但有一条，不能养那些坏毛病……你再想想，上千民工，在这儿辛辛苦苦地干，就是为了让咱摆谱吗?!

　　接着，金桂生说：你是办公室主任，一个公司，是要注意形象，要有一定的体面，这都是对的，但就是不能烧包！你知道，那些有知识的是怎么看咱的吗？

　　小罗不吭了。

　　金桂生说：我在北大旁听的时候，人家说，这叫"牛玛内"——新钱！这是贬咱的，说咱是暴发户！

　　小罗抬起头，说：金总，我知道我错了，我服了。当年，就是你救了我，你能再给我一次机会吗？

金桂生说：你能这样想就好。你到工地上去吧，去兔子那儿，先干一段。晚上没事的时候，多看些书。

这时电话铃又响了，金桂生拿起电话：二群吗，你哥咋样？

囚室里。

半月后，王大群不吭了，也不再吆喝他冤枉了，就那么默默地坐着。这时，囚室外响起了钥匙开门的声音，一个警察喊道：一八九号，出来！

拘留所里。

剃了光头、身穿囚衣的王大群穿过一道道有铁栅栏的门，来到了接待室。

在接待室里，隔着一道铁栅栏，王大群看到了他的妻子杨菊花。杨菊花在对面的一张椅上坐着，默默地望着他。

两人相互看着，终于，王大群说：东西拿来了？给我吧。

杨菊花说：我给你带了几件衣服，还有……

王大群说：我是说——字儿，带来了吧？

杨菊花说：啥字儿？

王大群说：离婚协议。给我吧，我签。

杨菊花说：等你，出来再说吧。

王大群说：不用等了。我都这样了，签了吧。

杨菊花看了他一眼，说：婚我是一定要离。但这会儿不离，等你出来……

王大群说：这又，何必呢。你也知道，我已经是个穷光蛋了。就是将来出去，也给不了你什么。

杨菊花说：我知道。

接下去，两人都不再说什么。过了片刻，杨菊花说：公司那边，要账的不少，不过，你放心，有我和老二顶着。

王大群沉默不语。终于，他说：对不起了。你也没跟我享一天福，还是离了吧。

杨菊花说：你还是要离？

王大群说：离。

这时，杨菊花突然说：老二要结婚了……

王大群抬头看了她一眼，什么也没有说。

杨菊花说：是跟草心。

住宅小区。

贴有大红喜字的新房里，茶几上放着一本城市户口本和两张新领的结婚证。

二群和闫草心在沙发上坐着，看着眼前的户口本和结婚证。闫草心拿起户口本又看了一遍，只见上边写着他们一家的姓名，说：想了多少年，这不是做梦吧？

二群说：不是。你看那章，上边盖着章呢。

闫草心说：那，从今往后咱就是城里人了？

二群说：可不。这不是户口本嘛。

闫草心说：你真的不嫌弃我？

二群说：都到这份儿上了，咋还说这话？

闫草心说：真跟做梦一样。我会一辈子对你好。

二群说：我知道。

闫草心说：咱们不要紧，咋都能活。主要是孩子，孩子可以在城里上学了。说着，她摸了摸肚子，她已经怀孕了。

二群又说：我知道，不能再让孩子受屈了。

闫草心说：本来，应该把老人接来，可老大还在监里呢。

二群说：老大，老大他，太张狂了。

闫草心说：群，有一句话我得说。

二群说：你说。

闫草心说：就从孩子想，你也得正正经经干，千万别干那犯法的事。

二群说：不会，我不会。我哥这事，就是个教训。人啊，不能太贪。

闫草心头一歪，倒在二群的怀里，喃喃地说：有你这句话，我就放心了。咱好好过日子，我跟着你，也踏踏实实的。

过了一会儿，闫草心突然抬起头，说：找个时间，咱去看看小娜吧？

二群说：看她？看她干啥？

闫草心说：她毕竟跟你哥……你不知道吧，她怀孕了。她怀了你哥的孩子。

二群说：真的？

闫草心说：真的。咱去看看她吧？

二群说：行。有空，我陪你去看看她。

监狱接待室里。

王大群在一条凳子上坐着。

这时候，苏小娜走了进来。她怀孕了，挺着一个肚子，却仍然穿得很时髦。她在他面前坐了下来，开始的时候，两人都不说话，只有两双手在各自的膝盖上动着。

她说：我恨你。

他说：我知道。你，不该来。

她说：我本来，不想来，可我还是来了。

他叹了一声：唉……

她说：我给你算了一卦。

他说：都这样了，还算什么？

她说：卦上说，你有个儿子，将来会做大官。

他笑了，说：是吗？

她说：卦上就这么说的。

他抬起头，看了看她的肚子，说：你有肚子了？

她不吭，眼里有了泪。

他迟疑了一下，说：还是拿了吧？身子轻些，你好走路。

她说：说不定是个市长呢。

他说：要是个包工头呢？

她说：胡说。

他说：拿了吧。你看，我这个样儿，帮不了你了。

她含着泪说：他还会骂人呢。有时候，他就骂我，说你不要脸。

他说：是我把你害了。这些年，你恨我吧。

她说：钱钱钱，一心想钱。可到了，钱也害人呢。

他叹一声，说：关在这里，睡不着觉的时候，也想，一黑儿一黑儿想，咋会走到这一步呢？咱还是穷啊。

她说：你是上了人家的当了。

他说：不，现在想想，我是上了自己的当。

她说：话也不能啷个说。你要是……

他摇了摇头，说：我以为我富了，可我没有富。你说，一个整天给人送礼的人，能算富吗？人不能太贱，人一贱，有俩钱儿，就不知道怎么好了。所以，我才会傻着去夸富，城里人说咱是烧包！

她说：也是。整天想着当个城里人，可……

他说：那是一个圈套。就是让咱这样的人，往里钻的。

她说：你这会儿明白了？

他说：明白是明白了，可也晚了不是？

她说：人都是要吃些亏，才明白。

他迟疑了一下，望着她：还是拿了吧。你还年轻，寻个好主儿。

她说：我的事，不用你管。说着，她就气了，说，你这个人，我早就知道，坏透了，一点责任也不负！

他说：我就是个坏人。你别再来了，把我忘了吧。

她说：我恨你，恨你一辈子！

他站了起来，走了两步，又回过头来，说：你找老二去，让他给你些钱，就说，是我欠你的。

监狱大门口。

苏小娜悒郁地从大门里走出来，一边走，一边掉泪。

租住屋门口。

一个城里的老太太站在苏小娜的门口敲门，一边敲门一边自言自语：这人是上哪儿去了？

苏小娜正好从外边回来，忙说：大妈……

城里老太太扭过身来，说：你看，都找你几趟了，这房钱？

苏小娜说：大妈，不就才欠一个月吗？你放心，房钱我会给的。

老太太说：一个月？你算算，整俩月了。我也不是逼你，主要是家里人要住。

苏小娜说：那好，我找到地方就搬，这行了吧？

老太太说：我真不是逼你，你身子这么重，还是早点想辙吧。

苏小娜眼里含着泪一边开门一边说：我知道，我不会赖你房钱的。

老太太试探着往屋里瞅了一眼，说：等等也行，可你总得说个日子吧，到底啥时搬？

这时，突然身后有人说：大妈，你别说了，今天就搬！

老太太说：这是谁呀？待老太太回过身来，就见一个清清爽爽的女人站在小院里，她手里提着一个手包，这人竟是于小莲！

小娜看见于小莲，说：莲，你怎么……

于小莲说：我就是来接你的。

租住屋里。

进了门，苏小娜说：莲，你咋个来了？

于小莲说：想你了呗。

苏小娜说：都怪我，不听你的话，落到了这种地步。你看我这个样子，家是回不去了。

于小莲说：小娜姐，我真是来接你的，跟我走吧。

苏小娜说：算了，我不想连累你。

于小莲说：小娜姐，这话说哪儿去了？你忘了，当年，是你救了我，是你把我从大街上背回来的。这恩情，我一生一世都不会忘。

苏小娜流着泪说：你还记着呢？我如今，人不人鬼不鬼的。

于小莲说：你，为啥不把孩子做了？

苏小娜说：在城里这么多年，我一直想有个家，想有自己的孩子。本来，你也知道，我一直在等他离婚。他说得好好的，可今天说离，明天说离，我一直等。想他离了婚，我们就可以，名正言顺地过日子了。可眼看着就要办手续了，他，却又出事了。都怪我，是我命不好啊！

于小莲说：你跟他见过面吗？

苏小娜说：见过。他，判了两年。

于小莲说：那你，还等他？

苏小娜说：我也不知道。唉，走一步说一步吧。

于小莲说：你身子这么重，得有个人照顾才是，跟我走吧。

苏小娜说：你……

于小莲说：我在北京租了套房子，去了就住咱自己家里，我那儿离医院也近。走，收拾收拾，现在就走，车在外边等着呢。

苏小娜有些吃惊地说：老天，你，都有车了？

于小莲笑着说：是面包车，平时送盒饭用的。

○ ●

第二十一集 ·······································

北京，于小莲家。

于小莲已在北京买了房子。当晚，快十点的时候，喝醉了酒的吴保成（兔子）摇摇晃晃地走上来，他嘴里嘟哝说：走、走错地、地方了？莲、莲姐是、是住这儿。不、不错呀？这酒，劲挺大，看来是喝多了……他一边嘟哝着，一边敲门。

屋子里，哗哗的水声倏然停了，苏小娜披着一个浴巾从洗浴间里走出来，她以为是于小莲回来了，也没在意，就去开门。门一开，见进来的竟是一个男人！她脸一红，慌忙扭身，赶快往房间里走。

这时，兔子手扶着墙，站在那儿，张大着嘴，说：咦？莲姐姐，你、你你，咋咋、比比比，以以、以前，白白白、白了？还怪怪怪香、香呢，用用、用的啥？

小娜忙说：我不是小莲，我、我是小娜。

兔子迷迷糊糊地朝沙发上一坐，说：不不不、不是？咋咋不是？借着酒劲，他站起来，朝苏小娜扑过去，说：莲姐，这么、么多年了，我我我，一直……说着，身子扑了上去。两人就这么纠缠着，一个强抱，一个躲闪。小娜想往外跑，可又没有穿多少衣服，就带着哭腔说：哥，大哥，你弄错了，莲姐她她出去了。

兔子怔了一下，歪头看着缩成一团的小娜，指着她说：我我我，我想、想起来了，你就是那那那、歌、歌厅的，对、对不对？你你你，白，你你，多多白！

小娜流着泪说：出去，你再这样，我可喊了！

兔子说：喊？喊啥？你你、不不不……歌歌歌……

小娜挣扎着说：你喝多了吧？你出去，赶快出去吧，让小莲知道了，会骂你的！

兔子说：骂？骂啥骂？你，你不是要钱吗？我我、我、我给你钱、钱。我，我有钱，我有的是钱。说着就掏他的兜。

苏小娜说：你这是干啥？我就是再贱，也不会贱到我妹子的家里呀！

兔子这时已昏了头，一边掏钱一边说：你要多少？你你你……

趁这工夫，苏小娜从他怀里挣脱出来，裹着浴巾跑出来，见无处可躲，就急急慌慌地开门跑出去了！

过道里。

已是深夜了，苏小娜披着一条浴巾抖抖索索地在过道里站着。

这时，于小莲回来了。她一进过道，苏小娜扑到她身上，"哇"地哭起来！

于小莲惊讶地说：小娜姐，出啥事了？！

苏小娜哆嗦着说：有个人闯进来……

民工食堂里。

　　第二天，兔子勾着头走进来，扑通一声跪倒在于小莲面前，说：莲姐，对不起，夜里我、我我我不是人！我我、我喝多了。说着，伸出手来，一下一下扇自己的脸！

　　于小莲望着他，久久才说：兔子，你，太不像话了！

　　兔子说：莲姐，我我我，错了。

　　于小莲看看他，终于说：算了，你起来吧。

　　这时，兔子突然抬起头，说：莲姐，我我、我是找、找你，这么多年、年了，你，你能不能给我句、句话？

　　于小莲说：兔子，你如今是项目经理了，也，有钱了，就早点、成个家吧。

　　兔子抬起头，说：你、你是不是还、还想着他、他呢？

　　于小莲不语。

　　兔子慢慢站起身来，摇摇晃晃地走出去了。

　　邮局里。

　　老麻雀从里边走出来，刚好被几个民工撞见。

　　一个民工说：老麻，老见你寄钱，有相好的了？

　　老麻雀不好意思地说：净瞎说。

　　另一个民工说：这人抠着呢，从不舍得花钱。

　　老麻雀说：孩子多，没办法。

　　"哄"地，民工们都笑了。

　　老麻雀说：真的，你不信，真的。

　　一个民工说：别吹了，都知道，大学生！

　　民工宿舍。

两间房子里排着十二张铁架双层床；每个床的床头上都有一张卡片，卡片上写有民工的工种、姓名、房号、床号。另外还有一个架子，上面放着民工们各自的碗筷等，在靠窗户的一张床的下铺上，有一张卡号上写着"室长：金不换"。

晚上，老麻雀仍然在扎一把笤帚，不时地会咳上几声。几个民工有的在床上躺着看杂志，有几个坐着打牌，脸上贴着纸条，他们一边打牌还一边跟老麻雀开玩笑。

一个民工说：老麻，你咋老咳嗽？咳得让人心焦。

另一个民工说：老麻雀，那笤帚还扎它干啥？你就不会歇会儿？真会给老板省钱哪！

老麻雀又咳了一声，随口说：歇着也是歇着。

有个民工说：你说你是何苦呢？放着福不享，非跟我们扎一堆？

另一个民工说：就是呀。你这人就是放着福不会享。大老板跟你是亲戚，咱这儿吴头儿吧，又是你徒弟，你说说，你不成老爷子了吗？干点啥不好，还来这儿睡这大铺，成夜咳嗽。

又有人说：就是，去公司看个大门，也比在工地上强啊！这一屋子的屁味，也不嫌熏得慌?!

老麻雀说：我这人啊，南跑北跑的，在工地上滚二十多年了，就喜欢睡大铺，大铺热闹，一屋子人，呼呼噜噜，有声有响的。猛一下让我单住，我还真不习惯哩。

一个民工说：哎，老麻雀，论出来的时间，你也是爷子辈的了，人家一个个都混出来了，再孬的也混个小包工头啥的，你咋混的，到现在连个媳妇也没混上？

老麻雀说：我这人啊，就是个打工的命，当不了头儿。

另一个民工说：老麻雀，经你带出来的人，腰里有个几十万、上百万的，怕有上百了吧？

老麻雀很认真地想了想，说：是不少，差不离。

一个民工用不屑的口吻说：那你是咋球混的？

老麻雀笑笑说：我这人，没啥本事。再说了，我可知足，能出来见见世面，也就行了。这人啊，咋也是个活。再说了，我有六个干儿，一个比一个出息，全是大学生！

人们刚要说什么，这时候，突然有一民工猛地从床上坐起来，用力拍了一下床，举着手里的杂志，大声说：哎，哎，爷儿们，"女体盛"，"女体盛"！

民工们都转过头来，有人问：啥？啥是"女体盛"？！

那民工举着手里的杂志说：看看，日本，小日本儿那饭馆里，女人，净弄些女人，女人光肚肚儿躺板儿上，身上放一盘一盘的菜，让摆酒宴的男人吃，这就是"女体盛"！

民工们都扎堆拥过去看，有的说：真的？还有这事？！

有的说：乖乖，是吃菜呢，还是吃人？！

有的说：这小日本儿，啥事都敢日白！那筷子叨奶上咋办？

有的说：老天，这又吃又看的，一顿得花多少钱？！

有的说：只怕比咱干一年都来劲！

众人看了一会儿，有人又拾起了老麻雀的话头，说：老麻雀，你成天吹着你有六个干儿，还全是大学生，操，领来看看啊？！

老麻雀说：这可不吹，一点也不吹。

另一民工打一呵欠说：牛都让你吹死了，还不吹？！——睡觉睡觉！

这时，只听门外有人喊：老麻雀，麻雀叔！

听到喊声，有个民工立刻用调侃的语气说：老麻雀，快快，你干儿来了！一水大学生！

这么一说，人们"哄"一下，都笑了。

正笑着，只见项目经理兔子推门走进来，黑着脸吆喝道：下、下工不好好、休休、休息，瞎瞎、瞎日白啥呢?！一时，人们都不吭了。

院子里。

老麻雀说：有事？

兔子不好意思地说：嗨，别提了。

老麻雀说：出啥事了？

兔子说：昨晚上，我，喝、喝高了，醉了。我真是喝醉了，喝成一盆糊涂了，都不当家儿了，我……

老麻雀说：那你不会少喝点？出啥事了？

兔子说：我我、我跑、跑到莲姐那里……

老麻雀说：不就多喝点酒嘛，你认个错不就行了？

兔子嘟嘟哝哝地说：不，不是认个错的事……

老麻雀说：那还能咋？你干啥坏事了?！

兔子吞吞吐吐地说：是这。她，她带回家个女的，说，说是跟她好，那，我喝多了，抱、抱……

老麻雀一怔，说：你……"那个"人家了？

兔子忙说：没有，没有，真没有。我我我、喝多了，抱抱抱、了一下。

老麻雀说：你看看你干那事！

医院门口。

于小莲开着一辆小面包车送苏小娜来医院做检查，她扶着苏小娜刚走出医院的大门，刚好碰上老麻雀。于小莲让苏小娜先上了车，而后忙迎上去招呼说：麻叔，你咋的了？

老麻雀说：也没啥，有点咳嗽，来拿点小药。

于小莲说：我去吧？我去给你拿。

老麻雀说：不用，就拿点小药。你忙，你忙吧。

于小莲不放心地说：那你让医生好好给你看看。

老麻雀说：行，没事，你忙。哎，对了，差点忘了！我有事找你，你晚上到我那儿去一趟。

于小莲说：有事？

老麻雀说：也没啥大事。就是……

于小莲说：那行，我晚上过去。

诊室里。

老麻雀坐在一个戴眼镜的中年女医生面前，说：大夫，给我开点小药。

医生问：你怎么了？

老麻雀说：咳嗽。开点小药就行了。

医生不接他的话，问：咳嗽多长时间了？

老麻雀说：有半月了。

医生说：咯痰不咯？

老麻雀说：有，有痰。

医生说：痰里带不带血丝？

老麻雀说：也没啥。个别时候，兴许带点红？你给我开点小药就行了。

医生虎着脸说：这药是乱开的？不问清楚，怎么开？！

老麻雀说：我这咳嗽多年了。就这样，没事。你给我开点小药吧。

医生沉着脸说：你知道这是什么地方，这是北京！不是你们地方上的个体诊所，开药是要负责任的。这样吧，你去查一下血，再做个 B 超。

老麻雀一下子慌了，说：那……那得多少钱？

医生说：不多，五十多块钱。去吧，查一查！

老麻雀说：乖乖，五十多，还说不多？！

医生说：你是来看病的，一定得查。医生一边写化验单一边问，你叫啥名？

老麻雀有点羞涩地说：金、金不换。

医生笑了，说：你看你这名，多好。更得查了。

门诊部的楼道里。

老麻雀站在交费处排队交费，他站了一会儿，嘴里嘟哝着说：五十多，一家伙花五十多块？算了吧，不就是咳嗽嘛，还得排队，多耽误事，我去弄点小药算了。说着，他从交费处的队列里走出来，朝外走去。

可是，老麻雀刚朝外走了没有几步，刚好碰上给他看过病的医生，那女医生从卫生间里走出来。看见女医生，老麻雀竟有些慌乱，他像没头苍蝇似的扭头就走。他慌慌张张的，反倒引起了女医生的注意，他的行为仿佛一眼就被女医生看穿了。这是个热心人，女医生拦住他说：大爷，别走，你千万别走，你一定要查。我实话告诉你，你病得不轻！你要是真没钱，我替你垫上。

老麻雀不好意思了，像偷了人家被当场捉住似的，忙说：嗯，有钱有钱。

就这样，女医生用目光押着他，一边走一边说：走，我领你去，你必须查！这么说着，硬是把他"送"到了交费处，就那么看着他交了费。

诊室里。

那女医生拿着老麻雀递过来的化验和 B 超的单子看了很长一段时间，说：老人家，你这儿还有家人吗？

老麻雀说：没有。我是打工的，就我一个。

女医生说：看你这情况，得住院呢。

老麻雀一怔，说：住院？那得花多少钱呢？

女医生说：这我可说不好，你肺上有个瘤子，得进一步探查。先住院吧，住了院再说。

老麻雀说：你说，得多少钱吧？

女医生说：先交两万吧，至少两万。

老麻雀说：那啥，我回去跟人商量商量。

女医生看了看他，说：也行。不过，你得抓紧治。

老麻雀说：我说不查吧，你非让查。说着，他默默地站起身来，慢慢地走出去了。

过道里。

老麻雀一边走一边嘴里喃喃地说着什么，这时候，那女医生又追出来说：老人家，你要是嫌贵，回去治也行。不过，你这个病，不能再耽误了。

老麻雀愣愣地回过身来，说：知道，我知道。哎，大夫，你给我透个实底，这病，花了钱就能治好吗？

女医生迟疑了一下，吞吞吐吐地说：那这个……治总……这个……总比不治强吧？

老麻雀听了，说：哦，哦……而后，扭头走了。

监狱接待室。

杨菊花坐在接待室的一把椅子上，这时，王大群被人带进来了。

杨菊花望着他，说：判决下来了。

王大群说：那姓肖的有信儿吗？

杨菊花摇摇头。

王大群说：对不起了。要是找着那姓肖的，还能赔你些钱。那王八蛋，可把我坑苦了！

深圳海关。

肖风戴着一副墨镜，提着一个包独自一人往检票口走去。

这时，站在柱子后边的宁小雅伸手指了指，几个民警走上前去，一把把肖风眼上的墨镜取下来，说：肖风，你被捕了！

肖风说：同志，认错人了吧？

一个民警说：你回头看看，那是谁？

肖风慢慢地转过身来，看见宁小雅就站在他的身后。肖风突然笑了：没想到，我还是折到了你的手里。

宁小雅冷冷地说：不错，这就是缘分。

肖风说：我想问问，你是怎么发现我的？

宁小雅说：半年，我用了整整半年时间。

肖风说：好耐性。到底还是败在了你的手里。

宁小雅说：你罪有应得。

一个民警"啪"地把手铐给肖风铐上，说：带走！

大街上。

树叶落了，又是一年过去了。

监狱大门口。

剃了光头的王大群，提着行李从监狱里走出来。他一步跨出监狱大门，站在铁门外，随手把行李丢在地上，抬头望了一下天空，深深地吸了一口气，伸了伸胳膊，而后，弯下腰去，重新提起行李，刚要走，猛听见有人叫他：哥——

王大群抬起头，看见二群、草心和他的前妻杨菊花三人在一辆轿车前站着，他们是一块儿接他来了。二群招了招手，再一次说：哥，车在这儿呢。

王大群却站住了。他直直地站在那里，眯着两眼望着他们，好半天没有说话。待三人朝他走来的时候，他突然伸出两手，大声说：吁，吁吁！别过来，都别过来。就这吧，欠你们的情，记下了；债，我背走！咱，谁也不欠谁——清了，咱们两清了！

说完，他转过身去，把行李扛在肩上，大步朝另一个方向走去！

三人愣愣地站在那儿。二群大叫一声：哥，哥！你这是……

二群望望两个女人，张口结舌地说：我哥他……这……啥意思？

北京，一家高档餐馆的包间里。

金瓦刀、万水法、贺老八、孙氏兄弟等几个建筑公司经理在包间里的一张餐桌前坐着等人。

这时，金桂生推门走进来，说：对不起，迟到了。

金桂生刚一进门，贺老八就喊：桂生来了，上菜，快上菜！今儿个都是咱林县人，大家聚聚！

金桂生一抱拳，笑着说：几位老叔在上，失礼失礼。

万水法说：桂生，你现在做大了，忙啊。没事，坐，快坐。我们哥几个，还有事要向你讨教呢。

金桂生忙说：万叔，你说哪儿去了？我爹在这儿坐着呢。你跟我父亲一辈的，这些年老叔们也没少关照我，有事你说。

在一旁坐着的建筑公司经理也都跟着说：对，桂生你见的世面大，给参谋参谋。

万水法说：桂生啊，这些年，我们老哥几个，钱啊，也挣了一些。就想着，张罗张罗，把孩子送出国，上上洋学，你看这事咋样？

金桂生说：送孩子出国留学？好事啊！

万水法说：这事呢，也托人打听了，一问，英国最贵，一年得一二十万！这，花费也太大了，大得离谱了。你看，花这钱，值吗？

金桂生想了想，说：叫我说，值！为啥说值呢？过去咱没这个条件，也就不说了，现在有条件了，钱要花到够花、值得花的地方。啥地方，教育！这叫大投入！

万水法点点头说：按你说，值？

金桂生说：值。前些年，我在北大旁听的时候，就听人说，过去，那些大户人家，有钱的，都要把孩子送出去，见大世面！还有些有眼光的，虽然不是很富，也会把家里的地、房子全都卖了，供孩子出去，这叫"破产读书"！就是说，倾家荡产，也要把孩子送出去读书。这才是大境界，大气魄！

贺老八说：王八羔子，他要是不成器呢？

金桂生说：我爹也在这儿，他说过一句话。他说古人说"生儿不如己，要钱有何用；生儿超过己，要钱有何用？"说的就是这个道理。给他们留钱，不如让他们见世面，长本事，学好了，培养几个洋博士回来！就是学不好，至少也可以开阔眼界，见见世面。

万水法说：我看桂生说得对。咱这一辈，不管咋说，是吃苦吃出来的。儿孙辈，怕是再也吃不了苦了，得变变了。不能老让人看不起啊！

一个经理十分感慨地说：那是。虽说有钱了，没学问，人家还是看不起啊！像大群，吆五喝六的，不还是上了人家的当，被抓起来了。

路边上。

王大群往地上一蹲，对一卖烧饼的老人说：来一烧饼。

老人说：好哩。说着递上一烧饼。

王大群大口吃着，说：有水吗？来一碗。

老人又递上一碗水，说：打工的？

王大群说：打工的。

老人说：看着像。再来一碗？

王大群说：不了。谢谢。

工地大门口。

第二天上午，金桂生刚从车上下来，就见一个扛着行李的人站在他的面前——这人是王大群！

两人面对面地站着，有那么一刻，谁也不开口说话，终于，金桂生说：出来了？

王大群摸了摸自己的光头，说：出来了。

金桂生说：出来就好。你怎么？

王大群说：我输了。我是服输来的。

金桂生说：哦？

王大群说：咱们斗了这么多年，有一段时间，我以为我赢了。可到了，我还是输了。

金桂生说：也别这么说。人，都有栽跟头的时候。

王大群说：听你这话，大气了。在里边的时候，我就想好了，出来，我第一个要见的人，就是你！

金桂生说：说吧，都是林县人，有需要我帮忙的，言一声。

王大群说：我这人，输就输到底。我现在是重打鼓另开张，以前的都不算了，一切从零开始。我来北京，就是来给你打工的。一个劳改释放犯，你敢用吗?!

金桂生默默地望了他许久，终于说：我明白了。

王大群说：你明白啥了？

金桂生说：林县人，没有服输的！

王大群说：咋？不敢用?! 说着，他从地上拾起行李，扛上要走。

金桂生说：慢。我给你一个工地！

王大群眼一眯，说：咋，可怜我？别，你可别。我给你说，我刚从山里出来时，是从掂灰开始的，你还让我掂灰吧！

金桂生说：看样子，还要斗？

王大群说：斗。

金桂生说：不斗不行？

王大群说：还是那句老话。除非你死了，除非我死了。

工地上。

中午，于小莲正在给当班的民工分发盒饭。

当于小莲把一盒米饭一盒菜递到一个民工手里的时候，她愣住了——站在她面前，戴安全帽的，竟是王大群。

于小莲说：是你？

王大群说：不错，是我。

于小莲说：出来了？

王大群说：出来了。

于小莲突然说：大群，你还真行。

王大群说：夸我，还是骂我？

于小莲说：我是说，你有骨气。

王大群说：我输了，输了个精光，就剩下裤子了。

于小莲说：只要站着就行。

王大群说：让你见笑了。

于小莲说：我说的是实话。

王大群说：你还欠我账呢。

于小莲说：我知道。这些年，我一直等着。你来吧，我连钱带利息，一块儿还你。对了，还有人。

王大群一怔：人？

北京街头。

夜，大街上霓虹灯闪烁，就像是个不夜城。

金桂生从宾馆里走出来，没有坐车，他想透透气。当他信步走到一个街口时，突然有一个穿连衣裙的姑娘走到他的跟前，说：先生，能陪你聊聊吗？

金桂生看了看她，说：聊聊，聊什么？

那姑娘说：前边有个咖啡馆，随便聊聊嘛。我收费不高，一百。

金桂生说：小姐，我看你不……

那姑娘说：不瞒你说，我是个大学生，家里条件太差，想挣点学费。

金桂生说：大学生，你是哪里人？

那姑娘随口说：我是东北的。

金桂生说：你不是东北人，你的口音不像。你说实话，你是哪里人？

那姑娘说：我要说我是河南的，你信吗？

金桂生说：如果你是河南的，我现在就送你一张名片，你明天就可以来找我，我给你安排一份工作，保证你上学的一切费用。问题是，你是河南的吗？说着，金桂生从挎包里摸出一张名片，递了过去。

那姑娘接过名片看了看，说：董事长？这年头，在北京，扔一砖头就可以砸住三个董事长！你不是骗子吧？

金桂生从兜里掏出手机，说：这名片上有我电话，你现在就打我的手机，看看是真是假。

那姑娘又看了他一眼，禁不住后退一步，说：你不是"雷子"吧？我可没干啥坏事。说着，扭头就走。

这时，金桂生大声说：姑娘，我就是河南人。以后别再冒充河南人了！

办公室里。

深夜，金桂生没有开灯，独自一人，默默地在办公室坐着。突然，电话铃响了！终于，他拿起电话听筒，说：你好。

电话里没有声音。

他对着话筒说：是莲吗？莲，是你吗？

里边仍然没有声音。

金桂生怔了一下，他换了一下拿电话的姿势，小心翼翼地问：那，你是，小雅？小雅吗？

电话里仍然没有声音。

金桂生手举着电话，一时不知该如何是好。

工地办公室。

兔子垂头丧气地在办公室坐着，老麻雀推门走进来。

兔子赶忙装模作样地咳嗽了一声，急切地说：麻叔，见、见她了吗？

老麻雀说：见是见了。

兔子说：咋、咋说？

老麻雀说：我听她说了，几十几了，你看你干那事！

兔子脸一红，说：我我我不、不是给你说、说了吗，我是喝、喝多了。

老麻雀说：该说的，我都说了。

兔子咂咂嘴说：她她她……

老麻雀说：兔子，还是随缘吧。

兔子一下子闷住了。

这时候，老麻雀说：那啥，兔子，出来这多年，我想家了，你把账给我结了吧。

兔子一怔，说：麻叔，咋不干了？

老麻雀说：不干了，想家了，我想回去。

兔子说：这……你是嫌活儿、活儿重？要要、要是嫌仓、仓库忙，你去去、去看看场，这还不好说？

老麻雀说：我不是嫌忙，我是想家了。

兔子说：真不干了？

老麻雀说：嗯，岁数大了，人总有个了，是不是？不干了。

兔子也没多想，就说：你要真不、不想干，那行，待会儿，我我我让、让会计、计给你算算账。

老麻雀说：库房那边，我也给你交割一下。

兔子说：交给清、清顺顺吧，让他点点就行、行了。

工棚里。

晚上，民工们有的在看杂志、报纸，有的在洗脸。这时，老麻雀手里拿着一个小本，拦住一个叫清顺的民工说：顺儿，我明早儿就走了。那钱，你借我那钱，你看，那啥，该还了吧？

清顺看了看老麻雀，装糊涂说：钱，啥钱？

老麻雀说：你看，你借我那钱。

清顺说：老头，啥意思？不就五块钱嘛，要账呢？

老麻雀说：不是那，我要走了。你，你不是借一回，一总借三回呢，我都在本上记着呢。一回是买烟，一回是买牙膏、牙刷子，一回是买啤酒。一个是五块，一个是两块八，一个是十块，一共十七块八。你想想，买烟那回，我还说……

清顺眼一瞪，说：老头，你讹我呢?! 球，你也别这这那那，就借你五块钱，我会昧了不成？那吧，到开工资的时候，我给你。

老麻雀说：天地良心，我，我讹你？我会讹你?! 我是这样的人吗？一回一回，我这本上都记着呢！

清顺立时恼了，说：操，我就借你五块！别的，你说到天上我也不认！这老头，看你抠的，不就五块钱吗？还值得你事儿事儿的，追着要?!

老麻雀絮絮叨叨地说：那会儿，我说不借，我本就不想借，可你非要借，死缠活缠地还一次次借，说是一定还，一准儿还。你看你看，到了，你又说这赖话！

清顺羞红着脸说：好，好，给你，给你，球，不就五块钱吗？说着，朝着躺在床铺上的一个民工喊道：就五块！大头，给他，回头我给你！

老麻雀嘴里念念叨叨地算着账，而后摇了摇头说：一回回我都记着呢，各自凭良心吧。你要真不认，就算了。说着，他转过脸来，对躺在另一个铺上的民工说：庆子，那回买方便面拿你三毛钱，给。说着，把三个钢镚儿递到了庆子的床边上。

庆子说：这老头，三毛钱，算了算了。

老麻雀说：亲兄弟明算账，我要走了，该咋是咋。

于小莲快餐公司。

这家公司是于小莲和苏小娜一块儿开的，店面不大，但很干净，门口停着两辆送盒饭的面包车，上边都印有"于小莲快餐"的字样。

王大群站在门外的路边上，默默地看了一会儿，而后，推门走了进去。

进门后，他像是傻了一样，怔怔地站在那里——在他面前的柜台后面，站着两个女人：一个是于小莲，另一个是苏小娜！

看见他，苏小娜眼里的泪，慢慢下来了。

这时，于小莲抬头看了他一眼，说：来了。——而后，她把手里的计算器一推，从柜子下边的抽屉里拿出准备好的一沓钱，放在了柜台上，说：这是人，这是钱。看好了，是两个人，都交给你了。你们谈吧。小娜姐，我送饭去了。说完，她走出去了。

屋子里，就剩下苏小娜和王大群两个人了，王大群说：你，怎么来了？

这时候，苏小娜挺着肚子从柜台里走了出来。

王大群说：我说过，我已经是个穷光蛋了。

苏小娜一步步朝他走来。

王大群说：我再说一遍，我是个穷光蛋。

苏小娜看着他，张了张嘴，却什么也没有说。

王大群说：你要的，我都没有。

苏小娜一步上前，扑到了他的怀里。王大群拍拍她说：别哭别哭。你，不就是要窗户吗？

苏小娜流着泪喃喃地说：你有窗户吗？

王大群说：我给你画一个？

苏小娜说：窗户？

王大群说：窗户。

北京，天安门。

黎明时分，老麻雀站在天安门的广场上，身上背着行囊，一边走一边看，一边嘴里嘟哝着说：出来一二十年，这北京也看了，天津也看了，西安也看了，太原也看了，郑州也看了，这还赖吗？人活一世，走南闯北的，能看这么多景儿，不赖了。就这故宫，老说看，没看，这回再看看，也就值了。

清晨，老麻雀背着阳光一路兴致勃勃地走着，他的背有点驼了，但仍走得很精神。

工地上。

民工清顺匆匆走进工地办公室，对坐在办公桌后边的兔子说：头儿，出事了！

兔子赶忙拿起安全帽，说：看你慌得！出啥事了？

清顺说：库房里少了一本单据。

兔子又坐下来，瞪了他一眼，说：我以为啥事呢。你再找找，放错地方了吧？你肯定是放错地方了。

清顺说：没有没有。昨天老麻交的时候，我就觉得少点啥。查查，就是少了一本！

兔子一愣，说：你是说，麻叔他，使坏？

清顺说：反正，我看他早起走的时候，慌慌张张的，天不亮就走了。八成，我看，十成十是他干的！

兔子想了想，说：不会吧？麻叔，不会不会。这老头不会干这事。

清顺说：那，可是找不着了呀！

兔子说：再找。你给我找去！

清顺说：我全都找了，找遍了，哪儿都没有。进货的凭证一丢，这可是大事！

兔子迟疑着说：那你说，真是……使坏?！他为啥使坏?！

　　清顺说：反正，这一段，他嘴里老是嘟嘟哝哝、骂骂咧咧的。嫌这不好、那不好。

　　兔子说：真的？

　　清顺说：这还有假，不信你问问去。

　　兔子挠挠头，又挠挠头，说：你别说，也有可能。你说我那些亲戚，我待他们不薄吧？可走的时候，把车轱辘卸卸，车玻璃砸砸，车锁用胶给你封住，想起来我就来气！是这，你带俩人，把老头截回来！这事，我不能出面。你想，我开始是跟着人家干的，这还有个面子。你去，坐那辆面包车，去车站，把他截回来！

　　清顺说：行，我去了！

　　兔子说：你看这事弄、弄的，走走、走个人，都伤、伤和气，去吧去吧！

　　邮局里。

　　老麻雀站在一个窗口前，正在一笔一画地填写汇款单。他一边填单子，一边对站在窗口里边的一个姑娘说：我有六个儿子。

　　那姑娘漫不经心地看了他一眼，没有吭声。

　　老麻雀说：真的。我有六个儿子。

　　那姑娘仍然一声不吭，只是那目光在说：哼，你有几个儿子跟我有啥关系？

　　老麻雀说：我六个儿子全是大学生。

　　那姑娘一怔，说：六个儿？

　　老麻雀说：六个。

　　那姑娘说：全，大学生？！

　　老麻雀说：真的，不骗你，全大学生！

　　那姑娘说：你好福气呀！

老麻雀说：这不，我给他们汇钱呢。

那姑娘说：那，你是干啥的？

老麻雀说：我？——打工的。

那姑娘说：不容易啊。

老麻雀说：我？没事。你知道他们都上的啥学校？我给你说……

那姑娘说：你先填吧，别填错了。

北京西客站。

在熙熙攘攘的人流中，清顺领着两个民工，楼上楼下跑着找老麻雀。他们从售票处一直找到候车室，后来又找到了地下市场。

他们接连找了几圈，也没找到老麻雀的影子，一个民工说：算了吧，找不着算了。这又不是咱的事。

清顺咬着牙说：找不着？——等。他总得上车吧。这老家伙，非收拾他一顿！

大街上。

一辆面包车在路上行驶着。

老麻雀坐在面包车上，很诧异地问：到底啥事啊，还叫我回去？

另外两个民工一声不吭，清顺说：头儿说了，账上有点事，没交清楚，叫你务必回去一趟。

老麻雀说：不是交得清清干干的吗？该交的我都交给你了。你也都点过了，还有啥没交清楚？我票都买了。

清顺说：回去一说，就清楚了，不耽误你走。

老麻雀不好意思地说：你看，还用车接我……

工地办公室。

清顺等人把老麻雀领进办公室的时候，兔子已经躲到另一个房里去了。进屋后，清顺往椅子上一坐，就对老麻雀说：老麻，你把单据交出来吧。头儿说了，你不交单据，走不了你！

老麻雀愣愣地站着，像是傻了一样。片刻，他说：兔子呢，叫他出来！谁说我拿单据了？我要那单据干啥?!

清顺说：头儿说了，他不见你。你把单据交出来，立马让你走！

老麻雀气得直抖，说：我没拿就是没拿。兔子，兔子呢？你个王八羔子，出来！你给我出来！我在工地上干几十年了，啥时做过这事?!

清顺说：你过去干过啥，谁也不知道。

老麻雀说：那……你搜，你搜吧！

这时，张清顺趁他不防，立马侧身从他手上猛地夺过他的包袱，恶狠狠地说：好，这可是你说的。搜就搜，搜他！

接着，他就地把包裹从塑料袋里抖出来，就摊在地上，把卷好的铺盖往地上一甩一摊，紧接着，有一个厚厚的日记本从被褥里跳了出来！于是，张清顺大声喊起来：头儿，找着了！找着了！

听到喊声，兔子从另一个房间里走出来，推开门，说：麻叔，你看，你叫我咋说呢？你咋干这事？你要缺钱，你言一声，无论多少，你说个数！你是我师傅，你说啥我都答应你，可你不该干这事！

老麻雀望着他，气得好半天说不出话来，终于他说：呸！我干啥事了?!

张清顺讨好地把那个本子递给兔子，说：你看，厚墩墩的，肯定在里边夹着呢！

兔子站在那里，说：老叔啊，你一直教育我，做人要厚，待人要宽。想不到啊，爷儿们哎，你也会干这事?!

老麻雀望着他，眼一湿，哆嗦着嘴说：人，咋就，变成这了？

兔子拿过那个本子，先是翻开看了第一页，而后，他一页页翻下去。看着看着，他的脸色渐渐变了，只见那本子上每一页都贴着一张汇款存根，整个日记本贴的全是汇款的单据！那些汇款的凭据全都是寄往一个个大学的（这么说，老麻雀并没有吹牛，他的确是给山里那些贫困大学生寄钱了）。再往后翻，里边还夹着一个薄本，那竟是一本病历。那病历看了让人眼疼，只见上边写着：肺部有肿瘤，建议住院手术！！

兔子一下子傻了，他站在那里，好半天没说一句话，紧接着，他扬起手来，左右开弓，一连扇了自己十几个耳光！说：叔，我我我、小小小、小人！我他妈是是、小人，你呸呸、呸我吧，我我我、狗心，我不是人！！

老麻雀叹了一声，一句话也没再说，他把那个本子从兔子手里夺过来，就势弯下腰去，把散落在地上的被褥重新卷好，捆起来，重新塞进了塑料袋。接着，他直起身来，把塑料袋背在肩上说：我可以走了吧？

兔子扑上前去，一下子在他身旁跪下来，拽着他说：叔，你别走！怨我，都怨我，我我我、不识人，我鬼鬼鬼、鬼迷心心、心窍了，猪猪猪、猪狗不如！叔啊，你的病要紧，你别走，咱去医院，咱现在就去、住住住、住院！

就在这时，突然有人跑来说：头儿，单据找着了，有人撕烂了，就扔在厕所后边！

屋子里一片沉默。

老麻雀用力拨开他的身子，背着那个塑料袋，扭身朝门口走去。

兔子喊道：麻叔！接着又喊：别让他走，拉住他！

老麻雀喝道：敢？谁拉我，我就撞死在这儿！

人们谁都不敢动了，就那么看着他一步步走出门去。

屋子里，兔子手指着清顺，大声喝道：清顺，你你你、陷害一个半死的老人，你亏心不亏心？！你你你、滚，立立、立马给我滚！

工地食堂。

兔子急匆匆地跑来，一头闯进食堂的储藏间，对正在算账的于小莲说：莲姐……

于小莲抬头看了他一眼，不理他，又低下头去，继续算账。

兔子说：莲，麻、麻叔他，走、走了。

于小莲一愣，也顾不得生气了，问：麻叔走了？他啥时走的？咋不言一声？他为啥要走？

兔子说：我我我，原、原本也不知道，后来才、才知道，他他他、得得得、大大大、病病、病了！

于小莲呼一下站起来，说：麻叔得啥病？！

兔子说：癌、癌症。

于小莲有些疑惑地说：癌症？他病成这样，你咋还让他走？！

兔子说：他、他他也没说、说，只只说想、想想家了。

于小莲不相信，她以为兔子是想骗她回去，就问：没说？不对吧？没说你是咋知道的？

到了这时，兔子不得不说实话了，他猛地朝自己脸上扇了一耳光，说：我真不是人啊！说着，竟呜呜咽咽地哭起来了。

于小莲的脸色变了。

金瓦刀公司。

金桂生正在会议室里开会，这时，有人走来贴在他耳朵上说了几句，他站起身来，走了出去。

办公室里。

于小莲站在办公室里，满眼都是泪水：麻叔走了。

金桂生惊道：走了？不会吧？咋不言一声?!

于小莲说：麻叔得了癌症。他，偷偷走了。这兔子也是，良心让狗吃了！

金桂生望着她，说：莲，这不光是良心。麻叔干了这么多年，还有个待遇问题。再说，这也不光是麻叔一个人的事，咱的民工，万一生了大病怎么办？这的确是个问题呀！保险的事，也真该考虑了。以后，再也不能这样了。

于小莲着急地说：那麻叔？

金桂生说：麻叔的事另当别论。他不光是你的恩人，也有恩于我。别说咱现在条件好了，就是不好，也不能就这样让他回去等死呀！走，现在就去，赶紧把他找回来，送医院！

于小莲哭着说：我已经去过车站了，都找遍了，没找到。

金桂生说：他不是买了车票了？再找。分头去找，一定要把他老人家找回来！

大街上。

兔子开着车在找。

于小莲开着车在找。

金桂生也开着车在找。

丛林一样的高楼，每天都在生长着。

西客站。

民工们也都分头在找，他们在找一个民工，他叫老麻雀。

北京站。

民工分头在找，他们在找一个民工，他叫老麻雀。

大街上。

这一天，在大街上、在各大车站，到处都涌动着一群一群的民工，他们在找人，寻找一个民工，他是林县人，他叫老麻雀。

北京机场。

一架波音飞机从天上降下来。

候机大厅里，宁小雅拉着一只红色旅行箱从大厅里走出来。她拿出手机，开始给金桂生拨电话。

大街上。

大街上人流如潮，车来车往，已是中午了。

在一个街边上，金桂生肩上挎着一个帆布挎包，很随意地在街边上一个卖冷饮的小摊上坐着，他的旁边停着一辆黑色轿车。坐在小摊前的金桂生，他的侧影显得沧桑、大气、从容，脸上还有怅然若失的神情，他眼前晃动着的是茫茫的人海。

这时，金桂生的手机响了，他快速地打开电话，张口就说：找到了吗?!

电话里，对方说：找到了！麻叔找到了！

金桂生问：在哪儿？

电话里说：北方大学门口。

太行山。

一个背着行李的老人在山峦里走着（远景），他的背影有点像老麻雀，也许不是，那背影在山峦中一起一伏地晃动着，他边走边唱。

大山中，又有人在高声喊：——赶生活啰！赶生活啰！

群山在回应：——赶生活啰！赶生活啰！

山的对面，也有人在喊：西安一天三十！一天三十！

这面，有人喊：——太原三十五！三十五！

群山在回应：——古不古！古不古！

大街上。

涌动着车流。

一栋一栋的高楼，丛林一样生长着的高楼。

在涌动的车流里，在一辆辆在马路上奔驰的轿车里，不经意间，你也许会看到一个个似曾相识的包工头的身影，他们在车里坐着，匆匆赶路。

一辆辆车里，不时会看到一个包工头，或叫企业家，他们身上已没有多少农民的痕迹了，他们在赶路，也不知将奔向何方。

车流中，金桂生在一辆黑色轿车里坐着，他两手握着方向盘，目视前方。这时，他的手机又响了。他接通电话，只听电话里说：桂生，我回来了。

桂生一听，说：你、你在哪儿?!

电话里说：我在机场。

这时，路前方，金桂生却又看见了于小莲！于小莲在快餐店门口站着。

金桂生迟疑着……

喇叭齐鸣！

2005 年